策檀

藤 萍 著

（上）

中国友谊出版公司

图书在版编目（CIP）数据

旃檀 / 藤萍著. -- 北京：中国友谊出版公司，2024. 10. -- ISBN 978-7-5057-5963-3

Ⅰ. I246.5

中国国家版本馆CIP数据核字第2024SF5875号

书名	旃檀
作者	藤萍
出版	中国友谊出版公司
发行	中国友谊出版公司
经销	新华书店
印刷	嘉业印刷（天津）有限公司
规格	889毫米×1194毫米　32开
	16.5印张　342千字
版次	2024年10月第1版
印次	2024年10月第1次印刷
书号	ISBN 978-7-5057-5963-3
定价	88.00元
地址	北京市朝阳区西坝河南里17号楼
邮编	100028
电话	（010）64678009

目录

旃檀（上）

- 楔子 —— 001
- 第一章 珠裳萃华盖 —— 003
- 第二章 朱翼蔽云天 —— 021
- 第三章 莫谈石中火 —— 035
- 第四章 谁人曾覆面 —— 061
- 第五章 人生何谈情 —— 073
- 第六章 龙吟起苍茫 —— 095
- 第七章 屠神三日止 —— 111
- 第八章 杀妻七步多 —— 129
- 第九章 与卿谈昔日 —— 157
- 第十章 再道凄凉时 —— 183
- 第十一章 春色且从容 —— 203

楔子

黑烟缥缈，鲜血如江河般沸腾汹涌，山峦崩塌，烈焰冲天。

"嘻嘻……哈哈……嘻嘻嘻……"鬼笑声阵阵，血河中渐渐浮起一尊巨鼎，天空中黑羽飞扬，一位背生黑色羽翼的鬼女凌空而下，向巨鼎中投下一物。

轰然一声巨响后，天地间鬼啸如歌，如千鬼万鬼齐声悲唱，混合着数不尽的呻吟哀嚎，整个人间缓缓陷入了血海与火焰之中。

"哈哈哈……嘻嘻嘻……"鬼女张着双翼，在半空中仰天而笑。她往巨鼎中投下的东西，是一个人。

一个盘膝而坐，端然俊雅的男子。

第一章

珠裳萃华盖

01

"如何?"

木兰溪畔,一间素雅干净的丹房之中,一位身着白色袈裟的男子平静地问。

另一人一身淡紫色衣裳,发髻高挽,眉细而长,唇秀而薄,是一位相貌脱俗的儒生。他的手正从白衣人的手腕上移开,沉吟片刻道:"结果和上次一样,天然圣气,纯正无瑕,难以撼动。"

身着白色袈裟的男子周身充满祥瑞温和之气,眉目如画,俊雅非常。他并未落发,瞧上去就似一名身着袈裟的书生。闻言他微微蹙眉:"如此说来,天兆所指的万圣之灵,果然就是……"

"是你了。"紫衣人叹了口气,"最近天地变色,山峦震动,四处灾难不断,不少修为高深的前辈都梦及灭世之兆——万鬼之女向九天鼎奉献万圣之灵后,人间化为鬼域。这件事非同小可，在天兆出现之后，你身上圣气沛然，今日看来，已到难以掩饰的地步，果然你就是天兆中所指的万圣之灵。"他看着白衣人，"怀苏，你自幼出家，性情淡泊，无私无欲，受天机所选成为万圣之灵也不奇怪。但如今天兆出现，你身上圣气难以掩饰，你千万要小心，一旦落入鬼女手中，被献入九天鼎，就是生灵涂炭之日。"

被称为"怀苏"的白衣人眼睫微抬："可有方法毁去圣气？"

"要阻止灭世，最彻底的方法自然是毁去万圣之灵。"紫衣人道，"众生日日为恶，像你这样从未做过半点坏事的人也许几个轮回才现世一次。如果毁去万圣之灵，灭世之忧至少在数百年间不复存在。"他看着怀苏，"但是——"

"但是？"白衣人极淡地一笑。

"但是毁去圣气的唯一方法，就是逆行五善，也就是说——要你作恶。"紫衣人叹息一声，"并且是做一件叛天逆道的恶事。"

"做恶事？"白衣人眼帘微阖，"难道我不能自尽？"

"不能，你死之后只要尚未转世，圣气依然在你身上，只要有人将你的尸身掷入九天鼎，一样会引发天地剧变。"

"不能毁去九天鼎吗？"白衣人问。

"九天鼎是天地自然之物，每逢山峦剧变、仙佛降世或者万鬼齐呼时才会出现，不是人力能毁去的。"紫衣人凝视着白衣人，"要你作恶，你做得到吗？"

"作恶？"白衣人的眼睫缓缓抬起，"作什么恶？"

紫衣人的丹房之中立有一尊奇异的神像，相貌秀丽绝伦，为非男非女之相。他对着神像燃起了一炷香，随即又在神像面前焚烧了一种淡绿色的干草。

干草燃烧时升腾起淡淡的白烟，那白烟飘浮向上，慢慢逸散开，散尽的时候，丹房苍红的墙壁上赫然出现了两个大字"杀妻"。

白衣人与紫衣人面面相觑，紫衣人轻咳一声，不再说话。

白衣人看着那"杀妻"二字，眉头紧蹙，慢慢端起桌上的清茶，缓缓喝了一口。

过了许久，白衣人突然道："我还俗后，可以去娶一个极恶之人为妻……"

紫衣人一怔，点了点头，却问："但谁才是极恶之人？"

"人间十戒，触犯最多者，便是极恶之人吧？"

紫衣人哑然，心内思忖："你真会杀人吗？"

白衣人眉目清正，浑身圣气沛然，一衣一发无不具空灵之气，这样的人，真的会娶妻、杀妻吗？

第二日。

翡翠朝珠楼。

"恶人？你吃饱不去念佛，要找恶人做什么？"

"娶妻。"

"娶妻？来来来，这是江湖十大美女榜。第一名何梅花何姑娘据说貌比嫦娥，色胜牡丹；第二名洪杏花洪姑娘……"

"我要找的是极恶之人。"

"哦，搞错了。这是江湖十大恶人榜。第一名不留活口王杀，据说专灭人满门，从来不留活口；第二名毒蝎百里尚，听说已经用毒药害死了几千人……呃……"说话的人咳嗽一声，"不过既然你是要娶妻，那么来看这一张——江湖十大美女恶人榜！"

穿着白色袈裟的男子神色端凝，看着桌前的一张画影榜单。

那张榜单是忽然打开，立在空中的。打开榜单的人一身衣裳晶光闪烁，竟看不出那究竟是什么颜色，但见衣袖一动，屋内便光影浮动，直耀人眼。避开那衣裳的夺目光华看去，男子剑眉斜飞，眼瞳甚大，并且顾盼有神，就如凡是他身上光华映照到的地方一分一毫都由他掌控一般。

"看中哪位美女，我帮你说媒，哈哈。"穿水晶衫的男子手中握着一卷卷轴，也不知是哪位名家的字画，他挥了两挥，"榜首这位专门害死亲夫的'杀人娘子'刘菲菲已经嫁过三次，目前尚有夫婿，我想不合你意。任怀苏，要我为你推荐一名吗？"

穿白色袈裟的男子俗名"任怀苏"，法号便叫"怀苏"。闻言他眼帘一阖："姬珥，这张榜单中，谁作恶最多？"

"作恶最多？你娶妻的品位真是与众不同，让我看看……"穿水晶衫的男子姓姬名珥，乃这家翡翠朝珠楼的老板，家财万贯。无所事事之余，他便以收集各路消息为乐，堪称无所不知无所不晓。他衣袖一抬，那张江湖十大美女恶人榜蓦地全开，他以手中卷轴指着图画中的一名女子，"这位，月天守族的后裔，善于驱使僵尸野鬼的奇女子——陆孤光姑娘，如何？她手中有一块能御使万鬼的宝物，名叫血流霞，传闻是月天守族禁地鹰川绝山千年妖气所聚，孤魂野鬼一旦受血流霞召唤，就会俯首听令。几年来，这位奇女子御使僵尸野鬼杀人无数，暂时名列美女恶人榜第二名。"

"她为何不是榜首？"

"因为她没有刘菲菲变态。"姬珥悠闲地道，"此外，你看这张榜单，除陆孤光之外，其余恶女都名列江湖美女榜前二十名，可见陆孤光相貌不算美。既然不美，又作恶多端，除了慈悲善良的你，世上还有谁愿意娶她？我是出于好意，才向你推荐这位奇女子。"

任怀苏眼睫一抬："她有能驱使万鬼的宝物？"

"然也。"姬珥似笑非笑，"我还可以告诉你第二个我推荐她的理由：这位奇女子现在就在茂宛城中，可谓近水楼台。"

任怀苏微微一怔："她身在何处？"

姬珥哈哈一笑："上楼左转，第七个房间。她从前天入住翡翠朝珠楼，到现在还没出来。你过去还可以顺便帮我看看，她是死了还是赖账逃了？"

任怀苏站了起来，往陆孤光的房间走去。

姬珥提起酒壶，自斟一杯，意态悠闲地看着任怀苏的背影逐渐远去。

02

翡翠朝珠楼三楼。

第七间房间。

一位一身黑衣的长发女子正静静地托腮望着窗外。翡翠朝珠楼外风景宜人，从她这边窗口看去，窗外碧桃花开灿烂，春意盎然。

窗外阳光正好，她却坐在避开阳光的地方。一张雪白的脸，看上去微略缺了一些血色，然而眉目姣好，谈不上美艳，却也还是娟秀之色，丝毫看不出是会携带僵尸野鬼出行的怪人。

此时她身边空空如也，并没有什么僵尸或是野鬼的痕迹。桌上有一壶清酒，她斟了一杯，却并没有喝，只是静静地放在桌上。杯里的酒面上映着窗外的云影。

她就是陆孤光，西北大山中异族之后。她的族群叫作"月天守"，据传是山中最神秘的巫妖之族，自远古以来就善于御鬼。然而月天守一族因为长期与鬼魅相处，甚至传说有人曾与厉鬼通婚，族人血脉之中都带有鬼气，不能见阳光。

月天守一族终生与鬼为伴，外族很难接受他们，因此极少有人与外族通婚；而同族成婚之后生下的几乎全是死胎，据传是鬼气互冲的结果，除非父母二人身上携带的鬼气能互通融合，孩子才能有幸存活。也正是因为如此，族人数量日益减少，直至如今仅有三百余人。

而陆孤光……就是那万中无一的例外，同族成婚后生下的成活的孩子。

她身上的鬼气是其他族人的十倍，能御使的鬼魅之多之强，更是常人所难想象。

月天守族的族长在她十岁那年将她驱逐。她身上鬼气太强，已是半人半鬼之身，按照族规，她不能算人，应该被归入鬼族，受族人驱使。但她太过强大，全族上下没有一个人能使用术法驱使得了她，只能将她驱逐。

她从十岁开始带着属于自己的鬼魅流浪，到如今，已经八年了。

父母族人究竟是什么样子？在她的记忆中早已模糊。从来她都与众不同：她不能见阳光；她不能进佛堂；她必须食肉，不能吃任何素菜，甚至月圆之夜，她必须为她的鬼魅喂食鲜血。

如果她是一个人，为何一直过着鬼的生活？

如果她是一个鬼，为何地狱不收容她？

她为何要在人间不停流浪？为何还要和千千万万的人同生共处？为何不能像鬼一样化为轻烟黑影而去？她为什么要像人一样吃饭，像人一样睡觉，甚至像人一样会生病和死？

为什么？

自己究竟是什么呢？

不是人，也不是鬼，是一种未知的怪物。

谁都不欢迎的怪物。

"笃、笃、笃"三声轻响，有人叩门。这叩门的声音轻而稳定，来人很有礼数，从容不迫。

她转过头来。她没有朋友，从来没有人找过她。她对房门看了一眼，那房门蓦地打开。"走错门了。"她淡淡地道。

门外的人并没有被突然打开的门吓到，一股令她窒息的佛门圣气扑面而来，刹那间屋内鬼影飘飞，十几个鬼魅在她身前组成了一道护墙，阻拦住那股圣气。只听门外之人用一种温和却不带感情的声音询问："是陆孤光陆姑娘吗？"

她看着门外，门外站着一个身穿白色袈裟的男子，眉目温润慈和，气质雅正端然，全身上下弥散着一种强烈的圣洁之气，有那圣气护身，身边的鬼魅没有一个敢向他靠近一步。

看着门外的男子，她既没有吃惊，也没有生气，只淡淡地道："佛门高人来找我，是不是又自诩替天行道，要收我回地狱？"

门外的男子极认真地对她行了一礼："姑娘误解了，贫僧……我诚心诚意，期盼娶姑娘为妻，不知姑娘是否愿意？"

她一辈子没怎么吃惊过，每次灾祸或厄运将要降临的时候，她总会有所预感，但今日入耳"期盼娶姑娘为妻"七个字，她的确是没忍住惊讶。片刻后，她眉头微蹙，一振衣袖，将落下的一把黑色折扇握在手中，随着扇面缓缓展开，上面隐约有鬼影飘散。随后，她淡淡地问："娶妻？"

穿白衣袈裟的男子颔首，眼神清澈安然，里面毫无欺骗之意。

她看了这位不速之客许久，又将黑色折扇对着自己缓缓扇了两下，再次开口道："你一定别有所图。"

他并不掩饰，点了点头。

她沉吟了片刻，突然微微一笑："如果你能做到三件事，我就答允。"

"何事？"

"我要得到极日之珠、无爱之魂。"一笑之后，她骤然冷了面孔，"还有——先通过我的万鬼噬魂阵再说！"话音刚落，房里阴风骤起，黑影狂旋，大片冰凌竟然从门前垂下，根根锐利如刀。一团黑烟凝成人头之形，直扑白衣人胸口，随即千百个骷髅自黑烟中钻出，抓向白衣人。

白衣人微一抬手，袖风徐拂，风中传来一阵似花非花、似草非草的清新气息，那些黑烟、鬼头、骷髅之类的东西在瞬间化为乌有，屋内重新明亮起来。白衣人挥手便能荡涤鬼气，面上却并无骄色，一双清澈眼眸认真地看着她，静静地等着她发话，看是否已通过了考验。

她哑口无言，万鬼噬魂阵中埋葬了不知多少高手，却敌不过这人衣袖一拂。她端起酒杯喝了一口："你叫什么名字？"

"俗名任怀苏。"他仍然站在门口，即使清除了鬼魅，也没有向她靠近一步。

任怀苏？她上上下下打量着这个人，以他的修为，绝不可能是因为突然迷恋上她的什么而要娶她为妻的吧？一定有什么迫不得已的理由。哈！她笑了笑，无论是什么理由，都绝不会是什么好事。但这个人修为极深，如果他当真有求于她，她不妨借他一用。"你真厉害，算得上我见过最不怕鬼的人了。"她敲了敲桌面，请他坐下，"我答允你，只要你帮我找到极日之珠与无爱之魂，我就嫁你。"微微一顿，她笑了笑，"无论你是因为什么。"

任怀苏仍然站在门口，并不入内，过了一会儿，他道："极日之珠远在千里之外的火山烈焰之中，请姑娘在此等候，半月之后,我必当取珠归来。"

她冷冷地看着他:"不行,你不是要娶我么?我要和你同去。"

他面上露出犹豫之色,她突然觉得有趣,这个男子一派泰然地开口说要娶妻,但要他和她同行,他却显然不愿。看他浑身沛然圣洁之气,必不是奸邪之徒,他究竟为什么非要娶她呢?就在此时,任怀苏点了点头:"如此,我们便同道而行吧。"

她笑了笑:"我没钱,你要帮我付房钱。"

他又点了点头,并没有露出一点吃惊的表情。

这个人几乎不笑,从不吃惊,陆孤光收起那蕴藏万鬼的黑色折扇,站了起来,心里忍不住想,不知道从这张脸上看到惊恐或者绝望的表情,会是什么感觉?

他会哭吗?

任怀苏已经转身先行,她跟在他后面,这人是佛门高人,无论看起来多圣洁无瑕,到最后必然是敌人。

两人走到楼下,酒楼厅堂里那位身着水晶衫的男子正斜躺在他那特制的青藤摇椅上假寐,见两人一同下来,他笑逐颜开:"恭喜恭喜,两位新婚燕尔,这是要往哪里散心?"

"备马,"任怀苏径直出门,"我们要去横地火山。"

"来人,备马。"姬珥指指出门的两人,酒楼的伙计连忙给两人各牵上一匹骏马,连水、干粮和简单的药物都一应备全。两人一提缰绳,绝尘而去。

"主子,他怎么就走了……那位姑娘没有付钱啊!"

"哎呀！"姬珥躺在摇椅中叹气，"认识任怀苏，就注定要做赔本的生意。想当年我初识任怀苏，便替他付了三千两的赈灾银，从此以后，他请客吃饭都在我这儿，却从来不付钱，衣服破了找我，经书缺了找我，连佛堂坏了也找我。加上这次，变本加厉，竟然带坏别人赊账赖账。我真是可怜啊……"

"主子，不知这位任大师……呃……任公子是什么来头？"小二小心翼翼地问。

"他是一个拜佛拜到头脑坏去，生活毫无刺激的好人。"姬珥坐在摇椅上，微微晃动，"不过——越是平静无波的人，你不觉得刺激起来越是有趣吗？"

03

陆孤光和任怀苏一起上路。

所谓极日之珠，是一种出产于火山熔岩地区的奇异矿石，据说能在黑夜中发出极强的光线，宛若夜之太阳，故号称极日之珠。孤光不能见阳光，获得极日之珠能给她带来聊胜于无的一点慰藉。

无爱之魂是一种毒草结出的果实，传闻服食下这种果实的人会失去感情，变为一具行尸走肉。她想取得无爱之魂自然是要用来害人，至于究竟要害谁，那就看她的心情了。她是寂寞的，有时候想看别人幸福，她会救人帮人；有时候想看别人痛苦，她也会顺手害得别人痛不欲生。

大部分时候，她想得到无爱之魂是因为想给自己。

她想没有了感情，也许她就会彻底变成鬼，不必再思考人世的恩恩怨怨，不必再思考自己究竟是什么，不必在夜深人静的时候深深恐惧自己将会变成什么更可怕的东西。

她幻想过，如果哪一天深夜，她的头上长出犄角，或者身躯上长出鬼爪，又或者全身化为骷髅，她该怎么办？

那是一种荒唐的揣测，一种怪异的惶恐。但这世上谁也不可能体会到她在深夜的恐惧。她是一种未知的东西，不是人，也不是鬼。

和任怀苏骑马出发的时候是黄昏，两人一路西行，很快出了茂宛城，进入了城西的荒山野岭。荒山之上有许多荒芜的坟冢，陆孤光感受得到坟冢四周那些飘散的鬼气。她心情不好，一路上都没有说话，而任怀苏一路上也很安静。

除了马蹄声，仿佛什么都不存在。

她抬起头看月光，清莹的月光照在她的身上，她胸口有一处地方闪烁着红光。任怀苏并没有问她那是什么，这让她有些满意。

那是一块红色的小石头，被磨蹭得失去了棱角，显得很圆润，她用一条细绳把它系在了颈上。四周坟墓的鬼气仿佛能感觉到危险，都在回避着这块石头。这就是鹰川绝山千年妖气所聚的石头——传闻中能御使万鬼的血流霞。

月亮越升越高，今夜的月光异常明亮，她默默拉起了衣上的帽子，遮住面颊。

一片黑影移了过来，她抬起头，只见任怀苏打开了放在马匹物囊中的一把油伞，撑在她头上，为她遮挡月光。

"干什么?"她冷冷地问。

"月天守族的人害怕光线,尤以日光为甚。今夜月光太明,我怕对姑娘也有影响。"任怀苏撑伞的姿态端正,只是不可避免地与她靠得有些近。

一种似花非花、似草非草的淡淡气味传来,一瞬间让她想起山林草木、高山大河,那是种饱览天地自然之后,开阔而醇厚的气息。这个居心叵测的古怪男子,竟有胸纳自然的气度与修为。她斜眼看了任怀苏一眼,霎时起了恶念,勒住马匹,说道:"我饿了。"

任怀苏看着她,眼神澄澈:"物囊中有干粮。"

"我不吃干粮。"她用一种戏弄的眼光看着他,"我吃肉,我要吃新鲜的肉。"看着他蹙起的眉头,她恶毒地补了一句,"野兽的肉,或者人肉都可以。"

任怀苏越发蹙紧眉头,显然她这一句"我吃肉"大大地为难了他。她心里莫名地欢愉起来,仔仔细细地看着他为难的样子。

思考了片刻,他从物囊中取出一块干粮,缓缓递了过来。

陆孤光接过那块烙饼,翻来覆去地看,怎么看都只是块烙饼。她问:"做什么?"

"这便是一块肉。"他正色道,"诸相皆由心生,你心中说它是肉,它就是肉,你心中说它是烙饼,它就是烙饼。"

她拿着那块烙饼,张大了嘴巴,平生第一次想笑,却有些笑不出来:"你要我心里想它是一块肉,就这样吃下去?任怀苏,你疯了吧?烙饼就是烙饼,就算你把它想成猪肉,它也还是一块烙饼。"她其实并不饿,她以肉为生,但只需吃一顿肉,就可以数日不食。

任怀苏又思考了片刻,收回了那块烙饼,一本正经地道:"你说得有理。"随即他挽起衣袖,从物囊里拔出一把短刀,径直朝自己手臂削了下去。

"啪"的一声,她挥出那把黑色折扇架住他的短刀:"干什么?"

"取肉……"

他还没说完,她那黑色折扇上浓郁的鬼气已经将短刀腐蚀得不成样子,"当啷"一声,短刀变成几块铁片坠落在地。她面色古怪地盯着他,任怀苏也看向她:"姑娘可有疑问?"

"你——"她放柔了语气,"究竟是什么人?"

"我?"他显然怔了怔,"俗名任怀苏。"

"除了任怀苏这三个字,你难道没有别的可说?"她瞪眼,"你没有父母吗?你在哪里住?有朋友吗?"

"我父母早亡。"他一本正经地回答,"昨日之前,我本是茂宛城外碧扉寺的住持。"

"你果然是和尚,是和尚为什么不剃头?"她享受着他的伞带来的阴影,"你从小就出家了?"

"自小圣师就想为我剃度,但我的头发无法剪断,剃刀过后,它会自行长长。据圣师所言,我必有非同一般之处,不易落发,所以不曾剃度。"

头发?她心中一凛,头发剪而重生,是厉鬼的特征之一。有些凶煞至极的厉鬼,头发不但会剪后重生,还会突然变长,拥有杀人的力量。她虽然拥有半鬼之血,但头发也不会剪而不断,只会在剪断之后比常人快些长长而已。任怀苏浑身圣洁之气,怎会拥有一头厉鬼之发?

她心里怀疑,任怀苏却并未察觉。此时月已上中天,他勒住马匹:"夜已太深,你身带鬼气,再走下去恐怕会引动万鬼,不如就此休息吧。"说完,他从马上飘然而下,那把油伞略略换了位置,却依然撑在她头顶。

"休息?"她夜行久了,从来不休息,"这不是刚从酒楼出来吗?休息什么?"

"你饿了,既然没有肉食,那就需要休息。"他的认真丝毫无改,并且这种认真并非出于固执,而是发自内心深处虔诚的思考和包容。

"我……"她瞪了他一眼,她自然并不饿,"这里没床没椅,连个帐篷都没有,要怎么休息?"

"我会设法。"他右手撑伞,左手一挥,路旁几根长长的枯枝蓦地飞了过来,"扑、扑、扑、扑"四声,整齐地插在地上。他将油伞递给她,然后脱下袈裟撑在四根枯枝上,遮住月光,随后脱下外衣铺在地上,"姑娘请坐。"

陆孤光撑着伞,目不转睛地看着这个穿着中衣的男子,他在为她忙碌。这点感受让她很新奇,这么多年来,从来没有一个人曾经为她忙碌过什么,更不必说是为了她随口的一句话。任怀苏铺好了外衣,在枯枝两侧各点了一堆篝火:"篝火可驱散蚊虫,吓阻野兽。"

"我不怕蚊虫,也不怕野兽。"她突然想到他对她如此好全然是因为有所图，心里的新奇在一瞬间散去，心情一下子坏了起来，忍不住冷冷地出言和他作对。

"预防总没有错。"他说出的话很温和，却让人感觉不到温暖。她觉得他这个人是淡泊的，也是空的，就像个心中装着山川大河的躯壳，没有半点真实的情感。难道拜佛念经会让一个人变成行尸走肉？这样沉静安然、毫无表情地说话，该走就走，该休息就休息，和她鬼扇中的孤魂野鬼有什么区别？他并不是因为饿才吃饭，也并不是因为累才休息，他只是在遵照一些人间的规则生活。他的圣师告诉他每天要吃三顿饭，他就吃；他的圣师告诉他要拜佛念经，他就拜佛念经；他的圣师告诉他要慈悲，他就慈悲；甚至他的圣师说要舍身饲虎，他就可以挥刀割自己的肉给它吃。

这是个假人。就算他修为再高再深，她也瞧不起、看不上。平时她是羡慕人类的，她喜欢看世人那些纷繁热闹的恩怨情仇，但遇见任怀苏后，她这份羡慕立即烟消云散了。

她觉得她自己比这个假人好得多。

但任怀苏显然并不觉得自己是行尸走肉。陆孤光站在他搭起来的"帐篷"里，并不打算睡，也不理会他的劝说，他就不再劝说，自己坐下来闭目打坐。

他坐下来打坐，陆孤光就绕着他慢慢地走，仔细地研究这个神情平静无波的假人。

任怀苏的颈上也有一条系绳。她毫无顾忌地伸手去拿，扯出来一看，是一块古旧的玉佩，玉佩上依稀刻着几行字，但由于年代久远，字迹古朴繁复，又模糊歪斜，根本看不清那是什么字。玉佩的形状很是奇怪，她仔细端详了半天，觉得好像是一只圆形的怪鸟。玉佩中佛气很重，是开过光的旧物，用来辟邪的。

她把玉佩塞回他领子里，又围着他转了半圈，这人的头发据说剪了会重生，她拔出一把小刀，肆无忌惮地割了他一段头发，只见白光过处，那头发果然自行重生，就和剪之前一模一样。她凝视着他的头发，他的发色并非全黑，也不是老人那种灰白，而是黑发中掺了丝丝白发，黑发皆漆黑光耀，白发则是自发根到发梢都如雪一样白。如果是厉鬼之发，剪断的时候会有鬼气，但他并没有。

就在她绕着任怀苏转圈的时候，月光正在她头顶照耀，虽然被任怀苏的袈裟遮住，但依然有一小部分光透过薄丝袈裟照射进来，她颈上戴的血流霞红光闪耀，比平时妖气更盛。突然间，"砰"的一声巨响，依稀有什么东西蓦然炸开，她受到巨力冲击，一下子昏了过去。

第二章

朱翼蔽云天

01

陆孤光睁开眼睛时,看见的就是任怀苏那张脸。

他正在用沾湿的汗巾为她擦拭额头,那专注而关切的眼神让她呆了一呆。她坐起身来,摸了摸胸口的血流霞——还在。她的目光往任怀苏胸口看去——他胸口挂的那枚形似怪鸟的玉佩不见了。"发生了什么事?"她冷冷地问。

任怀苏还在擦拭她的脸:"你昏倒了。"

"究竟是什么东西……"她的身体素质远胜常人,能把她炸得昏迷不醒,那东西一定不寻常。

"是醉皇珠。"他指了指自己胸口,"它可能是因为抵不住血流霞的妖气而爆裂,它里面充满佛门圣气,所以误伤了你。"

他的表情还是那么平淡无波,她盯着他端详了一会儿,感觉他似乎与之前有些不同,但一时间却看不出究竟哪里不同。过了好一会儿,她才恍然明白——这人的头发变黑了些。

一夜过去,他的白发却少了些,这是否与醉皇珠爆裂有关?她一边思索一边抬头,惊奇地发现自己居然半躺在一间扎好的茅草屋里,这屋子的屋身用青翠的树枝扎成,屋顶也是用树枝折成相当的长度一枝一枝地以藤蔓绑住而搭成的。虽然不是什么精巧绝伦的东西,却也是一间能遮挡大部分阳光的屋子了。

这是他昨夜扎的?她眨了眨眼睛:"你怎会在半夜弄了个草屋?"

"姑娘受圣气侵蚀,白日阳光甚烈,只怕油伞也难以抵挡光线之伤。"从他的眼神看来,一夜不睡扎这个草屋并不算什么,他在救一个"苍生",即使这个苍生其实是个半人半鬼的妖物,在他心中也和一头野猪、一只野兔一样。她莫名地就怒了起来:"要是昨夜你的醉皇珠炸晕的是一条野狗,你也会为它扎个狗窝了?"

任怀苏显然不知她为何要发怒,却是点了点头。

很好,她在心里给他记下一笔。白天她的鬼扇不能使用,等夜里再见真章。草屋外有阳光,她不能出去,在门口左顾右盼,发现外面是个小树林,也许是人迹罕至的缘故,树木都长得很高,有些树干上还生着几朵蘑菇,看起来煞是可爱。她瞧了几眼,恶念又起,指着那几朵蘑菇:"喂,帮我把蘑菇采下来。"

任怀苏用手去折,柔嫩的蘑菇在他指间折断,那蘑菇雪白娇小,菌盖上聚着几点凝露状的水珠,凑近后还能嗅到一股淡雅的芳香。他捧着几朵雪白如玉的蘑菇回来:"这是雪凝芝,是一种很罕见的——"他还没说完,她跳起来夺过他手里的雪凝芝，丢在地上后一脚踩烂。任怀苏眉头微蹙，却没说什么。他本来要说的后半句是：雪凝芝是一种罕见的药材，止血效果极佳。陆孤光踩烂了雪凝芝，冷冷地看着他："皱什么眉头？我高兴踩烂就踩烂，你不满意吗？"

他摇了摇头："你若是不喜欢，何不留与有缘之人，何必毁坏？"

她昂起头："既然它们被我看见了，我就是有缘之人。它们与我的缘分就是被我踩成一摊烂泥，这就是天意！"

他怔了一怔，显然无意也无法反驳她的歪理："姑娘说得也有理。"

陆孤光讨厌他这种"姑娘横也有理，竖也有理"的嘴脸，偏偏要惹他生气："去帮我抓一只松鼠回来。"

任怀苏却不上当："姑娘若是要杀生，恕我不能答应。"

"杀生？"她嗤之以鼻，"我只是要一只松鼠。要杀生我早就杀了，还需要等你来帮忙？"

"姑娘保证绝不杀生？"

"当然。"她冷笑。

于是任怀苏真的帮她抓了只松鼠回来，她也的确没有杀它。

她只是弄了条长线将它绑住，而从她拿到松鼠那一刻开始，她就有了把任怀苏玩弄于股掌间的道具，比如说——

"任怀苏，帮我捶腿。"她冷冷地道。

他怔了一怔，只见她从怀里拔出一柄小刀，顶住松鼠的后脑，另一只手轻轻地抚摸它的背："帮我捶腿，不捶我就杀了它。"

"姑娘答应过我,不会杀生。"

她冷冰冰地道:"我本来是不会杀它,它会死都是被你逼的。谁叫你不听话?"

那个小小的"人质"在她手里缩成毛茸茸的一团,抱着她给它的松子啃着。任怀苏犹豫良久,终是叹了一声,坐下来为她捶腿。

她显然很是高兴,闭上眼睛抱着松鼠享受了一会儿。

"任怀苏,去打水。"

"任怀苏,去山下买半斤牛肉回来。"

"任怀苏,去采十二种颜色的花回来插在这草屋上。"

"任怀苏……"

一日匆匆过去,这日是她有生以来过得最满意的一日,既不寂寞,也不乏味。任怀苏让她差遣得脚不沾地,团团乱转。

这是他活该,谁叫他有求于她,谁叫他心怀鬼胎?她冷冷地想。

黄昏渐逝,天空的颜色由蓝紫转为墨蓝,最后变成一片漆黑。

她仍然坐在任怀苏扎好的那间草屋里,不怎么想出来。任怀苏还是在屋前屋后各点了一堆篝火。篝火在夜里闪着光,往上飘散着点点火星,她嗅得到烟气,却看不到黑烟,只见到闪烁的火光。不知怎的,她生出了一种特别安宁的感觉。

有些时候,她不怎么讨厌这个世界,也不怎么想遗弃这个世界,比如说现在。

山坡上的夜晚有些凉，任怀苏的白衣昨夜拿去铺地，已然脏了，他换了件新衣。新衣不是僧衣，是一件崭新的白色儒衫，衣领袖口处隐约有光芒闪烁，陆孤光仔细一看，竟是一些极细的水晶。

　　不必问他，便知道这件衣服是从哪里来的。她脸色一沉，他和那酒楼的老板一定交情很好。像他这种行尸走肉一样的假人，怎么竟然可以和别人"很好"？怎么会有人对他很好？无论对这种人付出多少关心，这假人也不会感动。按道理，他应该从出生到死一直都孤身一人才对。

　　就像她一样。

　　"任怀苏，"她已经安静了好半天了，突然出声，"你不是个和尚吗？为什么想要娶老婆？既然是和尚，怎么可以穿儒衫？"

　　"因为天兆。而且，我已还俗。"他的声音一如既往地平淡，既可以说是从容平静，也可以说是空洞，没有丝毫感情。

　　她像听见了天大的笑话："因为天兆？因为老天提示你要娶妻，所以你就娶妻？难道是老天提示你要你来娶我，所以你就来娶我？"

　　他颔首，并没有错。天兆所示人间将毁，丹霞向献神请示，所现的提示是要逆转天机，他必须杀妻，而符合他所要的"妻子"的条件的，只有陆孤光。虽然这人选是姬珥所定的，但既然让他注意到她，并且她恰好正在附近，这就表示天意所指，真是如此。

　　"老天怎么没提示你要去娶一头猪、一条狗呢？"她冷冷地道,"天兆天兆,天兆到底是什么东西在胡说八道,你倒是信得很。"

去娶一头猪或一条狗?他又怔了一怔,这他倒是从未想过。若是他娶了一头猪为妻,那么是否会比娶陆孤光更好一些?"姑娘说得有理。"

她勃然大怒:"你是说我和一头猪、一条狗一样吗?你还很遗憾老天没提示你去娶猪和狗吗?……"她还没发作完,只听任怀苏又道:"你说一枚鸡蛋,是否算作一条性命?"

她呆住,什么一枚鸡蛋?"鸡蛋要是算性命,你们和尚不是早已吃了千千万万条性命,别以为我不知道你们和尚也吃鸡蛋!"

"原来如此,果然……不能娶一枚鸡蛋为妻,否则……"他喃喃自语。如果鸡蛋算一条性命,他若娶了一枚鸡蛋,杀妻岂非心安理得得多?

"你……你……"他还在那里自言自语,陆孤光已经被他气得七窍生烟,他的意思是他不但很遗憾天兆没要他娶猪和狗,而且还很遗憾没有要他娶一枚鸡蛋了?他把她当个女人看待了吗?他只是把她当作"一条性命",这简直让人忍无可忍!"任怀苏!"她挥出鬼扇,一个巨大的鬼影直扑他头顶,"我要杀了你!"

02

浓黑鬼影正要向任怀苏扑下,突然发出一声尖叫,瞬间消失无踪。陆孤光一呆,任怀苏还没动,难道竟能凭空收去厉鬼?却见任怀苏一拂衣袖,一股清风向山坡后的一样什么东西拂去。

一团浓密的烟气在树林后滚动,就像一团聚集在一起的云。入目的一瞬间,陆孤光只觉全身颤抖,身上的鬼气竟然一丝一丝向这团云中飘去,鬼扇中万鬼齐呼,却是惊恐之音。她掩面急退:"那是什么东西?"

"不知道。"任怀苏指拈法印,向那团云点出一指,一枚细小的东西直往那团云深处弹去,骤然那团云一阵急涌,竟然膨胀开来一下吞没了任怀苏!

陆孤光大吃一惊,手握血流霞,一声急喝,血流霞乍现万道血芒,她用鬼扇作刀剑向那团云急切斩去,只听"当"的一声脆响,似乎那团云深处有个什么坚硬的东西。在听到脆响的同时,一摊浓稠的液体当头淋下,云雾却渐渐散了。

她一把抹去脸上的黏液,急急叫道:"任怀苏?"

雾散云消,任怀苏从树林中走了出来,毫发未伤。她松了口气,低头一看,自己全身被一层古怪的黏液包裹,血流霞的光芒竟比平时强烈了几倍。她心里明白,方才那团云必定是一种极其罕见的恶鬼,或是一团极其凶煞的鬼气,但终究敌不过血流霞之威,被收入了其中。

任怀苏已走到她面前,将一块巾帕递给她。她满手是黏液,手中鬼扇"啪啦"一声掉在地上。他帮她捡了起来,用巾帕一点一点帮她擦去脸上古怪的黏液。

她站在那里不动。他像对待孩子似的,帮她擦了脸,又擦了手,随后拉起她的手往一侧行去。

"干什么?"她的声音很凶,但心里并不想凶他。

"山坡后有一条溪流,此时夜深人静,且此处应当人迹罕至,姑娘可放心洗浴,我会为姑娘守护。"他的话语依然很平淡,但莫名有一股温暖沁心而入,陆孤光依然觉得他是个假人,但却并没有先前那样讨厌他了。

他们很快走到了溪边。溪水四周都是丛林,月光受树木阻挡,洒在溪面上的并不多。她脱了衣裙,慢慢下水洗去被那团鬼云泼下的黏液。

血流霞和其他衣物一起被放在了溪岸上。溪岸上较为空阔,月光就映在血流霞上,血流霞遍体的红光闪烁不定,仿若其中有妖物蠢蠢欲动。任怀苏背对着溪水,眼帘微合。微风吹拂,他的衣袂微微飘动,衣袖上点点水晶映射着身后的血流霞之光,竟显出一片鲜红。

陆孤光仍在洗浴。

血流霞慢慢散出一片红光,笼罩了半个溪岸。任怀苏衣袖上的红光也越闪越盛。随着红光慢慢扩散,他身上缓缓升腾起一个影子,慢慢往上飘浮,盘旋在他的背后。在血流霞的红光之中,那人影越来越清晰,依稀是一个男子的模样。

窸窣声响,被陆孤光摆弄了一天的那只松鼠拖着条绳子慢慢跳了过来。它竟没有逃走,或许是不劳而获的习惯让它一路跟了过来,在任怀苏身前跳跃。

任怀苏闭着眼睛,他虽听见了松鼠的声音,却并未看见自己身后的变化。突然间身后那人影一闪,重新没入任怀苏体内。乍然间血流霞红光尽敛，任怀苏那一头长发骤然扬起，发色奇黑，在风中张狂飘散得如一株黑柳。就在这一扬之时，地上那跟来的松鼠咚的一声仰倒在地，气息断绝，仿佛是被那骤然爆发的妖气所杀。

陆孤光在溪水中洗澡，突然见溪岸红光大盛，吃了一惊，心想难道血流霞出了什么意外？不会是任怀苏要把血流霞毁了吧？她匆匆洗完，从姬珥赠送的物囊中拿了套衣裙出来穿上："任怀苏！"

她冲上溪岸，只见血流霞好端端地躺在地上，她一把抓住血流霞，却不见任怀苏的身影。"喂，任怀苏！"她四处寻觅后，抬起头来，只见溪岸边一处山岩上，任怀苏长袍飘拂，居高而坐，一轮硕大的圆月正悬在他身后。他坐得并非很高，不知怎的却令人觉得奇高；他并未在看何处，却让人觉得他目下之地全是荒沙绝境，没有丝毫生机。

"任怀苏！"她不知道他什么时候上了那山岩，不久之前她分明看见他还在溪岸。那坐在山岩上的姿态，即使她只认识了这人一天，也觉得那绝不是任怀苏的姿势。

山岩上的任怀苏转过头来，那奇异的气势就在他转头的一瞬间消失殆尽，仿佛只是她深夜产生的错觉。他站起身，一纵一跃间飘然落地："姑娘无恙否？"

03

她摸了摸后背，方才洗浴时，隐约看到后背似乎多了个斑点,但总不能叫任怀苏帮她查看。"你坐在山上干什么?"

他显然愣了一下,似乎全然没有想过为何他要坐在那山岩上。他思考了半天,还是无从回答。幸好这时陆孤光目光一转,瞧见了树林中的一样东西:"那是什么?"

那是一堆杂乱的东西,却并不像石头。任怀苏目力极好,瞧了一眼便说:"那像是一堆……蛋壳。"

蛋壳?她立刻想起刚才她一扇斩去,自浓云中泼下一大堆古怪的黏液,她恍然大悟:"难道刚才那团浓云里面包裹的竟然是一个巨大的蛋?"

任怀苏走近那堆东西,那的确是一堆巨大的蛋壳,仍隐约弥散着妖气,只是不知其中原本是什么怪物,地上也不见什么怪物幼崽的行踪。"这种古怪的巨蛋,不知是何种鬼怪?"

"我见过的鬼千千万万,也从来没听说过有这样的蛋。"陆孤光冷冷地道,"天知道是撞上了什么万年不遇的鬼东西?"

"这种鬼气似乎应天地变化而生,和一般厉鬼不同,姑娘将它击破后,身上可有异样?"他拾起一块蛋壳,蛋壳上还镶嵌着一枚碎玉,这怪蛋应是在他用醉皇珠的碎片撞击,以及陆孤光那一扇的合力下爆裂的。地上也有许多古怪的黏液,月光之下,只见那黏液下的杂草正在缓缓生长,长出一些稀奇古怪的形状。

"孤光!"他心念电转,"你去看溪水中是不是也——"

她听他蓦然叫了声"孤光",心里一乐,回头望去,只见她刚才洗澡的溪水中几条鱼跃上水面,但它们却渐渐变形,变得有些不像鱼。任怀苏一扬手,数点碎玉射去,击毙那些怪鱼,只见怪鱼死后化作一阵黑烟,宛若鬼魅。

这枚巨蛋中的黏液,生物一旦沾染上了,似乎就会发生异变!任怀苏击毙那几条鱼之后,溪水中一阵翻涌,一双巨大的羽翼自水下轰然打开,哗啦一声,一条身躯庞大的蟒蛇从水里抬起头来,在它颈后,竟生着一对出奇巨大的红色翅膀。

这是什么东西?陆孤光心中一寒,刚才那黏液彻头彻尾地淋了她满身,怎么她却没事?难道她真是不属于这世上的生物?那条蟒蛇从水里抬起头来,只见它牙齿不住变长,颈侧慢慢长出一些肉团,接着肉团急剧生长,竟长出八个蛇头。

不过片刻,这条普通蟒蛇就变成了九头蛇!月光之下,九头巨蟒吐出九条蛇芯,蛇眼炯炯地看着任怀苏和陆孤光,随后巨大的红色羽翼突然扇动了一下,蛇身升起,竟似要飞起来的样子。陆孤光目瞪口呆,她见过尸变,也见过鬼变,但没有见过一个活生生的动物能在这么短的时间变成这种样子。啪的一声,鬼扇打开,被她横在胸前。但她心里有数,这东西是从怪蛋变来的,怪蛋能吸收鬼魅之力,恐怕用厉鬼攻击它不会有效。"任怀苏,这东西能吸收孤魂野鬼,要怎么收服它就看你了。"她对自己扇了两下风,突然起了幸灾乐祸之心,舒舒服服地在一旁坐下,打算把这头怪物丢给任怀苏去操心。

反正她收不了这蛇怪。

任怀苏双手空空,立在原地,那条蛇怪九个口中渐渐吐出九股烟气,凝聚成一股比夜色还黑的黑气,向他吹来。

她冷眼旁观,只见任怀苏并指一划,剑气破空腾啸,隐约有晶光白芒掠过,几近肉眼可见。那条气势惊人的九头蛇在他并指剑气一招之下刹那间四分五裂，化为满天血雨，淋了任怀苏一身。他回身敛袖，鲜血顺着他微散的一缕乌发滴落在白衣上，一滴、两滴、三滴……

狰狞的血色在他身上攀爬，却如绝色之树静静开了一树桃花。

她笑了，觉得他那身桃花很美，却又隐约觉得似乎有什么事不对。

这假人淡泊无欲，从里到外空空如也，可他既然是这么无欲无求、兼爱众生的人，为什么会修炼意念化剑这种凌厉至极的武功呢？并且他使出的剑气晶莹泛白，说明这功夫已经被他练得登峰造极，他曾经绝对付出过极大的努力。

任怀苏啊任怀苏，你当真只是一个听从天命、无欲无求、从小到大都乖乖念经的高人吗？

很可疑。

但看着任怀苏那清澈的眼神，那种一举一动皆俯仰古今的气度，陆孤光又觉得他仿佛不那么可疑了。

"姑娘？"度过了危机，他又开始叫她"姑娘"。

陆孤光凉凉地应道："公子，什么事？"

他一怔，轻咳一声："孤光……"

她托腮看着他："嗯，什么事？"

"你身上……无恙否？"

"你要检查吗？"她拉开上衣，露出肩背，"怕我在半夜变成什么妖魔鬼怪，咬你一口吗？"

拉开衣裳，她本以为会把任怀苏吓得闭上眼睛，却见他十分仔细地查看着她的背。她呆了一下,反倒不自在起来:"有什么好看的?"

月光之下,他伸出手指轻轻摩挲她的背,那种温暖又奇异的触觉让她全身都起了鸡皮疙瘩,她勃然大怒:"任怀苏!你干什么?"

"别动,你背后有两条奇怪的痕迹。"他凝气在指,按在那粉色的痕迹上,它们看起来就像是两条浅浅的疤痕。他在那痕迹上点下四指大圣佛印,"孤光,这痕迹一定和那怪蛋有关,不知为何怪蛋的汁液在你身上不能导致变化,但仍需小心。四指佛印能镇压邪气,一旦佛印被破,我就能知情。"

她穿好衣服,一时间不想看他的脸:"方便你知情以后马上赶来,像刚才那样用剑气把变异的我切成八块吗?"

"孤光……"他的声音变柔和了,那波澜不惊的声音一旦变得柔和,就仿佛充满感情,"你明知我不是这个意思。"

她哼了一声,本想反驳得他哑口无言,却有些不想再说。背对着任怀苏,她坐在地上看刚才用来洗澡的那溪水,溪岸边一地鲜血,蛇怪的躯块到处都是,月亮大而妖异,她却觉得这景色很美。

安详而惬意。

身后有任怀苏温暖的气息,寒夜的风微微吹过两人之间的空隙,过了一会儿,她轻轻向后挪动了一步,背脊轻轻地贴在任怀苏身上。他还站着,她的背靠着他一侧,他没躲开,反而轻轻摸了摸她的头。

被他摸头很舒服。他的手掌柔软而有力,按在头顶的力道适中，她惬意地享受着他轻轻的抚摩，卸了力道向后重重一靠，就这样靠在他身上睡着了。

任怀苏由她靠着，一直没动。为何要抚摩她的头，为何要让她靠着，他也不知，但她就像只并不太坏的小野猫一样，当她靠过来的时候，他不但不忍推开，还有些莫名的欣喜。

天慢慢亮了。

第三章
莫谈石中火

01

两人翻山越岭，经过十余日行程，距离横地火山还有十几里地。

他们已看到天空中浓郁的烟尘，地上草木稀疏，四处都是深色石块。马匹走到这里已不肯再前进，幸好烟尘蔽日，陆孤光可以下马而行。

传说极日之珠就在这横地火山之中，却不知具体在火山里的什么地方。"既然极日之珠夜里会发光，那等到晚上再找好了。"她看任怀苏四处张望，问道，"这里离火山还有一段距离，地上也什么都没有，你在找什么？"

他"嗯"了一声，却依然在找。过了一会儿，他从地上搬起一块平整的石板，开始搭屋子。陆孤光无聊地坐在一旁，想着任怀苏一定有搭房子的癖好，走到哪里他就把屋子搭到哪里，在树林里扎草屋，在河边挖山洞，在这火山脚下他竟然要摞石头。

这一路他搭了七八间屋子了，倒是便宜了那山林中找不到窝的小动物。她悻悻地看着他搭屋子，虽然知道他是怕她晒到太阳，却一点也不感恩戴德。

这男人啰唆又麻烦，不管干什么都想做到最仔细、最好。

任怀苏很快搭出个石屋的雏形。她随手拾起块石头，朝它掷了过去。只听轰然一声，那半成形的石屋顷刻间倒塌。她凉凉地看着任怀苏——她没觉得他搭屋子不好，只是想把它砸坏而已。

他也没生气，又一块一块地重新摞起来。

等任怀苏把石屋搭好，天上的烟云已经散了些，阳光透过烟尘射了进来。陆孤光进到石屋里坐着，百无聊赖地望着门口黑色的石块和明丽的阳光。"任怀苏，你去看看附近有什么吃的。"她说的"吃的"，就是指肉，并且她也不是和他商量，完全是在命令他。

这十几日来都是他去店铺买牛肉或肘子，但此地位于横地火山区，满目荒凉，哪里来的什么肉食？他却当真向外走去，东张西望，好像真的能找到什么。

怪人，难道他以为在这种鬼地方真能找到什么东西吃？她托腮看着任怀苏越走越远，感觉眼下有红光微闪，是她颈上的血流霞发出了少许红光。她拿起血流霞看了几眼，觉得有些奇怪，现在正是白天，并没有月光，为什么血流霞竟会发出红光？

任怀苏离开的时间有些长，长到石屋外的阳光已经渐渐淡了。陆孤光从石屋里出来，有些诧异他去了这么久。天色已经暗淡下来，远处的火山口散发出朦胧的红光，她潇洒地甩了甩衣袖，飘然向火山口而去。

谁规定她一定要坐在这古怪的石屋里等他回来？她叫他去找食物，又没说要等他。

火山口光芒不盛，却出奇地酷热，陆孤光轻挥鬼扇，一步一步往前探去。她畏惧光线，但并不畏火，鬼扇上飘散的阴冷鬼气能除炎热，鬼影散出，簇拥着她笔直往前掠去。

火山口流下的岩浆远比她想象的多，但是不知为何那些岩浆颜色黯淡，毫无光彩；在距离火山口不到十里的地方，草木尽毁，却有一头身躯巨大，颜色焦黑，似猪非猪的东西在岩浆旁悠闲地踱步。陆孤光停了下来，目不转睛地看着这头古怪的巨兽，这东西绝不是她一时的眼花或妄想，再仔细一看，越靠近山顶的路上，这种巨兽越多，竟有数十头之多。

这是什么怪物？

她自鬼扇里召出一个鬼魅，指使它朝最近的一头巨兽扑去。黑色的鬼影散发着丝丝寒气，轻飘飘地附向那头巨兽，却见那巨兽懒洋洋地动弹了一下，那鬼魅刹那间便消失不见了。她吃了一惊，只有遇到极强烈的阳气，阴寒厉鬼才会瞬间消失，这怪兽生活在火山边上，不惧岩浆，或许当真怀有极强的阳刚之气，那就是她鬼扇的天生克星。

也就在巨兽一仰头的时候，她瞧见它颈下有亮光一闪，黄昏之中，那亮光明亮至极，竟如彩光爆耀，光线直达数丈之外。她眼睛一亮，难道这巨兽颈下的东西，就是传说中的极日之珠吗？

既然有所怀疑，她说干就干，鬼扇一扬，数十个厉鬼飞扑而出，团团围绕住距离最近的那头巨兽。巨兽仰天嘶吼，黑色鬼气在它身畔散发出耀目的森然蓝光，骷髅们形影飘忽，不时喷溅起团团血雾。她远远地看着那头巨兽在鬼影中冲撞，竟然丝毫不见衰弱，这被鬼影包围的若是一个人……即便是十几个人，也早就化为一堆枯骨了。

眼见形势不妙，她一扬手，三点精芒直射巨兽，只见寒光暴闪，那头巨兽突然爆体，点点血肉冲天飞起，瞬间被残余的鬼影吃得干干净净。熔岩横流的地上留下一块闪亮的东西，她一招手，那东西受鬼影牵引飞来，落在她的鬼扇之上。

那是一块晶莹剔透的碎片，散发着强烈的光芒。

这种光并不让她难受，它既没有阳光中的强烈阳气，也没有月光中的强烈阴气，是一种自然柔和的平静的光。

甚至，有一点沁凉。

这东西让人在岩浆旁也感到沁凉，她恍然悟到刚才那个巨兽就是因为长着这块晶石，所以才不惧高温酷热。但这只是一块碎片，并不是一颗完整的珠子。

这东西在夜晚……真的能像太阳一样吗？她看着鬼扇上的碎片，发现自己并没有想象中那么高兴，阳光……也许并没有那么好。

或者也许并没有那么重要。

她轻轻触了触那个碎片，碎片很凉，触感很舒爽，是个很讨人喜欢的小东西，代价却是一条性命。她应该比想象中更喜欢这个东西，但不知道为什么，她觉得这东西也不怎么宝贵，没有它也没关系。

因为她现在不觉得缺少什么,也不觉得孤单寂寞或无聊。

陆孤光抬起头向后看看,任怀苏并没有找来,他跑到哪里去了?她突然有些生气,飞奔回刚才那间该死的石屋,东张西望了一会儿,任怀苏依然不在。她呆了一下,突然想到这呆子顽固不化,不会跑到哪里去割自己的肉煮给她吃吧?

就在这时,风中传来一股浓郁的肉香,她的眼睛立刻亮了:"任怀苏,你出来!"

02

任怀苏的身影从远处慢慢显现,他手里提着一个打包得很仔细的布包,看起来里头好像是一个炖罐。她心里一乐,随手把刚才获得的那块碎片扔了,瞪眼看着他:"你跑到哪里去了?"

任怀苏打开那布包,布包里果然是一个炖罐,他打开盖子,里面竟然是热气腾腾的炖牛肉。她心花怒放,接过炖罐就吃,脸上的表情却还是冷冰冰的:"你煮的?"

"五十里外有一家酒楼。"他温和地道。

原来两个时辰里他来回跑了一百里。她鄙夷地看着他,跑得还真慢,枉费他武功练得这么好。在她吃肉的时候,他注意到地上的碎片:"这是——"

她漫不经心地指指火山口,含含糊糊地道:"那边山上,有许多长着晶石的怪物……"

任怀苏拾起碎片,仔细端详:"此物内含灵光与地气,绝非凡物。"

"我管它是不是凡物,任怀苏,这是不是极日之珠?"她不耐烦地问。

"这可能是炼制极日之珠的一种材料。"他回答,"此物若能在丹炉中熔化,聚合数块之光,炼成一种能在夜间照明的夜明珠并不奇怪。"

陆孤光正舒舒服服地坐在石屋前任怀苏摆好的两块石椅上,以纤细秀美的手指拈着块牛肉慢条斯理地嚼着,闻言凉凉地说:"那怪物厉害得很,天生是厉鬼克星,我用了三支天棱箭才将它收拾了,但我身上的天棱箭只有三支。"

她的意思就是叫他去杀生。任怀苏眼帘微合:"姑娘——"

"公子——"她声音拖得老长老长地应。

他顿住话语,将声音放柔:"孤光,天生万物,生死各顺其理,你若想要这种晶石,我可去寻找病故的巨兽尸首,你只需稍等几日,我必能——"

"放屁!"她冷冷地道,"假惺惺!你说着不杀生,我去杀生你却不在乎,你只在乎自己动不动手,没见过像你这样虚伪的假和尚!再说,十几天前在湖边,你不是已经杀了一条蟒蛇吗?难道那蟒蛇就不是万物之一,就活该被你杀死?杀都杀了,现在再装,你不觉得无聊吗?"

她只是随口说说,何况她说的全是实话,又没有诬赖他,说完只是淡淡地回视了他一眼。却见任怀苏眉头微蹙,仿佛思考了许久,过了好一会儿才问:"我……杀了一条蟒蛇?"

她奇了，他明明杀了条蟒蛇，难道过了十几天就把它忘了？"当然是你杀了一条蟒蛇，你忘了？那天在那什么山头的湖水中，一条蟒蛇长出了九个头，你一挥手就把它杀了，杀得干净利落，切成了好几十块……"

他的脸色变得有些苍白，却没有再发问，缓缓闭上了眼睛。

他常有这种表情，她给自己扇了扇风，想着这人难道脑子不大好，会有短暂的失忆？"喂，你真不记得了？"

他不回答，风中突然传来一阵淡淡的腥味。两人同时转身，只见石屋周围无声无息地亮起了一点点冷光，一些焦黑的脊背在岩石后移动，喷动鼻息，他们竟是不知不觉间被那些巨兽给包围了。

"怪了，难道这些怪物还想给它们的同伴报仇？"她真是诧异，刚才她杀那巨兽，自认为并没有惊动其他巨兽，不知道这一大群是怎么过来的？

"它们是为了这个来的。"他拈着那块晶莹的碎片，碎片在黑暗中不但发着光，还隐隐约约飘散出一些白烟，随着白烟袅袅消失，碎片慢慢显得圆润，显然在一点一滴地挥发消失。陆孤光凑近嗅了嗅，只能闻见任怀苏身上那股非花非草的清新气味，其余什么也嗅不出来。"这东西有味道吗？"

"有一点……"任怀苏沉吟道，"食物的味道。"

"食物的味道？"陆孤光瞪大眼睛，"肉的味道？"说到食物，她只能想到肉。

他摇了摇头，声音沉静却不容质疑："食物的味道。"

她的脑筋转了三圈，依然没懂，而这时候周围那些蠢蠢欲动的巨兽有几头已经爬上他们搭建石屋的这个平台，嚎叫着一步一步向任怀苏走来。

任怀苏将手中的碎片放在地上，一头巨兽走来，舌头一卷，果然把那碎片卷入口中嚼了起来。其他巨兽抬起头，目光炯炯地看着任怀苏和陆孤光，她叫了起来："它们不会以为我们也是——"

"恐怕是了，你我都摸过那晶石碎片，都有那气味。"任怀苏一挥衣袖将她拦在身后，"我想这晶石并非天然生成，而是它们吃了某种食物，在胸口凝结成的晶体。凡是染有那气味的东西，恐怕都会被认为是食物。"

"该死！"夜色已经降临，陆孤光鬼扇一挥，成千上万鬼影扑出，笼罩住离她最近的五头巨兽，同时她嘴里凉凉地说，"任怀苏，我的天棱箭已经射完，这怪物有四五十头，你爱杀不杀，我懒得管你。"

却见任怀苏并指指向已经向他扑来的几头巨兽，这些巨兽生活在岩浆旁边，喷出的气息炽热异常，不逊火焰，任怀苏那剑气白光闪过，血溅满天，三头巨兽被拦腰切断，夜空中刹那间飘起了一团红雾。

陆孤光呆了一下，手下鬼影受血污之助，威力大增，而任怀苏眼帘微合，双手双袖向外拂出，数十道白光闪过，剑气交织纵横，四十多头巨兽就此身躯崩裂，化为一地血肉。

血在漆黑的岩石上蜿蜒流淌，一直流到陆孤光的鞋前。

她微眯着眼看着任怀苏。

杀人她不在乎。

杀兽她自然更不在乎。

只不过她原本觉得已经有些了解这个人，现在却有些受到打击。

任怀苏一直闭着眼睛。

地上的血依然在流，一点一滴，慢慢洇湿了他整个鞋底。

"喂，杀生了闭着眼睛就想不承认吗？还是你又想把它忘了，下次仍旧道貌岸然地教训我不可杀生？"她收回众鬼，"自欺欺人！"

任怀苏眼睛一睁，她乍然觉得如有利器在她眼前一划而过。他一抖衣袖，负手在后，半转过身，望向了满地血肉。

那一抖一负手，那寂冷的一转，任怀苏的背影仿若伶仃了许多，那是种奇异的错觉，他整个人宛若一具从远古而来的冷寂的艳骨。

"若不是为你，我会杀吗？"

从他所在的方向传来极低沉的一句话。

她从未听过任怀苏用这种音调说话，任怀苏平素的声音温和平淡，不扎人也不入心，当她不想听的时候他说一百句她也不会听进去，但这一句即便他站得离她稍远，声音又缥缈低沉，她还是清清楚楚地听见了。

听见了，并且哑口无言。

她第一次沉默了。

而他继续转身，弯腰慢慢从血肉丛中拾起一块晶石……再拾起一块晶石……

她呆呆地看着他踏在那些血肉上，看着他洁白的手指染满鲜血，他拾了一手晶石，五指一握，那些晶石被他握碎，随即亮光爆耀，他以烈阳真力强行炼化那些碎末，只见烟雾蒸腾而上，晶石碎末扎得他满手是血，他却漠然以对。一炷香时间过后，一颗浑圆明亮，比月色更皎洁柔和的晶珠浮现在他手中，他用他染满血的手托着，一步一步向她走来。

她站在那里，一动不能动。

他将晶珠托到她面前，嘴角微微一牵，竟是朝她欠身，做了个仿若极恭敬奉承的姿态。

为什么……在他欠身的时候，她感觉到的是一股极冷蔑的寒意，而不是被视若主君的喜悦？她接过了晶珠，收入怀里，这东西必然就是传说中的极日之珠，她毫不怀疑。

在她收下晶珠的时候，任怀苏直起身来，他靠她靠得极近，近得她想后退，但她没有后退，而是冷冷地瞪了他一眼。

他又无声动了动嘴角，是那种意味不明的笑，随即他抬起手指，将他食指上染的血，慢慢涂在了她的唇上。

既有地上怪兽的血，也有他自己的血。

颜色都一样鲜红。

不分彼此。

他涂得很慢，慢得她能清楚地感受到他指尖的温暖，她觉得很诧异，但并不讨厌或害怕。

血……对她来说是一种食物，更何况蕴含着浓烈佛气的血液是如此香甜。

伸出舌头，轻轻舔完唇上的鲜血后，她冷冷地看着他。

他到底想干什么？

他却并没有干什么，抬起手指，他的视线落在自己染血的指尖上，随后微吐舌尖，也轻轻地舔了一口。

她心头怦然一跳。

他的唇色如此浅淡，以至于沾染了些微血迹就显得血色分外浓郁……

他忽然开口："甜的。"

她心头又是一跳："你不是吃素吗？你不是不杀生吗？"

他唇角染血，那抹血浓得像永远抹不去的漆："为你啊。"

她心跳如鼓，脸色却是一沉："呸！你是为了你的天命，才不是为了我。任怀苏你就是个极自私的人，你做事都是为了你自己，从不管别人怎么想。"

"别人？"他抬起头来，"人间只有你和我，何来别人？"

她一怔，只见眼前任怀苏那张脸骤然变为一个巨大的空洞，一阵阴寒至极的狂风蓦地吹来，鬼扇中万鬼齐呼，那空洞中响起更加铺天盖地的鬼啸，她就在这瞬间的异变中突然失去了知觉。

03

京城。

木兰溪畔，丹房之中。

身着淡紫衣裳的儒生端坐在那尊相貌秀丽、非男非女的神像前，房中丹炉热气极盛，飘散着缕缕青色细烟，周遭弥漫着一股馥郁的芳香。因为丹房极大，虽然一侧丹炉生火，儒生坐的这一侧却并不炎热。

就在静坐之时，忽听咯的一声脆响，他凤眼一睁，只见神像前一只茶盏无风自落，碎裂在地。他沉吟片刻，燃起一把淡青色的干草，只见烟雾袅袅，在空中形成两个大字——"鬼躯"。

鬼躯？他目不转睛地看着那两个大字，献神在他虔心侍奉之下预言从来不假，这突如其来的"鬼躯"二字，究竟是什么意思？

正在此时，门外传来"笃笃"两声轻响，有人悠然开口："神棍，我要进来了。"

紫衣人衣袖一挥，大门轰然而开，丹房内的热气喷涌而出，来人并不畏惧，一脸笑意，悠然踱了进来。

那空中的"鬼躯"二字竟然仍旧未散，来人一身水晶衫，绕着那两字转了两圈："果然有问题。"

"姬珥，你觉得哪里有问题？"紫衣人声音犹如瓷器敲击一般，"上次天兆出现，怀苏身上圣气沛然，绝对不假，我认为他便是天兆所指的万圣之灵，然而今天献神无端显出'鬼躯'二字，我正在思考这二字将应验在何处。"

"我不信神，不知道什么神谕，我只相信我眼前所见。"姬珥手里提着个锦缎香囊，"你见过这个吗？"

紫衣人接过香囊，里面装的是一缕黑发。"这是——头发？"

"不错，正是头发。"姬珥勾唇而笑，"是任怀苏任大师的头发。"

"这头发——"紫衣人脸色微变,他从袖中取出一截干枯的枝干,那枝干细小而弱,不知是什么东西的一段,点燃之后火焰细弱,却呈现出一种奇异的紫色。他抽出黑发中的几丝,试图用这燃烧的枯枝去点燃它们。

微风吹来,姬珥饶有兴致地看着他,只见紫色火焰靠近,那几丝头发宛若有知觉一般扭了几扭,竟然避开了去。紫衣人按住头发,强行将它点燃,只听隐隐约约一声微弱的惨叫,那几丝黑发就如幻影一般消失了,不留任何痕迹。

姬珥哈哈一笑,他并指如刀,直接将剩余的黑发切断,却见黑发断后再生,不久之后断去的两截头发便生得一模一样的长短。"我不信神,也不信鬼,但这种头发实在——"他再次瞧了那"鬼躯"二字,"实在不像人发。"

"这的确不是人发。"紫衣人低声道,"这是鬼发。"

"鬼发?何谓鬼发?"姬珥兴致盎然。

这时,空中的"鬼躯"二字已渐渐淡去,紫衣人抬起头来:"有一种人,跳过了死的过程,他的躯体并没有死,但他并不是活人。但凡遭遇这种境遇的'人',必然是受到了极大的刺激和痛苦,痛苦到他来不及'死'就直接化为了他物,并且是极凶极恶的东西。身体化为鬼躯的'人',身体里的血很少,伤口会很快愈合,拥有超越常人的力量,即使是一根头发也拥有极强的恢复力。但是——"他长长吁出一口气,"鬼毕竟是鬼,即使他拥有人身,也有畏惧的东西。"

"比如说——紫龄树?"姬珥看着他手中那截未燃尽的枯

枝,"这是上古奇木,传说在极阳之地生长千年方成,你是从哪里找来的?"

"这不是重点。"紫衣人看着那非男非女的神像,"你说——这是怀苏的头发?"

"千真万确。"姬珥颔首。

"那么——也许你我该到碧扉寺走一趟。"

"你有兴致,我当然奉陪。"姬珥微笑,"你在怀疑什么?莫非在怀疑我们圣洁善良的任大师不是人,而是鬼吗?"

"他若是厉鬼,不可能承受得住圣气。"紫衣人淡淡地道,"依照他自身修行的佛气,再加上天降的圣气,任何厉鬼都将灰飞烟灭。"

"但事实上,这是鬼发,而我确定,这就是任怀苏的头发。"姬珥依然眉目含笑,"他若不是鬼,那会是什么?"

04

陆孤光醒来的时候,还牢牢记着失去意识之前眼前所见那恐怖的一幕——任怀苏的头不见了,变成了一个巨大的黑洞,那黑洞里传来万鬼的呼声,竟比自己鬼扇里的还强上千百倍。

但此时她眼前并没有鬼洞,也没有成千上万的阴魂,只有任怀苏那张温和白皙的脸。他正神情平静地看着她,目中略带一点关切,但也仅有一点而已。

她抬起手来,捏了捏他的脸,他微微有些意外,却并不抗拒。

昏倒前所看见的那些，难道只是一场梦？她缓缓坐起身来，抬眼望去，只见石屋外立着许多坟冢，竟是在她昏倒的时候，任怀苏给那些不知名的怪兽立的坟。

"任怀苏。"她呆呆地看着那些坟冢，心想这其中一定有什么古怪。

"何事？"他的声音很温和，近乎温柔，和之前那空旷低沉的嗓音完全不一样。

"这些东西——"她指了指眼前的坟冢，"你立的？"

他颔首。

"那这些东西——是谁杀的？"她听见自己的声音空荡荡的。

他缓慢却坚定不移地道："你。"

她张口结舌地看着他，有一瞬间她心中一片空白，过了好一会儿她突然醒悟——杀了蛇怪和门外那些怪兽的人，并不是眼前这个人。

眼前这个人永远安然自若，无心无情，他不会杀生。

会杀生的是他身体里的另外一些东西——一些在嗅到血腥气的时候突然蔓延出来的东西，就像附在他身上的一具白骨。

一具狰狞的白骨。

她对眼前这个淡而无味的男人并无兴趣，但他那剧变的妖异竟能令她有些胆寒，让她不得不特别关注附在他身上的未知的东西。

这世上能让她怕的东西实在不多。

"孤光?"他看她望着他若有所思,"极日之珠已经取得,我们走吧。"

她点了点头,突然觉得自己有些可笑,因为自被族人驱逐的那日起,自己就没有如此听话过。

他的一只手臂徐徐伸来,托住她的臂膀,扶着她一步一步往前走。

她吃了一惊,顿了一顿才明白,他以为她眼神飘忽是因为身体不适,所以出手相扶。

他虽然扶着她,却并没有看她,也没有与她贴得太近,仍旧端然前行。

她索性装作全身无力,让他扶着她往前走,成全他的善心。

这个人太纯粹,他不能接受"杀生"这种事,所以一旦遇到血腥的场面,他身体里那些诡异的"东西"出现的时候,他就自动忘却了杀戮。

如果能让他相信自己其实早已手染鲜血,他脸上的表情一定很好看,他的心一定会受到无法承受的打击,那时候他会怎么样?

会去死吗?

她嗅着他身上清新的气息,心里恶毒地想。原来和任怀苏这种"妖怪"相比,自己的确是个活生生的人。

他才是个货真价实的怪物。

火山在身后,他们已经走得离它很远了,陆孤光对任怀苏异变的恐惧渐渐淡去,突然兴起一个新的主意:为了自己的安全，她一定要搞清楚附在这个男人身上的那股强大的鬼气是什么东西。那汹涌的杀性及判若两人的神态和音调，究竟是他的性格古怪，还是真的有厉鬼附体？又或者，这个人根本也是半人半鬼呢？

她相信这世上再没有人比她更了解如何洞悉一个鬼的实质。

今夜正是十五，是鬼蠢蠢欲动的日子，她要饲鬼。

时间平淡无奇地过去，他们离开了火山，却依然在荒山野岭之中，任怀苏以为她身体不适，所以两人走得很慢。

夜色很快就降临了，任怀苏在地上生了一堆篝火，又去寻找树枝、树叶来搭建木屋。陆孤光靠着块石头坐着，心里盘算着各种各样的计划，手上小动作也不停。她先是悄悄地往篝火中掷入一块东西，随后从怀里摸出一袋粉末，洒在任怀苏可能坐下的地方。

任怀苏回来得很快，他手上抱着不少树枝，对她方才鬼祟的举动丝毫未觉。他将树枝放下来，又开始搭房子。"孤光，今夜月光明朗，你身体不适，还是小心为上。"他解下他的外袍，仔细搭在她头上，将她全身包住，"十五月圆之夜，月光对厉鬼有利，姑娘为御鬼之人，务须小心谨慎。"

"啰唆！"她冷冷地道，"你管我小不小心，和你有什么关系？"

他也不生气，仍是仔细将她包好。

然后他就坐了下来，从姬珥送的包裹里取出几个红薯，放在篝火中烤。陆孤光觑着他泰然坐下，他坐的那一片地上洒了拟龙的骨骼粉末。拟龙是一种似龙的巨蛇，生于尸骨堆积之地，天生有聚鬼之能，它死后骨骼依然能够影响鬼魅，是御鬼秘术之一。任怀苏坐在拟龙的骨骼粉末上，似乎浑然不觉。

她已知道，他不是魂魄之身，不论是眼前这个任怀苏还是附在他身上那杀性惊人的另外一些东西，都不是魂魄。

凡是魂魄，就会受拟龙之骨的影响。

火焰升腾跳跃，她假装闭目睡去。任怀苏在她身边盘膝而坐。他每晚都会打坐，似乎从不在乎她在他静坐的时候是否会对他动手动脚。但这怪人身上带有不少佛门圣物，她也不敢对他轻举妄动，搞不好就会像上次那样被他身上莫名其妙的圣物炸伤。

篝火愈发暗红，她掷进篝火中的是一种奇异的香料，它能散发出与上等生灵相同的香气，这种暗香人类嗅不到，但对以噬魂为生的妖物和厉鬼却是天大的诱惑。如果任怀苏是捕食生灵的妖物或者厉鬼，一定会有所感应。

但他依然坐在火边打坐，不要说有什么反应，连头发也没动上一根。

难道他不是鬼？

这不可能。

他有鬼发，他会受杀戮影响，他甚至一度打开了鬼门——虽然只是开了个洞，还没有全开。

但那已经很可怕了，人不可能拥有打开鬼门的力量，一旦鬼门开启，游荡在地狱黄泉的凶煞厉鬼就会涌入人间，从此人间就生死不分，人鬼莫辨了。

他有鬼之力、鬼之发，他却不是鬼？

有这样的事吗？

一个人，一个圣人，怎么会莫名拥有无法想象的厉鬼之能？

可她又能感受到他身上浓郁的佛气，那不是假的。

一个从小修佛的人，是如何兼容自己身上的鬼气的？鬼气为什么不受他佛气的影响？佛气为何又似乎对鬼气的存在浑然不觉？

一定有什么关键她没有想到。

红薯的香气飘散，一只受香气诱惑的老鼠悄悄钻到了篝火边上，她看到任怀苏睁开眼睛，从篝火里取出一块红薯，递给了那只老鼠。

那只老鼠被他吓了一跳，转身逃得无影无踪。

她在心底哼了一声，假仁假义！不过他能直接伸手进篝火——以他的修为，短暂探手入火不会受伤；如果他是鬼，却万万不敢伸手入火。他确实是个人，但会是什么样的人？

月色渐渐明朗，月已到中天。

她不能再装睡下去，饲鬼的时间到了。

月色清澈明亮，一阵缥缈的呜呜声从她身旁的鬼扇中传来，任怀苏睁开眼睛，只见一缕缕黑色烟雾从扇中飘起，一团、两团、三团……那烟雾飘升的速度极快，转瞬之间，两人身体周围十丈之内竟然已经布满这种黑雾。但这些黑雾显然畏惧火焰，在篝火周围留出了空地。黑雾遮住月光，陆孤光脱下任怀苏给她披上的衣服，缓缓站了起来，从怀里拔出一把短刀，在手腕上一划，点点鲜血顺手腕而下——只听鬼啸如呵，呜呜作响，血滴不等落地就被鬼影掠去，只见千千万万的鬼影如飞萤一般在她手腕下交织飞舞，追逐掠夺那滴落的点点鲜血。

她站着，鬼影此时已经从高空飞下，都盘旋在她腕际，没有了遮挡，天上的月光径直落在她肩上，她白皙的肌肤散发出淡淡的荧光，脸色不知是因为失血还是因为月光，显得格外苍白。

正在此时，一片阴影移了过来，她侧头一看，任怀苏手持油伞，缓缓站到她身边，为她遮住月光。

也许是因为心有所思，在他走过来的时候，她不自觉地对他一笑，视若友伴一般的笑。

他一只手撑伞，一只手递了条白布过来，她一时没明白，睁眼看着那白布。

看了好一会儿才醒悟——那是条可以用来包扎伤口的白色棉布。

"孤光，身体发肤，不可毁损。"他在说话。

"你的圣师不是教你要割你自己的肉去喂老虎、喂鸽子吗？我喂鬼有什么不可以？老虎是众生，狮子是众生，难道鬼魅就不是众生之一了吗？"她冷冷地道，"我不喂，这些鬼就会饿死，大师你的慈悲心在哪里？"

他将白色油伞轻轻递给她，双手帮她包扎起伤口，未得鲜血的鬼影齐声嘶吼，一起向任怀苏冲来，他拾起她的小刀，在自己手腕上割出一道伤口："我佛慈悲，是不可见他人之苦。"

她向天翻了个白眼，千千万万的鬼影转而争食任怀苏的血，他的血分外浓稠，流得非常慢，过了片刻，他又持刀在手腕上划了一道。她心头微微一动，凝目去看他手腕上的伤口，他的伤口划得很深，出血却极少，在划下第二刀的时候，第一刀竟然快要自行愈合了！

这是——？

"任怀苏！"她突然一把抓住他的手，"我有事要问你，你从小到大当真一直都在寺庙里修行？这二十几年来你记得多少事？你师父是谁？你在碧扉寺里住了多久？告诉我，马上告诉我！"

05

茂宛城。

姬珥和紫衣人一起进入碧扉寺。

这是一处皇家寺院，并非常人能进入。它建在宫城之南，规模并不大，然而里面建筑恢宏壮丽，处处金碧辉煌。两扇大门为檀木所制，单是这巨大的檀木就不知价值几何，门上门环为纯金所制，其上均刻有密密麻麻的梵文。

很少有人知道这座寺庙的存在，因此这里的香火并不旺盛，一年到头几乎没有人会到此烧香礼佛。寺庙平时大门紧闭，少有人出入，加上门口那些难以辨认的梵文，附近的百姓倒有一大半不知道这处金碧辉煌的庭院是一处寺院，多半以为是哪家富户的私宅。

寺内既不撞钟，也没有早课，一年到头都是静悄悄的。

这就是任怀苏曾经居住的地方。

碧扉寺里的僧人极少，只有两人，一人便是任怀苏，另一人法号忘归，乃七八十岁的老僧。寺院香火如此稀薄，却能如此奢华，全是因为它是皇家兴建的一处别院，每年七月，本朝云氏皇族就会来此礼佛，此乃云氏皇族六十余年的祖训，但为何如此秘而不宣，恐怕只有皇族中极少数的人方能明白其中的原因所在。

姬珥对此觉得莫名其妙，在他看来，每年为这座既不中看又不中用的寺院投入大笔金银，完全是在浪费财力，又不得任何回报。正是朝廷这种作风，才养成任怀苏视金钱如无物，随便挥霍别人的钱财就如自己的一样那种恶习，真是可恶至极，罪不可赦。

姬珥已经来过碧扉寺两次。第一次是来拜佛，结果碧扉寺闭门不见，说他与佛无缘；第二次是在他认识任怀苏之后，有一天不知何故天降惊雷，把碧扉寺的佛堂劈开了一个比人头还大的洞，任怀苏要他修缮佛堂，因为那间佛堂造价高昂，材质惊人，虽然朝廷每年划拨十万两白银供他挥霍，但仍旧补不上佛堂的损失。十万两白银对姬珥来说不算什么，但他一直很好奇，为什么烧香拜佛的佛门圣地会被惊雷击穿？难道坐在西天的佛祖不保佑他的信徒吗？

紫衣人却已来过碧扉寺很多次，他的身份不同。

他的名号为丹霞，是当朝第一的炼师。

炼师，也可称丹士，以炼丹为主，平日兼修仙道，修为高者,有通达仙境、知过去未来、点石成金、撒豆成兵之能。

丹霞有多少能力连姬珥也不知晓,但至少他的预言已多次被证实,辅助皇朝避开了不少大劫,也正因如此,丹霞被云氏皇族奉为上宾,每次皇族到碧扉寺礼佛,丹霞都在随行之列。

更因为与怀苏的交情,他时常到碧扉寺做客,多年以来,从未发现有哪里不妥。

碧扉寺,看起来只是一座香火稀薄、华而不实的普通皇家寺庙而已。

但——真是如此吗?

两位贵客到达碧扉寺,忘归和尚平静地奉茶,对他来说,似乎怀苏在与不在都一样。寺内一切平静,没有丝毫异常。

碧扉寺内奉上的仍是当世最好的龙泉碧血,这是一种极少见的寒茶,极少有人会长期饮用这种茶叶。此茶生长在极寒之地,攀岩而生,枝叶如铁,极难采摘,滋味更是奇苦奇涩,和"香茗"二字浑然无关,但它独有一种特殊之处,让它享有大名。

它是一种佛门圣品,据传有极强的驱邪解毒、空灵己身的功效,佛家饮用此茶一日,便可以数日不食而不觉饥渴,并且此茶还能清除一切污秽,让身体更加圣洁无垢。

但龙泉碧血稀少昂贵,其性又极寒,若无上乘内力在身,长期饮用对身体有害无益,把它拿来当茶水喝的,除碧扉寺之外,恐怕再也没有其他地方了。

从前姬珥和丹霞来时,并未怎么关注过龙泉碧血,任怀苏性子极清淡,喜好寒茶也没什么稀奇,但今日看来,这种镇邪圣品不免让人别有所思。

"忘归大师，自从怀苏离开之后，寺里可曾发生什么异常之事？"姬珥面带微笑，含蓄地道，"我俩结伴而来，是想向大师求证一事，不知大师能否应允？"

忘归和尚看起来消瘦干瘪，模样难看之极，甚至有几分骷髅相，和身着一袭水晶衫、容颜极美的姬珥在一处，浑然是一幅古怪的画面。听闻姬珥开问，老和尚也不惊讶，四平八稳地喝下一口寒茶："姬施主想问什么，老衲清楚，却不能回答。"

"为什么？"姬珥唇角挂着明知故问的笑意。

"阿弥陀佛，施主明知故问了。"忘归和尚站起来，"老衲虽然说不得，两位施主却可以自己去看。"

"看？去哪里看？"丹霞问得直接，他来碧扉寺不下十次，不觉得有何处他不曾看过。

"方丈武房。"

武房？

丹霞和姬珥对视一眼，武房是怀苏练武之处，平素大门紧闭，两人虽然来过寺中多次，却当真从未想过踏入武房。

碧扉寺方丈禅房之后，有一间很大的武房，是方丈专门练武之处。

方丈武房大门呈朱红色，门的绦环板上浮雕蓝色云纹，门的格心左边雕有金色游龙，右边雕有游龙所追逐的烈日，金龙全身以金箔贴成，身周云海涂以宝蓝之漆，单这一扇大门就价值不菲。碧扉寺为皇帝所建，处处金碧辉煌并不奇怪，但寺庙中雕有龙纹，大概也是天下唯一了，在这里出家的难道是皇帝不成？

　　任怀苏显然不是皇帝。

　　当朝云氏从未有过什么禅让或者出家的记载，也无失踪或软禁之事。

　　忘归和尚打开大门，面无表情地退下了。

　　姬珥和丹霞凝视着那扇缓缓打开的华丽大门，门内，将会有什么呢？

第四章

谁人曾覆面

01

"自小到大?"任怀苏微微一顿,"并无特异之事。"

"怎么会没有特异之事?你父母是谁?你何时出家?你何时开始练武?你念经拜佛是为了什么、悟了什么?怎会并无特异之事?"孤光呼吸急促,瞪大眼睛,"快说!"

他澄净地看了她一眼,仿佛觉得她如此询问很是奇怪:"贫僧忘了。"一说到过去,提及拜佛,他还会不知不觉地自称"贫僧"。

"忘了?"她呆呆地看着他,"不记得了?"

任怀苏点了点头,神色端庄自然,毫无欺骗之意。

她以古怪的眼神看着他:"你——"

他一身白衣,端然宁静,无瑕无垢地看着她,宽容她的惊诧。

而她惊诧得快要疯了——这人——这人竟然根本就不知道,他已不是人,他是个活生生的尸魅啊!

尸魅，为人所化，已不再是人。但与鬼不同的是，它是尚未感觉死亡就已经死去的人身所化，即使是见鬼多矣的陆孤光，也只在族人的传说中听说过这种妖物的存在。

尸魅——不死之鬼，鬼中之妖。它形成的条件极其苛刻，必须是人身未受半点伤害而突然遭遇到超越死亡的痛苦，来不及死亡就已经死去。她没见过尸魅，不知尸魅是否会将生前的一切全部忘记，但任怀苏似乎是当真不记得了。

他非但不知道自己是尸魅，甚至还多年虔心礼佛，修行深厚。

她终于知道他身上的鬼气和佛气是如何融合的——他虽有尸魅之身，却有佛心，他的师父以大量镇邪之物压住他的鬼气，加上寺庙多年净化之力，将他的鬼气降到最低。但她身上鬼气浓重，任怀苏与她相处日久，渐渐受到影响，那尸魅之气才一点一滴地显露出来。

但无论如何，尸魅都是一种凶性强大，极端残忍的妖物，在传说之中，凡是全村暴毙，或是某处连续不断发生极端残忍的凶案，若找寻不到凶手，多半就与尸魅有关。而像任怀苏这样宛若活人，神志清醒，还礼佛多年的尸魅，她真是闻所未闻。

但他的魂魄虽然不记得，他的身体却显然是记得的，每逢嗅到血腥气，他身体中嗜杀暴虐的凶性就会爆发。并且在他遭遇变故成为尸魅之前，他一定是一个超乎寻常的武学高手，看他出手用剑气杀死蛇怪的气势就知道，他绝不可能从未杀生，也绝不可能只待过寺庙念过佛。

任怀苏不是一个圣人，竟是一个尸魅。

陆孤光手握血流霞，要收服任怀苏也并不是没有可能，但她此时此刻却浑然没有收服任怀苏的念头，而是兴起一个极可怕的念头：她是不是应该为世除恶，杀了这个尚未觉醒的尸魅？

月光当头，众鬼依然狂舞，任怀苏在手腕上划下第三刀——尸魅之血极少，所含鬼气却是人血百倍，得食尸血的众鬼鬼气暴涨，至少数月不必再次喂食。她看着他一刀刀往自己手臂上割，心头微微一软："时辰过了，你把你的手臂包起来吧。"

月过中天，她收回众鬼，篝火旁一片平静，仿若什么都不曾发生。

他的脸色略显苍白，她瞧了他几眼，并不打算告诉他尸魅无法自行产血，血液失去一滴便是一滴，永远不可能恢复。虽然失去所有的血液尸魅也不会死，但是无血的尸魅凶性将更为炽烈，它们会本能地追求血液，但喝下再多的血，它们的身体中也不可能再存得住血液。

尸魅身体中的血，或许是让它们更像"人"的因素之一，任怀苏之所以宛若活人，说不定便是因为他从未失血。

但他的血，却是为了她而失的。

"孤光！"他的话向来不多，但一开口便唤"孤光"。她其实很少被人这么唤，刚听的时候并不习惯，此时听来却觉得他唤得分外绵软，她心里一烦，一把把他推开："任怀苏，你不要以为替我饲鬼就了不起，今晚的事就算了，我不和你计较，下一次你再随便插手我的私事,你我的约定便一笔勾销!"如果任怀苏是个人,想娶她还勉强有些道理,可他却是尸魅,她活到这么大,见过的听过的鬼事千千万万,但还从来没听说过尸魅娶妻。

尸魅只会杀人,没有感情,要如何娶妻?

她冷着脸看了一眼任怀苏,看着他满眼的澄澈慈和,这个人,不管眼神有多温柔,所作所为有多体贴,也不过是个只知杀人的僵尸而已,根本没有丝毫感情。

所谓的温暖、柔和,都只是假象罢了。

他想娶她,难道是为了她身上的血流霞?陆孤光的脸色越发冰寒,血流霞有驾驭万鬼之能,尸魅如果得到血流霞,完全可以聚起打开鬼门的能力,鬼门一开,人间沦灭,这难道就是任怀苏的目的?

但即使没有血流霞,他也几乎打开了鬼门。如果是觉醒的任怀苏,也许他拥有的力量是任何人都无法想象的。但既然他还没有觉醒,根本不知道自己是尸魅,那又何来打开鬼门之说?

"孤光?"任怀苏见她久久没有说话,便缓缓打开油伞,再次举在她头顶。她不说话,他也不再询问,就静静站在她身后。

白色油伞的影子投在地上,像一轮黑色的明月。

微风吹来,两人衣袂俱飘,陆孤光一字一字冷冷地问:"任怀苏,我再问你一次,你为何要娶我?"

"因为天兆。"他仍然这样回答。

"你的天对你说了什么?"她低声问。

"人间将灭,为避免此险,我必须有所作为。"他回答。

"是吗?"她心头微微一松,他虽然不知道他自己是尸魅,但却知道有灭世之险,"娶我,就能救世吗?"

他微微蹙了眉头,一时间仿佛不知该如何回答,过了片刻,他沉静地道:"能。"

她仰起头闭上眼睛,难道天兆——是指引这个毫无自觉的尸魅来到她的身边,然后让她杀了他了事?尸魅是不死之身,要杀尸魅,唯一的方法是让他服下血流霞,血流霞能驱万鬼,为万鬼之克星,服下血流霞,尸魅将恢复死人之身。

"孤光,夜色已深,山中寒冷,休息吧。"他温和的声音自身后响起,声调依然无比平静。她睁开眼睛,哼了一声:"你去睡,我不睡!"

任怀苏当真盘膝坐下,闭目打坐。孤光接过油伞,坐在离他稍远的一棵大树之下,目不转睛地看着他。

颈上戴的血流霞在闪光,陆孤光现在明白为何近来血流霞闪光闪得如此厉害,恐怕在见面之初,血流霞和任怀苏就在互相排斥,甚至已经有她不知道的变化发生。

月光温润柔和,如一顷清波,触手微凉。

她突然看见月光之中似有丝丝银光慢慢自任怀苏天灵灌入,一丝一缕,空灵如梦,翩跹婉转,却绝非幻觉。

那是什么东西?

随着那似烟似梦的银光冉冉而落,血流霞的光芒渐渐淡去，慢慢恢复原状。她能感觉到任怀苏身上鬼气渐消，最后竟被荡涤得丝毫不存，一股光明纯净的圣洁之气自他四肢百骸沛然散出，竟似衣袂指尖都在焕发微光一般。

天降圣气……

日月精华之所聚……

竟然是落在一个尸魅身上！

她目瞪口呆，茫然看着眼前的景象，这从未见过、无比矛盾的奇观，依然在静静地发生着，并不是她的错觉或梦。

02

方丈武房的门缓缓打开。

姬珥尚未看清房内究竟有什么东西，骤然一道电光劈来，来不及招架，他脖颈一偏，那光芒直射丹霞，丹霞瞬时避开，只听砰然一声巨响，对面佛堂的墙面上开了一个人头大小的窟窿。姬珥目光一转，上一次碧扉寺的佛堂是如何损坏的，已是一目了然。

大门洞开，忘归和尚远远避开，一眼也不往里面瞧。姬珥和丹霞凝目望去，只见房间中央一块人身大小的玉石闪闪发着光，不知是什么东西；左半边墙壁是书架，放满经卷书籍；右半边墙壁崩破凌乱，伤痕累累，竟全是被剑气所伤。

自那块玉石向左，地上一尘不染，整整齐齐；自玉石向右，墙壁坑坑洼洼，地上砖石崩裂，宛如遭遇了毁天灭地的浩劫一般。

右边墙壁破损处露出黝黑的石块,丹霞看到后目光微微一凝,这是一种极其坚固的岩石,看来这间武房在修建之初就已知会遭到极大的破坏。姬珥绕着那人身大的玉石转了一圈:"这可是传说中的奇玉,醉皇珠的原石,醉神玉吗?"

丹霞颔首:"此种奇玉亦是镇邪除魔之物,醉皇珠不过重约二两,已是得享大名,这块神玉竟有一人来高,说是稀世珍宝并不为过。"

"我从来没有听说过,醉神玉还会发出这种杀人的电光,难道是我们俗人来看,它不欢迎?"姬珥一笑,以手中卷轴敲了敲那块神玉,方才门开之时,电光凌厉如刀,现在他在上面敲来敲去,神玉却一动不动,似乎只是一块死物。

"醉神玉只有在遭遇邪魔侵蚀之时,才会发出浩然圣气,但能令它聚成如此凌厉可怕的电光,不知原本武房之中,存有怎样的邪气?"丹霞望向忘归和尚,"大师,我等愿闻其详。"

忘归和尚面无表情地指了指武房内墙上挂着的一幅画。

那画卷挂在玉石左边那面墙上,一尘不染,画面清晰可辨。姬珥和丹霞细看许久,那画中是一个白衣将军样的人物,身材颀长挺拔,手持长枪,骑在马上,然而面上覆有一张绣着狰狞可怖骷髅的黑色面纱,不见面目。

虽然看不见面目,但这张面纱却已足够有辨识度。传说先皇开国之时,为其开疆御敌,率领黑旗军征战万里的第一功臣,就是如此一位面戴黑纱的人物。并且此人文武双全,在云氏建国之后,被先皇封为大将军。此人的姓名从来不在传言之中,自朝野以下,都以覆面将军称之。

姬珥目不转睛地看着那幅画:"传说覆面将军在先皇登基当年病逝,虽然他曾立下惊世之功,死后却不立碑刻字,只要求把骨灰葬于城西十里——城西十里,莫非就是此地?"

丹霞却是目不转睛地看着经卷书架上的另一样东西,那是一卷被随意放置的布匹,虽然依旧整洁,却看得出是多年旧物。他一步一步走过去,缓缓提起那布匹,姬珥随即看了过去,只见布匹被抖开后,几块铁甲依旧闪闪发光,这是一件衣裳。

或者说是一件布甲,只在胸口简单镶了几块薄薄的铁甲,装饰的意图多过于防御。

丹霞和姬珥一时无声。

这衣裳和画上覆面将军所穿的一模一样。

"他曾经是谁,二位施主可已知晓?"忘归和尚合十。

姬珥见他神情肃穆,隐隐有一股悲然之态:"容我放肆,大师当年可也是黑旗军中的一员?"

忘归和尚双眼陡然一睁,眼中神光暴涨,但不过一瞬,那光彩又迅速敛去,他低眉合十,并不回答。

他虽然不回答,但姬珥已知猜中,既然这位老和尚是黑旗军中的一员,那么任怀苏是谁,答案已昭然若揭。丹霞眉头微蹙:"黑旗军征战之时,距今已有六十余年,若怀苏真是他,他怎会如此年轻?除非——"

"除非——除非他并非常人。"姬珥一笑,接住了他的话。

丹霞继续道："他如此年轻，并且对当年之事全无印象，一心相信自己在碧扉寺中长大，他常年饮用龙泉碧血，甚至他的武房之内存有如此巨大的一块醉神玉——大师，多年苦心的欺瞒，众多的镇邪之物，只是想保住他不致发生变化，是也不是？"

忘归和尚不答："阿弥陀佛。"

"丹霞，是想保住他不发生哪一种变化？"

"尸变……或者鬼变……"丹霞缓缓地道，"他不是人，是尸魅啊。"

姬珥握住卷轴，眼睛微合："他当年到底遭遇了什么困境，名扬天下的覆面大将军，怎会变成尸魅？先皇以醉神玉将他镇在碧扉寺内，不会仅仅是感恩，应当别有所图吧？"他略一沉吟，看了忘归和尚一眼，"可也是与天兆有关？"

忘归和尚依然合十，不言不语。

姬珥在武房内慢慢踱了一圈："本朝笃信神鬼之道，六十余年前开国之时，据说也出过一位精通预言之术的丹人，莫非此人在六十余年前就已获知灭世天兆？这一次的天兆，丹人皆感任怀苏为万圣之灵，但他实为尸魅，既然是尸魅，便不可能拥有纯洁圣体，那众人预感中的万圣之灵究竟是谁？他为何能生得与任怀苏一模一样？"他再踱半圈，"如果这一次的天兆在六十余年前就已成形，当初的圣体应该已在任怀苏身上，那就是当时那位丹人为了毁坏圣体而将他变成了尸魅？因为有不死之身，圣气就无法转世，它会长期盘踞在任怀苏体内，又因为他不是纯洁圣体，所以永远无法成为万圣之灵,所以怀苏不死,人间不灭?"他看向忘归和尚,"是这样吗,忘归大师?"

忘归和尚叹息一声,虽不说话,神情却满是凄凉之意。

姬珥知晓自己的猜测虽不中亦不远,哈哈一笑:"所以碧扉寺是想维持他这种不死不活的状态,先皇将他镇在此处,是为了江山千秋万载,永世不灭。"

"姬珥,过去或许是如此,但如今情况已不同,"丹霞突然插口,"怀苏在碧扉寺内修行多年,他的鬼气近乎消失殆尽,前阵子沛然圣气已将尸魅体质全然洗清,只要他佛心坚定,他依然是万圣之灵,这就是灭世之兆第二次出现的原因。"

"嗯?"姬珥俊美的长眉一扬,"那就是说他这次离开碧扉寺,选择杀妻一事,倒也非有错,而是势在必行了?但是——"

"不错,他必须找到方法自毁圣气,我不知道当年的前辈使用什么方法让他变成尸魅,但必然残酷至极……"丹霞叹了口气,"尸魅是人间至恶的妖物,万万不能让他觉醒,只能期盼他心性坚定,真的能迎娶鬼女孤光,而后杀妻立罪,毁去圣体。"

"万一他在途中就已经觉醒呢?那圣体岂非也同时毁去?有何不可?"

"一旦尸魅觉醒,一个有当年覆面将军那样威能的尸魅,又拥有不老不死之身,这人间即使不灭,又有何种办法逃脱浩劫呢?"丹霞微微一叹,"尸魅是不死的,杀生是它的天性，它能开鬼门，一旦它打开鬼门，人间又与鬼域有何不同呢？"

"阿弥陀佛，"姬珥的水晶衫在醉神玉的映衬下闪闪发光，"问题大了，问题大了。"

第五章

人生何谈情

01

荒山之上,月色已经淡去。

任怀苏睁开眼睛,他显然对方才日月精华灌顶的情形丝毫不知,一睁眼便道:"孤光。"

"孤光孤光孤光,"她冷冷地道,"一天到晚叫个不停,有什么好叫的?"

任怀苏没再说话,抬眼看去,昨夜的篝火未熄,一旁的地上竟然破天荒地躺了两个烤熟的红薯,是陆孤光一大早丢在火里烤好的。一向只有她要他到处找肉给她吃,这还是第一次她为他准备食物。任怀苏一向没什么太大的情绪,却也道了一声谢谢,拾起一块掰开吃了一口。

这日是个阴天,并不见阳光。陆孤光折了根野草,若有所思地看着他的鞋子:"你会饿吗?"

他停下动作,双目一闭:"不会。"

"那你为什么要吃?"她问。

"食欲,世人皆有。"他答得很认真。

她哑口无言。他不知道他根本不必吃饭,他就算永远不吃也不会饿死。看他吃得这么平淡简单,若是她方才把血流霞包在红薯里面,恐怕他照样会浑然不觉地吃下去。他此时温润平和的神情,几乎让人全然忘却了他杀戮时的样子。

他只要不染血,也许永远都是这个样子。

一直到一百年、一千年以后,直到他认识的人都老去、死去,他也许才会意识到自己的与众不同。

而自己呢?陆孤光在想自己究竟算不算一个"人"。在一百年、一千年以后,自己究竟会不会死?如果自己并不会死,那人间变为鬼域有什么不好呢?她为什么要救世?为什么要为那么多不认识的人担忧害怕?眼前这个尸魅虽然危险,却是生平第一个对自己好的"人"。

她斜眼看了正在打包行囊的任怀苏一眼,如果这个人即使变得残忍嗜杀,却依然可以对自己好的话,那灭世也没什么不好。

"任怀苏,"她突然问,"那天你说这世间没有别人,只有你,只有我,那是什么意思?"

他很讶异地抬起头,认真想了很久:"我曾经说过?"

她笑了笑,他果然不记得了。她挥了挥手:"我们去找无爱之魂吧。"

"孤光,获得极日之珠,你果然心情颇好。"他背起行囊,之前那两匹马早就不知去向,他便端然步行。

哦,一个尸魅,也会看别人心情好不好?他知道什么叫作心情吗？孤光白了他一眼："我要去南方一处叫作无心谷的地方，那里有一种毒草，它结出的果实就是无爱之魂。"

离开横地火山后，任怀苏另买了两匹骏马，两人向南而去。自横地火山到无心谷约莫有千里之遥，即使有日行百里的骏马，也要走上十天。

但两人还没走两天，就遇到了麻烦。

自横地火山到普云县的路上，有一条大河，河水汹涌湍急，河面宽阔至极，且其上并无桥梁，想要过河，必须乘坐渡船。

而河中一艘渡船之上站着一位须发如铁的老者，双手持桨，将两人挡了下来。

"陆姑娘。"老者的声音铿锵有力，"要寻得你的行踪真是不易，足足花费了老朽一年的工夫。你可还记得老朽？"

老朽？陆孤光冷眼看着船上的老者："不记得。"

那船上的老者也不生气，淡淡地道："老朽洪堂。"

她想了想："原来你是洪家的人，怎么了？"她勒住马匹，"洪家花一年时间找我？我记得我并没要了洪世方的命，值得下这么大功夫找我？"

"老朽奉少爷之命，务必带陆姑娘回去。"洪堂仍旧淡淡地道，"少爷对姑娘一片真心，自姑娘离去之后，少爷思念不已，乃至生了几场大病。"

"思念不已？"她满面冷笑，"这种话洪世方也说得出口？他要病就病死好了，与我何干？"

"少爷相思成疾，非姑娘不得救。"洪堂语调不阴不阳，平平淡淡，即便话语夸张，也显得毫无玩笑之意。

"让路！"陆孤光懒得与他废话，手中鬼扇一握，假若这老头还要挡路，她就要了他的命。

"阿弥陀佛。"

一声佛号传来，大河之上，另一艘船缓缓而来，一位白衣和尚站在船头："此魔头杀孽甚重，入得鬼道深矣，早非常人可比。洪施主正当年少，家学渊源，武功人品均为上选，岂可耽于区区孽缘？此魔杀我众多佛门弟子，今日魔陀定要降妖除魔，杀此妖孽。"

她一掠目，这第二艘船上不止站着魔陀一人，林林总总竟站了十来位面目陌生的武林中人，个个面色不善，想也知道是她各路仇家。她行事不分善恶，更不忌结仇，仇怨结得多了，便也懒得分清何人是何来路，闻言她只冷哼一声："要降妖除魔的我见得多了，你们一起上吧！"

"陆姑娘若不和老朽离开，只怕洪家也阻拦不住魔陀大师的除魔之举。"另一艘船的老者淡淡地说。

她神色木然，手中鬼扇斜挥，一圈淡淡的鬼影在扇缘飘动："洪堂，回去告诉洪世方，恨我的人多了，不在乎多他一个，他若不想活了，要病死就赶快病死，拖累别人为他出生入死算什么男人？你若没胆子下来动手，那就快些回去，少在这里掺和。"

洪堂的老脸变了一变，却是不动。

陆孤光不再理他，瞟了一眼一旁的任怀苏，他一直很安静，就如没有看见大河中那两艘船一样。她心中有些不满。大概和他"娶妻"无关的事，他都不关心也不想出手吧？她是被寻仇惯了的人，这些是她的事，和他又有什么关系呢？

他是一个未觉醒的尸魅。

他没有感情，不是活人，只是一具依照"天兆"活动的肉体而已。

嗖的一声箭鸣，一支长箭从河中大船上射来，她鬼扇中一道黑光闪过，长箭化为飞灰。就在她出手的瞬间，船上众人纷纷出手，大家畏惧她鬼扇之威力，不敢近身，一时间种种暗器飞刀迎面而来，夹带各门各派伏魔之物，或念珠，或道符，或奇诡咒术。

陆孤光人在马上，鬼扇挥动间，众鬼呼啸，一个个形如骷髅的怪影自她身体周围蹿出，向大船扑去。船上众人的暗器纷纷落空，在怪影之间化为灰烬，众人大惊失色，纷纷躲避。就在骷髅黑影即将笼罩大船之时，魔陀一声大喝，念出一长串奇门咒语，骤然一道火光闪现，大船烈烈燃烧，一瞬间船上众人厉声惨叫，在大火中化为焦炭。十数条冤魂之力化入火焰，火光自河岸蜿蜒而来，围绕着陆孤光和任怀苏二人转了几圈，奇异地闪烁不灭。

她为魔陀一举手杀了十几个自己人用以增强伏魔阵的举动吃了一惊，定睛再看的时候，只见火焰绕着自己和任怀苏转了三圈，火线蜿蜒曲折，竟是构成了一个巨大的伏魔咒。这火线必是魔陀在她到来之前就用引火之物在地上画好的，一旦自己入了这个圈子，他就杀人引冤魂之力来镇她。

这自诩为降妖除魔之人的和尚，下手竟是如此毒辣。她不知道魔陀在地上画的是什么符咒，只见骷髅黑影受火咒所侵，慢慢淡去。魔陀在慢慢倾颓的大船上双手合十，继续念咒，过了会儿，全身也开始起火。他竟不但杀人伏魔，连己身都要献祭进去，不惜身亡也要杀了陆孤光。

她凝视着大火中慢慢沉没的船，那船上的和尚已成了一个火人，却屹立不倒，仍在念咒。

她想她究竟是做了什么，能让人这样恨她，恨得不惜害死这么多人、害死自己也要她死呢？

为什么有人思念她思念得要病死了，有人怨恨她怨恨得不惜死，她却都不记得自己做过什么？

02

炽热的火焰蓦地升高——魔陀已死，布阵人的精魂汇入阵中，让这伏魔阵更加宏大，比三昧真火更炽烈的高温扑面而来，里面还掺杂着浓郁的佛气和怨气。她身处烈焰之中，却不觉得炎热，低下头来，只见怀里有物闪闪生辉，一股清凉温淡的气息一直围绕着她，外面的佛火魔火再狰狞可怖，也伤不了她分毫。

她突然有些想笑，真可笑！

那是极日之珠啊！

身怀极日之珠，不惧烈焰，不畏黑暗。

所以最怕光线的她现在并不怕火。

不过任怀苏身上并没有极日之珠，所以他肯定要遭受伏魔阵的狂焰烧灼。但陆孤光侧头看去，在烈焰之中，他脸色平静温润，四周衣角连一缕青烟也没升起，似乎比她还要从容。

烈焰狂烧，如狂龙怒虎，吞噬方圆数十丈的生机。

奈何一直到这方圆数十丈的野草枯木烧尽，连江水都变色泛红，鱼虾死绝，兔熟鹰落，那站在阵心的、早就该化为灰烬的两个人还站着。

两人毫发无伤，连所骑的两匹马都没被烧掉一根毫毛。

魔陀若知晓，定然死不瞑目。

洪堂的船只避出去很远，此时又慢慢靠岸。

看着岸边烈焰烧灼后的惨状，再看看陆孤光毫发无伤的样子，洪堂说话比刚才更慎重了三分："陆姑娘，少爷对姑娘绝无恶意，还希望姑娘看在曾在洪家住过几日的情分上，见我家少爷一面。"

"不见。"她断然拒绝。

洪堂嘴角抽搐了几下，陆孤光如此威势，打是必然赢不了，说又是说不动，枉他在洪家当了三十年总管，也是无可奈何。就在这时，他突然注意到了在陆孤光身旁还有一人，此人着白衣，骑骏马，一直与陆孤光并辔而立，并未说话。

这人是谁？他试探着抱拳开口："这位公子……救人一命，胜造七级浮屠。纵然陆姑娘对我家少爷无情，也望姑娘能当面说清，断了我家少爷的念想。"

她一句冷冰冰的"不去"还没说出口，却见任怀苏点了点头，她顿时一怔，那句"不去"也就忘了说出口。

他居然在听！

他还很认真地点了点头。她有些目瞪口呆，也有些哭笑不得，瞪眼看着他："你是什么意思？"

"救人一命，胜造七级浮屠。"任怀苏姿态安详，语调平缓，的确是认真的。

"我和洪世方的事，用得着你来点头？"她冷笑了，"你以为你是我什么人？"

他极认真地看了她一眼，眼神是温暖柔和的，口中仍然缓缓地道："救人一命，胜造七级浮屠。"

她本有一肚子的冷笑和冷嘲热讽，这一刻却突然都说不出来了。这人分明是一个尸魅，但他认真的样子，那种仿佛极有感情的眼神，那种仿佛真的会悲悯世人、关心别人的眼神，真的挺好看的。

让人心头微微一跳，莫名想要多看一眼。

所以她莫名其妙地闭了嘴，莫名其妙地上了船，莫名其妙地和任怀苏一起去了洪家。

江北洪家五十年前是江湖大豪，然而子孙不肖，此时家业虽大，却已不复当年风光。如今洪家家主洪羌因练功走火入魔，已重病缠身，将不久于人世。洪羌一共生了两个儿子，长子洪放沉迷酒色，三年前和人争夺青楼花魁被打出严重内伤，挺了五日便先洪羌而去，故而次子洪世方已是洪家唯一的指望，也是传宗接代唯一的人选。洪世方和其兄完全不同，自小便是谦谦君子，无论文才武功都属江湖俊彦之流，奈何去年在蔚山见了陆孤光一面，就此成了孽缘。这陆孤光既谈不上美貌，更丝毫谈不上兰心蕙质、贤良淑德，但不知何故洪世方就是一腔深情，痴痴追随，终是请了她到洪家做客。这不做客倒好，一做客洪家长辈赫然得知爱子竟是迷上了这妖女，当即如临大敌，邀约了数十位江湖高手对阵陆孤光。当夜陆孤光面露冷笑不战而走，而洪世方就此得病。

时隔一年，她又要踏进洪家了。其实她对洪家的印象并不太深，从不曾记住里面的什么风景，就如她对洪世方的印象一样。但有人会刻骨铭心地想她，会想到痛苦，想到绝望，想到卧病在床、生不如死，她心底始终是高兴的。

就如当初她答应洪世方到洪家做客一样，有个人想对她好，愿意千里迢迢地找寻她，求着她、盼着她和他同行，愿意说尽这世上所有的甜言蜜语，害怕她任何一点的不愉快……这样的感觉，怎会不好呢？所以她与他同行，所以她走入洪家。

只不过，她喜欢这种感觉，同时也讨厌这种感觉。她从未期盼洪世方能为她做点什么，答应到洪家做客，早已想过这是不是一种陷阱，然而一路冷眼旁观，除却洪世方片刻不能停歇的狂喜和痴恋之外，她什么也没有看见。

他没有想到他的父母会如临大敌，也没有想到他如此诚恳而卑微的相陪，居然并没有换来臆想中的一片真心。

洪世方，不过是个傻孩子。不像任怀苏。

那个不是人的妖物，一路上，都把自己当孩子一样照顾。

但……她也不怎么讨厌被人悉心照顾的感觉，就如这世上没几个人会真的讨厌被人痴情缠恋，这世上更没有几个人会讨厌被人耐心——无论挨打挨骂都一如既往、无怨无悔——

照顾吧？她骑在马上，今日的阳光只微微露了个头，任怀苏仍旧在身侧为她打着油伞，伞影稳定，从不摇晃，就如他那颗心一样。

她微微叹了口气，可惜无论是怎样的无怨无悔，都不是出于本心啊……

洪堂和几个洪家下人的马匹在前引路，马匹很快走入了一个城镇的大门，陆孤光抬头一看，那城门上写着三个大字"洪家镇"。她上次来的时候根本没有留意这是个什么地方，看来洪家对此地影响极大。任怀苏的马安然地跟在她身旁，她抬头去看城门，他却只是平静温和地看着前方。前方是个小小的集市，集市上人来人往，但在不远之处两扇巨大的朱门赫然可见——正是洪府。"陆姑娘，家府已到，可以下马了。"

陆孤光一跃下马，任怀苏似乎并没有在看她，但她身形一动，鞋底刚刚触地，头顶上的油伞已如影随形般移来，依然恰到好处地挡住阳光。她回头看去，任怀苏就站在她身边，而他究竟是如何下马的，竟是没人看得清楚。

洪堂捏了把冷汗，暗自庆幸之前没有和这两人动手，陆孤光浑身鬼气，已是强敌，这白衣人修为莫测，更是难以轻视的人物。

两人进了洪府朱门，洪堂立刻道："陆姑娘若是不累，可否先去少爷房中探望？"

陆孤光哼了一声："看完了，我就可以走了？"

洪堂声音依然洪亮，不亢不卑地道："只要姑娘能打消少爷的念想，断了孽缘，自然便可以走了。"

陆孤光冷冷地看了他一眼,这倒都成了她的错了?她想走便能走,难道洪家有任何一个人拦得住?若不是……她看了任怀苏一眼,恨恨地想,若不是这个人她打不过、赶不走,她岂会站在这个地方?

手指微微一暖,她吓了一跳,低头看却是任怀苏握住了她的手,她心里正奇怪,却听他道:"救人一命——"

"胜造七级浮屠。"她接口道,脸上泛出了嘲讽的笑,原来他握住她的手,只是怕她生气一走了之,这妖物还挺会替别人着想的。

听她接口,任怀苏微微一笑,似是对她尚记得"救人一命,胜造七级浮屠"这点颇为欣慰。陆孤光满脸冷笑,心想除了这句话,你就不知道说些别的了?她越发冷笑起来——好像多清高多圣洁似的,你这杀人如麻、浑身是血的尸魅!

真是笑死人了!

洪堂自然不知陆孤光心里千回百转的想法,将两人引到一座僻静的院落前:"少爷就在里面。"

这院落里的屋子皆碧瓦红墙,十分古雅,院内有莲池一座,微风徐来,草木芳香之气扑面而来,倒是卓然出尘。

陆孤光鬼扇一挥,千百点鬼火飘起护身,她执扇缓步走入院中。倒是她多疑了,院中并没有什么专门伏击妖女的江湖好汉,只有一股淡雅的药香缓缓飘散,仿若已浸透这庭院的里里外外,包括每一根栏木、庭柱。

洪世方真的快要病死了吗?她推开了房屋的门。

03

任怀苏一直跟着她，在她推开房门的时候，他收起了伞。

门内十分温暖，在这春夏之交也放着火盆，开门之时，除了药香，扑面而来的是一股浓郁的……肉香。

炖肉的香味。

还是一股炖得恰到好处，嗅到就仿佛已感觉到那肉在唇齿间融化的香味。

她几乎立刻就饿了，定睛去看，在这病人的屋里奇怪的肉香，是来自于屋角的一处暖炉。那小小的红泥小炉原本当暖新酒，此时上面却放了个约莫一盏大小的瓦罐，里面散发着浓郁的肉香。

屋内摆放着一张八仙桌，桌上全都是瓶瓶罐罐，恐怕不下于十七八种，那药香便是从这些瓶瓶罐罐中散发出来的。陆孤光眼神古怪地看着躺在床上的人——脸色惨白，形销骨立，只比死人多了口气，一个人病成了这般模样，还有心思吃肉吗？

躺在床上的人虽是望之将死，却也是眉目端正的少年公子，听见有人进来，他本就醒着，便微微睁开了眼睛，蓦地看见陆孤光，那惨白的脸色瞬间就泛红了。只见他一双眼睛死死地盯着陆孤光，一动不动、一言不发地看了好久，过了好一会儿，他闭上眼睛，喃喃地道："果然……人之将死……眼前所见总不是实……"

"你得了什么病？"陆孤光皱眉问。她可不管这位洪家少爷是如何黯然伤神,又是如何怀着决然欲死的心情说出方才那句话的。那是何等不敢奢求的心思,才会让他误以为一切都是幻觉!她不是不知道他深情,但她没耐心去领悟体贴他那一腔深情。

洪世方听了这句话,猛地坐了起来:"孤光?"

她冷冷地看着他:"嗯。"

洪世方的眼中乍现光彩,就像那消失已久的生命力突然回到了他身上:"孤光……你可是……回来看我?"他挣扎着要从床上下来,"你可是不怪我了?你……你原谅我了吗?"他踉跄着下了床,先是茫然转了两圈,然后奔向了墙角那罐香肉,"孤光……我每天……每天都盼着你回来,你看……你喜欢吃肉,我向厨娘学了手艺,每天……每天都亲手准备一罐肉汤,等着你回来。我做了一罐又一罐……不管白天黑夜……只要你回来就一定有……"他没说那罐子肉是用天山脚下的野牛颈后的肉炖成的,每头牛只得这么一小块,他每天这么炖着,洪家为这小小一罐肉已不知花费多少银两。

陆孤光瞥了那罐肉一眼,语气甚是冷淡:"这里又不是我家,我为什么要回来?洪世方,你家人恨我、要杀我,那是你家里人的事,与你无关,我分得清楚。何况洪家派人追杀我,也有不少人死在我的手下,这件事没什么可怪你的,根本与你无关。"

她说得理所当然,坦然直率,因为在她心里这不过是再简单不过的一件小事。然而洪世方听了却脸色惨白,他为洪家追杀她一事整整痛苦了一年,只当自己伤她甚深,恨不得死,结果……结果其实在她心中,他连个被怨恨的地位也没有么?若真是如此,倒还不如当初自己真是存心害她……他心情激动,满脸通红,却听她又道:"你得了什么病?"他心里猛地一跳,一阵狂喜——她毕竟还是关心他的!瞬间一分病也变成了十分,何况他本就病得只剩下一口气,洪世方张了张嘴,刚想说话,眼前突然一黑,便昏了过去。

陆孤光皱着眉头看着他突然倒下去,手中的鬼扇蠢蠢欲动,他身上的死气浓郁,引得噬魂之鬼躁动不休,果然已经病入膏肓。她看了洪世方几眼,回头问任怀苏:"你看他怎么样了?"

任怀苏一边专注地看着那罐肉汤,一边回答:"相思成疾。"他在背洪堂的说辞。

她眉头越发皱得厉害,一点把洪世方扶起来的意思都没有,只问:"相思是什么东西?"她唇边泛着不解的冷笑,"究竟是想了一些什么,才会病成这样?"

任怀苏想了好一会儿,摇了摇头:"我不知洪施主……洪家少爷心中所想。"

"相思是什么感觉?"她问。

任怀苏极认真地摇头:"我不知道。"他对"相思"或"相思成疾"这种话题毫不关心,指了指墙角的肉汤,"那个很香。"

她奇了,眼神古怪地看着他,上下打量了好几遍——一个尸魅也能分辨肉汤香不香吗?尸魅难道不是只对杀人杀得快不快、多不多有感觉吗?难道尸魅还会对肉香感兴趣?不得了了，这若是启发了任怀苏，日后他突发奇想，杀了人都拿去炖成肉汤，人间岂非彻底成了地狱？

她一边满怀恶意地想着，一边毫不在乎地点头："是，很香。"

任怀苏走过去看了几眼，将它端了过来，放在桌上："吃吧。"

他端得自然，说得也很自然，她愕然看着他的脸，他的表情也很自然。她指了指那罐肉："你叫我吃？"

"他准备了这么久，就是等着给你吃的。"他语气平静得一如晴日海水，便是扔进去一万颗石头也惊不起波涛，甚至还有些温暖："你饿了。"

就凭你，你知道什么叫饿吗？陆孤光悻悻想着。那罐肉的确充满诱惑，她端过来大大咧咧地开始吃，一边吃，一边看着地上的洪世方；而任怀苏安静地站在她身边，同样丝毫没有想到要把地上这个人扶回床上去。

等到那罐肉快吃完了，她突发奇想："任怀苏，你有没有办法知道他心里在想什么？"

任怀苏"嗯"了一声，又看了她一眼，似乎颇觉讶异。

她抱着那罐肉，若有所思地看着洪世方："我想知道……什么叫作相思。他说他想我、喜欢我……那是什么感觉？"她抬起头来看任怀苏，"具体想的是些什么呢？你也不知道吧？"

任怀苏颔首，他的确不知道。

"所以——"她指指洪世方的脑袋，"你难道不好奇吗？"

"不好奇。"他平静地回答。

陆孤光气结，她与一个尸魅谈论好奇不好奇，活该得到这种回答。一具行尸走肉，连杀人都没有感觉，还能指望他还有"好奇"这种心思？果然是任怀苏太像人了，才会让她时不时忘记他是一头怪物。

她恨恨地瞪了他一眼，披着人皮的恶鬼！

"你说你可以知道他在想什么，"她指着洪世方的头，"弄出来让我看看他是怎么样爱我的。"

任怀苏微微蹙眉，他那仿佛万年不曾转动的头脑终于动了一下，想到了洪世方这样一直躺在地上是不对的，于是他伸手将人抱起，放上了床榻。

"孤光，你与我合掌。"他一只手按在洪世方头顶，一只手伸向陆孤光，"我让你看见他心中所思。"

她好奇地伸手迎了上去，与他五指相对。

任怀苏的手指柔软纤长，是长期不太见阳光、不曾干过什么体力活的模样，那手指的骨骼略略有些变形。

他的掌骨宽大，手指很长，右手拇指的指骨微微有些歪。

那是一种……长期抓握什么东西所留下的难以磨灭的痕迹。

会是什么？

疑问在她心头一闪而过，她只听说过佛门有转移灵识一说，却从未想到过尸魅也会这种佛门奇功，就在她胡思乱想的时候，洪世方心中的感受已顺着任怀苏的手掌，从他身上传了过来。

她首先感到的，是一阵急促的心跳，仿佛体内热血沸腾，却无处发泄。

她瞪大眼睛看着任怀苏，看着他那素来淡泊无波的脸上泛起淡淡的红晕，显然洪世方的心境也影响了他，然后她想：这妖怪这个样子，还是蛮好看的。

04

过了片刻，她心中仿佛出现了一幅景象：一个面容酷似自己的女子站在窗前，窗外云飘雾绕，一片朦胧，她回过头来，轻轻地说了句什么。

说了一次又一次……却始终听不清楚，过了好一会儿，她才突然听懂那女子是在说："世方，其实……在你识我之前，我已知你许久了，我……我懂你是正人君子，懂你……"

陆孤光皱着眉头，只觉莫名其妙，而洪世方心中的幻象仍在继续，那酷似自己的女子盈盈笑着说："我早已心知你是孝顺父母、珍爱兄友之人，去年在蔚山相见的那一面是我有心为之的，其实我心中早已有你许久了。"

陆孤光皱着的眉头瞬间挑起，洪世方心中的幻象却又变了，变成了一个漆黑的深夜，那女子与洪世方背靠着背，面对着许多面目模糊的敌人，眼见那女子鬼扇挥动，所过之处所向披靡，洪世方一剑挥出，只见剑光如龙腾千里，瞬间杀敌无数。长箭从四面八方射来，那女子急喝一声："世方，你快走！我断后！"洪世方长啸一声，纵声说："不，你先走！"

陆孤光越看越觉得古怪，正在这时，任怀苏的目光也移了过来,两人对视一眼,都只见对方眼中茫然,显然洪世方这番心思,并不只她一人没有看懂。

不过片刻,景象又变,出现了洪府宅院,那女子一身锦绣,洪世方揽着她的腰,柔声在她耳边说:"孤光,你自小孤单,不知人间温情,从今以后,我的爹娘便是你的爹娘,你从前没有的,我都会给你,我会怜你惜你;不负你的深情。"

陆孤光冷笑一声,你的爹娘便是你的爹娘,如何能变成我的爹娘?她冷冷地看着榻上的洪世方,你那广邀群雄要置我于死地的爹娘啊……

而眼前光景又是一变,突然间狂风暴雨大作,那女子孤身一人,浑身是伤地倒卧在泥泞潮湿的土地上,身后洪家的人持剑追来,那女子厉声惨叫:"洪世方,我恨你!"

这般幻象连绵不绝,或是新婚之夜,那女子面罩红纱,千般娇羞、万般柔顺;或是草原之地,两人并辔齐奔,仗剑杀敌,所向披靡;或是那女子被洪家追杀时所经历的种种悲惨境遇……

终于,任怀苏缓缓收回手掌,陆孤光本来满心怒气,看得久了却只剩一片迷茫,她看了任怀苏两眼,问道:"这就是他爱我入骨、爱到生不如死的感觉?"

任怀苏缓缓摇头,她头一次觉得这个人摇头摇得这么顺眼,他真心实意地说道:"我不知道。"

"世人常说的情爱情爱,便是这种种的胡思乱想,白日做梦啊……"她哼了一声,瞥了任怀苏一眼,"他心里所想的那个女人,又不是我。"

任怀苏点了点头："那自然并不是你。"

不知为何，这句"那自然并不是你"让她心情稍微好了一些，她又瞥了任怀苏一眼，突然问："你要娶我，那你爱我吗？"

任怀苏答道："爱。"

她了解他，比起洪世方对她的了解，她对任怀苏的了解要多得多，她眯着眼睛问他："那你爱众生吗？"

"我佛慈悲，自是广爱众生。"他的语气一如方才，神情平静。

而她悻悻道："你既然已经还俗，那个佛已经不是你的了，你不广爱众生佛祖也不会怪你的。"

他用澄澈的眼眸看着她，眼中一片真诚："世人皆有悲苦，无论入不入得佛门，见悲苦之事即行善，行善即是大爱。"

她的脸色沉了下来，指着床上半死不活的洪世方："那这个人快病死了，你快去行善把他给我救回来！"大爱、大爱，简直是笑话！一个尸魅说行善，说爱众生？等你觉醒后失了理智，这世上的众生够你杀几轮呢？爱众生？爱我？荒谬绝伦！

任怀苏神色略有为难："我不通医术，不过……"他想说他不懂医术，但却认得一位名医——炼师丹霞，丹霞丹炉里有各种奇丹灵药，说不定其中便有能医治相思之疾的。

但他一句话还没说完，陆孤光就一拍手掌："我想到一个法子，无爱之魂。"她目光闪亮，"只要让他服下无爱之魂，将这等古怪的情啊、爱啊忘得一干二净，那不就成了？"

任怀苏眉头微蹙："无爱之魂是毒。"他缓缓地道，"不是药。"

陆孤光冷笑:"说不定把他毒得把情爱忘得一干二净,日后便能出人头地了。"说罢,她冷眼看着任怀苏,仿佛任怀苏便是那阻碍洪家中兴的恶徒。

如果任怀苏有姬珥那样玲珑剔透的心思,不必看眼色,听声音便知道陆孤光不过是对"把一个爱得生不如死的人毒得一辈子不知情爱"这件事起了兴趣,和洪世方日后出人头地不出人头地没半点关系。

但任怀苏不是姬珥,他只是重复了一遍:"无爱之魂是毒,不是药。"他微微一顿,接着道,"我虽不通医术,但却识得一位精通救人之法的人,我可以为洪施主求药。"接着他看了陆孤光一眼,极认真地道,"你不必担心。"

她几乎被他气岔了气,甚至开始怀疑这个怪物是在故意和她作对!她气过了头,一时不知该怎么发火,呆了一下之后,她怒声道:"无爱之魂是剧毒不是药,所以洪世方不能吃,那我呢?"她怒得口不择言,指着任怀苏的鼻子,"那我呢?我就可以吃吗?你怎么就不阻拦我去吃?因为他是人而我不是人吗?"

这一句话问了出来,连她自己都愣住了。

任怀苏显然也是怔了一怔,她从他脸上捕捉到了一丝疑似"失措"的神态,然后任怀苏答道:"那是你允诺为我妻的条件。"

"你知道它是毒药。"她冷冷地看着他,"你从一开始就知道那是忘情忘爱的剧毒,可是你从来不问我要它干什么!"她突然觉得自己有了天大的委屈，任怀苏身上有了千万重罪！她指着洪世方，"这个人你今天第一次见，你就会替他打算，替他考虑，不忍心让他吃毒药，那我呢？"她冷笑着问，"我怎么从来没听你说过半句无爱之魂是剧毒，孤光你不要吃？"

任怀苏眼帘微合，沉默了很长时间，然后他答道："服用无爱之魂，那是孤光你的心愿。"

她呆住了。

不错，服用无爱之魂，忘却人心，不知爱恨纠葛，不知欢喜悲伤，彻底沦落为鬼，从此与万鬼为伴，就这样终此一生，这是她的心愿。

她从未说出口，任怀苏居然知道。

"那不是我的心愿！"顿了一顿，她断然否认，咬牙切齿地道，"你便是看我与鬼为伍，觉得我不是人，所以根本不关心我吃不吃毒药！也根本不关心我到底是有情有义还是无心无情！你家佛祖叫你爱众生，但你的众生里面根本没我！没有我！"她将那天大的委屈说出了口，自己那点小小的罪恶也忘得一干二净，眼中所见，便只有任怀苏是如此的可恶！

任怀苏怔在那里，闭目想了很久。

然后点了点头。

陆孤光蓦然愣住了——任她千想万想，怎样也想不到听完她这番话，他做出的反应会是点头！

他是什么意思？

他的意思是，他的确觉得她不是人，的确不关心她吃不吃毒药，他的众生里面的确也没有她吗？

她缓缓退了一步,看着任怀苏那明若朝霞的脸。

他一身圣气,白衣皎然,端然如山。

他不是在开玩笑。

他从来不开玩笑。

那些无微不至的关心和保护果然都是错觉,这个怪物的心中是没有爱的,他不知道什么是关心,也永远不懂得什么叫作伤害。

是她自己习惯了被他宠溺,得寸进尺地以为,还可以要求更多。

真是傻透了!

任怀苏凝视着陆孤光。

她当然不是众生之一,她是罪人。

是天兆要他娶其为妻,而后杀之的罪人。

第六章

龙吟起苍茫

01

看望完洪世方，任怀苏给丹霞寄去了一封信，询问他可有医治"相思之疾"的药物；而陆孤光则表示无心谷的"无爱之魂"必定能治好洪世方的病，务必速速去取。她要如何，洪堂自然拦不住。洪羌虽然有心杀死这个害他儿子不浅的妖女，奈何道行不够，邀来再多人手只怕也都是送死而已，既然她放言要医治儿子的病，对儿子已有交代，他自是巴不得她走得越快越好。

故而陆孤光和任怀苏入洪家不过三四个时辰便出来了，那洪世方昏死在床上，不知醒来之后见不到陆孤光会作何感受。不过陆孤光是绝对不会关心他有什么感受的。

她骑马向南，任怀苏为她撑伞，两人一路默默无语。

她心情不好，不想说话，斜眼看了任怀苏一眼，发现他居然也是一副若有所思的样子。

一个人心如止水和若有所思的样子毕竟还是有区别的。她怨恨任怀苏，一个时辰之前他点的那一下头让她萌生出一股刻骨的怨恨，那和她想杀人的念头不同，那是一种难以描述的怨恨，就在那么一瞬间她就从觉得这个人有趣，转变到恨不得这个人走路摔跤，吃饭噎到，出门遇仇敌，过河会沉船，他想做的任何事都一一失败，并且要失败得灰头土脸，最好惨不忍睹。

但她在满怀恨意的时候，却突然发现了这个人……哦不……这个妖怪居然若有所思。

他在想什么呢？

她开始仔细研究他的表情，只见任怀苏眉头微微皱着，凝思的神态和他平常那种俯仰千古的气度全然不同，他一定在想着什么具体的事。

和众生、大爱、行善、天兆、救世之类的无关的事。

"你在想什么？"她突然冷冷地问。

他怔了一怔，撑伞看向她，眼神还残留着刚才凝思的神韵，宛若一块明若朝霞的玉突然如水般颤动了，虽然并不想回答，他却仍如实回答了："洪施主说，你自小孤单，不知人间温情，他要把你从前所没有的都补偿给你。"

她点了点头，这等甜言蜜语，虽然旁人没胆子向她说，但她早已从洪世方那里听得多了。

却见任怀苏眉头微蹙："何谓……人间温情？"

她张口结舌，没想到任怀苏居然在沉思这种问题。"人间温情就是父慈母爱、兄友弟恭、夫妻恩爱、敬老尊贤什么的……"她也没想到自己居然答得这么顺口。

任怀苏看起来略有不解，却也并不深究，又点了点头。

这也是"姑娘所言有理"的表现之一吧？她恶念又起，冷冰冰地道："你体会过什么叫人间温情吗？怀苏大师。"

任怀苏撑伞的手微微一顿，但并没说什么，驱马继续前行。

她却觉得她胜利了，这个来历不明的尸魅，连自己的出身来历都忘记了，哪里会领悟什么人间温情？她恶狠狠地冷笑。人间温情？这种稀罕的东西连她都没有体悟过，何况你是尸魅呢？

"我记得……"任怀苏在身边突然开口，语气却是柔和平静，仿佛根本不曾受到什么打击，"有一个很冷的夜晚，帐篷外满是冰雪，山风刮得很大，山林中的野兽都被冻死了。"

他……记得？她大吃一惊，惊恐地看着眼前这个尸魅，他怎么可能还记得？成为尸魅之后，生前的一切都会忘记，活人和妖怪那是截然不同的两种东西，他怎么可能还记得往事，而且还记得如此清楚？难道是他的梦境？可是尸魅又怎么可能做梦呢？

然而任怀苏的语调和平日一模一样，浑然不觉自己说了什么惊人之言："有人送来了热腾腾的肉。"

她心不在焉，随口附和道："在冰天雪地里，有热腾腾的肉吃，那当然是舒服。有人给你送肉来，那自然也是对你的温情。"

他道："那是他自己的……腿肉。"

她蓦地听清，突地勒住马匹停了下来。"任怀苏，"她皱着眉间，"你到底记得些什么？你不会是看了什么志怪读本，或是从别人那里听到了什么故事，误以为是自己的记忆吧？"

在冰天雪地的帐篷里，有人给他送热腾腾的肉来，却是人的腿肉？这是哪个说书先生专门用来吓人的故事么？或者说他曾经遇到过专吃人肉的鬼？

任怀苏脸色如常："没有了。"他眼神澄澈，里面没有半点波澜，显然无论是冰天雪地或是热腾腾的人肉现在都丝毫触动不了他，他只心平气和地道，"此地距无心谷大约还有十里地，你累不累？"

他以为她停下来是因为累了。

她一动不动，他那波澜不惊的神色说明他对他"记得"的事没有一点怀疑。

那说明，他是真的记得。

虽然他只记得微乎其微的片段，冰天雪地、帐篷、人肉……却让她终于对他生前的往事产生了强烈的诧异和怀疑。

"任怀苏，除了人肉，你还记得些什么？"她转过头来，冷静地凝视着他，"你家佛祖难道没有告诉你，和尚是不吃肉的吗？"

他倒是没有生气，也没有受激："没有了。"

没有了？她沉吟着，没有再追问。

尸魅是活人遭受了不可想象的痛苦后变化而成的妖物，虽然典籍中记载尸魅是一种滥杀无辜、残忍至极的怪物，也记载了尸魅没有人性，对生前种种毫无记忆，但也难以保证有些尸魅不会像任怀苏这样保留了一丝半点生前的记忆……

虽然那记忆听起来不怎么愉快，但尸魅终究是因人无法承受痛苦而妖化的异端，保有一些不愉快的记忆也不算太古怪吧？她提缰让马匹慢慢往前走，任怀苏的伞始终将她遮住，她又看了他一眼，突然长长吐出一口气。罢了，这人分明是个高手中的高手，生前遭遇过极端的痛苦，到现在变成了这种样子，其实……也有一些可怜吧？

虽然怎么看任怀苏都与"可怜"二字绝缘。

便在这个时候，清朗的天空突然乌云密布，一团团浓黑的云彩宛若被狂风从四面八方吹来，集聚在远处一座山峰上，接着闪电不断降下，那山头生着几棵枯木，频遭闪电袭击，却不生大火，看起来煞是古怪。紧接着乌云之中隐隐约约有一阵"呜——呜——"的啸声，好像有什么东西在乌云中盘旋翻滚，搅动得云流急转，天空宛若炼狱。

连任怀苏都抬起头来看那异变的天色，而陆孤光早就变了脸色，乌云中的啸声再度传来，她咬牙切齿地道："龙吟！"

02

不错，那盘旋在乌云之中的异物，正是一条通体如电、浑身紫光缭绕的龙！

龙这种生物极其罕见，往往千年方才一现人间。现在突然天降乌云，飞出来这么一条紫龙，足见近来山峦变动，天地失衡，所以才会有这种千年罕见之物现世，也说不上是祥兆还是凶兆。

那条电光缭绕的紫龙在空中盘旋了一阵后,偌大身躯对着被闪电频繁击中的山头俯冲而下,身影瞬间消失在山顶的那几棵枯木之中。

那几棵枯木突然焕发出一阵紫光,随即黯去,又变得和普通枯木一模一样,仿佛没什么变化。

天空中的乌云在紫龙消失之后也很快散去,天晴云朗,仿佛一切都不曾发生。

陆孤光万般怨恨地看着那几棵枯木,恨得仿佛牙都快碎了:"紫龄树!"

任怀苏也凝视着那几棵枯木。

那几棵枯木就生长在十里地外无心谷左侧的山峰之上,紫龄树是极阳之物,更是厉鬼克星,这几棵罕见的紫龄树生长在山头上,只怕方圆十里地内,身上沾有"鬼气"之物进入都会化为飞灰。这几棵树方才更有紫龙加护,威力更不寻常,陆孤光恶狠狠地瞪了那几棵树许久,终于调转了马缰:"罢了,我们走吧。"

无爱之魂就生长在这座山脚下,而无论是她或是任怀苏,都踏不进无心谷方圆十里地,只能罢了。何况现在她心里隐约觉得,没有无爱之魂也没什么不好,断心绝情,忘却人性,变得和任怀苏一模一样,又有什么好?

做一个徒具空壳的人,或者做一个无情无爱的鬼,难道……就会比现在快乐?

她觉得任怀苏是不快乐的,即使他并没有什么感觉。

没有无爱之魂也没什么不好,即使拿到了她也未必会吃,唯一不甘心的是夸下了海口要得到，夸下了海口要吃，结果却连根草都没有本事看见，这让她非常不服气。何况她说了只有任怀苏拿到无爱之魂，她才嫁给他为妻，现在天不作美，无爱之魂是注定拿不到的，那约定自然作废，他们也就要分道扬镳了。

任怀苏要娶她为妻必然别有所图，但她现在并不怎么抗拒，因为她现在并不想和任怀苏分道扬镳。

分开之后，就再也没有人照顾她了，无论是麻木不仁的照顾还是关怀体贴的照顾，都会没有。

正当她胡思乱想的时候，突然发现身边的马匹空了，那匹马自然地往旁边走了几步，步履无比轻松——任怀苏呢？

她猛地回过头来，只见一道白影往那山峰掠去，衣袍飘荡，姿态安然，他只道："拿着伞，等我回来。"

"喂！"她只来得及叫了一声，便见那白影行云流水一般没入远处林海之中。她呆了一下，一跃下马，对着那边广袤的林海大喊，"任怀苏！你这个傻子！快回来！"

山风寂静，林木沙沙，任怀苏自然不会回头。

她木然站在林海之外，仰起头呆呆地看着山顶的那几棵紫龄树。

任怀苏那个傻子并不知道他自己是尸魅。

厉鬼一旦走进紫龄树阳气的笼罩范围，就会被烧成一堆灰烬。

但他是尸魅啊……他和普通小鬼不同……

所以也许……他会被阳气不断烧灼而——不死？

她冷静地思考着各种各样的可能：他到底会被烧成一堆血肉模糊的肉块，还是被烧成依然能自由行走的骷髅？或者是被烧成一缕能要人命的灰烟？又或是……直接烧去他的理智，让他觉醒成一头会直接打开鬼门的真正的尸魅？

他不知道自己会有什么结果，因为她叫他去取无爱之魂，他便去了。他遵守约定，希望娶她为妻，所以即使她说了放弃，他也并不放弃。

娶她做妻子这件事，当真有这么重要吗？她无端地觉得脸上有些微热，看着那林海，她盼着任怀苏感觉到了紫龄树的威力就赶快回来，无爱之魂……无爱之魂只是一株无关紧要的毒草而已。

根本不值得谁拿命去拼。

她等着他回来。

两匹白马在小路上来回转着吃草，阳光渐渐黯淡，黄昏来临，她收起了伞，一个人静静地站在原地。

任怀苏还是没有回来。

四面八方一片寂静，唯有虫鸣之声，她感觉不到鬼气，紫龄树所在之处哪有鬼魅敢靠近？没有鬼气，鬼扇也格外安静，这让她分外清晰地感觉到她是独自一人。

从前她有万鬼为伴，但此时此刻，她是独自一人。

明月初上，星辉渐显，她觉得任怀苏应该已经死了，否则他为什么不出来呢？如果进去的是另外一个人或者另外一个鬼，她恐怕在他进去的那一刻就已经掉头而去，绝不可能站在这里等他。

她觉得他已经死了，灰飞烟灭了，但她还是站在这里等着。

不知道为什么，她就是做不到抛下他断然离开。

夜色越发浓郁，她衣兜里有样东西逐渐发出亮光来，陆孤光突然全身一震：极日之珠！她有极日之珠！这东西可抗烈火，也许也能抵抗紫龄树的阳气，让她踏入无心谷！

她探手入怀，握住那颗温润的珠子，任怀苏大概真的已经死了吧？被紫龙所护的紫龄树杀死了一个没有觉醒的尸魅，这就是天意……没有人能杀得死尸魅，于是天意便杀了他，以免他乱世害人。她一步一步朝着那座山峰走去，极日之珠在黑暗中越发显得明亮柔和，她感觉到紫龄树的阳气，但在珠光抵御之下并不觉得太难受，心里有些淡淡的后悔——早记起这颗珠子有这样的神效，刚才就该和他一起进去。

若是天意要任怀苏死，她希望……至少能拾回他的尸体。

她一步一步往前走，每走一步都希望看到任怀苏的尸体，却又希望一直什么都看不到。就这么一路茫茫然地走着，走到离山脚下不远处时，山顶骤然传来一声巨响，轰隆一下，一团狂艳的火光就在山顶剧烈燃烧了起来。

陆孤光愕然抬头——

紫龄树！

是紫龄树在燃烧！

她变了脸色，刚才电闪雷鸣，紫龙冲撞，紫龄树都不曾燃烧，现在它是怎么烧起来的？是谁把它烧了？

就在山顶大火狂烧的同时，树木崩坏之声也遥遥而来，点点火花自山顶飘落，就如烟花一般。便是山野樵夫也看得出，那是有人一把火烧了山顶的紫龄树，又把它们寸寸折断，然后把它们从山顶扔了下来。

这等了不得的天地奇物……她惊骇地看着那四散飘零的火星，那足以令万鬼颤抖的天地极阳之气——这等绝无仅有的宝物，就在这夜风和火焰之中，化为乌有了。

紫龄树的火焰在飞舞。

满山满谷飞舞的火花之中，浓郁的黑烟与灰烬之中，有人缓缓行来。

他披落一头黑发，宽大的白衣在夜风里飘拂。

她手握极日之珠，目不转睛地看着那星星点点的火落在他的衣上、发上。

火焰燃烧殆尽的姿态很美，点点消逝在他衣上、发上，来人神情自若，负手而行，山风吹动衣袂飘扬，恍惚间她仿佛又看到了那具荒原上孤绝的白骨。

那孤横峰峦的气势，那狂艳的风姿，那旷世绝尘的态度。他走到她的面前，唇角微微一勾，右手往前一递。

在他手中的是一朵苍白柔弱的小花，花瓣颜色惨淡，将凋未凋，而花蕊中已结了将熟的果实——一枚毫不起眼的、青紫色的浆果。

"无爱之魂？"她低声问。

来人无声地笑，五指一握，那浆果瞬间成了糊状，他低沉的嗓音响在她耳边："嫁我为妻，岂能忘心绝情？"

"你到底是谁?"她喝道,"任怀苏呢?"

他笑而不答,那一身衣袍、那一张俊朗的面容——绝难作假,他就是任怀苏、任怀苏就是他。

03

陆孤光颈上血流霞光焰大盛,她鬼扇一挥,万鬼齐啸:"你是什么东西?任怀苏呢?"

那人手指张开,无爱之魂的残渣掉落地上,徒余一手青紫,宛若颜色妖异的怪血。"怪物。"他回答。

她怔了一怔,她只当这个人会一口咬定自己便是任怀苏,却不料这个人答出这两个字来。"怪物?"她鬼扇中的鬼气越来越浓郁,紫龄树已毁,鬼气不受拘束,随时可以蓬勃而出,暴起伤人。但眼前这不知是人是鬼的东西能开鬼门,远不是她的区区鬼扇所能对付的,她心中惊骇,嘴上却冷冷地问,"是附在任怀苏身上的孤魂野鬼吗?"

"哈哈哈哈……"那人低声而笑,"孤魂野鬼?"他看了地上无爱之魂的残渣一眼,那残渣无声自燃,烧得干干净净,竟连灰烬也不曾留下。"我与他岂是孤魂野鬼所能比拟……你看见了,紫龙、紫龄古木……在我面前都不过如此,抬手间便可让它们灰飞烟灭……"他笑着看她,眼中是一股森寒的杀意,"何况人间?"

"尸魅?"她站住不动,强忍着想要转身逃走的冲动,"你就是觉醒的尸魅吗?"

"尸魅?"那人居然反问了一句,"何谓尸魅?"

"历尽痛苦未死,骤然妖化的人。"她淡淡地回答,心里倒渐渐觉得奇怪了,莫非……连这个人也不知道这具身体是尸魅?

他似乎是怔了一下,缓缓抬起右臂,张开五指,凝视着自己的掌心:"尸魅?"

"厉鬼之王。"她点了点头,然后问,"你也不知道你已是尸魅?"

他仰天长笑:"哈哈哈哈……"那笑声悠长空旷,一时间林中众鸟惊飞,落叶簌簌而下。"我现在知道了。不过是不是尸魅,是不是厉鬼之王,对我来说无关紧要。"他那张开的五指之中突然生出一团火焰,那妖异的黄色焰火在他掌心跳跃着,不断转换着颜色,自黄而紫、自紫而黑,当黑色火焰出现的时候,他的掌心蓦然出现一个极小的黑洞,黑洞中鬼气狰狞,呼啸欲出,一股冰寒至极的气息弥散而出,四周的树木瞬间结了一层冰霜。

鬼门!

陆孤光变了脸色,他居然如此轻易就能开鬼门。他虽不知自己是尸魅,却早已掌握尸魅之能,甚至举重若轻,能力远在传说之上。

"陆孤光。"那人玩弄着掌心的黑洞,操纵着鬼门的大小,"你是半鬼之身,不容于世,受父母族人遗弃,不被凡世所爱……这人间有负于你,你想不想……让负你之人就像那山头的紫龄树一般,灰飞烟灭,死无葬身之地呢?"他的尾音略略飘了起来，伴随着那低沉的笑声，仿佛天上地下都在低低回荡着他的一字一句。

灭世之说。

而她的确如他所说，曾经想过这人世为何不变成鬼域。

人人都害怕我，人人都讨厌我，连我都恐惧我自己，而旁人都那么快乐，旁人仿佛都没有忧愁，所以让这人间毁灭好了，人人去死，那就谁都不会快乐了。

她的确这么想过，在不久之前。

但她现在并不觉得这人间有多坏，至少任怀苏那个假人并不讨厌，而洪世方那个傻瓜也很无辜。

所以她冷冷地回答："不想。"

一只手瞬间掐住了她的脖子，那人森然道："你不恨吗？"

她怒目相向："你是谁啊？我想不想这人间毁灭，我恨不恨谁，关你什么事？"

"我说过，我是怪物……"他低声而笑，"我要灭这人间，要灭所有生灵，我要让整个王朝……整个人间，都毁灭……"他在她耳边轻轻地吹了口气，"同样是怪物，对同类你没有一点亲密感吗？不认同我吗？"

她一扬鬼扇，啪的一声打开扇面，将他的脸与她隔开，面无表情地道："你到底是谁？"

"任怀苏。"他一字一字慢慢地道，"这是我的名字。"

"胡说八道！"她怒了，"那个满口佛祖的和尚呢？你把他弄到哪里去了？你这怪物要灭天下，你恨什么，你要报复什么，都与他何干？把那傻和尚还来！"她手握血流霞，那御鬼的神器上奇光灿然流转，瞬间连对面那人都被笼罩入一片红光之中。

那人并不畏惧，眼睫缓缓抬起，平淡无波地看了她一眼："你竟是执着于他……因他而不恨世……哈哈哈哈……"他再度低声笑了起来，笑声中毫无欢快之意，倒是充满了难以描述的恶念，"你也知道，他是个不需无爱之魂也能忘心绝情的人。"

"我知道！"她冷冷地看着他，"还来！"

"你也知道，他无论过去未来，都只拥有他的佛祖。"他眯起眼睛，似乎起了兴致，"如果他离开你，他便不会再执着于你，他也不会用心去记住你，他只会记得他的佛经。"

她不耐烦地瞪着他："不将人还来，我即刻自爆血流霞，将你当场诛杀！"

"哈哈哈……"他笑了，"既然如此……我可以将他还你……"他的衣袍在风中猎猎作响，面上神态不知何故充满了讥诮的味道。风很快凝住，因为他的四周涌起了一层比云雾更浓厚的黑色阴影，陆孤光看着那奇异的变化，在浓郁到仿佛有形的阴影之中，那人仿佛说了一句什么，而她并没有听清。

随后阴影散去，眼前人还是眼前人，但一身清华气度，眼神明澈，果然已是任怀苏。

她大喜过望，奔过去拉住他的手："任怀苏！"

任怀苏眼帘抬起，极认真地看了她一眼："孤光。"虽然他不知为什么她要拉住他的手，却也并不拒绝。

"你没事就好。"她围着他转了几圈,确认这个人的的确确就是任怀苏,不是那人,也不是已经觉醒的尸魅,随即道,"快走吧,这地方令人讨厌。"

"孤光。"任怀苏却站着不动,他探手入怀,缓缓从怀中取出一样东西,放在她手上。

她瞠目结舌地看着任怀苏放在她手上的东西。

那是一枚青紫色的、已经成熟的浆果。

和方才被握碎的那个一模一样,只是更为成熟饱满。

任怀苏柔声道:"嫁我为妻。"

月夜星辉之中,他的眉目温柔,眼神诚挚,一张脸好看得很。

她脸上微微一红,看着掌心那个无爱之魂,不知何故低下头来,咬了咬牙:"嗯。"

愿赌服输。

她想既然她当初说出了口,而他真的做到了,那她自然不能翻脸不认。

你也知道,他是个不需无爱之魂也能忘心绝情的人。

你也知道,他无论过去未来,都只拥有他的佛祖。

如果他离开你,他便不会再执着于你,他也不会用心去记住你,他只会记得他的佛经。

即便如此,你也希望他回来?

果然,人不经历过程,便不知道什么是恨,也不知道什么叫作幻灭。

我等着你比我更恨,等着你比我更绝望,然后你便会和我一起，笑看这人间灭尽死绝，到只有你、只有我的一天。

天下皆兵，人如蝼蚁，三尺之外，举目荒芜。

唯有你是同类。

第七章

屠神三日止

01

取得无爱之魂后,陆孤光便想折返回洪府看看洪世方的病情如何,其实就是她仍然很想喂洪世方吃了无爱之魂,看看他到底还会不会爱得生不如死?但任怀苏坚持要回茂宛城找丹霞取药救人,陆孤光纵然一千个不愿,也拗不过他这般坚定的心性,只能和他一起回去了。

路途中,任怀苏和来时待她一模一样,一路撑伞,遇到无处投宿的地方就搭建草屋树屋,她心安理得地享受着,但走着走着,她突然就有些不满意了。

这日走到一个名为翼霞的小镇,陆孤光突然勒住缰绳不走了:"任怀苏,那是什么?"她略略抬了抬下巴,看着不大的小镇集市上聚集着几百个人,他们抬着一尊人像,敲锣打鼓热热闹闹地往前走。

任怀苏跟着她停了下来,凝目望去,只见那几百人抬着的是一尊用稻草和白纸扎起来的人像,人像身上套着一件花花绿绿的衣服，制作简陋，也看不出是男是女。四周围绕着盛装的村民，有些人吹着唢呐，有些人敲着锣鼓，簇拥着那人像往集市后的一片空地上去。

"人牲。"任怀苏道，"古时以活人献祭，如今仍留有遗风，只不过以草人代之。"陆孤光只在荒凉的边疆见过仍用活人献祭的场面，这草人献祭倒是从未见过，嘴角微微一撇："假惺惺。"任怀苏望着草人，眸中波澜不兴。她瞧了他一眼，手指着那草人："喂，你去把它抢了。"任怀苏眼帘微合："它是村民信仰所寄，不可轻辱。"她斜眼看他："你不听话？"他颔首，神色坚定不移。

但凡他认为是错的事，就绝对不做，这一点刀枪不入、水火难侵，和他认为要做的事就必定要做一样。陆孤光恨恨地瞪着他，突然对东边一指："你看那是什么？"任怀苏转目去看，她右手在背后一挥，十丈之外那人群中的草人突然一震，就像受到什么力量骤然牵引一样，悬空飘了起来。

"啊！显灵了！虫神显灵了！"人群中一阵慌乱，有些人磕头不止，有些人相拥而哭。陆孤光本要将那草人抓到手中，等着看这些信众会怎样，不料才飘起来，这些人就惊恐欲死，竟然吓得一起跪下，瑟瑟发抖。

任怀苏回过头来，她一松手，那草人跌落地上，她四处望天，仿佛方才的骚动与她无关。就在这时，簇拥在那草人身边的村民突然发出几声惨叫，有几人倒地不起，空气中随即弥漫浓郁的血腥味。她和任怀苏一起看见那些倒地的人身上骤然穿了几个血洞，从那尸身的血洞中爬出了几条弯弯曲曲宛如肉虫一般的东西，四周的村民惨叫声凄厉，连滚带爬，四散而逃，有些人狂叫得撕心裂肺，近乎疯狂。

不过片刻，地上就只剩了一地鲜血和几具面目模糊、惨不忍睹的尸体。

几条形状古怪的肉虫在地上蜿蜒爬行，令人望之生畏，毛骨悚然。

陆孤光皱眉看着地上的死人和怪虫："这就是他们祭拜的神吗？"她的言下之意是未免太丑，"吃人的神？而且这吃相恶心死了。"

任怀苏衣袖拂过，她嗅到一股熟悉的似花非花、似草非草的清新气味，第一只怪虫被袖风一拂，骤然僵化，随之溶为一摊血水。陆孤光一怔，这挥袖一拂，挥出的是佛门圣气，难怪地上的怪物难以承受，以至溶身而亡。但这佛门圣气是日月精华之所聚，他若是施展得多了，恐怕……

她不安地想，恐怕圣气减少，鬼气就会增多吧？并不是每一夜任怀苏盘膝打坐，都会有日月精华灌顶。所以，就是少用一点也是好的。她斤斤计较地想着，手就自己动了——她一把把任怀苏从怪虫那里拉了回来。

他回过头来，语调平静无波："何事？"

"我来。"她一扬手，血流霞闪烁几点红光，那几只怪虫在红光中挣扎蠕动，最后慢慢消失。

"此物性情凶猛，以人为食，你可知道究竟是哪种妖物？"他望着地上的尸体，目光沉静，又透着一股执着之意。

她上下打量了他几眼，觉得有些好笑，这个尸魅，天下第一的妖物，身上还附带着另一个口口声声要灭世的怪异东西，现在却是一股劲要救人。"吃人的妖物多了，附在人身上啃食血肉的妖物更多，只是既吃人又能受人祭拜的妖物倒是不多见。"她耸耸肩，"也许它还有些能满足人愿望的本事。"

"既然受人祭拜，便应当有神庙。"他说着，突然侧过头来看了她一眼，"你可愿意随我前去？"

她心里一乐，这人一向麻木不仁，就如个拉线的木偶一样，现在居然会问她愿不愿意？她转过头哼了一声，东张西望了好一会儿，才道："你买样东西送我，我就和你去。"

他眼里闪过一丝惊讶，显然完全没想过为什么非要他送她一样东西，她才愿意随他一起去神庙查看究竟是什么妖物在作祟。但他还是探手入怀，取出一锭银子递到陆孤光手里。

陆孤光整张脸立刻就沉了下来，一把抓起那银子往空无一人的街道砸了过去。啪的一声，那锭银子入地三尺，青砖如蛛网般裂开。她将缰绳一提，白马嘶鸣，笔直地向街道窜了出去，任怀苏身形一动，落上她的马背，一手搭在她肩头："怎么了？"

她猛地勒缰，白马人立而起，前蹄扬动，任怀苏立足不稳，往下跌落。她回过头来，等着看他摔落在地，结果颈后忽然一暖，任怀苏足下不稳，伸臂揽马，却连她一起抱住了。

马蹄落下，她的脸颊蹭在任怀苏胸口，他只是为了抓住缰绳而抱住了马颈，顺势也抱住了她。她在马蹄下落的时候从他怀里取了一样东西出来，藏入了袖里，而这时任怀苏已拉住了惊马，扶她坐稳。

她握着衣袖里的那样东西，眨了眨眼，他越发诚恳地问："怎么了？"

"马自己跑了。"她已经眨过了眼睛，所以说谎的时候连眼睛也不眨一下。

她觉得他根本不会深究她方才为什么生气。

任怀苏果然并不追问，即使她显然在胡扯，他也并不好奇："如果——"

"我和你去神庙。"她打断他的话，哼了一声，"我陪你去神庙，可以了吧？"

他微微一怔，不知何故，眼睛微微一亮。

那神色十分好看。

她瞧见了，心里一乐，却见任怀苏自马上飘然而下，又取出一锭银子，走向集市旁的一家店铺。

方才怪虫作乱，店里的人早就吓得魂飞魄散，逃之夭夭，此时店里并没有人。

他放下银子，从店铺桌上取了一件东西，转身向她递来："走吧。"

她接过那样东西，翻过来倒过去地看了几眼，扑哧一笑，他买给她的，是方才她掷银子崩裂青砖，弹到店铺桌上的一块石头。

鸡蛋大小的，黑黝黝的一块石头，毫不起眼。

她想随手扔了，但想了又想，还是收入了马匹右侧的革囊里。转过身来，她一跃下马，率先往后山走去："那边妖气浓重，跟我来。"

任怀苏颔首跟上。

他也许知道，也许并不知道，在陆孤光垂下的右手中握着一样东西。

那是一块令牌。

02

后山的一个地方盘旋着一股和地上怪虫气息相似的妖气，她沿着一条新修的石头小路往山上走，树林深处有一座崭新的神庙。

神庙以琉璃为瓦，屋檐上雕有一尊形状古怪的神兽，似龙非龙，似蛇非蛇，扭曲着盘在一团云雾中。神庙大门敞开，神座上供奉着一个蚕茧模样的东西，茧的前面香火旺盛，摆满了村民供奉的祭品。

陆孤光一眼望去，便看见那些祭品上密密麻麻全是被什么小虫啃食的虫洞，她素来在阴森污秽的地方与鬼为伴，但看到这种情形也未免觉得恶心，抬起头来，只见神庙上题着"虫神庙"三个大字。

任怀苏站在神庙后一座碑前看了许久。那碑也是新立的，碑文详述此庙是数年前所立，那年雨水丰沛，农田里虫患惨重，方圆百里眼看将颗粒无收，突有一日天降大雨，一位红衣人飘然而现，据说他面容俊雅，仪态尊贵，非常人所能及，此人一降世，方圆百里害虫销声匿迹，村民对其感恩，故而立神庙祭拜之。碑文又写，红衣人化长虫离去，乃万虫之神，虫神降临，害虫畏惧，故而不敢再入此地，村民为求虫神年年前来镇压虫灾，故而年年以草人献祭云云。

既然会以草人献祭，那年虫神降临之时，必也是伤了人命的，只是碑文含糊其辞，并不曾记载。陆孤光凑过来也把碑文看了一遍，冷笑一声："虫神？如果来的确是万虫之神，他的原形怎会是一只肉虫？"

任怀苏问道："你认得万虫之神？"

"认得。"她冷冷地道，"万虫之神，名为骄虫，居住在元辰山山洞之中。那东西其实就是只修道万年，半妖半神的毒蜂，并且长年累月戴着面具，谁也不知道他长什么模样。"她忍着怒气，"而且脾气坏得很，不容别人踏入他的洞穴，我不过误闯了一次，他居然化出原形把我赶出来。"

任怀苏对"万虫之神"并不十分感兴趣，他望着神庙顶上那只长长的肉虫，沉吟片刻："此物即使不是万虫之神，想必也与万虫之神有关系……这是一个茧。"他走回庙门，看着神座上那个茧，"若那年出现的只是尚未化茧的一只蜂妖，那自然是虫形，驱散害虫之后，它化出原形结了这个茧，那么村民自然就以为它已经离去，然后将这个茧形的东西当作神物供奉起来。"

"它不是骄虫。"陆孤光变了脸色，"但它可能是骄虫的同类！"任怀苏点了点头："就是不知它既然结茧，却又为何能在外杀人食肉，残害人命？"陆孤光阴沉着脸："把它抓出来就知道了！"

此时已近黄昏，随着暮霭渐浓，那神庙四周隐隐约约弥漫着一层暗绿色的妖气，随风涌动。陆孤光一扬手，一张黑色符咒射入神庙，当的一声钉在神座上，然而那拘魂的符咒射入后，庙内却毫无动静。

任怀苏和陆孤光都吃了一惊，陆孤光的御鬼符咒比之道符更为厉害，射入神座居然毫无反应。任怀苏眉头一皱："这其中之物可能不具魂魄，无法用拘魂术逼它出来。"陆孤光扬了扬眉："不具魂魄却要吃人的东西，只有修炼多年却被人夺去精魂的妖物。精魂被人夺走，它神志已失，肉体却仍然活着。如果里面是这种妖怪，那等它破茧而出，必然会大肆杀人，附近村镇里的人很快就会被它吃个精光。"任怀苏眼帘微合："不错，今日定要了结了它。"

她瞟了他一眼，第一次听到这人说出这种带有杀气的话，他自称不杀生，但这种精魂已失的妖怪可能在他眼中不算"众生"之一吧？看他说得一派自然，充满自信，仿佛里面那个难以捉摸的妖物在他眼中就如蝼蚁一样。

如果是……另一个他的话……

她想，无论这庙里的茧是什么东西，对他来说都的确只是蝼蚁。

既然符咒无效，两人只能走入神庙。这庙里干干净净，不见一只小虫，那些供奉的食物水果上的虫洞也不知是怎么来的。任怀苏看了那茧一眼，扬起手掌，笔直地劈了过去，他掌力如刀，出掌之时暴起一片白光，却是剑芒。

她吓了一跳，这是自信过头还是头脑空空，居然就这么一掌劈了过去？眼见任怀苏掌力如刃，啪的一声脆响，神座上的茧连带那张桌子应掌碎裂，木屑轰然纷飞，纷纷扬扬飘了一屋子，却还是什么妖怪都不曾出现。

那个茧里面竟是空的！

它竟然早已破茧而出，只是破口在茧的后面，故而人莫能知。

它到底化作了什么？

是一只蜂妖？或是更神秘莫测的异类？

正当两人惊讶之时，神庙门口骤然伸出一只尖锐的利爪，嘭的一声闷响后，血溅了半面庙墙。陆孤光低下头来，只见自己腹上蓦地多了一只尖锐的爪子。

她回头望去，神庙的门依然是门，只是一只利爪自门口探出，直接在她后腰穿了一个洞。

好大的爪子……

这到底是什么……怪物……

她晃了一晃，那爪子倏然收回，她便软倒下去，任怀苏及时掠来，将她抱在怀里，就在一揽之间，她的血已染了他半身。

他看着那庙门，除了门上的一个圆形的空洞，那只巨爪就宛如从未出现一样。

庙门是红木所制，坚硬非常。

门上的破口非常圆，而且很光滑，利爪穿过的时候居然没有发出什么声音，可见这怪物的爪子是何等锐利，而这么巨大的爪子挥舞起来居然没有半点风声。

就如鬼魅一般。

任怀苏一头黑发无风自动，沛然圣气顿时充盈流转，他将染满鲜血的右手伸出，一言不发地径直向门上按去。

03

啪啦一声脆响，红木门就如蛋壳一般碎裂，露出门后墙壁上一个巨大的空洞——那东西居然藏进了墙里。

那东西居然蚀空了整个神庙，将这青砖红墙作为了躯壳！

陆孤光倒在任怀苏怀里，她并没有昏迷，虽然腰上开了一个巨大的血洞，她的神志却还是清醒的。她嗅得到他的气息，感觉得到他的温暖，然后她想：尸魅也是有温度的吗？

任怀苏抱着她的手臂并不紧张，柔软而放松。她茫茫然地想，他也许并不在乎她受了重伤，他大概只要她能活着嫁给他就可以了，只需留有一条性命……然后又想，不会的，他不会这么无心无情，因为他没有让她直接摔在地上，至少他把她抱在怀里……接着又想，他能这么放松大概是因为他总是有无端的自信，仿佛面对天崩地裂也能信手以对一样。

她仰着头看着神庙的屋顶，因为失血过多，她全身乏力，但她并不着急，也不生气。

因为她是半鬼之身，是被拦腰截断也不会死的怪物。

她受过比现在更重的伤，在旁人都以为她必死无疑的时候，她仍然能活着。她不知道自己要受什么样的伤才会死，只是想着，他是怪物，她也是怪物。

他们是同类。

连自己都无法了解自己的同类。

屋顶突然有黑影一闪,那一闪闪得太快,她只来得及眨了眨眼,示警的声音还在喉咙里,那突袭就结束了。

一只尖锐的巨爪无声无息地从屋梁后的阴影里冒出,任怀苏分明看着门的方向,却一抬手就抓住了那巨爪,随即他指间剑芒闪烁,就在她眨眼的瞬间,那段巨爪咔嚓几声碎裂一地,只剩了半截残臂飞快地缩回了屋梁后。

她恍惚地笑了笑,任怀苏啊,仿佛怎么样都所向无敌的任怀苏啊……她感觉到他抬起头看了一眼屋顶,随即握起拳头,猛地一记往地上击去!

轰的一声巨响,神庙内砖石崩裂,地陷三寸,任怀苏往下一压,地下泥土又复下陷一寸,就在这时,神庙四面墙壁同时坍塌,屋顶从空中砸落,气势惊人。陆孤光看着四周沙石土木崩飞的惨状,心里想着,眼前这个傻和尚,动起手来也有横扫千军的气势啊!

砸落的屋顶落到任怀苏头上三尺处,砰然碎裂成千万碎屑,仿佛遭遇了无形的阻碍,无法再继续落下;而四面坍塌的墙壁中,赫然出现五六只挥动的利爪,一齐向两人抓来!

陆孤光看在眼里,那的确像是什么昆虫的利爪,只是那东西长得实在太大,已看不出本体究竟是什么。任怀苏仍抱她在怀,疾然转身,挥袖横扫,只见气流横旋,剑气锐利如刀乍然迸发,那五六只古怪的利爪一齐碎裂,空气中弥漫着怪物肢节碎裂后散发的腥味和恶臭,她轻轻地咳了一声,这气味难闻死了。

他的手臂突然微微一振,衣袖翻了上来,覆在她面上,她闭上眼睛,感觉到任怀苏再度往地下击落一拳,这一次但听噫——的一声怪叫,轰隆一声,似乎有一团巨大的东西从地下蹿了出来。

她看不见那东西,也不关心,反正任怀苏什么都对付得了。

身边气流旋转,沙石飞扬,但任怀苏的怀抱为她隔绝了一切。她只听得那怪物在不停移动,震得地面不住轻微颤抖摇晃,最后传来一声怪叫后,那怪物轰然倒下。

死了吗?她微微动了下嘴唇,可惜说不出话来。

她想问那是个什么妖物?

是蜂妖吗?

不是吧?蜂妖没有这么多尖利的爪子……

覆在面上的衣袖轻轻离去,她睁着眼睛,看着另一双眼睛。

他关切地看着她,那温柔的眼神差点让她忘记这是个无心无情的假人,是个尸魅。他伸手擦去她嘴边的血,擦去她面上溅落的血点,脚下却并不动,仍然站在早已土崩瓦解的神庙里。

她很想笑——他不知道妖女是不会死的吧?他以为她伤得很重吧?他怕……他怕稍微移动一下,手里这个人就会自此一睡不醒。

他却不知道,她非但不会死,连痛……也未必能完全感觉得到。

她只是觉得冷，于是越发觉得身旁这个尸魅的身上很温暖。

她想不通为什么，他分明没有心、没有热血，却依然如此地热。

"孤光……"他低声呼唤。

她只对他笑。

她想他会不会觉得很可怕，因为一个看起来即将要死的人居然会笑，自己的模样看起来应该是很可怕的吧？

但任怀苏并没有面露惊讶之色，他沉默了一阵，然后柔声说："莫怕。"

怕？她更想笑了，怕什么？

她生平哪有怕过什么？

哦……她想起来了，她怕过一样，怕到了骨子里……

她怕……那个旷古绝今、目无天下的怪异东西……

那个……能把她和这天下玩弄于股掌之中的……任怀苏。

腰上的血渐渐止了，她知道身上的血洞在愈合，再过几天她就能和原来一模一样。任怀苏仍然一动不动，看他的样子仿佛以为他轻微一动她就会死。她微微张了张嘴，终于运足力气低声说了一句话。

她说："我不怕。"

他微微闭上眼睛："让你受伤，是我之过。"

她很奇怪他会道歉，过了一会儿，等有了一点气力，她才淡淡地道："会受伤是我的错，是我不够敏捷。"

他不再说话，静静地拥着她，右手轻轻按在她重伤的腰腹上，一股柔和的力量透体而过，推动她气血运行。

她闭上眼睛，感受着他身上奇异的温度。在这片刻间，他竟真像一个没能保护好妻子的男人，正为了她身上的伤疚心忏悔，甚至心痛不已。

真像啊……

她只休息了很短的一会儿，然后就睁开了眼睛，她流失了太多的血，必须补充足够的食物。而在这样虚弱的情况下，吃肉是满足不了她的需求的，她必须饮血。

血……她的唇色惨白，全身冰冷，强烈地渴求着温热的鲜血。

但就在她睁开眼睛的一瞬间，那僵死在一旁的怪物突然扬起长尾，蓦地一下，刺入了任怀苏的后背。

04

他居然没有把它打死？她诧异极了，他居然留了这怪物一条性命？她诧异到想笑了——这是怎样的荒唐幼稚和一厢情愿？这是一个失了精魂的妖，无异于只会杀人的肉块，他也要怜悯宽恕它吗？

而且，他是真的怜悯它、宽恕它吗？不过是他的师父或他的佛祖告诉他不可杀生，所以他就这样执着地做了而已吧？在他的心里真会有怜悯或宽恕，甚至是同情那样的情绪吗？她看着那怪物的尖尾刺入他的后背，她知道他不会死，尸魅怎么会死呢？也许他发现他自己不会死以后，终于会觉得自己有一点奇怪吧？她带着冷笑，恶狠狠地想，就像她当年发现自己不会死一样。

只不过当年没有任何人来告诉她为什么，没有人宽慰她，没有人说这是佛祖的恩惠或是妖魔的恩赐，徒留她对自己深深的恐惧。

那犹如房子一般巨大的妖物似蝎非蝎、似蜂非蜂，难以形容是什么东西。任怀苏断去它许多利爪，又在它身体正中穿了一个大洞，但它仍能用犹如蝎子一般的长尾刺入任怀苏的后背。任怀苏并没有动，一双眼睛仍然关切地看着她。

那怪物的长尾扎入他后背极深，连她都能感觉到那骇人的气力，他却依然不动。

咯啦一声，她听到他身体中骨骼碎裂的闷响，这大概是天地间自有尸魅以来，第一个被偷袭击碎骨骼的尸魅了吧？傻和尚又在做傻事，她觉得很可笑，方才所感觉到的孤寂与恐惧突然消退了，她勉力抬起头来，在他耳边轻声道："放手，杀了它。"

他的眼睫微微一抬，眼神清澈坚定，仿佛主意拿得很定，绝难更改："不妨事，你休息。"

"我不会死。"她在他耳边喘息，却又带着笑，"你不杀了它，叫我怎么休息。"

他合上眼睛，微微侧过头，抱住她的手稳定如初："等你好转，我就放手。"

她真是啼笑皆非了，那怪物有利钩的长尾刺入他后背如此深，甚至击碎了他的骨骼，他若不是尸魅，只怕早已失去了性命。这个人不知道自己是尸魅,却依然当自己是金刚不坏之身,坚持要抱着她一直等到她好转,他才放手。

她想他其实一点也不了解他自己,一点也不了解她,甚至一点也不了解普通的"人"吧?他怀里抱的如果是普通女子,此时早已是尸首一具,又如何能让他等到好转呢?

但陆孤光毕竟不是普通女子,这是任怀苏的运气,或是她自己的运气?她在他怀里挣扎了一下,抓住他抱着她的手腕,一口咬下,用力吮吸他的血。

尸魅的血充盈着鬼气,是厉鬼的美食,更是她的佳肴。

那是任何肉食都无法比拟的美妙滋味。

她用力吸着他的血,啃咬着他的伤口,努力恢复自己的元气。任怀苏任她吮吸,神色并未有多大变化。背后那个节肢残缺、只剩独尾的东西无法移动,发出一声深沉的怪鸣,从它身体深处涌出一团漆黑如墨的拳头大小的东西,沿着长尾缓缓移动,那团墨色的东西移动得很慢,奈何任怀苏既不还手,也不回头,更不闪躲,那团东西最终顺着长尾进入了他的后背。

而在这漫长的过程之中,他没有流任何一滴血。

他背后的伤口是苍白的,不见半点血液。

陆孤光的身上渐渐暖了起来,他的血果然是温热的,暖得沁人心脾,又或许是圣气充盈,唇齿间并未感到多重的血腥气,反而有一股非花非草的清新之气。

那股暖意让她浑身都舒适了起来,她有点昏昏欲睡,不是因为伤势,而是因为生食任怀苏的血……那感觉实在太舒服了。腰腹上那洞穿的伤口以极快的速度开始愈合,她感觉到血液在流转,力量在回归,她慢慢松开那条被自己咬得血肉模糊的手臂,望向任怀苏的眼睛。

他的目光澄澈而温柔,仿佛倾注了他的全部关注那样看着她。

她全身一颤,稍微地愣了一下。

她想到,这世上还有谁,能待她如此?

她并没有说明吸他的血是为了尽快恢复元气,是为了让他能放手对付那个妖物,他却依然信任她,任她吮吸,甚至不带丝毫疑惑。

傻和尚……

她慢慢地从任怀苏怀里起来,席地坐下,看着任怀苏回身将那个妖物挫骨扬灰。

她想她这一生也许很长,但再也不会有第二个人——第二个"东西"——能待她如此。她的眼眶有些发热,连亲生爹娘、同宗的族人都不信她,这天下千千万万的人都恨她,连她自己都害怕自己,不信自己,而他却信。

傻和尚。

她看着任怀苏用剑气将那妖物划为了数十块残片,心道:我不知你为何要娶我,但如果这一生你都如此待我,真的嫁了你,又有何妨?

又有何妨?

这世上再不会有谁比你待我更好。

这是一种直觉,无论女人还是女鬼都有的,绝不会错的直觉。

第八章

杀妻七步多

01

虫神庙在巨响中轰然坍塌,支离破碎,不过由于村民早已被那集市上的怪虫吓得魂飞魄散,神庙虽然寄托着村民的万般敬畏,却没有一人敢上前查看发生了何事。任怀苏抱着陆孤光避入了山林深处的一个洞穴。他们身上都有伤,不过伤势都以极快的速度在愈合,她不知道傻和尚是如何想的,总之他避入了山林,并没有奔去寻找大夫。

或许再迟钝的头脑也能明白,像她这样,像他们这样,是不正常的吧?

任怀苏在洞口生了一堆篝火。

这山洞距离虫神庙不远,在山坡上的一片青藤之下,洞内空间甚大,高处还有数个洞口,原先显然居住了某种善于攀爬的野兽。洞内存有许多毛发,看起来像熊毛,任怀苏将毛发和沙石清理了出去,又在地上挖了个大坑。陆孤光看着他忙碌,不明白他在做什么。

过了一会儿，任怀苏出去了一趟，回来的时候带回来了一块湿淋淋的大石。那大石光滑扁平，一人多长，也不知道他从哪里找来的。她莫名其妙地看着他忙碌，任怀苏在大坑下放了些枯木，又将那洗干净的石头放在枯木上，又在大石上堆了许多枯枝，点燃这堆柴火，他居然烤起了那块大石。

她慵懒地躺在一边，看了一会儿，撇了撇嘴："我吃肉喝血，但不吃石头。"

他并不回答，衣袖拂动，控制着火上的浓烟，那浓烟被他袖风所聚，一缕缕都拂向了洞外，洞内清风流转，在她嗅来，都是任怀苏身上那股特殊的气息。

过了好一会儿，那块石头都有了轻微的裂痕后，他又将柴火一一推到石头底下，用他那破碎的外衣将大石擦拭干净，然后对她点了点头。

点头，是什么意思？她指着自己的鼻子："你叫我？"

"好好休息。"他的手按着已经被烈火烤得温暖的石头，"这里可以休息。"

她瞪大眼睛，他烤这么一块大石头原来是要给她做床，可是她随即就觉出了奇怪，这种事情是这个尸魅随便就能想得出来的吗？她一点也不觉得他会有这样古怪的想法。"我在任何地方都可以休息，"她古怪地看着他，"哪里都冷不死我，我也不怕脏，不需要你给我整个热炕头。"

他似乎怔了一怔，过了好一会儿才道："你身上有伤，山里天气阴寒，所以……"

所以他就给她弄了个热炕？她笑了笑，伸出手去摸了摸那块石头，那石头热得恰到好处，躺上去想必全身舒适，尤其对她这种鬼气深重、全身冰冷的"人"而言。这张"床"必定能让她睡个好觉。

不过……

她一点一点地摸着那块石头，忽然出声："喂。"她没啥表情地问，"从前你为谁烧过这样的热炕？"她抬起头凝视着任怀苏，"你烧过的吧？这不是你第一次做，是吧？"

他点了点头，但那是仓促之间不假思索而点的，点完头之后，他的目中露出了极度茫然之色，显然他自己根本不记得曾经为谁烧过这样的石头，仿佛走入一个洞穴，为一个人点燃一堆篝火，烧热一块大石，这些都是顺理成章、不需思考的事。

就像一种本能。

她慢吞吞地站起来，一点点挪上了那块大石，躺在石上，虽然硬得让人全身骨骼疼痛，但因为石头非常温暖，所以全身都暖洋洋的。她不作声，就这么躺着。

任怀苏这傻瓜是不可能突然开窍，自行为她想出这等体贴的事的。

这石头热炕的主意这么异想天开，这么灵巧温柔，不是她看不起这傻和尚，让他投胎三次也想不出来吧？应当不是别人曾为他烧过，便是别人曾为别人烧过，而他学了起来。

学了很长一段时间，学成了一种本能。

学到即使化成尸魅也忘不了。

她的心情沉了下来，这傻和尚混沌的前生她不知道、没有参与，也许在他还是活人的时候，也曾经有过能让他花费这么多时间和气力温柔以对的人。

只是他忘记了。

这让她莫名地愤怒,也许这人所有的温柔体贴都不过是一种习惯,也许是他曾经这样对待过别人,所以变成了尸魅以后就用相同的方法来对自己……这简直令人忍无可忍!她躺在石头上,越想越气,右手五指深深抓住石头的缝隙,咯啦一声,那被烈火灼烧过的石头碎裂,她的手被人握住,她看到他关切的面容,然后身后一紧,他将她扶了起来,抱在怀里:"莫怕。"

怕?怕什么?她实在觉得好笑,为什么他安慰人的言语总是一句"莫怕"?他以为她会怕什么呢?怕死?怕痛?怕黑?怕鬼?她只是不忿,她只是生气,为自己臆想中的情景愤愤不平,而他却让她靠在胸膛,双手安静地环抱着她:"放心,你的伤会好的。"顿了一顿,他道:"我会医好你,不会再让你受伤。"

她的心情好了一点,背后温暖的胸膛中似乎并没有心跳,她在想为什么她吸了他这么多血,他还是这么暖,就像个活人一样?他以为她因为伤势而痛苦,因为疼痛而挣扎,所以他抱住她,不让她伤害自己,甚至许下承诺说不会让她再受伤……他一点也没体悟到她的心,可是她却莫名其妙地安静了。

依靠在他的胸膛,比横躺在坚硬的石头上舒服多了,即使任怀苏远没有烤热的石头温暖,但却让她平静。过了一会儿,她抬起右手牵起任怀苏一缕头发,低低叹了口气:"喂,你以前对人这么好过吗?"

他心平气和地道:"我忘记了。"

"烧石头炕是向谁学的?"她细看着他的那缕黑发,黑得发亮,光泽很美。

"我忘记了。"

"你曾经——烧过这石头给谁呢?"她叹着气,"烧过吧?烧过很多次吧?"

"我……"

他停住了,没有说"我忘记了",她放开他的头发:"是那个割腿肉给你吃的人吗?"

他不回答。

她笑了笑,悠悠地叹了口气:"喂……"她从他怀里坐了起来,"任怀苏,我问你一句话。"

"嗯。"他放手让她坐到一边去,神色平静端然。

"在你心里,真有当我是你妻子吗?"她柔声问。

"当然。"他略一合目,正色以答,一副十分认真的样子。

她上下打量了他一阵,他的发髻略有凌乱,外衣破裂,右手腕上被她啃咬的伤口已经愈合。过了一阵,她叹了口气:"罢了,就这样了。"她重新在烧热的石头上躺下,命令道:"任怀苏,你过来抱着我睡。"

他略显诧异,她怒道:"我不是你妻子吗?我叫你怎样你就要怎样,否则我翻脸不认,明日便休了你!"

他只得也躺在石板上,将她抱入怀中。

她枕着他的手臂,闭着眼命令道:"说你爱我。"

他似乎是叹了口气,她不知道尸魅是不是也会叹气,只听他用那温和平静的声音道:"我爱你。"

02

第二天天亮的时候,陆孤光发现自己还在任怀苏怀里,他一个晚上都没动过姿势,而她却迷迷糊糊地睡着了,还在他怀里不知转了几个圈,外衣都皱成了一团。身下的石头已经变冷,而他的身上还是温热的,正衬出她的冰冷。

清晨的微光从洞口透进来,她深吸了口气,转过脸来看他。

他睁着眼睛,眼神平静无波,仿佛很温柔,又仿佛只是像大海那般的寥廓安宁。

陆孤光仔细看了他两眼,昨天她重伤在身,洞穴中光线幽暗,她没看出他有什么不同,此时仔细看了两眼,突然发现他那皎洁得犹如能透出圣洁之气的肌肤居然变得黯淡发紫,仿佛有什么东西深重地污染了他那肌肤的色泽。"你怎么了?"她嗅出了妖气的存在,不浓郁,但是带有一种柔腻的怪味。

"毒。"他答了一个字,然后道,"不妨事的。"

"你中毒了?"她愕然看着他,尸魅也会中毒吗?她只知道尸魅刀剑难伤,却不知道尸魅会不会中毒。但即使中毒,对尸魅也不会有任何影响吧?何况他的躯体圣气充盈,其中的天地灵气就能荡涤一切污浊。

不过,她已经很久没有看到在他打坐时的日月精华灌顶了，是另一个"他"的出现，令天地灵气不再青睐任怀苏了吗？为什么他身上的圣气无法驱除身上的毒患？

任怀苏合上眼睛，静静地躺在大石上，一动不动。她突然有些发慌，爬起来听了听他的心跳——尸魅没有心跳；她伸手去摸他的额头，他的额头一如往常，有着稳定的温度；她看了看他身上昨天受的所有的伤，包括背后那击碎骨骼的重伤，但那些伤口包括骨骼都一一愈合了，没有留下什么痕迹。

"喂！你觉得哪里不舒服？喂！"她手忙脚乱地扯着他的衣服，突然间，刺的一声，任怀苏那身已经破碎的外衣被她撕成了两半，衣袋里的东西噼里啪啦掉了一地。

她吓了一跳，尽管她一个人带着万鬼行走江湖这么些年，古怪的事做了千千万万，也从没想过有一天她会撕破一个男人的衣服，顿时呆住了。任怀苏却不在乎，气息依旧平稳："不妨事，毒虽剧烈，对我却无效。"

我当然知道对你无效，只不过看你脸色很差嘛，她在心里嘀咕了两句，伸手去帮他收拾散落地上的东西。

散落地上的是几锭银两、几张银票、一串佛珠，还有一枚玉印。她把佛珠拾了起来，放在手心看了看，就是一串普通的木头珠子，只不过上面有佛门封印，看这珠子磨蹭的光润程度，应该有不少年头了。这是他从前做住持的时候戴的东西吧？她抓过他的手，直接把佛珠套在他手腕上，这既然是他从前的东西，那就戴着吧，反正不管还俗不还俗，这种东西总是和他挺相配的。

银票和银两她直接放入自己的衣袋，接着她拾起了那枚小小的玉印。

在玉印上,她意外地看到了残余的朱砂痕迹。

这是个用过的印。

而她实在无法想象任怀苏用玉印要做什么。莫非今日读过十遍经书,他就用这玉印在经书上盖上十个印子么?这木头木脑的和尚带着个印做什么?又不是当官的。

玉印上刻着极复杂的花纹,她看了很久,才认出那是四个小字"莫诉衷肠",顿时越发莫名其妙,她抬起头来,问道:"任怀苏,这是什么?"

任怀苏困惑地看着那枚玉印,那是一枚很小的玉印,不过拇指大,却刻着极其复杂的古篆,这"莫诉衷肠"四字和吃斋拜佛乃至于尸魅鬼怪都谈不上有什么联系,他想了一阵,答道:"不言离殇,莫诉衷肠。"

她握住了那枚玉印。

她怀里有一块从他身上摸来的令牌,那令牌上有两个古篆,正是"离殇"二字。

"这枚印你用来干吗?"她径直问,"这是谁给你的东西?"

他摇头,平静而诚挚地道:"此印从我记事以来便一直在我身边,只怕是祖传之物。"

祖传之物?她将那"祖传之物"扔回给他,很想大笑,这东西会是祖传之物?这东西和令牌必然另有隐情,那隐情一定和傻和尚生前之事有关。她本来一点也不好奇他从前是个怎样的人,但现在开始好奇了。

玉印不知有何用处,但令牌一定是有用处的。她不知道一个刻着"离殇"二字的令牌能做什么用,但只要它有用,她就能打探得出来。

眼珠子转了两转,她突然道:"你不是说你有个精通丹术的朋友吗?你中毒了,他一定能帮你解毒,而且洪世方还等着救命的药呢。"她正色问:"我们什么时候回去?"

他还看着那枚玉印,仿佛在她问起这枚玉印的来历后,他才开始困惑这枚印的来历,听她问起,他随口重复道:"回去?"

"回去成亲啊。"她沉下脸,"你家住何方?我要嫁你,要在哪里拜堂?"

他慢慢地从石头上坐了起来,那充满柔腻妖气的毒让他行动缓慢,沉吟了好久,他道:"翡翠朝珠楼。"

"翡翠朝珠楼是姬珥的地方,"她瞪眼,"我们怎么能在别人家里成亲?"

他摇了摇头,坚定不移地道:"便在朝珠楼。"说完,他摇摇晃晃地站起来,往外走去。陆孤光不知道他要做什么,喊道:"喂喂喂,你干什么?你不是中毒了吗?快回来!"他只道:"孤光,稍等片刻。"

她莫名其妙地一个人坐在山洞中等他。外面晨曦渐露,她不便出去。任怀苏的身影隐入树林之中,虽然知道他不会死,陆孤光却还是忍不住担心,频频朝着外面东张西望。

过了一会儿,任怀苏回来了,带着一顶用树叶编就的帽子,仔细地戴在她头上,温言道:"既然你也心急成亲之事,我们这就启程。"

她呆呆地站在那里让他戴帽子,什么叫"你也"心急成亲之事?他什么时候心急了?他有心急过吗?她一点没看出来他有心急过成亲之事……想着想着,她脸上微红,不知为何并不生气,还有几分欢喜。"你和姬珥说过了吗?"她咬唇问。

"说过什么?"他语气沉稳地回问。

"成亲的事。"她的脸不红了,她开始想到某些可能,"你对姬珥说过你要借他的朝珠楼成亲吗?"

"不曾说过。"他安然答道。

她阴沉着一张脸:"成亲是要花钱的,你有银子吗?"她怀里揣着他的一百五十几两银子,只够出趟远门。

"姬珥有,你无须担心。"他依然安然回答。

"那成亲所需的凤冠霞帔、彩礼花轿,还有给我的聘礼,你想过在何处吗?"她冷笑。

他答道:"总而言之,姬珥一人足矣。"

她斜眼看他:"我不要别人准备的东西。"她阴沉沉地道,"别的东西也就算了,成亲的聘礼我一定要你亲自准备。"

天大的笑话!这个尸魅要霸占别人的地方成亲,还从来没有对人说过,也就是从来没征得人家的同意,并且他什么也没准备,连钱都没有,就打算全都推到他朋友头上,还理所当然、充满信任地认为成亲之事有姬珥一人足矣。

甚至连聘礼他也不需用心准备。

世上哪有这么好的事?姬珥倒霉,她还不想和姬珥一样认命。

"聘礼?"他略加思索,将一样东西放在了她手里,"此物如何？"

她怔了一怔，他放在她手里的，是方才那枚刻着"莫诉衷肠"篆字的玉印。

玉印还是微暖的，带着任怀苏的温度。

玉印上的字是不祥的，但她握在手里却有些高兴，她撇了撇嘴："马马虎虎。"

03

日出之后，任怀苏去镇上雇了一辆马车，二人一并坐在车内往茂宛城进发，五日之后，便已入城。

入城之后，任怀苏先去了丹霞的丹房，丹霞自是不会拒绝，丹房中数千种药物任他自取，他却只取了一瓶。

那一瓶名曰"赭"，是深红色的药丸，拇指大小，一瓶不过三粒，却是道家清心洗脉，以求得道登仙的圣品。

区区妖毒自是能治，连洪世方那相思之症说不准也能解，它能"清心洗脉"，自能驱除污浊与杂念，而相思是世上最杂的一种念头了。

此药炼制极难，丹霞倾尽毕生心血也不过得此一瓶，他自己还未用过，任怀苏已经自行取走了。

丹霞自是不会介意，而任怀苏显然也没有丝毫愧疚。

服下"赭"之后，他便带着陆孤光去了翡翠朝珠楼。

楼内依然人来人往，雅客名流荟萃，鱼龙蛇鼠一窝。任怀苏言明要找姬珥，伙计很快将他们引到了姬珥的房间。

姬珥在翡翠朝珠楼内有一个很大的房间，只不过平时鲜少住。这人虽然几乎日日都来楼中逛，但往往连他自己的贴身丫鬟和小童都不知他去了何处。

不过，今日他却乖乖地坐在自己的房里。

陆孤光是第一次见到姬珥的房间，她虽在翡翠朝珠楼住过几日，见过姬珥一面，却并未交谈过。这位楼主酷爱水晶衫，灯火下流光璀璨看不清面目。他对任怀苏倒是极好，她没有忘记离开的时候姬珥赠予任怀苏的银两和衣服，那确是必不可少的。

姬珥的房间里四面八方都是书橱。奈何书橱里放的都不是书本，而是一瓶瓶一罐罐形状各异、大小不等的酒器，酒器质地或陶或瓷，或玉或金，形状或成荷叶之形，或有鱼尾之态，颜色或含烟柳之色，或点嫣红之媚，林林总总，奇形怪状，不可名状。

而那个浑身光华闪烁、让人看不清脸的人在屋内摆了张正正经经的书桌，书桌上文房四宝俱全，书卷气很足。桌上铺着一张干净的白宣，上面却一字未写。而他正手握一卷卷轴，拉开来看得摇头晃脑，十分投入。

陆孤光皱起眉头，对姬珥的印象除"哗众取宠"之外又多了"装模作样""性情古怪"八字评语。她却不想若要算性情古怪，她和任怀苏也好不到哪里去。

"我要成亲了。"任怀苏握着陆孤光的手缓步而入，开口第一句便如此道。"所以——"

那看卷轴看得很投入的人挥了挥衣袖："三日之后，在楼内拜堂，我为你准备最好的酒菜、最好的绫罗绸缎、最好的礼品、最好的人手，其他杂事，那就不必说了。"

陆孤光听得目瞪口呆，任怀苏却丝毫不觉得诧异，点了点头："如此甚好。"他说完就拉着她的手准备出去了。

"等……等一下……"她古怪地看着姬珥，"你怎么知道他要在你这里成亲？"

那人连一眼也没有看她："因为除了这里，他还能去哪里成亲呢？"他含着笑，声音柔和得像含了一口醇酒，"自从认识了他，我就识得破财消灾的道理，你说是不是？"

她怔了一怔，忍不住笑了："他难道还会给你带来灾祸？"任怀苏举止有礼，性情平和，就算是带来灾祸，也只会是给妖魔鬼怪带来灾祸吧？眼前这个人虽然有些古怪，却并非妖鬼。

那个人合上了卷轴，似笑非笑："你说呢？"

她一瞬间沉下了脸："你知道？"

那个人曲起手指支颔："我知道什么？你以为我知道什么？"

她越发阴沉了脸——这个人一定知道什么！他难道知道任怀苏是尸魅，所以才不敢违抗他的要求？否则这样一个家财万贯的人为什么要为他做这么多呢？无条件地给他银两、无条件地操办他成亲，人都是阴险狡诈、利己薄人的，没有好处，姬珥为什么要对他这么好？她瞟了姬珥手中的卷轴一眼，他虽然合上了卷轴，她却看到了卷轴缝隙中有一个字。

一个"离"字。

严格来说那并不是一个字，而是一块小小的图案。

那是某样东西的拓印,而究竟是哪样东西她心中雪亮——就是她怀里的那块令牌。

那写着"离殇"二字的令牌。

姬珥显然也在调查任怀苏的生前,她禁不住一阵热血沸腾,翡翠朝珠楼的楼主都亲自出手调查了,绝不可能空手而回,他对任怀苏的了解一定比自己多。在这一瞬间她下了决心,一定要偷到姬珥手中的这卷卷轴。

她想知道任怀苏生前的故事,关于那块烧热的大石,关于在冰天雪地里有人奉上了自己的腿肉,关于他遭受了怎样的痛苦而妖化,所有的一切她都不想遗漏。

"孤光,"任怀苏回头招呼她,"可以离开了。"

她冷冰冰地盯了姬珥一眼,姬珥坐在他的摇椅上,舒舒服服地闭着眼睛,却是没有看见。接着她快步跟上任怀苏,两人一起离去。

姬珥睁开眼睛,打开手中的卷轴。

那卷轴之上的确印着鲜红的"离殇"二字。

离殇令。

六十余年前,云氏开国之时,那骁勇善战,为云氏皇族开疆辟地的黑旗军,军中所用的调遣之令并非虎符,而是一块平淡无奇的铁令牌,上面只刻二字:离殇。

传闻当年覆面将军在征伐之前曾言,有战必有亡,有亡则必有未亡人,故刻此令牌,望杀敌速胜,生还者众,令苦盼归期的家人不需经历离殇,能候得征人平安还乡。

这是黑旗军覆面将军的令牌,黑旗军至今犹存,虽然云氏国力强盛，多年不曾征战，黑旗军也已归入云氏宗族暗部，但离殇令仍是能令人心神震荡的一面铁令。

当年令出如山，逢战必胜，治下严明，所向披靡。

是让云氏之敌闻风丧胆的死神令。

任怀苏身上带有什么东西姬珥很清楚，他曾是什么人姬珥也很清楚，只不过现在更清楚了那么一点。

关于"离殇令"，姬珥其实相当意外在本朝正史上还留有一段传说。

覆面将军流传下许多故事，然而在正史中记载不多，这或许是记载了他言辞的极少的记录之一。

也是关于"离殇令"。

那是在云氏天风三年，覆面将军平定西南五藩的反抗，统一西南疆域后，班师回朝。覆面将军在黑旗军中威望甚隆，此回破例带回一位容貌极美的苗疆女子，左右将帅均无异议。先皇为其接风洗尘时，该女子与覆面将军同席而坐，言笑甚欢。席中，先皇接连询问覆面将军西南战况，将军一一作答，谈及伤亡，气氛不免沉重。此时那美貌女子持酒笑道："将军大胜，今日不言离殇，但说东方。"她言下之意，是莫再谈上一战之得失，东方尚有强敌列阵以待，众人的心思应该留在对付东方之敌上。

然而此言一出，覆面将军便变了颜色，冷笑道："不言离殇，莫诉衷肠。"随后将此女赶出了将军府。此女虽然与他颇有情愫，他却不能容一个不知轻重的女子在身边，便就此与她恩断义绝。

此事为先皇亲眼所见，对此颇多赞誉，故而正史有载，以彰显覆面将军虽胜犹哀，痛悼伤亡的悲悯之心。

姬珥把这段颠来倒去看了几遍，吹了声口哨，这段记载若属实，那就说明任怀苏从前曾经爱过一个女子，而那个女子如今，只怕已八十高龄了。

04

当日夜里，清风徐来，明月熠熠，一缕幽暗的黑影在地上蜿蜒而行，慢慢钻入翡翠朝珠楼姬珥的房间。

那只是一缕黑影，宛若轻烟，便是被人看见了，也只当是花了眼。

姬珥并不在房内，他从不在楼中住宿，以他这般财力，想必在城中另有居所，但谁也不知他真正的居所在何处。

那卷卷轴就放在桌上。

黑影飘上了桌，卷轴被一点一点打开，里面的字迹露了出来——姬珥这人喜欢卷轴，但终归不是喜欢竹简，卷轴之上只是贴了一张白纸，白纸上细细写着覆面将军的生平。

唰的一声，那张白纸突然被撕下，接着黑影在纸上卷过，瞬息之间，连纸带黑影乍然不见。

另一间房中，陆孤光摊开手掌，那张白纸缓缓出现在她手中，那缕盗取白纸的黑影归入鬼扇，悄然无痕。白纸上写满了密密麻麻的蝇头小字，她举灯细细读来。纸上所写的，是一段漫长的故事。

七十年前，天下七分，云氏藩国举兵争夺天下，先皇于跃马湖结识覆面将军，自此如获神助，黑旗军在接下来的六年间三十六场大小战役中战胜二十九场，战和一场，败六场，名扬天下。那覆面将军姓甚名谁，至今无人知晓，在史书上竟也被抹去了姓名，这其中显然是有人动了手脚，意欲抹去此人一生功绩。覆面将军为云氏征战四方，留下传说甚多，虽然正史所载寥寥，那张白纸上也还收录了不少传说。她留意到一条，此人人生中第一场败仗，是在荒狼野。

那是一片万年不化的冰川之地。

黑旗军攻打北烨封国得胜归来，在途中遇伏，北烨封国的盟国符春王朝率领十万大军将黑旗军往北驱赶，黑旗军浴血奋战，被逼不断北上，退至荒狼野森林之中，三万人马仅剩数千人，大部分人死于极度严寒的天气。荒狼野距茂宛城有七百里之遥。一个月后，先皇终于收到黑旗军遇伏的消息，当即增派援军解围，然而路途遥远难行，花在路上的时间少说也要一月之久。

人人都以为黑旗军必然沦灭，甚至连符春王朝的铁骑在围困黑旗军两月之久，杀了不少自森林中逃出的伤兵后，也退兵回了符春。

大家都以为覆面将军必死无疑，黑旗军必定全军覆没。

然而云氏援兵赶到之后，自森林之中缓步而出的，是旗帜整齐的黑旗军残部。

竟有一千余人生还。荒狼野的雪林长年冰封，极少有活物存在，这千余人不知是依靠什么东西活下来的。

覆面将军领军而行，援军首领惊骇拜倒，数万援军悄然无声。

天佑云氏，这是神迹。

她皱眉看着这段传说，这段故事在正史上只有寥寥几字——"胜北烨，退遇伏，兵败荒狼野"，其中甚至没有提及那人一个字。

但这段故事让她想起了任怀苏的那段记忆。

他说，在冰天雪地的森林里，有人为他送来了自己的腿肉。

莫非这千余人是靠着……吃人而活下来的？

她与厉鬼为伍，自然不在乎吃人这种事，但鬼吃人和人吃人，那毕竟还是不同的，她感到一阵恶寒……

任怀苏……曾经……吃过人吗？她难以想象，这样一个温柔细致、固执认真、满口大爱和众生的人会吃人？她连他领军打仗的样子也想象不出来，这会是真的吗？

他就是覆面将军吗？

如果他真的是，为何他会变成了如今这个样子？他为什么要覆面？他的功绩为什么被抹杀？他为什么会痛苦得变成了尸魅呢？

从记载来看，此人一生可谓风华绝代，名扬天下，刚强至极，站到了名誉权势的顶端，一人之下，万人之上。

谁能让他痛苦？谁敢抹杀他的功绩？谁不愿承认他的历史？

莫非是云氏皇族？

她凝视着那白纸，开始沉吟。

05

覆面将军任黑旗军大将军数年后暴毙，而他的死因，史书上一字未提。

莫非他是被皇帝害死的？

她一挥手，那张纸在空中受阴火所烧，化为飞灰四散，不留丝毫痕迹。如果任怀苏当年是被他效忠的皇帝害死的，这或许很可怜，但是也不至于会痛苦得变成尸魅吧？史上被皇帝辜负的名将多了，若是这样就能变成尸魅，数千年来该要有多少人变成尸魅啊？她想这其中一定有古怪，这样一个刚强自信、征伐天下的名将，一个即使被围困雪原也能奇迹生还的强者，就算忘了一切也不该是任怀苏那个样子。

任怀苏对世事的认知，就好像初生的婴儿那般天真稚嫩。

他只认得他的圣师对他说的话，一心一意在做佛祖和天兆为他安排好的一切。

包括娶她。

她耸了耸肩，她从来不信天，但也许这次天做了件好事。她不会让他觉醒成尸魅，有这么个心思单纯，对什么都不大怀疑，一心一意相信自己和相信别人的"人"，有什么不好呢？至少他觉得应该对你好的时候，是真心真意地对你好啊，虽然很可惜起因不是因为你很特别或者你很吸引人，也不是因为他突然真的爱上了你，而只是因为他的"天"告诉他他应该对你好。

他也许会存在很长的时间，也许最后不可避免地会变成尸魅，但她希望在她不长的一生中，他能用现在的样子陪她一起过，而等她死了以后，他会变成什么样子她也管不着了。但现在，任怀苏，你最好好好的，乖乖听话，别惹是生非。

至于姬珥调查出的那个叫作"覆面将军"的名将，那个满身是谜的家伙，他身上的痛苦最好一点也不要沾到任怀苏身上。

她感觉得到那是一团浓重的迷雾，充满了阴谋、欺骗和背叛的气味。他经历过可怕的事，既然忘了，那就不要再记起。她会帮他，会保护他。

月光皎洁，翡翠朝珠楼的夜晚灯火璀璨，仿佛上上下下的窗棂上都挂了那几缕月色，歌声遥遥传来，酒香满溢，正是一个歌舞升平之夜。

任怀苏的房中。

姬珥为任怀苏在翡翠朝珠楼中留了一间固定的客房，房中用具一应俱全，甚至书坊中所能见到的佛经都在，堆得老高。任怀苏也不整理，姬珥派人堆在那里，他就让那堆书一直堆着。

今夜他并没有点灯，中了妖毒的躯体绵软而麻痹，今日早时服下一粒"赭"，妖毒尚未去清，他正盘膝坐在床上运功疗伤。

"赭"渐渐沉入四肢百骸，开始驱除那个妖物的剧毒。气息流转之间，只见任怀苏的全身散发出淡淡的黑气，那是妖物注入他体内的剧毒，随着剧毒散去，另一种更黑更浓郁的鬼气也渐渐被"赭"的药效逼了出来。

很快，屋中盘旋着一缕缕黑色发丝一般的鬼气，宛如黑色的巨茧将任怀苏包裹其中。刚才妖物的剧毒和阴森的鬼气融合，结成茧之后，又缓缓散开，竟然一缕一缕地又回归了任怀苏体内。

他竟不是驱除了妖毒，而是吞噬了妖毒。

一个淡淡的影子从他身后飘了起来，他长着一张和任怀苏一模一样的脸，神情却带着讥讽，他轻飘飘地靠着门站着："无知、愚蠢、天真、盲目！"

是不是无知、愚蠢、天真、盲目的人，堕落起来特别自然，特别不需要理由？

他甚至不知道自己堕落了。

接下来的三日是忙碌的三日，任怀苏调息醒来后，妖毒已消失无踪。姬珥安排他试穿吉服，安排宴会，邀请宾客，忙得不亦乐乎。任怀苏一一听从，从无抱怨，而最让姬珥意外的是那位新娘子也很听话，竟真的是心甘情愿嫁给他了。

如果任怀苏只是普通的还了俗的和尚，陆孤光愿意嫁他，对姬珥来说已经是意外，他想不出像任怀苏那样的男人存在着什么魅力，能令女人心甘情愿嫁给他。

而任怀苏不但是个还了俗的和尚，还是一个尸魅。谁不知尸魅并无理智，没心如何谈情？这世上居然还有女人心甘情愿要嫁给一个尸魅，这简直是稀奇古怪、匪夷所思到了极点的事情啊！

他本以为任怀苏即使要成亲，只怕也是将陆孤光半路打昏绑入洞房，万万没想过邪恶阴狠如陆孤光，居然真的愿意和任怀苏成亲。任怀苏要娶陆孤光的目的是杀妻，而这位妻却好像真的爱上了他，这让始作俑者姬珥略略有些不安。他派遣手下去打探了几次陆孤光的口风，拐弯抹角地提醒陆孤光——也许任怀苏娶她另有所图，她若要反悔也可以。然而陆孤光却放鬼把前去提醒的两人吓得屁滚尿流，自她房前逃之夭夭，再也不敢靠近这位姑奶奶半步。

于是便在姬珥满心的诧异之中，翡翠朝珠楼停业一日，红灯高挂，喜乐飞扬，喜宴开场，座让的宾客是姬珥的朋友或食客。

一顶红轿抬出红衣如血的新娘子，任怀苏同样红衣如血，与陆孤光拜了天地，结为夫妻。

这日深夜，城外碧扉寺门扉紧闭，冷寂如死。

翡翠朝珠楼喜气洋洋，四处张灯结彩。

任怀苏穿着吉服，衣上全是酒气，他在碧扉寺从不喝酒，今日却喝了许多，已然有些醉了。姬珥将他送向通往洞房的路，那三折曲径之后，偏僻寂静的地方便是他今夜的洞房。

那是刻意挑选的地方，安静、隐秘，绝不会有人误入。

任怀苏踏上曲径前，姬珥递出一物，交到他手上。

任怀苏翻腕握住，那物被宽大的红色衣袍挡住，不见轮廓。

任怀苏缓慢而坚定地举步朝前，姬珥静静地站在回廊这边看着，目不转睛。

洞房之内。

陆孤光凤冠霞帔，安静地坐在床沿。

她等着今夜俊朗潇洒的郎君为她揭开盖头，陪她一生一世。

06

洞房的门被人轻轻推开，那几不可闻的轻微声响，正是她已听得很熟悉的任怀苏的脚步声。她面露笑容，等着他来揭盖头。

咔的一声响，她听到他将一样东西放在了桌上，似乎分量颇为沉重，接着他走了过来，握住了她的手。

只听他柔声道："现在，你便是我的妻子了，此后……"他微微一顿，没说下去。她却笑了："我答应的事不会反悔的，无论你是因为什么而娶我，我都会把自己当作你的妻子。"他的手一如既往地温暖柔软，她从自己怀里取出一样东西，套在了他的手腕上。

一只很小的玉镯。

若是常人的手腕只怕戴不下这么小的玉镯，然而陆孤光做事从不考虑太多，她只想给任怀苏戴上，却没想过他戴不戴得上。不过任怀苏是一个尸魅，刀剑之伤都能安然无恙，何况只是一只玉镯所造成的伤害。

所以她用能令人骨骼碎裂的力气把一只能给七八岁孩童戴的镯子往任怀苏手腕上套，而他也默然承受，于是那镯子在蛮力之下压碎了他的手骨，顺利戴到了手腕上。

戴到手腕上，倒是刚好。

他的手骨极快地自行修复着，任怀苏垂眸看了一眼那玉镯。

一只乳白色的玉镯，只在玉镯的边缘留有一点青翠。若是让姬珥来看，必是要对这玉镯的成色大大讽刺一番，但在任怀苏看来，这玉镯白得就如瓷器一般，那一点盈盈的翠绿犹如微露的春草，他心中微微一动，平静无波的心绪突然起了一点涟漪。

他对这只镯子似乎有了一种特别的感觉。

"这个给你。"陆孤光很高兴地道，"这是我七岁的时候，我娘送给我的礼物。"她握着任怀苏的手，"那时候他们还没发觉我身上流的都是鬼血，我娘一度很疼我。"

他动了动右手，那骨骼还没有完全恢复，一时尚且拿不起剑，所以他点了点头："听说你少时在月天守族颇受排挤，过得并不愉快。"

"那不是'并不愉快'，"她叹了口气，"那简直是糟糕透顶，有好些长老把我当鬼一般召唤和驱使，幸好他们都没成功，在他们心中我从来不是个人，只是个武器。"

"所以你日后出走江湖，便荼毒生灵，滥杀无辜吗？"他语气与往常一般平静，"因为在你少时缺乏关怀与爱？"

她听得怔了一怔，他这语气有点奇怪，她猛地一下撩开红盖头，沉了脸色："任怀苏，你要是介意我杀人无数，不愿娶我，我们就此一拍两散，不要勉强。"

他摇了摇头,极认真地问:"你杀了几人?"

他望来的目光清澈端正,她又怔了一怔,皱起眉头:"没有几百也有几十个人吧,谁让江湖正道总要惩奸除恶,四处追杀我?任怀苏,你要做什么?"

他又摇了摇头,十分平静地道:"杀了数十人,可以说是罪恶滔天了。"

砰的一声爆响,陆孤光拍案而起,那张红色婚床被她一掌拍塌了一个窟窿,她怒道:"任怀苏!你疯了?洞房之夜,你来和我算我杀了多少人,是不是罪恶滔天?你若是认定我罪恶滔天,不配和你同床共枕,何必娶我?你若和那些要降妖除魔的疯子一样,一辈子除了杀我别无爱好,那你来啊!"她心中所想的洞房之夜全然不是这种样子,一腔的柔情缱绻全化作怒火,目光一瞟,她瞧见桌上横搁着一把红色长剑,镶金嵌玉的也不知是不是礼器,她随手抓了过来,当啷一声拔剑出鞘,掷到任怀苏怀里,厉声道,"拿剑杀了我啊!你莫忘了当初是你求我嫁你!是你有求于我,是你历尽艰辛完成我三个条件才求得我嫁你,不是我陆孤光厚颜无耻要纠缠你这佛门妖孽!"

嚓的一声微响。

不多的鲜血溅上了她妆容精致的脸颊,陆孤光不可置信地低头看着自己的胸口——任怀苏持剑在手,一剑穿胸而过,直透心肺。

鲜红的血液喷涌而出,蜿蜒在二人大红吉服之上。

片刻之间,地上、婚床上沾满了自衣袖和裙角滴落下来的浓郁的血。

她抬头看着任怀苏——他面色如旧,依然平静而祥和,仿佛持剑在手、刺人胸口的人不是他,又仿佛他只是做了一件理所当然的、十分寻常的事。

"你——"她反手握住剑刃,手掌在锋刃处划下伤痕,血珠沿着剑尖点点滴落——她骇然发现她的伤口无法马上愈合,这把剑——这把剑是道宗法剑,是专为降魔而炼制的法器!

"陆孤光,你杀人成性,罪恶滔天。"任怀苏持剑的手稳若磐石,手腕上仍戴着她为他亲手戴上的玉镯,他的眼神清正,神色平静如初,气度浩然不可侵犯,"天兆所显,人世罪恶横行,终生鬼女,鬼女将万圣之灵献入九天鼎后,人间沦灭,万鬼涌入人间。我依天命娶你为妻,又依天命杀你,以破除我身上天降圣气,亦同时为苍生除害,你听明白了吗?"

她听着,全身一阵冷、一阵热,她盯着他的眼睛,试图从里面看到一丝留恋或遗憾,甚至幻想他会不会在下一刻就收手后悔,想起她除了是罪恶滔天的"害",还是一个和他相处了整整一个多月的"人"……

他和她……他和她曾经那么好……那么亲密……

那些相依相偎的时刻,那些月下同坐的时候……难道……难道他的心里就在想这些吗?她不能相信,他是尸魅,他既然会骗人,为什么……为什么不会被打动?

"你听明白了吗?"他柔声问。

"哈哈哈哈……"她低声笑了起来,"这就是天命赐予我的幸运啊……这就是所谓的'一条性命'……在你看来,我的确只是一条性命,这一路上即使你是带了条野狗,你也会如待我一般的温柔体贴……我怎么就想不明白呢？"她笑着看向任怀苏，"你说我怎么就会以为你是只对我一个人好呢？"

他微微皱了皱眉："孤光。"

"不要叫我！"她呸了一声，森然道，"你不配！"她松手放开剑刃，"你准备了法剑，你等着我成亲，我真不能想象你为这事预谋了多久——我呸！你要杀我——你要杀我一见我面的时候就可以直说，你的天你的佛叫你娶我然后杀了我！我是不甘心，我不想死，但是你很厉害啊！"她扬了扬右手，那手上滴落的血迹四下飞扬，落到了墙壁和窗幔上，触目惊心，"你不是很厉害吗？你抓住我、你绑了我、你打昏我去成亲，然后再杀了我，我认败服输，无怨无悔！像你这样道貌岸然、惺惺作态、亵渎了你的清高地娶我，你不觉得自己恶心吗？你在装模作样、口是心非的时候，你的佛祖不会谴责你吗？"

他眼眸微动，宛若心中起了一点涟漪，然而手中剑却是决然一转，陆孤光呃的一声闷哼——她的心被任怀苏那一剑硬生生地剜碎了！

那圣洁如玉的面容，即使沾上了鲜血，也是如此不可侵犯……

她喘着气，鲜血沾湿了任怀苏的鞋子，她却依然在笑："哈哈哈……哈哈哈哈……"她仰天大笑，骤然用双手握住那插入胸口的法剑，咔的一声，那法剑从中间碎裂，当啷几块碎铁跌落一地。任怀苏一怔，陆孤光从窗口一跃而出，身影飘幻如鬼，宛若沾满血色的一缕黑烟，只听她森然的诡笑遥遥传来，"哈哈哈……很可惜……剜了我的心，我也是不会死的。"

他并没有追出去,只是怔怔地持着半截法剑,望着一屋一地的鲜血和碎裂的婚床。红烛高燃,四壁温暖,摆在桌上的交杯酒尚在,可惜有半杯却被血污了。

第九章

与卿谈昔日

01

"然后呢?你老婆被你剜了心,却不死,还翻窗跑了,你居然没有追?"姬珥抓着头发,一副几欲撞墙自尽的架势,"她是半鬼之身,你既然图穷匕见要杀妻,怎么会杀个一半就算了?你要杀好歹杀到底啊!现在她带伤而逃,过几天又恢复如初,那之前的一切岂非都是白忙?我就知道认得你任怀苏是我一生最大的错误……"

任怀苏脸色微微有些发白:"剜心而不死,说明肉身之伤不能致她殒命,要杀她必要另寻他法。"他手腕上还戴着那个玉镯,姬珥连看了那玉镯好几眼,看在这人任务失败,前途黯淡的份上,不再出言嘲笑:"我有两个建议:第一,剜心不行,你可以尝试砍头;第二,去三十五里外的无相观找丹霞,他对妖魔鬼怪之事颇为精通,你新婚的法剑就是他作法炼制的。"

"丹霞?"任怀苏沉吟了片刻,"他可能知道杀死孤光的方法？"

姬珥双手一摊："某人号称修仙有成，能点石成金、撒豆成兵、知过去未来，如果不知区区杀人之法，未免有损他丹霞上人的颜面。"他自觉这笑话说得不错，但任怀苏衣袖一挥，飘然而去，连看也没多看他一眼。

"唉！"姬珥躺倒在他的摇椅之上，水晶衣袖盖在脸上，喃喃地道，"我从前以为他若不是真心向佛，便是大脑有损，现在可以确定了，他从来不知道什么是'佛'，而头壳之中也不一定有脑……丹霞啊丹霞，任怀苏登门请教，请你自求多福吧。"他打了个哈欠，躺在摇椅之中，开始补眠。

茂宛城东三十五里，是秋原山。

秋原山山势陡峭，在悬崖峭壁之上有一座朱红色的道观，道观四周白云缥缈，红色屋瓦与墙壁若隐若现，如仙居一般。

任怀苏白衣飘动，在山坡上几个起落，转眼便上了峭壁。红色道观的匾额上题着笔法优雅流畅的两个大字"无相"，道观古朴的木质大门紧闭，任怀苏抬手一推，咯啦一声，门后门栓断裂，大门洞开。

观内弥散着一股极淡极清雅的药香，嗅之令人顿感清爽镇定。任怀苏踏入观内，径直走向药房，推开门，丹霞果然在内，只见他一身玄衣盘膝而坐，头顶白雾袅袅，正在修炼。

以任怀苏素来作风，必定不会管他是否在修炼，直接开口打断就是，但这次他顿了一顿，没出声，只是站在原地定定地看着丹霞。

丹霞这一坐，足足坐了一个时辰。

任怀苏便等了他一个时辰。

一个时辰之后，丹霞缓缓睁开眼睛："你何时也学会客气了？"

他不答，默然不语。

"你可是受姬珥指点，前来询问杀妻之事？"丹霞果然是掐指能知过去未来，任怀苏不语，他也能猜中来龙去脉，"昨夜洞房，你未能成功？"

任怀苏脸色白了："法剑碎裂，我虽重创了她，却不能杀之。"

"是如何重创的？"丹霞双目一闭，语气清冷。

"剜心。"任怀苏简单地道。

"剜心而不死？"丹霞睁眼凝视着任怀苏，任怀苏眼神清澈，脸色明净通透，浑身圣气仍在。"也许她身上的鬼血非常浓郁……但事实上不太可能，她身上的鬼血如果天生如此浓郁，便无法维持人性，早已堕入鬼道。我推测，近期她曾经食用大量异能鬼血，致使身体痊愈能力超乎以往，才能被剜心而不死。"

任怀苏怔了一怔，眉头微蹙。

丹霞看了他一眼，又复合眼："如果她已获得如此异能，要杀她只剩一个方法。"

"什么方法？"任怀苏垂下眼睑，不再看丹霞的眼睛。

"天离真火。"丹霞淡淡地道，"焚身灭骨，永不超生。"

任怀苏问："何谓天离真火？"

丹霞摊开手掌："借你头发一用。"

任怀苏不明所以，丹霞五指指甲修长，如刃般一划，任怀苏一截黑发飘然落入他手掌，而任怀苏的断发极快生长着，片刻便恢复如初。丹霞手心甚白，衬托得那黑发极黑，他对任怀苏断发重生视若未见，右手从怀里取出一张道符，贴在黑发上。未过片刻，他掌中突然燃起一撮蓝色火焰，黑发宛若活物一般在火焰中扭曲挣扎，然而蓝色火焰安静燃烧，全无声息，那黑发渐渐化为灰烬，最终连灰烬也被火焰化去，徒留一片虚无。

"此符纸为紫龄树树皮所制，上面文字由紫龄树树汁所书，辅以道家三昧真火之能，成天离真火。"丹霞从怀中再取出一张道符，"此符贴在妖物身后，天离真火就会附骨燃烧，无法熄灭，妖物必被焚为虚无，消散于天地，你要谨慎使用，不得轻忽。"

"紫龄树？"任怀苏低声道。

丹霞不喜不悲地看了他一眼，微微颔首："紫龄树，鬼物克星之一，除了万妖万鬼之王，即使是陆孤光也受不得它的天离真火之刑。"

"万妖万鬼之王？"任怀苏的眉头一直蹙着，"那又是何物？"

丹霞双目再闭："尸魅，一种杀戮成狂、天下无敌的怪物。"任怀苏不再发问，接过那张道符正要放入怀中，丹霞突然道："且慢！"他手指在道符上画下一个封印，"此符触身片刻即燃，我已做下封印，你见到陆孤光之后，将道符贴上，我教你破封之法便能启动道符，将她消灭。"

茂宛城中，有一条热闹的集市，名为东集。东集路上左右两侧都是商铺，珍巧奇物无所不有，最偏远的一家挂着招牌：天门包子铺。

开包子铺的是一个白发苍苍的老太婆，昏昏欲睡地坐在店内，守着一蒸笼的白馒头和包子。她总在打盹，好些人拿了包子放下铜钱她也不知道，还有些孩子悄悄地拿了包子却不给钱，她也不知道。

一个早上的时间过去，老婆子睁开眼睛，慢吞吞地数了数桌上的铜钱，从蒸笼里拿了几个剩下的包子，站起身来，摇摇晃晃地向屋里走去。

她一站起来，就能看得出她年轻时身材必定高挑，且她老虽老了，却并不胖，那摇摆的脚步不知怎的还能依稀看出年轻时的风情。

这东集的老人们无不记得她年轻时的样子，便是在五六十年前还有人跟在她背后窃窃谈论她的来路和姓名，悄悄地议论她这副好样子为何不嫁人——有人说她是个寡妇，有人说她是个尼姑，略有见识的人一口咬定她必是个有钱人偷偷养在宅外的小妾。

可有谁见过卖包子的小妾呢？几十年前东集的人们无不叹息这绝顶的美人居然卖起了包子，而几十年后，当初扼腕叹息的人谁也不曾想到，她居然卖了一辈子的包子。

从婉转风流，一笑倾城，一直卖到年华老去，无人相识。

她的店铺叫作天门包子铺，老婆子从年轻时便从来不说姓名，逢人便自称"如夫人"，当年大家叫她如夫人，如今如夫人变成了如婆婆,包子也比从前松散了许多。

万般皆老,唯能不老的,不过曾经而已。

02

包子铺后面是如婆婆居住的屋子,如今卧房之中散发着淡淡的血腥气,她摇摇摆摆地端着包子进去。屋里是一张床铺,床上躺着一人,床旁坐着一人。

床上躺着的人胸口沾满血迹,一张脸惨白如死,却睁着眼睛恶狠狠地瞪着坐在床边的人。坐在床边的人姿态优雅,气质清净如仙,却是一位衣着素雅的少女。

"莫生气,生气对你的伤不好。"坐在床边的少女柔声道,"陆姑娘,你受法剑所伤,又失血过多,小妹要医治你实属不易,所以莫瞪我了,休息吧。"

"楚殊珍,"陆孤光凉凉地道,"身为筠书阁的高人,五年来追杀我四次,如今却费尽心机救我,为何?"

衣着素雅的少女笑吟吟的:"我得到消息,碧扉寺的住持怀苏大师昨夜娶你为妻,特来道贺,不想洞房生变,省了我不少手脚。"她托腮看着陆孤光,"陆姑娘,我们之前有不少误会,看在此次救了你的分上,把从前种种一笔勾销如何?"

陆孤光冷冷地看着她,如何看也看不出她的笑容里有一丝半点的好意:"你想要什么?"她眯起了眼睛,"任怀苏?"

楚殊珍的笑容越发清雅出尘:"我只想查明,当年的覆面将军任怀苏,与你的夫君,碧扉寺住持任怀苏,究竟有什么关系？"

"关你什么事？"她心下恼怒，脱口而出。纵然任怀苏出剑杀她，她也觉得这是她和疯和尚之间的事，覆面将军的过往更是半分不想让旁人知道。这筠书阁高人竟知道当年的覆面将军名叫任怀苏，显然是查得比姬珥更加深入，让她不得不警醒。

"任将军当年风采，可堪流芳百世，却被人陷害而死，甚至……"楚殊珍的语调微微一顿，"被逼成了可怖的怪物。我得了一本宫中秘史，里面记载了许多不为人知的事，如今灭世天兆频现，若任将军真的变成了尸魅——"她缓缓地道，"任将军那样的尸魅，有倾覆天下之能，我认为他既能灭世，也能救世。"

陆孤光目露讥讽，灭世？救世？就凭任怀苏那样的骗子和白痴？无论要灭世还是要救世，都需要他的佛祖半夜托梦给他，否则无论你是有三寸不烂之舌的人，又或者是江湖上最富学识与心智的筠书阁高人，在他眼中都一样空无一物。

楚殊珍温柔地凝视着她："他既娶了你，又杀你，想必你对他来说，是独一无二的人了。"她慢慢地道，"所以不管我有多讨厌你，你都不能死。"

陆孤光森寒地回视着楚殊珍，她从不畏惧这样的敌意和眼光，但无论她面上表现得多强，心底都不免悲凉——即使是此时，被人说是他独一无二的人，她都会觉得一阵骄傲，一阵欢喜。

她觉得自己真是傻透了。

便在此时，端着包子的如婆婆插了一句："午时了，两位姑娘饿不饿？"

楚殊珍抬起头来，对着如婆婆微笑："昨夜唐突闯入此地，承蒙婆婆收留，不胜感激。"

如婆婆摇摇头："听不懂。"

楚殊珍并不生气，从袖中取出一锭银子递了过去："一点心意。"

如婆婆收了银子，看了两眼，对着她扔了回来："吃饱了快从我这里搬走，这里不留外客。"

楚殊珍收回银子，温婉的眉目中溢出一点笑意："婆婆不是寻常人吧？昨夜我带人闯入，你不但没有报官，早上还能若无其事地卖包子。刚才我和陆姑娘说话，婆婆你默不作声地听了半天，既然都非常人，为何不消除敌意，坦诚相见呢？"她穿着素朴不起眼，言谈之间却颇有大将之风。

老太婆眯着老眼看了她几眼："敌意？这里是我的地方，只留我想留的人，两位姑娘不入我的眼，还是请早早离去吧。"

楚殊珍也不勉强，上下看了如婆婆几眼："婆婆今年贵庚？"

老太婆板着脸道："八十三。"

楚殊珍若有所思："高寿啊，如此算来，当年任将军名扬天下之时，婆婆正当青春豆蔻，不知婆婆久居京城，对任将军当年之事可有所了解？"她手中握着喝茶的粗瓷杯子，正一下一下对着桌面轻敲，熟悉她的人都知道，这是筠书阁第一智囊思索时的习惯。

老太婆仍旧板着脸，过了一会儿，她突然笑了，指着床上的陆孤光："碧扉寺的怀苏小和尚还俗娶了她？"

陆孤光阴寒着一张脸，并不说话。

楚殊珍嫣然一笑："明媒正娶，拜过天地入过洞房。婆婆只消出门打听，必然知道昨夜在翡翠朝珠楼办的喜事。"她面上温婉镇定，心里念头却急转，不住猜测着这位卖包子的老婆婆究竟是什么人物？

如婆婆似笑非笑地看了陆孤光和楚殊珍几眼："任将军当年的故事，老婆子自然是听说过，其中出名的几段到如今记忆犹新。不过那碧扉寺的怀苏小和尚和当年的任将军并非同一人，你们如果是根据姓名相同，就断定怀苏小和尚就是当年的任将军死后化成的怪物，只怕要失望了。"

楚殊珍和陆孤光大吃一惊，面面相觑。陆孤光满心疑惑，如果任怀苏并非覆面将军，那姬珥所调查的人是谁？楚殊珍更是无法相信，她蓦地站起，在屋里来回走了几趟，摇了摇头，柔声道："婆婆，此事关系重大，你真能确定碧扉寺的任怀苏不是当年的任将军吗？"

"当然不是。"如婆婆回答得很笃定，"我在三十余年前去过碧扉寺，当时那怀苏小和尚就是现在这个样子，我知道他不是常人，所以容颜始终不老，但他不是任将军。"

陆孤光眉头紧蹙："他不是覆面将军，那他究竟是谁？"

如婆婆哼了一声，"碧扉寺是皇家庙宇，能住在那里面的，不管是皇亲国戚还是妖魔鬼怪，自然也只有宫廷中人方才知道其身份，老婆子一介平民百姓，怎会知道里面住的人是谁？但他不是他。"她坚定无比,甚至不屑说明理由。

不是他就不是他。

楚殊珍回过头来:"婆婆,你当年见过任将军么?你怎能确定,如今的任怀苏便不是当初的覆面将军?"她脸色微微有些苍白,神色却尚且坚定,"我从宫内辗转得到一本秘史,其中记载了六十余年前,因为任将军功高盖主,先皇欲削其兵权,恰逢黑旗军在荒狼野吃人求生之事暴露,皇上便请了一位术法高强的丹士来为任将军施法,诬赖他有邪魔附体,借机请他修养,并将黑旗军一分为三。此事过后不久,任将军在家中暴毙,先皇将他厚葬于城西十里,那正是碧扉寺所在。既然碧扉寺住持怀苏大师并非常人,而是妖物,他若不是受害而死的任将军,他会是谁?"

"人化为尸魅之后,会将前尘往事一并忘却。"陆孤光淡淡地接着道,"而任怀苏虽不记得他自己是谁,却记得荒狼野的寒冰白雪,还记得有人为他送来了人肉当饭吃。"

如婆婆缓缓地道:"他的确长得和他很像,但……"她并不说理由,"当年之事老婆子并不知情,我也不知那丹士在他身上做了什么手脚,但当年的将军……"她微微一顿,"是生于马背,绝不松懈,永远看着前方的人。"

她老了,声音松弛而沙哑:"他永远不会当个和尚。"

声音如此苍老,但言辞却很坚定。

03

陆孤光神色古怪地看着她,心想这老太婆这么老了,却还记得那个人。

她心中那个人的样子如此清晰,以至于在经过大半个人生之后,在自己的样子都被岁月消磨得模糊之后,她还记得他当初的样子。

她只相信他当初的样子,因为他死了。

她并不去想既然连她都被漫长的时间消磨去了当年的样子,那个已经不记得前尘往事的"人"是不是在相同的时间中拥有了别的可能呢?

陆孤光想,任怀苏是尸魅,他不记得往事,但又并没有完全失去理智,被人以"人"的方式对待着、守护着,也许正因为如此,他变成了一个和当初完全不同的"人",不同得连当初的亲人、朋友也认不出来了。

这对他来说也许并不算是一件太坏的事,但对当年的亲友来说,过往的恩怨情仇都已成空,唯余一片空茫,也不知道算不算是一种两相辜负。

"你是他什么人?"陆孤光突然问。

如婆婆眯着老眼看她,沙哑着嗓子道:"他救过我的命,也曾经答应过我,让我做将军夫人。"她居然并没有隐瞒,语气仿佛是在展示她人生最值得骄傲的部分,即使这么老了,那部分也不曾褪色。

陆孤光默然,过了一会儿,她低声道:"可是他到最后也没有娶你。"

如婆婆笑了笑,把包子放在床头,她不愿意继续谈论当年,摇摇晃晃地出去了。

陆孤光和楚殊珍都已知道,在这个女人的故事里,她最后的结局,是被任将军逐出将军府,永不相见。

只是因为她说错了一句话。

甚至那句话似乎也并没有什么大错。

约誓为夫妻的男女之间,难道连对一句话的宽容都没有吗?陆孤光心想,这样的男人她一定不会喜欢,一定要亲手把他害死,幸好任怀苏不这样。

楚殊珍没说什么,只是秀眉微蹙,陆孤光看她神色古怪,冷冰冰地问:"楚姑娘,想什么呢?"

楚殊珍乍然展颜一笑:"我在想,如婆婆的话能不能当真?能当得几成真?以及……"她柔声道,"等我像她这么老的时候,会不会也有个人,值得我想念?"

陆孤光面露鄙夷之色:"她不过是在做梦,从年轻梦到老。"

楚殊珍微微一笑:"有梦可做,难道不好过一无所有吗?"

翡翠朝珠楼。

任怀苏自无相观回来,姬珥却已不在了,他静坐了一会儿,翡翠朝珠楼人来人往,却没有人敢去打搅他。任怀苏全身散发着一股不可侵犯的圣洁之气,他往酒楼大堂中一坐,大堂顿时肃静,人人屏息静气,活像面前摆了尊真佛。

他静坐片刻,站起身来,转身出门。在他迈出大门的瞬间，身后一干食客不约而同吐出一口长气，又开始相互交谈、议论纷纷。

他站在大街上，看着人潮来往，看了看东边，又看了看西边，神色微略有些茫然，他不知该往何处去。陆孤光逃走了，他没有即刻追上将她格杀，那是因为他不知道杀她的方法。现在他已有了杀她的方法，却才想到不知她会在何处。

他无法估算她会身在何处，她的想法总是在变化。她既没有家，也没有朋友，总是一个人在阴天或夜里默默地流浪，总是没有钱。也许从翡翠朝珠楼逃出去之后，她就再也不会回到这个地方，甚至永远不再踏入茂宛城一步。

他眨了眨眼睛，该往哪里去找她？

天下之大，一人之身，便如孤沙在海，无迹可寻。

"任公子。"街道对面有人含笑道，"看过来。"

任怀苏闻声望去，只见人来人往的集市街道对面，一位青色衣裙的少女盈盈而立，她手中握着一样东西，对着他晃了一下。

他突然觉得心中有什么东西紧了一紧，一种极其不舒服的感觉涌了上来，那是她的鬼扇。

青衣少女啪的一声打开鬼扇，就当作普通扇子一般挥了挥，笑吟吟地看着他："跟我来。"

人影一晃，任怀苏骤然就到了她的面前，把正准备转身离去的少女吓了一跳，回过头来，他已一把抓住她的手腕："这把扇子，你从何处弄来的？"

好大的力气。

楚殊珍的手腕差点被他握碎，若非她是名门弟子，内力不凡，这只手早已报废了。看了任怀苏一眼，她微微一笑："你认得这是何物？"

任怀苏不答，只问："她身在何处？"

楚殊珍多看了他抓住她手腕的手几眼，那手指修长而惨白，只是分辨不出他是因为用力方才显得手指惨白，还是原本就是如此惨白。"任公子，我从孤光那里听说，你之所以娶她，是因为天兆所显，人世罪恶横行，终生鬼女，鬼女将万圣之灵献入九天鼎后，人间沦灭，万鬼涌入人间。你身为万圣之灵，为破灭世之局，所以以身作恶，娶妻杀妻。依照这种说辞，无论孤光对你有多好，你都是非杀她不可了？"

他仍然不答，不答就是默认。

"她当真如此该死吗？"楚殊珍柔声道，"如果我有一个新的法子，不需你用杀妻来自毁圣气，也能破灭世之局，你可愿意？"

他微微一怔，她觉得手腕上的禁锢微微一松，随后任怀苏的手指一根一根慢慢松开，他极认真地看着她，十分诚挚地问："什么方法？"

她颇有些意外，陆孤光说任怀苏是个冷心冷面、无情无义、没有半点人性的僵尸，但他却会多问这一句"什么方法？"，倒也不枉陆孤光嫁了他一场。

"杀死鬼女，或毁坏九天鼎。"她笑了笑，"当然最可行的，是将天降圣气引导到别人身上，找一个人和你分担圣气，这样圣气不全，你们都无法成为万圣之灵，人间便不会沦灭。"

他几乎没有犹豫，只是眼帘微合了片刻，随即点了点头，问道："她如何了？"

楚殊珍惊奇地看着他："你在关心她？"

他颔首，神色坦荡，既无愧疚之色，也无矫饰之态。他确确实实在关心陆孤光的伤，所以他便这样问了。

这"人"娶了陆孤光，随后剜了她的心，接着用一种十分坦荡的目光和语气询问"她如何了？"

尸魅要剜谁的心都不奇怪，奇怪的是他还会问一句"她如何了？"

楚殊珍神色古怪地看着任怀苏，沉吟了好久，方才试探着问："你是担心她伤得很重，还是可惜她到现在都不死？"

"我的意思是，我相信她并没有你这样的朋友。"他道，"我剜了她的心，你将她如何了？"

楚殊珍怔住了，她将鬼扇打开，遮住了半张面孔。过了一会儿，她笑了起来："任公子真是明察秋毫！你怎知我并非她的朋友？"

"她没有朋友。"任怀苏淡淡地道。

"你怎知道？"她低低地笑。

"我知道。"他并不解释。

楚殊珍施施然转身："想要知道我将她如何了，就请跟我来。救世之事听我安排，从长计议。但任公子，是你剜了她的心给了我机会，你现在却一副咄咄逼人的样子——难道只准你剜她的心，却不准我将她如何吗？这不公平。"

"我剜她的心是为了救世……"他道。

楚殊珍打断他的话，嫣然一笑："无论我对她如何，也是为了救世。"

任怀苏眼帘微合："这不一样。"

她合上鬼扇，头也不回地往前而行，衣袂飘然如仙："我听明白了，是，这的确不一样。"

这的确不一样，虽然她很诧异，但是她听懂了。

04

楚殊珍自然并没有把陆孤光怎样，她就在如婆婆家里。当楚殊珍把任怀苏带入天门包子铺的时候，她着意看了如婆婆一眼，如婆婆老眼惺忪地瞟了任怀苏一眼，然后就继续坐在她的蒸笼后面打瞌睡了，仿佛看见的只是一个路人。

他真的不是任将军吗？楚殊珍暗自怀疑着。如婆婆曾经是与任将军最亲密的人，她的意见虽说与目前所见的种种迹象不符，她却也会放在心里。

这是一个冷静的智者必备的能力。

陆孤光还躺在如婆婆的床上，她胸口表面的伤口已经愈合，但被重创的胸骨仍然疼痛着，那颗被剜碎的心不知还能否重新长出。总而言之，她自己也感觉不到自己现在究竟是有心还是无心，她也不关心。

被剜心而能不死，这事实不单震惊了任怀苏和姬珥，也震惊了她自己。她从小就知道自己是个怪物，但从不知道自己和普通人的差距竟是如此大，她竟有一点点谅解当初想把自己收服为鬼魅驱使的长老和同族们了。这样古怪和可怕的东西，即使她长得像个"人"，但有谁能真正把她当人看待呢？

世人认为她是妖女，其实并没有错；任怀苏认为她"罪恶滔天"，只是"一条性命"，一条可以随时消失的性命，其实也不算有什么错。

错的是她自己吧？错在她根深蒂固地把自己当成一个"人"，所以总是在遭到敌意的时候感到愤怒和不甘，总觉得自己不应该受到这样的对待，却从来不反省自己在别人眼里究竟是什么东西。

所以其实她大错特错，她居然曾经妄图为保存这人间而消灭一个没有觉醒的尸魅，她居然曾经妄图维持任怀苏的理智，想要让他永远记不起真相，她居然会以为人间不灭是对的，是理所应当的，她居然曾经同情和怜悯那些不知真相却要伴随这世界灰飞烟灭的芸芸众生。

呸！这人间的众生和我从不是一路，众生与我是天敌！

只有万鬼的世界，才是我的归宿吧？她躺在床上，四周静寂，心内也是如此。

接着房门咯的一声微响，有个人缓缓走了进来，步履声十分熟悉。她知道楚殊珍是白道中人，在这种时候白道中人最热衷的事和任怀苏一模一样，就是救世。所以楚殊珍必然会找到任怀苏，所以任怀苏突然从门外走了进来，她一点也不奇怪。

她转过头来，任怀苏神色宁定，安然得好像那贯胸的一剑是她的幻觉或噩梦一样，实在令她有些好笑。"你来了？"她淡淡地道，语气居然很平静。

他仪态端正地颔首:"你觉得如——"

她连那个"何"字都懒得听:"楚殊珍是叫你来杀我的吗?莫非她已经从筠书阁的藏书中找到了杀死我这个妖怪的方法?"

他柔声道:"楚姑娘说,她得到一种能分担圣气的方法,能破除万圣之灵,如此我就不需……"

她勃然大怒,猛地从床上坐了起来:"你就不需杀我了?你杀我的时候可有半点怜悯之心?现在不需杀我,我对你无用了,你又来装出这副嘴脸?难道你以为你剜了我的心,现在来宣布你可以不杀我就是对我天大的恩赐了吗?我就该立刻对你感激涕零吗?任怀苏,你不要欺人太甚!既然你们自负能够救世,那就自己救去,都给我走得远远的,我这妖魔鬼怪和你们半点干系也没有!"说到激怒之处,她胸口剧痛不已,脸色惨白地喘着气,整个人摇摇欲坠。

一只手轻轻拍着她的背,一股温和的内力自背后透入,她心中烦恶,极度虚弱下却又莫名地不想动,突然一只手腕伸到她面前,任怀苏温和地道:"吃吧。"

她怔了一怔,本想一把推开,片刻后恶念突起,抓住他的手腕,狠狠地咬了下去。

血色从任怀苏脸上急剧消失,她疯狂地吸食着他的鲜血,这是尸魅的血,这是天地间最邪恶又强大的血液,能帮助任何一种妖物增长能力。

救世?你要救世?她轻蔑地想,你骗了我,刺我一剑,剜了我的心,我若能让你平平安安地去救世,我就是头猪!你是尸魅，你天生是邪恶残忍的万鬼之王，我要你觉醒，我要看着你这口口声声要救世的疯和尚亲自率领万鬼，将这可恶的人世沦灭，将你爱的世人挫骨扬灰。

那才是你应得的报应！她冷冰冰、恶狠狠地想。

任怀苏自是绝不会想到她现在心里打的是什么主意，她疯狂地吸食着他的血，他用另一只手轻轻抚摸她的头，神色很是温柔。

楚殊珍站在门口，淡淡地叹了口气："任公子，孤光已经没有大碍了，你可以不必再喂她鲜血。"

陆孤光却更加用力地咬住任怀苏的手腕。他并不挣扎，依然摸着她的头让她吸血："楚姑娘，那分担灵气之法，你可有眉目了？"

"有。"楚殊珍探手入怀，摸出一本泛黄的小册子，"根据此书记载，六十余年前，有人施展过这种转嫁灵气之法，只需找到一位和本体生辰八字相同、体质相符之人作为嫁体，天降圣气是可以转移的。"

陆孤光放开任怀苏的手腕，她已经吃饱了。擦去嘴角残余的鲜血，她舔了舔嘴唇："难道六十余年前，也有人承受过天降的圣气？""这种法术并不难，它的要点在于让天地之灵降世之时无法区分二人，从而使灵气对分，难的是要找到一个与之生辰八字相同且体质相符的人。"楚殊珍沉吟，"而所谓的'相符'并非能从肉眼看出来……六十余年前的确有人承受过天降的灵气，书上都有记载。"

"谁？"陆孤光皱了皱眉头，"他吗？"她所指的就是任怀苏。

楚殊珍轻咳一声："书上所记载的是两人，便是施了此法，共同分担圣气的两人。"

"谁？"陆孤光惊奇地问，"这种事居然真的曾经发生过？六十几年前也有过天降圣气的灭世之劫？而有人用分担圣气的方法躲过了？"

楚殊珍颔首："不错，当年的天兆和如今几乎一模一样，却有高人施以分担圣气之法避过了灾劫。"她翻开那本小册子，细看其中一页，"当年分担圣气之人，是覆面将军和一位姓沈的少年。"

05

"姓沈的少年？"陆孤光吸食了任怀苏的血之后，感觉浑身暖洋洋的，一股说不出的力量在身体里翻涌，心情突然就好了起来，"如果他到现在还没死，也许就能知道当年那位高人是怎样施法分担圣气了。这就是你找到的新的救世之法？"

楚殊珍微微一笑："当年那位少年姓沈，叫沈旃檀，是宁皇后的表弟，勉强算是一位皇亲。不过此人自幼随母带发修行，虽是皇亲，却一直在蓼云寺中长大，听说品行端正，妙悟佛法，当年是一位十分有名的在家居士。"

"居士？"陆孤光皱眉，"居士是什么东西？"

楚殊珍知她自幼流浪，读书不多，面不改色地道："居士便是没有出家的信众，在家里修习佛法。"

陆孤光不以为意:"那这人已经死了吗?"

"此人与覆面将军分担圣气之后便不知所踪。"楚殊珍回答道。她一直盯着任怀苏的脸,而他听到"沈旃檀"三字时,并没有露出什么异样的表情。

陆孤光面露冷笑:"人都不见了,楚姑娘说这一堆都是废话,世上的活人千千万万,若是人人都如你们俩这般智慧,如此救世,人间难怪要沦灭。"她往床上一倒,淡淡地道,"我已想明白了,我是妖魔鬼怪,不属众生之一,既然被剜心也不会死,那大概这人间灭了我也不会死吧……既然如此,我为何要期盼人间不灭呢?哈哈哈……"她笑了起来,"任怀苏你杀不了我,楚殊珍你找不到沈旃檀,看来不必过多久这人世就会灰飞烟灭,化为乌有,这有何不好?我万分期待那一日到来,万分期待那时候你们俩的嘴脸……"

任怀苏手指微微一动,却又停了下来:"孤光——"

"你闭嘴!"她厉声道,"出去!"

他站着不动,楚殊珍叹了口气:"任公子,我们去外面谈。"她走了出去。

任怀苏却仍旧站着不动,目光柔和地看着陆孤光:"众生本苦,六道艰辛,人人皆有所取,人人皆有亏欠,人人皆有恩德,你岂能期盼人间沦灭,化为乌有呢?"

陆孤光背对着他:"我既不是众生,也不属六道,我期盼不期盼人间沦灭和你有什么关系?"

"你是我妻子。"他柔声道。

"你去死!"她回答得很顺口,"你不忍你的众生和六道吃苦，舍不得他们沦灭，你就忍心要你妻子的命，要她灰飞烟灭、化为乌有？悲天悯人的怀苏大师，你的博爱和慈悲陆孤光受不起，从现在开始，我们一刀两断，再不相干！"她甚至连头也不回，"既然不必杀妻，你也不必勉强娶我，我不是你妻子。"

"孤光……"他往前迈了一步，"那一剑，是我错了。"

她怔了一怔，回过头来。

他居然会认错？

只见任怀苏脸色肃穆："我从未向你说明娶你是为了杀你，这是我的错。"她听得怒从心起，正要发作，只听他又道，"在决意杀妻之前，未曾想过是否还有其他不必滥杀无辜的方法，这也是我的错。"她阴沉着脸，冷冰冰地问，"还有呢？"

"还有……"他道，"我说你杀人众多，罪恶滔天……"他微微一顿，缓缓地道："我反复想过，你……"

他又顿住了。

她瞪着他："我什么？"

"你……也许并非如此，是我希望你罪恶滔天。"他回答道。

她皱起眉头："什么意思？"

他低下头："没什么意思。"

她想了想，冷笑了一声："你是来道歉的？任公子，怀苏大师，你真是贵人多忘事……"她冷冷地看着他，而他微微低着头，脸上的神色她看不清，"你刺的不是一剑——是两剑。"她指着自己的心口，"第一剑的意思我听懂了，你急于救世,你大公无私,你只是健忘不是骗我——可是相隔不久第二剑你剜了我的心,那还是你考虑不周,你急于求成?"她捂着胸口,仿佛心口也如那晚一般剧烈疼痛起来,"你根本就是预谋已久,恨不得我死!"

他被她吸血之后,脸色本来就惨白,听她这般厉声控诉,脸色越发白得没有丝毫血色,他沉默良久,只道:"对不起。"

"你走吧!"她不想再看见他,等身上的伤全好之后,她就马上离开,另找一个安身立命的地方去等这人世沦灭,再也……再也不要看见他一眼。

他还不知道自己是尸魅,他自己才是对人世最大、最可怕的威胁。楚殊珍之所以要牢牢掌控她,还不是为了牵制任怀苏——无论任怀苏是要杀她还是要救她,无论他作为尸魅还是作为未曾觉醒的"活人",楚殊珍都只有将她陆孤光牢牢掌控,才能左右任怀苏的意志。

没有人知道服下"血流霞"能杀死尸魅,但陆孤光现在怀疑楚殊珍也许知道,那个女人看似年少柔弱,却是见识广博、心细如发的聪明人,所以她才一直缠着自己不让自己离开。她也许还掌握了一些其他的秘密,导致她对分担圣气这件事十分有信心。

分担圣气……当年的沈旖檀和任怀苏之间,一定发生了某些不为人知的事,直觉告诉她那绝非什么好事。

"孤光……"他仍是柔声呼唤,"相信我,这人世有值得珍惜之处,不要因为我的过错就对人世、对自己失去信心。"他缓了口气,极真诚地道,"你是一位率性的姑娘,真诚勇敢,从不以虚待人,这是美好的品德……"

啪的一声,陆孤光抓起一样东西往他身上狠狠地砸了过来,那东西正中任怀苏眉心,顿时一缕鲜血顺腮而下,她厉声道:"厚颜无耻!你给我滚出去!"

任怀苏接住了她怒极砸过来的东西,那是一块令牌。

离殇令。

他看着那块令牌,鲜血顺腮而下,滴落在令牌上,令那两个镌刻的古字殷红狰狞。

"这是……"他喃喃地问,"离殇?"

她吃了一惊,突然说不出话来。虽然心中方才已经想过要狠狠揭露他其实不是活人,而是尸魅的事实,要看他觉醒,看他亲手毁灭人间,但此刻她看着他那张极其认真、坦荡的脸,那写满了一心一意要救世的信念的脸,这话无论如何都说不出口。而且她隐隐觉得,就算她将他的身份说破,这疯和尚也不会相信。

但他不会相信,不等于他自己就想不起来。

说不定……说不定什么时候他就会突然想起自己是覆面将军,是受尽痛苦的尸魅,是要屠戮天下的怪物。

这不知怎么的让她紧张得很,瞅着他看着那离殇令,她张了张嘴,却没说出什么。

突然之间,低头看着离殇令的任怀苏发出一声低低的冷笑:"嘿!"

她浑身的凉气都冒了出来,只见任怀苏不抬头,仿佛故意要避开她的目光,用一种古怪的、阴柔的、充满恶意的声音低声笑道:"新婚快乐吗?"

陆孤光脸色惨白,那维持着僵硬姿势的任怀苏又阴森森地问:"和尚爱你吗?"

她闭嘴不答。

"哈哈哈哈……"他低笑,将手中的离殇令掷还给她,"但你爱他,我知道。"他从头到尾一眼也没看陆孤光,一大团黑影自地上漫起,他从屋里消失了。

和尚爱你吗?

但你爱他,我知道。

这是怎样恶毒的言语。"他"又出现了,"他"又要把任怀苏带走吗?她满怀恐惧,他的低笑如此冰冷,他的话语如此犀利,犀利得她几乎要怀疑她所经历的不幸在他眼里都是既定的游戏。

一步一步都深烙着诅咒的痕迹一般。

第十章

再道凄凉时

01

楚殊珍在窗外负手而立,并没有窃听屋里两人在说什么。

她手上有一本书,详细记载了自云氏开国以来的宫廷秘史,上面的记录巨细靡遗,从开国的仪式,到分担圣气的仪式,甚至还写了任怀苏最终如何被迫害而死,却唯独没有写如何寻找一位与任怀苏八字相同、体质相符、能承载圣气的人。

她沉吟着,将小册子内所提到的相关内容一句一句地回想。若不能在短期之内找到这个人,就只好让任怀苏杀了陆孤光,但任怀苏一旦杀了陆孤光,杀妻罪成,圣气散尽,他身上的尸魅之气必然会爆发,很可能会觉醒,如此一来人间虽不灭但亦不远矣。所以若非万不得已,陆孤光是不能死的。

"哈……"身后有人低声而笑,笑声空旷而荒远,有一种苍凉而孤独的气息。

她回过头来,身后的人眉目俊朗,正是"任怀苏",只不过此时他向她看过来一眼,她便觉得仿佛方圆五丈之内鲜花芳草都死尽死绝了一般,那是怎样肃杀荒芜的目光。

"在想什么?"他并不走近,低低地问。

楚殊珍凝视着他,笑了笑:"在想……如何寻找一个人,分担你身上的天降圣气。"

他勾起嘴角,这一笑是无声的:"我很好奇,你怎么知道世上有分担圣气之说?从哪本书上看来的?书可以借我看看吗?"

她探手入怀,取出那本发黄的小册子,递了过去。

他接过来,随手翻了两下,再度看了她一眼:"你很听话。"

"在将军面前,我不敢不听。"她柔声回答,神情淡然。

任怀苏笑了:"哦?"他将小册子扔回给她,"将军?"

她的目光略微变幻了一下:"我一直不能确定任公子是不是当年的任将军。方才任公子端庄自持,我更不能确认,但如今将军逼问于我,杀气横盈,十步之内花凋虫走,生机尽绝,若非当年征战沙场的任将军,焉能如此?"

"任怀苏"声音低沉地道:"确定了我就是大将军,又要如何?"

楚殊珍沉吟良久,方才缓缓地道:"我若说请教将军当年寻找替身之法,此法当年将军已经用过,承受了……承受了莫大痛苦,此时将军未必肯告诉我;我若说求将军以自身之异能再度救世,又仿佛强人所难。殊珍一时尚未确定'想要如何'。"

她虽未说她"想要如何",但无疑已经说了,还说得很具体。

"救世,""任怀苏"往前走了一步,似笑非笑,伸手抓住了她一缕头发,"我是不肯的。陆孤光说我是尸魅——万鬼之王,是一种妖物,天生就要毁天灭地,我怎么能辜负天职呢?"他柔声道,"我多年征战沙场,人一旦杀多了,就难分正义或是邪恶。从前我以为'忠义'二字贯穿我的血脉,为家为国无论做什么背后都有支撑;现在梦醒了,杀人就是杀人,几十万白骨堆积成我的功名,杀人或是灭世,没有什么不同。"

楚殊珍见他走近,情不自禁全身微微颤抖,她勉强让自己一动不动,语气仍是淡淡的:"先皇……那是先皇对你不起,并非普天之下人人都对你不起……"

"是啊……"他张开五指,那缕长发莫名从中间断开,仿佛受不起那尸魅之气,只听他低声笑道,"并非普天之下人人都对我不起,但我恨啊……"他对着楚殊珍的脸颊吹了口气,平静地问,"不可以吗?"

她哑口无言,面前这位和方才全然不同,这是一个尸魅,一个觉醒的尸魅,还是一个仿佛充满理性、说话有条不紊、思路非常清晰的尸魅。她想邀请这个尸魅与她一起救世,因为她别无他法,然而这分明是不可能的事。

他说得很清楚,他要灭世,因为他恨,不可以吗?这是他的天职。

他看着她微微发白的脸色。这聪明的小女子分明害怕得全身发抖,却偏偏努力维持一副冷静的嘴脸;分明吃惊和失望得半死,还努力站在那里一步不退。他无声地笑了笑,伸出手指抹了抹她的唇角："但是，如果……"

"但是？如果？"她冷静地听着他值得玩味的话语："如果什么？"

"如果你能帮我查清楚当年皇上为什么叫我放了那把火，背后究竟是谁的主意，也许我可以考虑晚几天杀人。"他似笑非笑，"我公平吗？"

"早几天杀人和晚几天杀人有什么区别？"她咬着下唇，"你要如何才肯放弃灭世？"

"很多人便是多活一刻也是好的。"他柔声道，"这人间不灭，我睡不安稳。"

"既然你都要让人间沦灭了，何必还要追寻真相？无论当年要害你的人是谁，如今他早已死了。"楚殊珍终于渐渐找回了自己的声音，"我绝不会助你找到真相，除非你肯答应我放过这世上千千万万的人。"

"放过？"他低沉地笑，"这人世何曾放过我？而未来又如何能放得过你？信誓旦旦的孩子啊……信任、同情、怜悯、爱……这些都是会让你伤心欲绝的东西。抛弃这些，跟随我，如何？"他伸出手，因为站得近了，便搂住了她的腰，"如何？"

楚殊珍垂下眼眸，只听叮的一声，她袖中的剑骤然弹出，"任怀苏"抓住她的剑刃，那剑刃在他指下从中间断裂，叮当坠地。楚殊珍胸口起伏不停，脸上的表情却仍旧镇定，仿佛她从来没刺过这一剑，她语气平静地道："不好。"

"真是个有趣的小东西。"他笑了笑，用手指蹭了蹭她的脸,"三个月后,我再听你的回答。今日之事不要告诉陆孤光和傻和尚,否则我先杀了你父母,再杀筠书阁上下所有的人。"

一阵黑烟从地上涌起,黑烟消散的时候,站在原地的仍是任怀苏,但楚殊珍已经知道他不是他了,这个眼神清澈的男人信念坚定,和那个意在让人世成飞烟的人全然不同。

只是这个身体是覆面将军的,方才觉醒的尸魅之魂也是覆面将军的,那现在站在这里的人是谁呢?楚殊珍心忖着,难道是任怀苏尚未觉醒完全?还是在这没有觉醒的几十年里,他的身体中又自行生长了另一个魂魄?这可能吗?

任怀苏管他叫"傻和尚",似乎对他并没有恶意。

方才那个充满恶意、善于动摇人心的尸魅居然会容忍一个与他全然不同的自己和他共用一个躯体?

02

"楚姑娘。"任怀苏眼神平静,"你可想到了与我一同分担圣气之人?"

楚殊珍还呆呆地看着他,突然被他一问,不知怎么脸微微一红,她愣了好一会儿才道:"没有。"

"若是寻不到分担之人,也许从其他方面着手也可以。"他道。他那诚挚的表情和无比认真的话语,让她几乎以为这个人除"救世"之外便什么也不会想,这和方才的人是怎样巨大的反差啊!

这个不会思考、注意力高度集中、不懂得人情世故的任怀苏或许才更像传说中的"尸魅"吧？她苦笑："什么其他方面？"

"杀死鬼女，或摧毁九天鼎。"他淡淡地道。

楚殊珍越发苦笑，鬼女和九天鼎都是传说中的东西，虽然从道理上说也无不可，但机会远比找人分担圣气要渺茫得多。不过看着他那张脸，她连和他辩驳的心情也没了："也可以。"她只想一个人好好安静下，对任怀苏点了点头，便自行离去了。

任怀苏低下头来，袖中一物滑落到他手中。

那块刻着"离殇"的牌子，为什么他会觉得如此眼熟？

眼熟到每看一眼，心头便传来激烈的震荡，甚至近乎一种纠缠，仿佛有什么东西逼迫着他必须不停地去看这块令牌。

看一次便是一阵动摇，他仿佛感觉到四周热了起来，仿佛能感觉到曾经映在这块令牌上的一场熊熊大火。

火……

冲天而烧的巨大的火。

有许多人嘶吼、哀嚎的声音。

他一动不动地站在那里，全身都在冒汗。

身后有人慢慢打开了房门，那人虚弱无力地道："你和她说了什么？"

任怀苏猛地回过身来："孤光。"他还没从那场大火的幻象中摆脱，但乍然听见她的声音，便是一阵惊喜。

陆孤光扶着大门站着，她吸了任怀苏的血，伤势已经好了大半。她上下仔细打量了任怀苏一阵，目光中带着些古怪和小心,接着她咳嗽了几声,道:"把……令牌还给我。"

他本能地握紧了那块令牌,顿了一顿后,才递了过去。

她笨手笨脚地把令牌藏入怀里,然后对他笑了笑:"喂,你爱我吗?"

他点了点头,就如那天她强迫他说"我爱你"的时候那样温顺。

"我想到一个原谅你的办法。"她阴森森地笑,右手握着一把剑,那是楚殊珍放在床头的随身佩剑。"你刺了我两剑,第一剑……咳咳……根据你自己说的,我原谅你。"她把剑朝他扔了过来,"第二剑……你剜了你自己的心,我就原谅你。"她恶毒地对着他微笑,"你不是口口声声说你错了吗?你想要留在我身边,想求我原谅,你还一剑给我!做不到就给我滚!"

任怀苏接住佩剑,她看着他,这个疯和尚,她的疯和尚……她说不出地害怕这个疯和尚就此消失,虽然他骗了她。他这么可恶可恨、满口仁义道德、大爱众生,他这么假……但她总是希望他在的,要有这样一个人存在着让她恨,那才好。

永远都不要变成尸魅吧?那样……那样的话,她就连怨恨的人都没有了。她刚才在房里想通了这点,那妖孽说的没错,她是爱他的。

所以她可以原谅他。

她绝不要被任怀苏身体里的那个妖孽诅咒。

绝不再给人嘲笑她的机会。

任怀苏铮的一声拔出长剑，调转剑头往自己胸口刺去。陆孤光见他下手沉稳，绝无半分虚假，真的是要在他自己胸口挖出一个洞来，心里松了口气，幸好这疯和尚和她想的一模一样。接着她一扬手，鬼气飘出，啪的一声，长剑断开，断剑的截面在他胸口狠狠戳了一下，戳出一块青紫色的印记，任怀苏一怔，握着断剑看着她。

她叹了口气，这是双怎样柔和真诚的眼睛，仿佛其中有多深的真情一般。她道："过来。"

他听话地走了过去，柔声道："孤光……"

"闭嘴！"她抓起他手里的断剑，一下一下用力戳他胸口的瘀痕，咬牙切齿地道，"你怎么还不死！你怎么不给我死！你怎么还不给我死！"

他温柔地看着她，站着让她一下一下重戳，那瘀痕很快变成伤口，随即愈合，她又戳。折腾了十几下之后，她终于没了力气，将断剑一扔，别过头去："这算你还我的。"她冷冷地道，"但别指望我和你一起爱众生、爱人世，我巴不得这世上的人全死光了，只剩下鬼。"

他微微动了嘴角，竟是微笑了，温柔地道："我知道。"

她脸上一红，烦躁地挥挥手："你知道什么？你什么也不知道！"

他走过去，将她横抱起来，慢慢放回床上，柔声道："我知道。"

她眼圈红了："你知道什么？你这疯和尚、假人、僵尸、妖怪、变异的魔头！"

他不反驳，耐心地拉过薄被将她盖住，轻轻地抚摸她的头和脸颊，就宛如抚摸着他的珍宝一般。她躺了一阵，一时不甘心，便又狠狠咬他一口，过一阵看看他苍白的脸色，又有些后悔，折腾了好一阵子，终于又睡着了。

他坐在床边握着她的手，专心致志地看着她的脸，并不离开。

03

过了好一阵子，他的目光微微挪动了一下，突然看见被褥的一角下压着一块眼熟的东西，他取了出来，却又是一块离殇令。他眉头微蹙，他记得之前那块令牌从陆孤光手里砸了出来，打中他的眉心，随后又从他衣袖中掉出，再然后他还给了孤光，孤光又把它收入了怀里。

那现在这块又是何物？

他越发皱起了眉头，他依稀记得这块东西在他身边很久了，只是他从未想过这东西从哪里来，又有何用处。细看这块在被褥下出现的令牌，令牌冰凉沉重，上面刻画的字迹虽经岁月侵蚀而不朽，刚刚沾染的血迹已经干涸，这的确是他一直放在身边的那块令牌，绝非有假。

但握着这块令牌的时候，他的心情却很平静，并不像方才那样沸腾不已。

他眼睫微微一动，以两根手指揭开薄被，探入陆孤光的衣袋，轻轻地将她刚才收入怀里的令牌取了出来。

这块令牌也是离殇令，上面也刻着"离殇"二字，只不过上面并没有血。

他牢牢握住这块令牌，骤然间那烈火地狱又重现，令他心血狂沸。他修佛日久，从未有如此焦躁不安的时候，他勉强抑住心神，看着手中两块令牌。

这并不是两块一模一样的令牌。虽然他们材质相同，上面所刻的字迹也非常相似，似乎唯一的区别就是其中一块上面有血，另一块没有。然而拿在手中仔细感受，令牌的颜色、厚薄、大小，甚至上面的字形都有着极细微的差别，若不是他看得熟了，只怕也难以分辨。

他怔怔地看着没有染血的那块，一向平静无波，如一潭死水的心中闪电般划过一个念头：它是假的。

它是假的！

为什么……为什么会突然兴起这样与平素修行和救世全然无关的念头？真与假不过虚妄，凡物皆有用，岂以真假分高低上下？

然而心血狂沸，咽喉焦渴，仿佛有什么……有什么事一定要做，仿佛无论如何都静不下心来，他为自己斟了一杯粗茶，喝了下去，咽喉的焦渴之状却丝毫不曾减轻。他站了起来，不知自己究竟要做什么，站也不是，坐也不是，瞬息之间，方寸大乱。

便在他坐立难安的时候，耳边突地传来一声毫无笑意的低笑："哈！"

任怀苏猛然回头，身后空无一物，但他的的确确听到了人声,有人以一种空茫而索然无味的语调阴沉地问:"痛苦吗?"

他保持着那回头的姿势,一动不动,也不回答。

身前背后均无人影,那声音也不再响起,然而手中紧握的那块"假令牌"突然幻化出一团明黄的火焰,无声无息地燃烧了自身,随后消失得干干净净。

幻象。

他长长吐出一口气,那是幻象,那是不知潜伏在何处的敌人以妖气凝结而成的幻象。但要将妖气凝结得宛如有形,让人分辨不出,这潜伏在暗中的妖不知有多深的道行。

然而奇怪的是,既然它能造就如此幻象,为什么它不将幻象做得和离殇令一模一样,而要做成一块和它有九分相似的假令牌呢?这块妖气凝结的假令牌,却又是如何出现在他衣袖里的?

离殇令?他慢慢地将令牌上干涸的血擦拭干净,轻轻放回孤光怀里,平生第一次有了探寻自己过去的念头。

他在碧扉寺里住了很久,久得他已忘了时间,但从他有记忆开始,他便是如今的样子,从未改变过。而人总是会有些过去的。他望着自己手腕上那只翡翠镯子,便是如孤光这样的人也都有。

翡翠朝珠楼。

姬珥正躺在摇椅上睡觉,今日他散着头发,终于没穿那身闪花人眼的水晶衣袍,而是随随便便穿了一件微黄的宽袍。微风穿窗而入,摇椅微微摇晃,他似睡非睡、似醒非醒地享受着,人间若有一百种享受,他便能折腾出一百零一种出来。

"公子，筠书阁楚姑娘求见。"外面有人通报，"说有急事。"

"不见。"姬珥闭着眼睛，"我在睡觉。"

外面的人道："她打进来了……"

随着房门砰的一声洞开，姬珥无可奈何地睁开眼睛："楚姑娘，你我向来不熟，你怎能如此擅闯民宅？数年不见，莫非筠书阁也学那些三流的江湖人，仗势欺人起来了？"

楚殊珍微微一笑道："姬楼主贵人多忘事，两年前在楚江诗会上，你我难道不曾举杯共饮？"

姬珥想了一阵，挥了挥手："我平生所见美人美事太多，不记得了。"他懒得从摇椅上起来，"楚姑娘聪明绝顶，到我的翡翠朝珠楼，总不是来喝酒的吧？"

"姬楼主在此，楚殊珍岂敢称'聪明绝顶'？"她嫣然一笑，在他屋里坐了下来，顺手从书橱上摸下一瓶酒，就这么打开浅呷了一口，"陆孤光和任怀苏在东集。"她慢慢地道，"姬楼主，任怀苏是尸魅之身，陆孤光死不得。"

"哦？"姬珥颇感兴趣地看着她，"不知楚姑娘是如何得知内情的？"

她将怀里那本小册子放在桌上："我所知的一切皆来自此书。姬楼主，近来天灾频繁，灭世征兆一一出现，即便你不想插手浊尘俗事，此时也已不能置身事外。当此之时，任怀苏既是尸魅之身，又是万圣之灵，举足轻重，所以——"她微微一顿，放重了声音，"我要知道关于任怀苏——覆面将军——所有的内情，尤其是他的死因。"

"死因？"姬珥丝毫不为所动，又挥了挥手，"他到现在还没有死呢。"

"那场大火的原因，他变成尸魅的原因，"楚殊珍改口，"姬楼主，你必定知道。"

"为何我'必定'知道？"

"因为姬楼主是重情之人，既然任怀苏是你好友，他变成尸魅的原因，你必定知道。"她缓缓地道，"孤光告诉我她从你这里看到了覆面将军几乎全部的生平杂事，唯独没有死因。我想以姬楼主的能耐，陆孤光能盗取你的情报，唯一的可能便是那是你故意让她看的，你希望她了解任怀苏，而死因却是你不愿让她看的。"

姬珥笑了笑："和聪明人说话，当真不费力气。"他也不拐弯抹角，"我不希望任何人知道他变成尸魅的原因。"

"因为你怕他想起来。"楚殊珍断然道，"你怕他想起那段血海深仇，从而维持不住人性，彻底妖化！"

"你怎知是血海深仇？"他似乎觉得有趣，"你知道多少？"

"我知道的不多，但有一件事倒是可以与你分享。"楚殊珍将酒瓶中的酒饮尽，"任怀苏身上具有双魂，你所认识的'好友'与当年的覆面将军判若两人，而另外一魂杀气极重，早已觉醒，口口声声要灭世……"酒气上涌，她双颊泛起淡淡的血色，长长吐出一口气，"我以为，这杀气极重的一魂才是真正的覆面将军！"

"哦？"姬珥颇为意外，他想了想，"当年任怀苏助先皇开国，威名远扬，功高盖主，所以从一开始就遭人嫉恨，而先皇对他也是十分忌惮。当时有人上奏了黑旗军在荒狼野一役中以人为食之事，说任怀苏命人砍杀受伤的士兵给身强体健的人当食物，那一千余人便是因为吃人而能生还。于是先皇下旨召集了荒狼野一役的所有参与之人到宫中听封候赏，甚至专门为此修建了一座宫殿，叫作无水宫。等任怀苏等人听命而来，先皇命他点燃无水宫前用以庆祝的火把，随后大火烧起，将无水宫中一千余人烧得干干净净，无一生还。"

"这件事我知道。"楚殊珍皱眉，"这件事书上隐约有所提及。不过吃人之事的确令人难以接受，先皇畏惧吃人之兵，决意诛杀他们以堵众人之口，也非全然忘恩负义、心狠手辣。"

"但问题是，任怀苏并没有下令杀人。"姬珥叹了口气，"荒狼野一役的真相，是任将军带头取下自己的一块腿肉，给众将士分食，然后千余残兵纷纷效仿，取腿肉而互食，虽然有不少人因寒冷而亡，却并没有杀人的惨事。他们除了吃人肉，也食用深山寒池里的鱼。任怀苏为激励士气，对众将士许以重赏，承诺加官进爵，如此大家才勉强活了下来。你想，他是一身肝胆、忠义为骨的铁将，与荒狼野一役的黑旗军将士是生死之交，先皇却命他……亲手烧死了一千多条人命，那里面的人既是他的下属，也是他的朋友、他的兄弟……"他默然半晌，"换了是你，焉能不恨？"

楚殊珍脸色微微发白："所以他受此刺激，便变成了尸魅？"

姬珥以手支颔，微微点头："我不希望他想起来。"

她低声问："先皇为何不连他一起烧死？却要命他烧死

别人？"

"因为他功劳太大，先皇只想灭他气焰，并不想杀他。"姬珥叹了口气，"他一生征伐，遍体伤痕，敌人杀不死他，只有自己人才能伤他如此。"

楚殊珍不知何故，竟听得眼眶微红，一腔悲愤之气冲上心头，她想起他说："从前我以为'忠义'二字贯穿我的血脉，为家为国无论做什么背后都有支撑……现在梦醒了……"

梦醒的代价，原来竟是如此沉重。

"兴建无水宫、火烧黑旗军的主意，你可知道是谁出的？"她低声问，"是谁向皇上告密说任怀苏率众食人？"

"哈！"姬珥笑了笑，"这个你就要问任将军当年锋芒毕露，究竟得罪了多少小人了。"

她低下头来："我只想更了解他，劝他放下仇恨，用心救世。"

"仇恨是放不下的。"姬珥举起衣袖挡住窗外的阳光，顺势将其盖在脸上继续睡觉，"换了是我，我也放不下。"

她黯然了，千余人命，同生共死的兄弟手足，焉能放下？怎能放下？但这恨……再恨也不该拿天下千千万万无辜之人的性命作陪。

04

自翡翠朝珠楼回来，楚殊珍手中的第一件要事，就是要查明当年失踪的沈荫檀最终的结局，或者查明在他生前是否留下过关于分担圣气的只言片语。觉醒的任怀苏不肯透露关于天降圣气的任何消息，他之所以化为尸魅似乎与天降圣气之事毫不相干，但她有一种直觉，这两件事绝非毫不相干，火烧无水宫之事与当年天降圣气之事必定是有所联系的，只是她一时还想不明白这两者之间究竟存在着什么样的联系。

回到如婆婆的包子铺，如婆婆依然昏昏欲睡地坐在蒸笼后面看着包子，楚殊珍突然心头一动，她对任将军如此了解，是不是也知道关于沈旆檀，或者关于当年的天降圣气之事？一念至此，她停下脚步："婆婆……"

如婆婆冷冷地看着她。

她考虑了一阵子："我们会马上离开这里，离开之前，不知可否请教婆婆一个问题？"

如婆婆淡淡地问："什么问题？"

"婆婆可知道沈旆檀其人？"她诚恳地发问，"此人乃皇后表亲，在蓼云寺带发修行，不知婆婆是否有印象？"

如婆婆仍旧冷冷地看着她，眼神并没有什么变化，楚殊珍等了又等，好长一段时间过去后，她几乎以为如婆婆的确不知道沈旆檀其人，也不打算告诉她任何事，就在她要开口道歉并准备离开的时候，如婆婆突然道："知道。"

知道？楚殊珍乍然一阵惊喜，忍不住道："那婆婆可知此人后来……"

如婆婆脸上毫无表情，那神色太过麻木，以至于显出了一种刻骨的寒意："你问他做什么？"她阴森森地看着楚殊珍，"六十五年后，居然还有人记得他？"她的语气里充满了鄙视与怨恨,仿佛历经六十五年,恨意仍丝毫不减。

她柔声道:"婆婆,此人与一件重大隐秘之事有关……"

"不错,这人与一件重大隐秘之事有关。"如婆婆阴森森地道,"这人当年诬告怀苏,向皇上进言修建无水宫,残害千余人命,逼死覆面将军,犯陷害忠良、欺君等诸般重罪,被皇上废皇亲身份,赐毒酒一杯,死后不得殓葬,尸骨被掷入旻山万古峡。"

楚殊珍大吃一惊,旻山那是茂宛城外著名的无回之地,传闻其中有妖孽作祟,山周百里尽是枯骨,山内万古峡更是未知之地,从未有人知道那峡谷之下究竟是什么。当年皇上居然下旨将沈旃檀的尸骨掷入万古峡?此道谕旨只怕是古往今来独此一份,也不知是出自对沈旃檀的恨意,还是有隐瞒内情之意。无论如何,赐死沈旃檀之事显然是密旨,此事不见任何记载,除了当年相关之人只怕无人知晓。但……但火烧无水宫之事的幕后主谋,怎会是沈旃檀呢?她简直无法相信,从所有记载来看,蓼云寺带发修行的沈公子待人温善和气,妙悟佛法,品行端正,绝无一丝半点戾气,难道这全部的记载都是假的不成?

更何况,逼死任怀苏对他自己又有什么好处?

难道是……难道是他怨恨与任怀苏共同分担圣气?但身承天降圣气并无任何坏处,反而能强身健体,驱除污秽,震慑邪灵,有延年益寿之效……难道说……逼死任怀苏,是因为沈旃檀想要独占圣气?

她越想越觉得是,除杀死任怀苏,独占天降圣气之外,她再想不出沈旃檀陷害任怀苏的理由。也许修佛之人对天地灵气分外具有贪欲，而覆面将军威名太盛，除了借刀杀人，沈旃檀想不出其他除去任怀苏的方法，所以……

这莫非就是当年阴谋的真相？

而显然任怀苏并不知道这个真相，他不知道逼死他、害死他千余士兵的，竟是与他无冤无仇，甚至一同分担圣气的，一生从无污点的沈旃檀。

而沈旃檀在东窗事发后被赐死，尸身已被掷入旻山万古峡，那分担圣气之法莫非已经走到了绝路？要如何知道该找谁分担圣气呢？她的一颗心怦怦直跳，如果分担圣气之法不行，难道真的要如任怀苏所言，去寻找那虚无缥缈的鬼女或九天鼎吗？

此时天下已有数处地方山崩水涌，瘟疫横行，灾民正如潮水一般涌向茂宛城，而京都久旱未雨，粮食已有不足，如此下去，乱象必显。

怎么办？

便在此时，有人从内堂中走了出来。

白衣翩翩，步态安然，是她熟识的那位怀苏大师。楚殊珍突然松了口气，只要这位还在，救世之望便仿佛不那么渺茫了。"任公子，"她出声招呼，"孤光可好？"

任怀苏背后闪出一个人来，那人冷冰冰地道："好了。"

楚殊珍微微一笑，这人身上是致命的伤，这么快就好了？不愧是半鬼之身——她脑中一个念头电闪而过，瞬间她全身都发凉了。

任怀苏清俊的脸上带着温润的微笑，握着陆孤光的手："我们有事，出去一下。"

"去吧去吧。"她脱口而出，闪到一边让开去路。

任怀苏一直握着陆孤光的手，慢慢地往前走，陆孤光分明是有三分别扭的，却也没挣开，不甚耐烦地跟在他身后。显然如果让她自己走，早已不知走到哪里去了，任怀苏走一步她可以走三五步。

但她却一直没有挣开任怀苏的手。走到门口时，任怀苏撑开油伞，将淡弱的阳光挡在伞外，牵着她往西而去。

楚殊珍怔怔地看着他们的背影，他不会是……真的当陆孤光是妻子吧？陆孤光……不会真的……也当自己是他的妻子吧？她困惑地看着那两人越走越远，就和街上寻常夫妻一样。尸魅无心无情，他剜了陆孤光的心而没有丝毫愧疚，这点她并不意外，但为什么他要为陆孤光打伞？为什么要牵着陆孤光的手？那看起来……看起来就宛若他对陆孤光有情一样。

而陆孤光被他剜了心，曾恨得咬牙切齿，现在却居然原谅了他。

她居然还跟在他身后。

这让楚殊珍对自己刚才冒出的主意有些怀疑，因为这主意，是伤天害理的。

她方才想：既然陆孤光是半鬼之身，既然她能被剜心而不死，那为什么不能用某些方法让她彻底化为鬼呢？只消使用古籍之中的某些方法，就能让她符合成为"鬼女"的种种要求，成为天兆之中提及的背生双翼、可掌控万鬼的鬼女。

如果能把陆孤光化为鬼女，只消杀了她，便能破灭世之局。

造一个鬼女，然后杀了她。

想到这个方法的时候，她有片刻的犹豫，但她很快镇定下来。这个方法太有利和可行，陆孤光的条件太过吻合，她甚至怀疑她也许便是真正的鬼女——陆孤光有血流霞，能驱使万鬼；陆孤光有半身鬼血，被杀而不死；陆孤光性情孤僻偏激，并非善良之辈。

所以只需增加她的鬼血、刺激她的情绪，等她体内的鬼血浓郁到无法抑制的程度，等她灭世之念愈发坚定，鬼之翼破体而出，那便是她化为鬼女之时。

只要在那时杀了她，一切便结束了！

楚殊珍在屋内静静踱了一个圈。当初任怀苏决意娶妻杀妻，其实也不过和立鬼杀鬼一样，都不过是个手段，只要能达到目的，任何手段都是可以接受的。

因为如果不这么做，天下人都会死。

她下定了决心。

第十一章

春色且从容

01

茂宛城既为京都,自是十分热闹,任怀苏与陆孤光两人穿过东集,慢慢往碧扉寺的方向走去。天气并不热,也没有下雨,陆孤光头顶那油伞分外惹人注意,不过她不在乎,帮她撑伞的人更不在乎。

两人就在满街诧异的目光中慢慢地走,陆孤光突然看上了右边小店铺里卖的绣品,便伸手指了指那店铺的方向:"喏。"

任怀苏也不问她看上的是哪一个,放下一锭银子,从店铺铺面上拿起一个黑色绣袋,对店主点了点头,便将东西给了陆孤光。

她脸上一副似笑非笑的表情,将东西塞进怀里,转过头去在他耳边轻声道:"你怎知我喜欢这个?"

他淡淡地笑,也不回答。

那黑色绣袋上绣的是一只古怪的麒麟,寻常所见的麒麟都是四肢着地,然而这只麒麟却是如人一般站起,意欲往前行走，也不知出于何种典故，显得狰狞古怪。店主眼见任怀苏放下一锭银子，急得一身大汗，这绣袋是他孙女初学刺绣时练手绣的，这一锭银子真不知要如何才找得开。"这位公子，您给的这个，实在是找不开啊……您有铜钱不？这绣袋不值钱，要不……要不我就送给公子了？"他本要说这绣袋不过八文，一眼看见任怀苏给的那锭银子上还带着翡翠朝珠楼的印花，顿时改口。

任怀苏和陆孤光已经走了过去，风中传来淡淡的一句："不必了。"

店主面带苦笑地看着桌上那锭姬珥的银子，方才那位公子虽然大方，可花的是别人的银子，这……这姬楼主的银子他可不怎么敢收，待会还得给人送回去。

走了约莫半个时辰，出了城门，入了一座长满碧竹和青草的小山，陆孤光终于见到了碧扉寺。她知道疯和尚出身于寺庙，但真没想过出身于这么富丽堂皇的寺庙。碧扉寺那处处精细的雕刻和镶嵌的金银让她诧异极了，这寺庙香火必定旺盛，才会养成疯和尚这等出手大方、视钱财如浮云的习惯。

但碧扉寺大门紧闭，左近连一个香客都没见着，她皱眉看着大门上刻得密密麻麻的梵文，她从来没有见过在门上刻了这么多字的寺庙。

一股不好的感觉油然而生，眼前的寺庙安静得没有丝毫声息，却从一砖一瓦里都渗透出与她截然相反的气息。

圣洁的、寥廓的、冰冷的气息。

仿若一头能吞人于无声的圣兽。

"笃、笃"两声，任怀苏扣了两下门环，她眼尖地看到黄金门环上的那些梵文流过一丝微光，顺着任怀苏的手指流进了他身体之中，他却仿佛并未察觉。

　　不好的感觉越发强了些，她想到了那块能镇邪的异宝——醉皇珠。她的腿迈不动，她的身体靠近不了这座寺庙，它散发的圣气太过强烈，强烈得太不自然了。

　　"孤光。"

　　碧扉寺的大门开了，任怀苏恍若未觉地转过头来："这里就是我自小长大的地方。"

　　她勉强笑了一下，"自小"长大的地方？他还真自以为是，也真受得了这里这么可怕的气息……大门打开后，那股圣气更强、更浓，她浑身的鬼气都在震荡，任怀苏却仿佛一点也感受不到。

　　就是这样的地方，才生生抑制住了他的觉醒！她咬牙切齿地想，叫他住在这里的人一定知道他的底细！这寺庙中一定被施展了最强的镇邪法术，连尸魅都能镇压的法术，那会是一股多么可怕的力量。

　　为任怀苏打开大门的是一位瘦得宛若干尸的老和尚，老和尚面无表情地看了任怀苏一眼，合十道："方丈。"

　　任怀苏道："我既已还俗娶妻，便不再是方丈，此后碧扉寺要交给你了。"

　　枯瘦的老和尚沉默不答，陆孤光冷冷地看着他，揣测他是不是就是那位镇邪的高人。突然间，老和尚面无表情地道："方丈娶妻之事，三王爷已经知道了。"

任怀苏眉头微蹙，而陆孤光莫名其妙：三王爷？

老和尚又合十，恭恭敬敬地道："三王爷已在庙里等了多时，方丈请。"他让开去路，对陆孤光一眼也不瞧，眼里只有任怀苏一人。

她无名火起，这快进棺材的老和尚目中无人，任怀苏要还俗、要娶妻，谁管得着？他的佛祖都管不着，"三王爷"是什么东西？能管得了他娶不娶老婆？她也不管碧扉寺的圣气压制了她全身鬼气，咬着牙跟着任怀苏走了进去。

"三王爷？"任怀苏蹙着眉头，也有些惊讶。云氏皇族每年都会到碧扉寺拜祭祈福，他对三王爷云筲并不陌生。这位王爷是先皇的最后一个儿子，如今不过三十七岁，却已兼管祭祀之事多年。当然，三王爷云筲长得什么模样他是不会记得的，更不必说有什么私下交情，如今云筲居然因为他还俗娶妻之事找上门来，他也很是讶异。

任怀苏和陆孤光一前一后踏入了大雄宝殿。

云筲果然在殿中。

陆孤光只见一个全身华服的中年人站在殿里，听到脚步声，他回过头来，挥了挥手——就在她半点想法也来不及有的时候，大雄宝殿四角骤然闪耀出四道奇光，随即数十人从殿外涌入，木鱼声笃笃作响，奇异的经咒声响起，瞬间就让她全身无力。四道古怪的奇光自殿中交叉而过，砰的一声后，她被人猛地抱进了怀里，她愕然抬起头来，只见任怀苏那张平静无波的脸就在她头顶，有些温热的东西浸透了她的身体，却是血。

那四道奇光是四条青白色的丝线，散发着柔和的光芒，一看就知绝非凡物。现在这四条丝线中的两条洞穿任怀苏的肩头，另两条洞穿他的双腿，将他牢牢穿在线上。陆孤光大吃一惊，那东西弹射出来时速度快若闪电，并且经咒压制着她的鬼气，如果不是任怀苏这一抱，那丝线必定连她一起洞穿了！

任怀苏的血流得并不多，略微浸透了她的前襟，便止住了。她心惊胆战地想他的血是不是因为被她吸了太多，所以已经快没有了？但他搂住她的臂膀依然让她感到如此温暖，如此稳定有力。随即她又想到，他这是何必呢？她连被剜心都不会死，他明知道她不会死，何必救她？刚才如果他返身而逃，也许就不会被丝线穿住，也许就可以逃走。

"三王爷。"任怀苏的声音听起来就像他根本没被四条丝线在身上穿了四个洞一般，依然温和平静，"这是何意？"

云笥的表情也很平淡，仿佛他根本没有在大雄宝殿内设伏，没有用这奇诡的丝线将任怀苏锁住一般。"怀苏大师，皇上请你留在碧扉寺，此地是皇家寺庙，方丈领朝廷俸禄，岂可轻易还俗？"

任怀苏眼帘微合："人心来去自由，入不入得山门，渡不渡得苦海，佛亦不能强求，何况皇上？我决意还俗娶妻，如今妻子已在我身边，方丈却是做不得了。"

02

"是吗？决意还俗便还了？"云笥也不意外，只是点了点头,淡淡地道,"将方丈押入武房。"

几位僧人口中念着咒上前,用那奇异的丝线将任怀苏牢牢绑住,他怀里抱着陆孤光,此刻却放了手。在三王爷云笥和那些僧人眼中,陆孤光便如不存在一般。他们将任怀苏双手绑住,将他架起,推向方丈武房。陆孤光"喂"了一声,惊愕地看着几十位僧人从她身边潮水般涌过。"等——"她追了一步,还没开口询问这是怎么回事,身后有人拉住了她。

她回过头来,拉住她的是那名枯瘦的老和尚,只见他神色枯槁,淡淡地道:"施主且慢。"

"你是谁?你们到底是谁?那个三王爷想把他怎么样?"她咬牙怒道,"他不是已经不做方丈、不当和尚了吗?难道我朝律法有规定和尚不能还俗吗?他做错了什么?"

老和尚合十:"阿弥陀佛。"他淡淡地道,"施主既然嫁与方丈为妻,自然不同凡响,难道施主不知方丈与常人不同之处?这世上千万人皆可娶妻,老衲亦可还俗,但只有方丈一人不可。"

她呆了一下,这古怪寺庙的圣气和寒意仿佛都冲上了她心头:"你们……你们……你们全都知道他……"她忍不住打了个寒噤,尖叫道,"你们全都知道他不是人!你们把他困在这里,骗得他团团转,到底是为什么?"

老和尚缓缓转头,看着任怀苏远去的方向,脸上神色不变,唯有目中透出一丝奇异之色:"因为帝王无能动天下,万物兴衰在一人。施主,他生前是万夫莫敌的将军,死后是能灭人间的邪魔,这样的人物纵然倾举国之力,帝王也非将他掌控在手中不可。"他阴森森地道，"最可怕的，便是这个人动了心思，不再听话，施主你说是吗？"

她冷笑一声："他虽然不是人，但他愿意做什么就做什么，愿意怎样想便怎样想，帝王将相管得着吗？皇上想将他掌控在手中，怎么掌控？他不是人，他不会死，他万夫莫敌，单凭几条丝线便想叫任怀苏俯首听令？笑话！"她拂袖便要离去，任怀苏连天降紫龙都不惧，几根丝线能奈他何？

老和尚不答，或许他也知道那几根丝线纵然异能通天，也束缚不了任怀苏几时，过了一会儿，他缓缓地道："老衲并不全然站在王爷一边，方丈当年吃了很多的苦……"他的语气死气沉沉，但就是这死气让他话中之意越发悲凉，"但方丈之身受佛气镇压甚多，一旦佛心不坚，动情娶妻，佛门封印势必崩溃，只怕后果不堪设想。"

"佛门封印？"她倒是诧异了。任怀苏身上还有佛门封印？难道这也是他像人而不像尸魅的原因之一？她倒是没有发现。但一听到老和尚说"方丈当年吃了很多的苦"，她眼睛一亮，这老和尚年纪够老，或许知道当年之事。"我知道你们怕他变成尸魅后第一件事就是找皇上算旧账，或者他大开杀戒，沦灭人间，但没关系……"她肆无忌惮地道，"反正我也不是人，若真到了那一日，我陪他便是了。"

老和尚一怔，目中掠过一丝惊讶之色，又听她道："但若你告诉我当年他究竟发生了什么事，说不定我就会想出办法，让他永远也不会屠戮天下。"她亮出血流霞，在老和尚面前晃了一晃："告诉我，当年发生了什么事？"

老和尚凝视着血流霞:"这是……"

"诛邪之物。"话音刚落,她将一只手伸过去掐住老和尚的脖子,"说!当年究竟发生了什么事?"

方丈武房。

任怀苏一入武房,那醉神玉神光乍现,雷霆霹雳般的电光打在任怀苏身上,声若雷鸣,前后有七八道之多。当日一道电光便能将殿宇击穿,这七八道电光打在任怀苏身上却只让他脸色微微白了一白。

云笪站在武房整齐的那一边,翻看了一下当年留下的书籍:"方丈,本王无意冒犯,只需方丈答允留在寺内继续清修,不再提还俗之事,此前所发生的一切皇上都可既往不咎。"

任怀苏摇了摇头:"礼既已成,便是夫妻。"他平时说话不多,云笪只见过他端方宁静的样子,倒不知道他如此固执。云笪皱起眉头:"你可知你在做什么?你……"他略略一顿,"你是万万不可还俗成亲的。"

任怀苏任丝线穿身,安然站着:"为什么?"

云笪叹了口气,转过身来,看着他身上的伤口:"怀苏方丈,你自己难道全无所觉?你之身与常人不同,你……你……"他指向墙上那幅画像,"你日日看着此画,可知画中人是谁?"

任怀苏神色安静,波澜不惊,等着他往下说。

云笪不知他心里所想,一句话既已出口,只得缓缓说下去:"此人是本朝开国大将军,为我朝立下过赫赫战功,后来……后来他受歹人所害,失了记忆,皇上便请他在这碧扉寺中休养,暂任方丈之位。"他的话语虽然含蓄,意思却也已经十分明白。

任怀苏听得很仔细,但神色依然淡淡的,并没有什么变化。云笥松了口气,只当他听懂了且信了,正要开口,却听他道:"开朝即在之人,至今也将百岁。"他目光沉静地看着云笥,"王爷既然有心相告,必是奉了皇命,我只问王爷一句话。"

"什么?"云笥脱口问道。

"我……"任怀苏平静地道,"非人身?"

云笥心念电转,即刻道:"不错,你当年受歹人所害,此身非人,所以方丈万万不可还俗。碧扉寺镇邪之阵能镇压方丈身上的鬼气,醉神玉有除魔之能,方丈若是还俗,鬼气发作,必将神志全失,使生灵涂炭。"他言之凿凿,越说越动情,"方丈当年为国为民,功传千秋,对皇上之忠心天地可鉴,虽然一时忘却前尘,但面对如此大事,必然会……"

他还没有说完,任怀苏身上四条丝线的奇光已渐渐消敛,变得暗淡无光,随即寸寸断裂,他身上的四个血洞已开始愈合。云笥看见,忍不住变了脸色,越说声音越低。虽然他已经从父辈那里得知眼前之人是凶恶暴戾的尸魅,但他自小到碧扉寺拜祭,此人总是清风明月之态,看不出半点可怕,此时亲眼所见这等非人的变化,令他忍不住骇然变色。

任怀苏站着未动,两个将他架住的僧人见丝线断裂,也脸色大变,但他既没有对云笥动手,也没有对两名僧人动手。云笥说了一半,语气渐渐弱了,终是停下不说。任怀苏却仍做认真倾听状,等了一等,见云笛不再说下去,他才静静地道:"当年之事,我总会想起,王爷不必担心。"

云笛听了他这句话,浑身泛起了一阵寒意。

这人不常说话,一说话便绝非客套。

他说他会想起来,便一定会想起来。

云笛几乎想掉头逃去,他一旦想起当年种种,一旦下手复仇……云氏皇朝岂有生路?勉强定了定神,云笛咳嗽了一声:"今日多有得罪,皇上也是为方丈日后着想。"

"王爷。"任怀苏看了他一眼,"天下万物,莫非众生。"

云笛苦笑:"方丈妙悟精解。"

"佛心宽厚,能容屠刀,所以纵是屠刀,亦能放下。"他缓缓地道,"亦敢放下。"

云笛默然,过了半晌,他点了点头:"方丈之意,本王自会向皇上禀报。"

任怀苏转过身去,云笛眉头紧蹙,挥了挥手,那几十名和他同来的僧人无声无息地聚集在他身后,和他一起走了出去。

任怀苏之意,是说他纵然不是人,纵然想起当年事,也不会肆意杀戮。云笛却真的忧心,如果这人真是当年任将军那种性子,且真的想起当年种种,今日的保证又能算什么呢?

03

"疯和尚!"门外一人闯入方丈武房,云笛侧身让开。陆孤光刚刚踏入武房,醉神玉光芒乍现,任怀苏微微一惊,一伸手揽住她的腰,带着她用力向门外扑出。只听砰的一声巨响,醉神玉辟邪之光已将寺庙中一面红墙击穿了一个大洞。云笃眼神微飘,看了陆孤光一眼,带着那群和尚迈步离去。

陆孤光回过头来,惊魂未定:"那……那是什么?"

任怀苏摸了摸她的头:"是醉神玉感应到了你的鬼气。"

她脱口而道:"那你站在里面它不打你……"她陡然惊觉她说错了话,却见他面色如常,只是微微一叹,她顿时变了脸色:"你知道了?"

他点了点头。她一把抓住他的衣领:"你怎么知道的?你想起来了?"

"方才三王爷直言相告,我并非活人,而是以佛门秘法镇住的厉鬼。"他神色不变,语调仍是温和平静,"说来惭愧,数十年来,我始终不知己身非人,给人平添了许多麻烦……"

"闭嘴!"她厉声道,顿了一顿,她抱住他的腰,"现在你……你已经知道你不是人了,那……那救世之事便和你不相干,我们……我们……过我们自己的日子,好不好?"她不知不觉放软了声调,"既然你不是人,这人世是存是灭,世人是生是死,便和你再不相干。"

"孤光。"他仍是轻轻抚摸她的头,眼里有极温柔的、透着喜爱的光,但她看在眼里却不敢深信,只听他柔声道,"是人也好,是鬼也罢,我不可弃之而去,当为之事不可不为。"

她就知道他会这样回答,松开手,她退了一步,面罩寒霜:"你是说……你是说即使你早就知道你不是人,早就知道这人世灭不灭和你没半点关系,如果剜了我的心能救世,你还是会剜，对不对？"她冷冷地看着他，"我真不明白你是为了什么？你不是人，你不知道当他们发现你不是人，你和别人不一样的时候，他们会怎样对你！他们会想方设法来试探你，用各种古怪的法子来尝试杀死你，谁也不相信你，谁也不会靠近你。当发现你怎么样都不死的时候，你知道他们会怎样吗？他们会很高兴，就像找到了新鲜的玩意儿，每发现一样你和'人'不同的地方，都会让他们兴奋不已。你明白吗？什么众生平等？什么人性本善？我从来没看见过。"

他们会想方设法来试探你，用各种古怪的法子来尝试杀死你……

她分明是在愤怒这人世对她的不公，然而嗡的一声，他耳边仿佛响起了一些缥缈而古怪的声音，有一些刀剑和铁链的声音，有一些铁器与石壁轻轻撞击的声音，有火焰……有火焰在哪里吱吱作响……突然间，他想起了一件往事。

他想起有一间石室，四壁都是巨大的石墙，他找不到门在哪里。他被沉重的铁链锁在墙上，有一个铁笼将他关住。每天都有一些人戴着古怪的面纱来看他，他们手里都拿着刑具或刀剑，或熟练或笨拙地在他身上用刑。他不知道那些人是从哪里来的，也不知道他们从哪里走，那些人用各种异想天开、从不重复的方法试验究竟要怎样他才会死……

他记起一些声音。有个人在说："这就是吃了我家言儿的魔头，这就是我家言儿去投奔的大将军啊！听说无水宫已经烧成了灰，他还是没死，是不是成了精了？"还有个人窃窃地说："听说饿了七天都还活着。""是吗？不知道剥下一层皮来会不会还能活着。""嘘！听说皇上亲自派人在他皮肉中灌了一层水，正等着剥下他一层皮呢！这整整吃了几千活人的魔头啊！""人肉吃多了都成邪魔了，我这一刀砍下去他连哼都不哼一声。""嘘！我听说这魔头武功好，就是武功练得太好了，所以才烧不死、砍不烂，我已经向主刑官谏言，不管他死不死，咱给他修个石棺，活生生把他埋了就是，也好报了我家阿炳的仇。"

细碎繁杂的人声慢慢地远去，他记得不久之后，这些人就不再来了，有人熄灭了石室的火把，四面八方都是无尽的黑暗，没有人，也没有声音。慢慢地，他开始盼着那些人的到来，盼着有人能从黑暗中发出一点声音让他听到，后来他又盼着自己赶快死。但每天都会有人给他送来一顿饭——这让他每天都燃起一点微弱的希望，仿佛还有一件事是可以等候的，除此之外，什么也没有。

没有任何人和他说话，没有一点声音；他什么也看不见，全身上下丝毫动不了。

四周的黑暗仿佛无限地扩大了出去，又仿佛极度地缩小了。他觉得自己被关在了一个极小极小的牢笼里，仿佛头往前一探，就会撞到一面坚实的墙壁。四肢都是被扣在墙上的，本来尚可轻微移动，但在绝对的寂静之中，他丝毫不敢动，他怕一动，就会碰触到那坚不可摧的墙壁。

这样就会证实自己所呼吸的每一口气都是即将窒息前的最后一口。

而无论怎样挣扎，对于逃离这一切都是微不足道的。

"喂！"手臂突然被人用力扯了一下，任怀苏悚然一惊，只见陆孤光微微皱眉看着他，"怎么了？"

　　他摇了摇头，那股令人疯狂的绝望还残留在心头，他无法用言语形容，只能沉默着，怔怔地看着陆孤光。

　　她看着他微现恍惚的眼神，不知他想到了什么，素来坚定淡然的眼神中竟透出少许的慌乱，这令她心疼。她凑上去，重新抱住他的腰，伸手抚了抚他的背，放低了声音："喂，我不诋毁你的世人，我相信世人之中也有好人，比如姬珥，比如洪世方。你想做什么就做什么，你要救世就救世，我陪你。"她摸了摸他的脸，指腹下的肌肤光润柔滑，只是不再温暖，略微有些冰凉，"你别这样看着我。"

　　"我……"他轻轻吐出一个字，低下头抱住她，将头抵在她肩上，不再说话。

　　"我问过忘归，"她将背挺得笔直，撑住他的重量，低声道，"老和尚说你当年吃了很多很多的苦，虽然他宁死不肯说究竟发生了什么事，但一定比我遇见的还要糟糕得多。"她柔声道："但既然你都能不恨，你连自己不是人都能坦然接受，仍然决定要救世，那我陪你。"

　　他睁开眼睛，抬起头来："不错，无论是人是鬼，我既为万圣之灵，便无法弃此事而去。"

　　疯和尚刚才不知道想到了什么，才会露出那样的眼神，她在心里叹了一口气。她说了这许多，才看到他眼里的光慢慢亮起，恢复了以往的坚定泰然之色。她松了口气，居然也跟着高兴起来："那么，你刚才想到什么了？三王爷怎么走了？我们要从哪里着手破除天兆？"

这三件事她其实一件都不关心，她只想就此和疯和尚找一处鬼窟隐居，看着人间天崩地裂，烽火弥漫，尸横遍野，岂不快哉？但她再也不想看见疯和尚那样的眼神。

那种仿佛可以称之为惊慌的眼神。

那种仿佛他不做这件事，便会分崩离析，化为碎片一般的眼神。

"我想起一座地牢。"任怀苏现在说起地牢已神色淡然，"三王爷称我被歹人所害，想必我因此被锁入地牢。"

"啊？"她倒是奇了，无论是楚殊珍的小册子还是姬珥的调查都没有提过覆面将军当年还有一段被投入地牢的经历，这想必是相当机密的。却听他道："但前来探望的有许多人，其中许多……是荒狼野一役中战死士兵的家眷。"他微微一顿，"能让这许多人前来探望，这座地牢一定不在宫中。"

她点头问道："你当年和沈旃檀两人被施过分担圣气之术，你还记得是在什么地方，施术之人用的是什么法术吗？"心下却想：一座地牢，却能让诸多百姓进出，那必是特意搭建而成的，可见当年要害你的人是预谋已久，你却不知道。

任怀苏摇了摇头，他记不起这些，茫然道："沈旃檀？"

她皱着眉头，他不记得沈旃檀，可见这人在他心中毫无地位。"既然分担圣气之事你不记得，那分担圣气之前呢？你都在做什么？"

他抬起头，目光从方丈武房门口投入，从那一本一本的书籍上掠过。"之前？"他脑中一片空白，似乎连往事的轮廓都不存在，倒是一物自心头浮现。

一块假令。

他突然清晰地记得，有一块假令牌。

不是妖气所聚，后来消失于无形的那一块，曾经真的有过一块假令。

他记得有人用那块假的离殇令将黑旗军左军调离营地，令他们急行三十里扎营。那人还以假令为约，约自己在蓼云寺外梅林一会。

"蓼云寺？"他喃喃地道。

陆孤光眼睛一亮："蓼云寺！我怎么没想到呢！沈旃檀在蓼云寺带发修行，蓼云寺中必定有线索！"

04

茂宛城中的蓼云寺是一座千年古刹，和碧扉寺不同，蓼云寺平日香火旺盛，人来人往，无论是什么时日，都有人前来烧香许愿或还愿。任怀苏和陆孤光踏入蓼云寺的这天正是初一，庙中人头攒动，旺盛的香火将庙宇的佛门圣气冲淡不少，陆孤光进入寺庙后居然并没有感觉到多少不适，当然这其中也有极日之珠护身的缘故。

进入寺庙后，任怀苏举目四顾。而陆孤光伸手从旁边抓来一位小和尚，五指一扣锁住他的咽喉，低声喝问："听说有一个叫沈旃檀的人曾经住在这里，你知道吗？"

那小和尚不过十二三岁，被她用冷冰冰的手指锁住咽喉，吓得张开嘴巴就要大哭。他身后一位年轻僧人急忙上前，合十道："女施主，有事可慢慢商议，师弟年纪还小，还请放了他，对贫僧说吧。"

陆孤光放开小和尚，一伸手就待如法炮制，抓住那年轻僧人来喝问。任怀苏衣袖微摆，挡开她这一抓，对僧人行了一礼，道："阿弥陀佛。敢问这蓼云寺中，可有一处偏院，偏院内外种满梅花？"

年轻僧人抓了抓自己的光头："蓼云寺外梅林如海，本就是茂宛城中著名的美景。"任怀苏摇了摇头，眼帘微闭，随即又睁开："一种特殊的梅花……青色的小梅，梅香也是极特别的。"

那年轻僧人怔了一怔，脸色微微一变："施主你……"

任怀苏神色平静："那梅花名唤'青玉案'，乃是天下独一无二的异种。"

陆孤光怔了一怔，心里觉得奇怪，这人什么时候已经想起这么多事了？他居然不动声色，一点儿也没说？不过难道任怀苏当年曾经到过蓼云寺？否则他怎么知道这里有一种梅花叫作青玉案？

那年轻僧人怔怔地看着他，那神色既透着惊讶，又透着些隐隐约约的畏惧，他茫然地举起手，指了指庙后东南方："你……你……"

任怀苏道："多谢了。"他握住陆孤光的手，缓步向东南方而去。

他们走后，年轻僧人像是突然清醒过来，脸色大变，猛地往方丈禅院冲去。一位扫地的老僧被他撞了一下，问道："何事？"年轻僧人结结巴巴地道："有人……有人要去抚心院。"那老僧吃了一惊，脸上同样变了颜色。

蓼云寺东南方，云山东南角的半山腰，有一座孤零零的庭院。庭院外梅枝如铁，这季节梅花未开，梅树上生出的梅叶却非翠色，而是一股微带绿意的墨色，若是当真开出淡青色小梅，的确别有风韵，只是此时却看不出来。

庭院显然破败已久，院墙和大门积满灰尘，匾额上"抚心院"三字已模糊不清，却隐约还看得出当年俊雅挺拔的笔迹。陆孤光走近院门，皱着眉头："蓼云寺香火这么旺盛，怎么连个偏院都收拾不好？这是多少年没整修过了？到处都是杂草。"

从外面望去，院内的杂草已生得和院墙同高，野树更是枝丫狰狞。任怀苏伸手在院门上划下一道痕迹，只见门上一道金光闪过，两人都吃了一惊，这地方居然封有封印！怪不得蓼云寺的和尚整理不了此地，这地方常人根本进不去，靠近三步之内便会被震开。

"封印？"陆孤光喃喃地道，"这想必就是那沈旃檀当年住的地方了？任怀苏，你不记得沈旃檀，怎么会知道他住的地方？"

"沈旃檀？"任怀苏反问，过了一阵，他平静地道，"此地我似乎曾经来过，有人曾用一块假令，与我在此定下一约。"

"什么约？"陆孤光随口问，她东张西望地瞧着，这院门上封的是佛门封印，如果印中留下的法力不高，她可以用鬼扇强行破开，但几十年都没人打开过它，料想其中蕴含的法力定然高深莫测。

"什么约定……"任怀苏凝视着这尘封多年的庭院,"我不记得了,但想必进入此地,一切皆有答案。"

"真的?"她突然有些想笑,"你的直觉?"

他极认真地点了点头,倒是让她有些扫兴,只见任怀苏以手指在积满灰尘的大门上写下一串梵文,随即门上金光流转,只听砰的一声巨响,木门瞬间化为灰烬,漫天飘飞。她吓了一跳,避开那些灰烬,举目望去,只见杂草野树间露出几间破败的小屋,显得极其萧条,半点看不出这曾经是个皇亲国戚住的地方。

任怀苏往前走了一步,随即顿住。陆孤光跟随他的目光望去,只见前院那满地的荒草野树之间有些奇怪的地方,光秃秃的,不生草木,留着道道焦黑的痕迹,仔细看来,却是一个巨大的法阵。

那法阵画在地上,不知用什么东西灼烧过,符咒的痕迹仍然清晰可辨,不但数十年来寸草不生,而且似乎灰尘也不落在上面。

它仿佛永远停滞在了它熄灭的那个时空当中。

这东西必然是用过了,陆孤光默默想着。眼看任怀苏看了那法阵几眼,随即径直往小屋走去,她本能地跟在他身后,眼神随意一瞥间,看到庭院里有个石桌,石桌上刻着一副棋盘,上面摆着几个棋子。

她不会下棋,只是随意看了一眼,可只这一眼她便发现:那里只有一个石桌,并没有椅子,也没有摆放过椅子的痕迹;

桌上只放着一个棋盒，厚厚的灰尘下，黑子、白子都放在一起。在那一瞬间，她怔了一怔，眼前仿佛出现了一个人端着这棋盒，围着这石桌缓缓踱步，自己与自己下棋的情景。

甩了甩头，她把这古怪的念头甩掉，没有椅子，也许是椅子早已腐化，也不见得一个棋盒就是只有一个人下棋……她跟着任怀苏走进屋里，很快把那石桌忘了。

屋内一片凌乱，虽然已过了数十年，大多东西都已毁坏，却依然能看到当年这屋子被匆匆翻查、肆意破坏的痕迹。屋里本有很多的书，但本本都被撕毁，干枯发黄的碎纸片在地上积了厚厚的一层，经过漫长的光阴，一部分已化作尘土。所有的瓷器都被打破，窗棂碎裂，连桌上的镇纸和砚台都被摔碎了。

两人面面相觑，这是经历了怎样一场暴乱，方能被破坏至此？前来毁坏东西的人对此地的主人该是抱有怎样的怨恨，才能做到如此地步？也是因为被破坏得太彻底，屋里没有留下丝毫关于任怀苏记忆中那"约定"或关于分担圣气的线索。

另外两间屋子，一间是琴房，另一间是棋室。琴房里共有三张古琴，已被付之一炬，只余残骸。棋室里一地凌乱，地上那些石子不像石子，泥巴不像泥巴的东西，约莫就是当年的棋子了。只有一块木质棋盘孤零零地留在那里，上面落满了刀剑砍下的痕迹，却因为木质优良，历经数十年而不坏。

这里的主人，精通琴棋书画，带发修行，与梅为伴，却落得一个被抄家毁院，不知所踪的下场。

为什么？

当年和任怀苏相约的人，是沈旃檀吗？

这里的主人，是沈旖檀吗？

"喂！"陆孤光突然拍了拍任怀苏的背，"你看！"她指着那残留的棋盘一侧，任怀苏凝目望去，那里清楚地刻着"御赐抚心居士沈"七个字。

这里果然是沈旖檀当年的居所，这块棋盘是当年圣上所赐。御赐之物，谁敢肆意毁坏？她素来不通人情，但也不是不知道理，这东西既然是皇上所赐，若非得皇上允许，或是皇上亲自动手，谁敢将刀剑加诸其上？

她倒抽一口凉气，这里——这个地方，的确是被抄家了。

任怀苏与沈旖檀共同分担圣气，最终任怀苏化为尸魅，而沈旖檀被抄家之后，不知所踪。为什么？

05

分担圣气难道不是一件好事？难道不是因为他们成功破解了灭世之局，才让这人间延续了下去吗？怎么会这样？她对着那棋盘一挥鬼扇，只听一声脆响，那棋盘从中裂开，任怀苏吃了一惊，不曾想到她会突然动手，然而棋盘裂开后，他们才发现这棋盘竟是中空的，里面掉出了一个盒子。

两人面面相觑，任怀苏眉头微蹙："你如何知晓要破开这个棋盘？"

陆孤光淡淡地道："我不过看它不顺眼罢了。"

棋盘中藏着的这只小盒子居然没有被鬼扇那如刀的戾气切断，显然材质非凡，并且它从头到尾光滑异常，几乎没有缝隙。任怀苏把它拾了起来,放在手中摇了摇,不知怎么的,那盒子就开了。陆孤光目露稀奇地看了他一眼,她认得这种盒子是一种孩童的玩具,但这人居然也知道?

盒子开了,她凑过去细看,只见盒子里放了几样东西,一块乳白的玉石、一排十二支中空的金针、一张草图,还有一把钥匙。那是一把形状古怪的钥匙,比寻常钥匙大了一倍,所对应的必是个极大且复杂的锁,却不知那锁在哪里。

"这是什么东西?"陆孤光伸手去拿那块玉石,玉石骤然闪耀出一圈彩光,震退了她的手,居然是一块蕴含了极强圣气的容玉。她惊讶地看着那块不大的玉石,这东西和醉神玉不同,醉神玉发出的是凌厉清澈的驱邪之光,而这是一种能吸纳妖气或圣气的玉石,就像一种容器。容玉一般都很细小,多被镶嵌在饰品上,或作为法器的装饰,这么大一块容玉十分罕见,里面吸纳的圣气只怕难以估量,难怪自己被一下震退。

任怀苏慢慢揭开那张草图。

那是一张很详细的图纸,描绘的是一座宫殿,宫殿呈八卦之形,厅堂殿宇无不嵌入迷阵之中,若有人进入,只怕无法脱身。图纸上细算了宫殿所能容纳的人数,门户的方位,以及堆叠的柴火和油料数量,引火的八处地点。

宫殿的匾额上,俊雅挺拔的字迹写着"无水宫"三个字。

微风掠窗而过,多年前的图纸微微作响,几欲碎裂,任怀苏将它拿在手里,眼睛眨也不眨地看着。陆孤光看了一阵子,微微一撇嘴:"这是什么东西?"

"像是……有人预谋要放一场大火。"他道,"可容三千人的无水宫，一千……六百九十九人……记录在册……"

陆孤光又看了那图纸两眼，面上露出讥讽之色："画这图的人，是沈旆檀吗？"

"是。"任怀苏语气平淡，这图纸上的字迹和院门匾额上的一模一样。

"哼！人要是作起恶来，当真比鬼还可怕。"她凉凉地道，"我还以为和任将军分担圣气的会是什么好人呢！看这地方当年布置得斯斯文文，这人一动手却要烧死一千多人，比烧杀抢掠的恶徒一辈子杀的人还多。"

任怀苏点了点头："无论他的初衷是什么，如此屠戮人命，始终是罪恶滔天。"

陆孤光唇边露出一丝玩味的笑："不错，无论是杀一人，还是杀成百上千人，无论是什么理由，杀人者始终是罪恶滔天。"

任怀苏眉头微蹙："孤光，我是就事论事。"

她冷冷地道："我也是就事论事。"

"你过去杀人是逼于无奈，另有苦衷，我能谅解，只要你日后改正，相信他人也能谅解。"他的语气始终平和，宁静无波，"但无论是什么样的理由，这人竟能策划出杀害千余人命的阴谋，实在令人发指，堪称恶魔。"

"不错，无论怎样，不可能这一千多人人人死有余辜。"陆孤光想起洞房那一剑便心有不甘，借机讽刺了他两句，但见他如此认真诚挚，那股气又消了，"这样看来，沈旆檀此人心机深沉，可怕得很，这座宫殿修筑在皇城之内，这么大的手笔,他一个人怎能完成?"

"那必然是得了皇上的支持。"任怀苏凝神沉吟,"但皇上却又抄了此地,毁了他所有的东西……莫非……其实是皇上借刀杀人,而后杀人灭口?"

她怔了一怔,有些吃惊他竟能有"借刀杀人"和"杀人灭口"这样的思路,这人平时不言不语,但其实并不愚钝,他只是秉承着他家佛祖教他的灵台清澈、无思无欲,所以才一派端方,但一旦他挣开桎梏去思索,他的智慧丝毫不在常人之下。"怎么说?"

"烧死这一千多人是沈旃檀的计谋,并且经过了皇上的许可,这是必然的。"任怀苏极认真地道,"但身为帝王,必不能认杀害千人的罪业,负罪者只能是沈旃檀,而沈旃檀一负罪,必定是要被灭口的。"

"但既然他如此聪明,能画出这样一座宫殿,能策划出烧死千人的阴谋,他怎能想不到这一千人一烧,自己绝对没有好下场?连你都想得出后果,沈旃檀当年怎能不知?"她瞪眼看着任怀苏,"太奇怪了,而且他为什么要烧死这一千多人?这一千多人又是什么人?"

任怀苏眼前微微晃过了一些影子,有火焰、有人声……有歇斯底里的惨叫和痛骂……他摇了摇头,将残影抛开:"我不记得了。"

他回答的不是"我不知道",而是"我不记得了",她目中光彩微微一闪,也就是说,其实他曾经是知道的,这火烧无水宫的事果然与他的过去有关,说不定也和他变成尸魅的原因有关！她拿起盒里的那把钥匙："喂，虽然说这里已经被破坏了，但还留有一把钥匙，是不是有可能抚心院的什么地方其实有密室？"

密室……

两人开始四下张望，这几间小屋一眼便能看到底，里面不可能有什么密室，若当真有密室，莫非是在——庭院里？

庭院中最惹眼的地方就是杂草丛中画的那个巨大的法阵，两人一起走了出来，径直地向那法阵走去。一不小心杂草丛中一块石子被陆孤光踢了出去，滚入阵中，随即只见火光一闪，呼的一声，一圈火苗乍然出现，沿着法阵的图形燃烧，直把那滚入法阵纹路的石子烧得变形失色，化为沙砾才渐渐熄去。陆孤光目瞪口呆，这法阵为何能历经数十年，保存至今，答案竟是如此令人惊愕，它竟至今仍能起作用。她抬起头来，却见任怀苏脸色苍白，定定地看着方才猎猎燃烧的法阵："孤光，我想起来了。"

容玉……中空的金针……血……令人如沐春风的温和言语……

无水宫中熊熊的大火……

还有那死寂无声，孤独得能令人发疯的地牢……

他想起来了。

箭檀

藤萍 著

下

中国友谊出版公司

〈目录〉

簷檀（下）

第十二章　狼虎哀其凶 ——— 001

第十三章　玉丹思其碎 ——— 027

第十四章　空山长寥寥 ——— 057

第十五章　白头不可依 ——— 089

第十六章　枭龙啸九天 ——— 117

第十七章　云外飞白鹤 ——— 141

第十八章　春风渡路人 ——— 179

第十九章　闻君昔时事 ——— 215

第二十章　又闻君已迟 ——— 231

第二十一章　一杯春色曼 ——— 251

第二十二章　杯物如光满 ——— 273

后记 ——— 291

第十二章
狼虎哀其凶

01

"你想起来什么了?"陆孤光狐疑地看着他,尸魅也能想起生前的事?他能记住一点已经很令人惊讶了,此刻他竟然能"想起来"?

任怀苏拈起盒子里中空的金针:"十二金针……是用来过血的。"他望着地上历经数十年沧桑而不变的法阵,轻轻叹了口气,"我想起来了,当年沈旆檀曾用一枚假令调动黑旗军,要挟我从免州赶回茂宛,与他在蓼云寺外抚心院一会。"

"假令?"她嘀咕了一声,有什么事非得用这种手段强迫别人赴约?疯和尚脾气这么好,就算是给他写封信,他也会来的吧?转念间,心头却是微微一凛,从种种记载来看,任怀苏生前的性格脾气只怕是和现在全然不同,也许……也许也有非得用这种手段才能一见的可能。

"假令,和真令有九分相似。"他想起当年之事,语气仍很平静,方才虽有一瞬间的神色动荡,却也很快平复,"我记得当年抚心院中有一片青色小梅,景色十分雅致。"

"那沈旆檀是个什么人?"她皱眉,"他和你立了什么约?"

任怀苏抬起头来,在他头顶是一片羸瘦的野树,院中的梅林早已枯死。"便是分担圣气之约。"他顿了一顿,极其平淡地道,"当年天降圣气,是降在沈旆檀身上,并非降在我这杀人盈野、罪恶满身的人身上。"

"啊?"陆孤光吃了一惊,"是降在沈旆檀身上?所以说你根本不知道他是依据什么理由选了你分担圣气,他只是通知你叫你来而已!可是……可是不对啊!"她在院子里转了个圈,"可是万圣之灵的灵气必须是心地澄澈的圣洁之体方能引动,你看他那火烧无水宫的草图,沈旆檀分明是个杀人不眨眼的恶魔!"

"但在抚心院见面前,他还什么都没有做。"任怀苏认真地道,"他是王皇后的表亲,自幼父母双亡,在蓼云寺清修,甚少踏出寺门,自然万欲不沾,从未作恶,会引动万圣之灵也并不奇怪。"他微微一顿,继续平淡地道,"他承接圣气,自此百病不侵,甚至能轻易治愈别人的病痛。有一段时间蓼云寺门庭若市,便是因沈旆檀治病救人且分文不取。"

"他还曾经是个好人?"陆孤光嘴角微撇,似笑非笑。

"此后不久,鬼女便找上了他。"任怀苏微微一叹,"当年茂宛城有三十六户人家一夜之间人人被挖心而死,前后绵延三十五里之遥,由郊外至城内,一路趋向蓼云寺,便是鬼女出巡之象。沈旆檀和鬼女几次接触,过程如何谁也不知,但他始终没有被鬼女所掳,反而找到了一种解决问题的办法,便是另寻一人分担圣气。"

"所以他就找上了你？"陆孤光冷笑，"这位沈公子心机深沉，可怕得很，哪里有一点居家修佛的样子？"

任怀苏不答，过了一会儿，他缓缓地道："分担圣气之法，除了地上这个法阵，最重要的一点，便是过血。"

"过血？"陆孤光怔了一怔，一瞬间恍悟了另外一件事——为什么任怀苏这个"尸魅"和记载中不同，他能留住人的理性，能记住一些事，原来他并非全然妖化！

他的身体之中，还有属于另一个人的血！那些血无法与他的血肉彻底相融，无法随之妖化，故而他身体里有一部分保存了人性。

"沈旆檀将他的血通过这十二金针与我相连，将圣血与我均分。"他眼帘微合，"加上法阵之力，从那之后，天降圣气便一分为二，世上再无万圣之灵，鬼女也消失了。"

"那不是很好？"陆孤光皱眉，"皆大欢喜，这不是很好么？"

"当年抚心院一会，我答应他分担圣气。"任怀苏的声调平淡，听起来似乎毫无感情，"施法成功之后，我返回兔州。半年之后皇上便下了一道谕旨，赐我府邸一座，便是无水宫。"

陆孤光环视了一下抚心院："当年你从未怀疑过他？"

"不曾。"任怀苏决然摇头，"我和千余黑旗军残兵奉旨前往无水宫候旨。"他微微一顿，平淡地道，"等来的却是……皇上请我点燃无水宫前八支蒸烛，我点燃之后，整座宫殿化为火海，生生烧死了一千余人。"

一只手伸了过来，握住他的手，陆孤光低声问："那时候……你很伤心吗？"

任怀苏极认真地回想，然后缓缓摇了摇头："那时候是什么想法，现在已经不记得了。"

她把另一只手也覆了上来，双手握住他的右手："喂，就算你亲手烧死了一千余人，我也不在乎。"

他看了她一眼，嘴角微微一动，似乎是笑了，但笑容太淡，分辨不出。"然后皇上将我押入大牢，关了很久……"他眉头微微一蹙，"之后的事我便不大记得了，再有记忆便是在碧扉寺中。"

"你定是在地牢里被人折磨得变成了尸魅。"她心里酸涩，那是一种从未有过的感觉，"他为什么要害你？"

任怀苏眼睫微抬："我不知道。"

"不管为什么，他害你，自己也不得善终。"她冷冷地道，"如今天下谁也管你不得，若有人再敢如此害你，我便要他生不如死。"

他沉默了一阵，然后道："孤光。"

她身上杀气未退："什么事？"

他反握住她的手："我会教你武功术法。"

"啊？"她莫名其妙，不耐烦地道，"我自己会练，和你有什么关系？"

他十分认真地道："否则你武功术法均弱于我，若有人害得了我，你要如何令他生不如死？"说完，他目视陆孤光，眼神十分诚恳。

她呆了一下，勃然大怒。"任怀苏！你是故意的吗？我好心替你抱不平，你却故意找茬、故意讽刺我打不过你？你不要以为你是尸魅、是将军，就比旁人高一等！"她冷笑一声，"若有一天你惹得我起了杀心，纵然是你我也照杀不误！"

"我会教你。"他仍是一派温和，轻声细语地道，"我会教你，直到你比我强，直到你想杀我便能杀我，如何？"

她不知为何脸上微微一红，心里倒起了几分别扭，转过头去："也不见得你学的东西就比我学的强。"

02

两人在抚心院中静立了一会，任怀苏收起了那块容玉，又拿起了那枚钥匙。

它看起来像是能够开启某一扇大门的钥匙。陆孤光沉默了片刻，此时日光不强，天色偏暗，她鬼扇一晃，几缕黑影从扇中飘出，随即四散飘开，探寻着这左近是否有什么密室或偏僻的宅院。

任怀苏抬起头来，脑中思绪纷飞。他对往事的记忆总是一片混乱，有些仿佛十分清晰，清晰得令人难以置信，连墙壁上一块砖缝都记得清清楚楚；有些却又非常模糊，他记得离殇令之约，可是在那之前呢？

在那之前，他究竟在黑旗军中做了什么？他怎么连一点印象都没有？仿佛有一件非常重要的事他没有想起来，那件事在暗影中浮动，催促着他想起更多的事，可他却什么都想不起来。

更重要的是,即使想起了一切,也仿佛与如今救世之事无关。

既然是沈旆檀找上了自己,而非自己选定沈旆檀,那自己的回忆便毫无意义,有意义的是沈旆檀的记忆。而这位沈公子的一切却又在这里化为了尘土与灰烬,分担圣气之法果然已到绝路。

就在这时,左边庭院骤然传来"轰隆"一声巨响。"任怀苏!"陆孤光叫了一声,"有地牢!"

任怀苏回过头来,只见那块地表被鬼气掀开一层浮土,露出里面的一个通道来。陆孤光抢了他手中的钥匙跑了下去,通道中有一扇大门,那大门距离地表并不远,只听里面传来"咯咯"的声响,随后是"咿呀"一声。那扇门真的开了。

陆孤光惊讶地看着门后,门后不知为何竟有光。任怀苏逐级而下:"那是域贝的光。"

域贝是一种能发微光的贝壳,能照亮如此大的一片地域,里面不知有多少域贝。

在域贝荧光的照耀下,他们看见腐朽的大门之后是无数自上垂落的巨大符咒,上面画满了奇异的文字,地牢里没有风,每一张符咒都画在质地细密结实的红色布匹上,那布匹至今不坏,悬挂在地下空旷的空间里,便如一堵堵纹丝不动的墙壁。

她一扬手,方才探路的几个鬼影尖啸一声往符咒上冲去,任怀苏道:"且慢……"

却已是来不及,那鬼影撞动布匹,沉重的布匹扬起微风,转瞬之间，整个空间的红色符咒都开始微微晃动。任怀苏眼见形势不妙，一个转身将陆孤光护在怀里，陆孤光吓了一跳，突然脸颊涨得通红，不是没被他抱住过，但不知怎的，这一次却让她心头狂跳。

红色符咒摇晃着，不仅扬起了风，甚至还发出了一种古怪的嗡嗡声，仿若悬杆摇晃的回响。那些嗡嗡声听着令人头昏眼花，她尚未觉察出什么，任怀苏却蓦地晃了一晃，抱着她几欲跌倒，又瞬间伸手撑住了地面。

"怎么了？"她失声问。

"定尸阵……"他脸色苍白，却还镇定，"传说中能灭百年僵尸王的定尸阵。此阵中的符布水火不侵，刀剑难伤，若是厉鬼入阵，还能化影穿阵而去，但若是僵尸，必定血肉枯竭而亡。"他是尸魅，也就是未死之尸，此阵对他影响甚大，但他声音仍然平和，毫无惊骇动摇之态。

陆孤光并不是僵尸，不太受阵势影响，然而定尸阵名声极大，她自然听过。从任怀苏怀里挣出来，她用力拖着他的身体："快走！趁阵势还没发动起来，快走啊！"

任怀苏只是摇头，他全身肤色惨白，在红色符咒映衬下越发显得死气沉沉："孤光，你先离开。"

她又惊又怒："我不要！沈旐檀在地下挖了个坑，里面布下法阵，专门针对你！他在六十年前害你，六十年后又害你，这地方绝不会是困住你就算了！快跟我走！"

"我站不起来了。"他平静地道，"此地危险，速速离开。"

"我不要！"她厉声道，"我不会死！"

他叹了口气:"我亦不会死,莫怕,快出去。"

"你就算不会死,他如果要把你困在这里几百年,那我怎么办?"她厉声道,"你娶了我!你答应教我武功术法,你怎么能说话不算话?我……我……"她咬了咬牙,"我总是一个人,你也总是一个人,我不想再总是一个人,你也不想,对不对?"

他垂下眼眸,过了一会儿,仍是平静地道:"你先离开。"

"鬼影!"她厉声召唤,鬼扇乍然爆开一团浓重的黑雾,将任怀苏包裹住,随即向外拖动。然而任怀苏身子一动,四方符咒嗡嗡之声更大,数道光芒射来,那团黑雾发出怪叫,四散躲避,很快又回到鬼扇之中。

"看到了吗?没有用的。"他平托起右手,手掌中的佛门圣气光芒莹莹闪动,定尸阵感应到圣气,略微缓和了下来。"我动不了,你离开。"

她看着他掌心微弱的圣气,有些毛骨悚然,若是这个阵势耗尽他体内所有的佛门圣气,他会不会……会不会理智尽失,变得再也不是他?她看到他背后缓缓浮起一层金光,那金光和抚心院门口的一模一样,那个老和尚说他身上有佛门封印,一旦封印被破,他就会……他就会……

彻底变成尸魅。

她是决计不会走的,定尸阵、定尸阵……她咬牙切齿地站在阵中,沈旆檀!为什么当年他要迫害任怀苏?为什么在这里有个能困住尸魅的定尸阵?难道在当年,沈旆檀就想把任怀苏炼成尸魅吗?可是那怎么可能,她从未听说过有一人将另一人炼成尸魅的方法，而尸魅也绝不可能为谁所掌控，那是无法控制的绝顶妖物啊！

除非……这个阵是后来布的。难道是任怀苏变成了尸魅之后，沈旖檀才布了这个阵？她突然想到另一种可能，难道是沈旖檀迫害他时出了意外，让任怀苏变成了尸魅，他无法抵御，便匆匆在这里布下定尸阵困住了任怀苏？

如此说来，既然疯和尚现在能站在这里，那就是说这里并不是无法可解的！当年他一定破过阵，要不然就是别人曾经救过他……她匆匆四下张望着，思索着，符咒难以毁坏，要从哪里破阵？

任怀苏背后的金光越来越盛，封印距离崩破已然不远，他安静地伏在地上，便如一只白色的蝙蝠。陆孤光脑中猛然灵光一闪，她大喝一声，将鬼扇全力往地下劈落！

轰隆一声，地下裂开了一个大洞，法阵之下竟然还有密室！她抱着任怀苏跳了下去。既然上不去，动不了，那就只有跳下去了。

砰的一声，她和任怀苏双双在黑暗中落地。他身在半空时就已经恢复，伸出手揽住了她的腰，此刻轻轻将手放下："孤光……"她仍在想要如何出去，不耐烦地问："什么事？"

"没什么。"他似乎想说什么，却又不说了。

"想说就说，我最讨厌吞吞吐吐。"她喝道，"快点说！"

"我想……你说得没错。"他说，"孤身一人总是……"他微微一顿，才道，"不好。"

她在黑暗中瞪眼："你为什么不能说你也想要我陪你，咬文嚼字、拐弯抹角，意思还不是一样？"她抓住他的手，意外地发觉他的手在微微发抖，"你觉得冷吗？"

"不冷。"他其实从不知道冷、饿、饱、痛是什么感觉。

"难道你是怕黑？"她很惊讶，难以相信，"你发什么抖？"

他站在那里一动不动，过了一会儿，他问："怕……是什么感觉？"

03

她啼笑皆非。"你……你……难道从未害怕过什么？"她看不到他的脸，却知道他摇了摇头，她接着道，"也许你害怕过，只是你自己不知道那就是怕而已。"她指指面前的黑暗，她在黑暗中非常惬意，因为黑暗就如她的巢穴一般，带给她充足的安全感，"比如说，在谁也看不见谁的时候，你最先想到什么？是太好了，无论我站在哪里谁也看不见我，还是……"

她还没说完，任怀苏认真平缓地道："我觉得……四面……都是墙壁。"

"墙壁？"她怔了一怔，握了握他的手，他的手已经不再发抖，却依然僵硬。安静了一会儿，她又问："墙壁？"

他点了点头。

她思索了好一会儿，试探着问："你……被墙壁……呃……被关住过？"

他平淡地"嗯"了一声。

她忍不住咒骂了一声："该死的沈旆檀！"她从怀里取出

那黑色的绣袋，绣袋中有一物，散发着柔和的微光，因为被黑色的绸缎掩盖着，所以光线并不强烈。她将它取出来，极日之珠散发出一圈柔和宁静的光芒，她站在他身边，握着他的手，"喂，你看，没有墙壁。"

他点了点头，举步向前走，姿态端然，神色平淡，仿佛他方才根本没有不敢动弹过。

她刚开始只是诧异和惊讶，此刻强烈的酸涩突然间冲上心头，疯和尚心智如此坚定，那……那什么样的折磨才会让他……才会让他……

才会让他恐惧黑暗恐惧得丝毫不敢动弹？

他甚至不知道那就是怕，他只是平淡地以为，在绝对的黑暗中，四面八方就都是墙壁。

他甚至没有想过，对尸魅来说，即使是真的墙壁，又能奈他何呢？

一个在黑暗中就不敢动的尸魅，一个怕墙壁的尸魅！

沈旆檀！她咬牙切齿地诅咒着，这人若是还活着，她定要让他死上一千次、一万次！陆孤光自己虽然并不是什么好人，但如沈旆檀这样动辄残害成百上千人命，一出手便是无水宫、定尸阵，性情如此极端，甚至是极端之极的人，她当真闻所未闻。

"孤光。"任怀苏突然道。

她举起极日之珠往前照去，面前的密室通道并不长，珠光照耀之下，不远处又是一扇大门。

一扇有半尺厚的钢铁所铸的大门。然而这扇大门从中破开一个大洞，沉重的破口微微翻起，中间被烧熔了一个半身大小的空洞，石壁上的裂纹达丈余之长，可见当初破门而出的东西具有多么惊人的力量。

"这是——"她目不转睛地看着那扇门，"里面是什么？"

任怀苏顺着珠光走过去，弯腰钻入了门内，陆孤光微微一惊，连忙跟了过去，怕里面一片黑暗，这人又不敢动了。

门内是个不大不小的石室。

或者说，是一座不大不小的牢房。

牢房里的石壁之上悬挂着细细的铁链，那铁链沉寂在地下如此之久，依然如新，不知是什么材质。交错纵横的铁链在墙上隐隐形成一个古怪的图案，她一眼认出，这是锁身环，是一种复杂的束缚之法，共用九九八十一条绳索，每条绳索都能缚住人身最易发力的位置，然后经过极精细的交错纵横，环环相连，凡被锁身环绑住的人，是连一根手指都无力动弹的。

而这面墙上，结着锁身环的，是细如绳索的古怪铁链。

当年被锁在这面墙上的人必定是生不如死。她凝视着墙面，上面有斑斑点点的污渍，宛然是干涸的血迹。"任怀苏，当年你……你是被锁在这里吗？"她换了口气，语气有些颤抖，"你……你在这里被锁了多久？"

任怀苏摇了摇头："不记得了。"他望着这地牢，这是他非常熟悉的地方，连砖缝里的泥灰都一清二楚，然而此刻站在此处，心中却觉得一片空白，竟是任何感觉都没有。

既没有愤怒，也没有怨恨，只隐约有一丝淡淡的惊诧。

"沈旖檀对你做了什么？"她紧紧握住了拳头，愤怒一点一点烧灼着心肺，让她痛苦得想砸碎了这间地牢，"他把你锁在这里做什么？"

任怀苏抬起头来，想了一会儿，说道："不记得了。"

"那这些血呢？这是别人的血吗？"她冷笑，"我……我从未如此恨过一个人……可惜他已经死了，好可惜他已经死了……"

"那是有时候针刺，有时候刀砍，或者是剥去皮肉时留下的。"他不经意地道，而她却整个人跳了起来，一把抓住他，失声道："你说什么？"

他目光温柔平静地看着她："不过是些苦刑。"

"不过？不过？"她喃喃地道，"天啊……我的天……他不仅背叛你、害了你、烧死上千人，他还将你锁在这里，对你施尽酷刑……我……我……"她怒极之下，骤然大喝一声，鬼扇中妖气爆发，轰隆一声巨响，锁身环对面的石壁被她劈出一个人身大小的洞来，碎石滚了一地。"我真恨不得将他再杀死一千次、一万次！"

"我已经忘了。"他轻轻地摸了摸她的头，"忘了，就不必挂怀，放它去吧。"

"你放它去了，我可放不下，这件事我一定要弄明白，沈朙檀一定受皇帝操纵，他一个人绝做不到这些。"她心里恨极，终于明白任怀苏身上另一个妖孽所说的"恨"从何而来，也许疯和尚根本不是放开或忘记，他只是把恨分离到了另一个魂魄身上。既然如此，她绝不会就此算了！

"孤光。"他平静地看着石壁上的坑洞，"此地并无圣气或鬼女的线索，我们还是离开吧。"他果然是不恨的，此刻眼帘微合，仿佛这周遭的一切都与他毫无关系。

她蓦地回过头来，怒极而笑："你……你就一心一意只想着如何破除那该死的天兆吗？你看看这些，你看看你从前所身受的，你无动于衷？你怎能无动于衷？这些都是这人世对不起你的证据。世人如此卑劣可怕，你为什么要救他们？"

"人——"他唇齿微微一动。那毫无情绪的语气让她越发暴怒："任怀苏！你真的想破除圣气，破除天兆，还有一个方法：你爱上我！你彻底地爱上我！爱我爱得发疯发狂！你动情生欲，解开佛门封印，让你自己彻底变成尸魅，那圣气就不会再降诸你身，你再去定尸阵自毁佛气，这世上就再也没有什么万圣之灵，再也没有鬼女献祭一说，这人世就得救了！你做得到吗？做得到吗？"

他的目光柔和而诚挚，凝视她的时候仿若能让人沉溺在一片柔情之中，那淡色却丰润的唇微微一动，说出来的话却是大道无情："你我无情，非人间无情。众生有爱，父善母慈，鹿鸣虎啸，花开花落，月缺月圆，皆是万物美好之处，岂能过目不视，以为虚无？"

她踉跄着退了一步，不可置信地望着他，他在说什么？她叫嚣着说要他爱她爱到发疯，爱到变成尸魅就能抛弃圣气，就能破除他心心念念要解的天兆，结果他却说"你我无情，非人间无情"。在他心中，他和她天生无情，而众生有爱，众生都是美的、好的、值得保护的，而他们这些异类就活该无心无欲，活该牺牲一切吗？她终于明白为何他那剜心一剑能如此淡然而绝情——他从未变过！他一直就是这样，在那一剑之前或之后都是一样，她以为他曾有心动、曾有歉疚，甚至他都开口道歉了！

但他根本没变！

他从未把她和他自己归入"众生"，他所说的"爱"和"情"，那种毫无道理的维护之意全不是给她的，他对自己毫无底线，而她因为被他视为同类，所以他对她也无底线。所以他可以在洞房之夜伤她两剑，他道歉是因为他没有发现还有其他可行之法，而根本不是因为他伤害了她！

他根本从未因为伤害了她而感到愧疚。

他说他与她天生无情，所以她方才所说的"爱她爱到发疯，爱到变成尸魅"这种方法是不可能的。

他的爱只有大爱，没有私情。

她的眼泪霎时间夺眶而出，这个人……这个人是这样的，他其实一直是这样的，是她一次又一次被他温柔的言语、仿若深情的眼神所欺骗，一次又一次！一次又一次！他说着那些真心实意却暧昧不明的承诺，他认真体贴的关怀照顾，那都是……那都是……错觉！

是错觉而已。

是她妄自多情。

04

"孤光？"他柔声呼唤。见她脸色大变，眼泪夺眶而出，他仿佛略有诧异:"怎么了?"

她手指微微一动,血流霞出现在手心,一瞬间乍然变形,呈长钉之形,她几乎就要忍不住握着它往任怀苏眉心刺去。任怀苏抬起手来,握住她的手腕,她指间血流霞所形成的红色长钉赫然在目,只见他略略皱眉,看着她目中爆发出的戾气:"孤光?"

她尚未行动,手腕已被他控制,陆孤光自知动手的本事和这人相差太远,她冷笑一声,收起血流霞:"你我无情,你只爱众生,所以你不恨沈旃檀,你宽厚大度、慈悲为怀,倒是我枉作小人了。"

他凝视着她,温言道:"我知道你是为我愤怒。"

她收起血流霞,别过头去,淡淡地道:"那又如何?"

那又如何?你不在乎,你不愤怒,你不挂怀,独我一人愤恨不已,又有何意义?

她收起血流霞,而他仍旧握着她的手腕,五指温热,缓缓往下滑落,与她十指相扣,她怔了一怔,猛地将他的手放开,怒道:"做什么?"

他平静地道:"你手指冰冷,可是气血不调?"

她顿了一顿,几乎要怒极而笑,随即忍住,只淡淡地道:"我气血调不调,与天下苍生并无关系,所以你也不必挂怀了。"

他似乎微微一怔,眉头微蹙,过了一会儿,他道:"时日不早,我们也该回去了。"

她站在原地不动,他呼唤道:"孤光?"

"任怀苏。"她冷冰冰地道,"既然你觉得众生无不可怜可爱,一心只想救世,凡是能破除圣气解开天兆的方法你都愿意尝试,那与其追寻缥缈不可求的分担之法,还不如下苦功夫研究如何能杀了我。"她阴森森地看着他,"毕竟杀了我,比寻找沈旆檀当年的分担之法要容易实现得多。"

他皱着眉头,过了一会儿,缓缓地道:"那一剑,是我错了。"

"你没错。"她凉凉地道,"我现在明白,你一点也没错。"她站着不动,两眼望天,"来吧,你再试一次,说不定就能杀了我,只要杀死你的妻子,约莫那佛门封印和天降圣气都不会再缠着你不放了。"

"我说过,那一剑,是我错了。"他仍旧缓缓地道,语气和当初说这句话的时候一模一样,毫无分别。

"我也说过,你一点也没错。"她冷冰冰地道,"劳烦你苦苦寻觅其他方法,放任世人不断无辜死去,浪费许多普度众生的时间,让浩劫步步加深,如此多罪孽我一人怎么负担得起?动手吧,什么沈旆檀,什么分担之法,那都是在浪费时间,你也不必再想了。"

"孤光。"他道,"我不会杀你。"

她本还有话要说,本想冷笑说自己多活了这些天真是承了他的情,是他慈悲为怀才能让她这救世的"物品"自以为是地活到现在,既然在他心中她依然只是一条"性命",只是个救世的法器,那想杀就杀吧!非要装作温柔体贴,非要表现得慈悲为怀、海纳百川,何必如此为难呢?

有什么意思？

论武功法力，她全不是他的对手，何况此时深处地底，她曾对他如此相信依赖，要杀要剐，还不是他举手间的事？既然无情，再惺惺作态，那就更无趣和索然了。

但他说："我不会杀你。"

他说得如此平静，如此自然，仿佛全然发自内心。

一瞬间，她一肚子挖苦讽刺的冷言冷语被截断，再也说不出来了。

他仍是用那仿若深情一片的眼神凝视着她，极诚挚地柔声道："相信我，我不会杀你。"

她闭上嘴，不想看他。

他伸过手来，握住她冰冷的手指，仍旧柔声道："我相信，一定有比杀你更好的方法。时间不早了，我们找路离开这里吧。"

手指上传来温暖的触感，她脸颊上的泪痕已干，眼底却依旧酸涩，她竟因为他这一句话而无法继续恨他，而他这一句话其实……其实真的……一定没有听起来这么温情。

一定……一定一点也不温柔。

但她仍被他握着手，一步一步向一侧石壁走去。

任怀苏侧耳略听了听石壁后的声音，随即立掌如刀，向那石壁砍去。只听到一阵沉闷的爆裂之声，那石壁上陡然出现如蛛网般的裂痕，石壁均匀碎成如鸡蛋般大小的砾石，慢慢地塌落，露出石壁后一个新的空洞来。

她怔了一怔，这里一定是当年刚刚变成尸魅的任怀苏没有发现的地方。如果当年的任怀苏能发现这里有个石室，必定不会选择破铁门而出。

砾石塌落静止之后，石壁上露出一个半人高的空洞。她以血流霞照出去，里面空空如也，好像是个通道。任怀苏牵着她往通道中去，她忍不住问："你听到了什么？"

他回答："流水之音。"

流水之音？那就是说有地下河了？她被他牵着往黑暗中走，极日之珠的光芒一寸一寸照亮前路，转了几个小弯，两侧石壁坚硬如铁，当初也不知是用什么东西开凿出来的。过了一会儿，眼前突然微微一亮，一阵清凉之风扑面而来，显而易见，前面有出口。

微微的水声从远处传来，两人加快脚步，前面的光线越来越亮，接着竟有几丝绿意投入，两人走到通道尽头，都是一怔。

面前是一处小小的瀑布，细碎的水声便是由此而来，清澈的流水间透出明朗的天色，几块天然堆叠的巨石形成了通道的出口。而就在这些巨石之旁，生长着一丛青翠的芭蕉，细碎的水雾在芭蕉叶上凝成水珠，一点点滴落地上，那绿意与清凉便是由此而来。

芭蕉树下，有一块大石，上面摆放着一副棋盘。

棋盘上的黑白棋子被水雾长年浸润，都生了一层葱绿的青苔，已看不出原本的颜色；地上只有一个棋盒，上面端正地盖着盖子，也生满了青苔，几乎与地面融为一体。在棋盘对面，被缥缈的水雾洗得光润干净的青灰色大石上，放着一个黑色的盒子。

那盒子上没有青苔，只是曾被人用不知何种锋锐之物划了七八道深深的痕迹，就如一人怀着极度的痛苦和挣扎，一道一道深深刻在这盒子上一般。

她放开了任怀苏的手，好奇地去拿那黑色的盒子，盒子入手沉重异常，不知是用什么石头制成，竟有约莫百斤的重量。盒子上只扣着一个简单的铜锁，在水气湿润之处，铜锁早已朽坏，任怀苏轻轻一揭，盒子应手而开。

映入眼中的，是熟悉的一排金针，还有一本书。

书本纸张已经发黄发脆，但仍然完好，未被水雾侵蚀，这黑色石盒密封性极好，里面竟不曾透水。陆孤光拿起那本书，只见封面上写着两个大字：凶藏。

翻开书本，只见内文赫然写道"……应其变而造阴阳，易血肉而得长生，循天地之异理，化日月之全功，以无生有，神罚以夺，以一易十，以十易百，以百求千，以致万能……"

她合上了书本，定定地看着它。

过了一会儿，她问："这是什么东西？"

任怀苏平静地道："极凶之书，教人异变之法。"他顿了一顿，缓缓地道，"沈旃檀……竟是中了此书的毒。"

"你是说，他是因为得到了这本书，所以才火烧无水宫，逼害于你吗？"她问得分外平静，"'以无生有，神罚以夺，以一易十，以十易百，以百求千，以致万能'是什么意思？他杀害千人，能得到什么样的'万能'？"

任怀苏摇了摇头："所谓'万能'，不过是蛊惑人心的说辞罢了。若非遇到沈旂檀这样既有贪婪之念、阴毒之心，又有过人心智与高绝手段的人，寻常人即使得到此书，又岂能承担如他那样'万能'的后果？"他慢慢地道，"才品越高，出手越高明，害人害己之时便越无所顾忌，直至……谁也承担不起。"

她有些疑惑地看着他，这一瞬间，她觉得这人仿佛褪去了无欲无求的那层外壳，变得有了些人性，只是这样的言论却与他平素淡泊的胸怀全然不符，就仿佛他对沈旂檀之恶思虑过千万次，而次次深恶痛绝一般。

她想他的确是恨沈旂檀的，只是也许连他自己也不明白而已。

疯和尚并不恨沈旂檀加在他身上的苦刑，他恨沈旂檀未曾抵御住这本妖书的蛊惑，造成了谁也无法承担的后果。

她以为她明白了。

却不知道其实她一点也没有明白。

"不对啊！如果沈旂檀真有如此坏，如你所说的贪婪、阴险、狠毒，为什么圣气会降临他身？"她抬起头来，"难道苍天连好人坏人都分不清楚吗？"

他回过头来，看着那边石板上寂静了数十春秋的棋盘，静了一静，道："他曾经是个好人。"

05

她也看了那棋盘一眼，随后抬起头看着这景色清致的洞口，清风徐来间，她突然叹了口气："人是好是坏，该死该活，做得对或错……若只有三五个人来算，又怎能算得清楚？"

她想起了对她抵死追杀的魔陀和尚，那和尚……曾经也是个好人。

"回去吧。"他的眸光温暖地看着她，"你饿不饿？"

"不饿。"她本能地道，随即又冷笑，"我若饿了，你把你的血给我喝吗？"

他坦然露出手臂："随你之意。"

她看了一眼他手腕上的玉镯子，脸上的冷笑微微一收："你还戴着这个？"

"这镯子是你的珍贵之物，既然馈赠与我，岂能辜负？"他温言回答。

她皱着眉头，转过头去，这人无心无情，却偏偏是眉目含春，言语温柔，让人……让人……

她黯然地想，让人恨不起来。

一个时辰之后，两人返回包子铺，那卖包子的如婆婆还坐在包子笼后打瞌睡，任怀苏从包子笼旁经过，微微一顿，自袖中取出一张银票，轻轻压在桌上，随即入内。陆孤光惊讶地看着他若无其事地放下那张银票，这人……这人也是有同情心的吗？也是知道吃饭住店要付钱的吗？

哦……她释然了——这位卖包子的婆婆，也是他的"众生"之一，所以在她年老体弱、孤苦无依的时候，他给予帮助，这也是他家佛祖所说的行善。

两人进屋后，微风吹动桌上那张银票，银票擦着如婆婆的衣角微微作响。她睁开了眼睛，看着那张银票，过了一会儿，用布满斑点和皱纹的手将那银票一条一条撕碎，白色和墨色的碎纸片在天上地下微雪般翻飞，最后仍是落了一地。

一地似雪，不知归去何处。

屋内，楚殊珍摆了一桌宴席，正在等人。

桌上的酒菜正温热，都是从外面买回来的，山珍海味一应俱全，她一人对着一桌菜肴，只自斟了一小杯酒，慢慢地喝着。

听见两人回来的声音，她微微一笑，抬手指了指桌上的酒菜："坐。"

陆孤光真是饿了，拿起筷子便开始吃肉，楚殊珍生得秀雅，酒量却颇豪迈，吃两口酒菜，便劝一杯酒。任怀苏仍持着出家人的戒律，滴酒不沾，陆孤光却是百无禁忌，她平时又极少和人一同饮酒，没过多一会儿，便已醉了。

"陆姑娘？"楚殊珍推了她两下，温柔地呼唤了一声。

任怀苏道："她喝醉了。"

楚殊珍仔细看了一会儿陆孤光的眉眼，又推了她几下，突然间出手如电，点了她几处穴道。

任怀苏并不惊讶，静静地看着她。她抬起头来，微微一叹："任公子难道不觉得奇怪？我为何要灌醉陆姑娘？"

任怀苏指了指桌上的酒杯，波澜不惊地道："'楚江春'是茂宛城内最烈的酒，却不是最贵或是滋味最好的酒。"他总是平静，总是让人觉得他胸纳天地之广，心藏日月之光，但这并不表示他不注意小节。

楚殊珍很惊讶他竟能留意到"楚江春",竟能从一杯"楚江春"上得知她有意灌醉陆孤光,且能知晓她对陆孤光并无伤害之意,所以也不出手阻拦,他或许比她想象中还要通透聪慧得多。"任公子,不知你们今日之行,可有收获?"

任怀苏伸手入怀,取出那本得自抚心院密道洞口的古书:"这本书中也许有答案。"

楚殊珍看着那本名为《凶藏》的书,她自幼读书万卷,却从未见过此书。"这是哪里来的?"

"这或许是沈旃檀的遗物。"他回答,"我已看过,其中……"他微微一顿,"记载着分担圣气的方法。"

楚殊珍大吃一惊,蓦地站起,颤声问道:"当真?"

任怀苏颔首:"寻一活人,以己身之血试之,血能相融者便可。"

楚殊珍怔了一怔:"如此简单?"

任怀苏道:"便是如此简单。"

"如此简单……所以沈旃檀之所以找上当年的任怀苏,其实并非别无选择,而是有意为之。"她真是惊上加惊,若是按此说来,沈旃檀选择和任怀苏分担圣气,与他之后对任怀苏步步紧逼,这之间定是有所联系,并非偶然。

"这本书中记载了五十六种或正或邪之术。"任怀苏并不细述那五十六种术法究竟是如何骇人听闻,只平静地道,"分担圣气之法只须两人的血能相融,但……"他沉默片刻,慎重地道,"我身之血,只怕非常人所能承受。"

楚殊珍微微一笑："公子已知道了多少？"任怀苏凝视着自己面前那一杯未动过的楚江春："定然不如姑娘知道的多。"

楚殊珍取走那杯酒："我原有个主意，如今听公子所言，却觉得有些顺应了天意。"

任怀苏极认真诚挚地看着她："愿闻其详。"

"陆姑娘是你妻子，你若杀她，犯杀妻之罪，圣气立破。"楚殊珍缓缓地道，"但任公子也很清楚，你是尸魅之身，圣气一破，你便会还归尸魅，成为灭世害人之物。所以陆姑娘不能杀，至少——现在不能杀。"她看着任怀苏，"但如你所言，天兆显示有鬼女献祭，若是杀了鬼女，灭世之举亦不能成，所以杀鬼女也是一个办法。"

"鬼女？天地之大，要往何处寻觅？"他眼帘微合，并不甚在意。

"当年的鬼女从何处而来我们不清楚，但我们可以造一个鬼女。"楚殊珍一字一字地道，"陆孤光是半鬼之身，惧阳不惧阴，只要我们能消去她身上属于'人'的一半，剩下的便是鬼。"

任怀苏眉头蹙起，只听她继续道："当然，现在她身上鬼血还不浓，如果贸然动手，只怕她无法存活，所以必须有任公子相助。"她咬了咬嘴唇，"我本以为此法残忍，必定有悖天道，但任公子今日得知，能与任公子分担圣气之人，必须与公子体质相符，血能相融。世上除了陆孤光，只怕再无人能承受公子的尸魅之血，这就是天意！"她一字一字地道，"无论是任公子所求的分担圣气之法，或是我所想的造就鬼女之法，任公子都必须将身上的血注入陆孤光体内！一来，这能分担圣气，二来，陆孤光鬼血入体，必然鬼气大盛，当她无法维持人性之时，分担圣气之法便已失效，此时任公子便要休妻——你将她休了方能杀她，到时候她化身为鬼，我们施法毁去她身上残余的人性和人身。一旦她成鬼身，鬼之翼必然破体而出，那便是杀她之时！"她猛地站了起来，"我已翻阅过典籍，鬼女成形，必定血染神州，唯一能杀她的机会就是鬼之翼刚刚破体而出的那一瞬间！那双羽翼刚形成的时候还是有形的，一盏茶的时间内，如能用刀剑砍落鬼之翼，鬼女便会鬼气凋零而死！"

如此，灭世之兆便破了，这一世鬼女已死，九天鼎就不会出现，天下也可归于太平。任怀苏杀鬼女是行善之举，圣气不破，便能维持他现在的样子。

只消害死一人，便能救无数人命，托举众生。

"我已将此间所有过程一一想过，"楚殊珍方才说得兴奋，站了起来，现在慢慢坐下，"每一环节我都能全力相助，助陆孤光成鬼的药物我已着手配制，我有八成把握，但不知任公子意下如何？"

任怀苏的眉头仍维持着方才微蹙的样子，过了好一会儿，他的目光落在醉酒的陆孤光脸颊上："鬼女？"

第十三章

玉丹思其碎

01

"不错，鬼女！"楚殊珍道，"陆孤光并非善类，她向来我行我素，杀人甚多，任公子娶她为妻不过不得已，若公子非尸魅之身，陆孤光早已人头落地。如此一来，殊途同归，岂非妙哉？"

任怀苏伸出手来，摸了摸陆孤光的头，她不善梳头，在抚心院地牢中奔波半日，已是发丝凌乱："她并非罪恶滔天，我说过，不会再伤害她。"

楚殊珍怔了一怔，刚觉得颇为意外，却又听他用那平静无波的语调继续道："此事我会从头细想，若真是别无他法，杀她之事，我另托他人。"

"叮当"一声微响，楚殊珍右手边一双筷子自筷架滚落到桌上，她哑然看着面色如常的任怀苏，这方法她已想了一日，自觉残忍至极，已趋于魔道，却不料她一日所思根本比不上这人一句话的残忍。

料想陆孤光听到他那句不再伤她的承诺的时候，必是十分高兴的吧？楚殊珍苦笑，轻轻叹了口气，也伸出手去，摸了摸她的头。

陆孤光的发丝很柔软，因为身带鬼血，显得黑中透出一股阴冷，触手生寒。她对邪门女子素无好感，但心中大计已定，此时再看这待宰的女子，就仿佛有些可怜起来。

"此时天下异动如何？"任怀苏问道，目光却落在她抚摸陆孤光的手上。楚殊珍极是精乖，见他眼神一扫，虽然无悲无喜，她还是极快地把手收了回来。虽然这人并不反对她提出的造鬼杀鬼计划，也不反对将陆孤光炼成鬼女，但绝不表示这妖女对他来说就一文不值，这点她早已领教过了。

"三洲地震频繁，山石崩裂，灾民不计其数；另有东南十八路四季错乱，从不下雪的极南之地夏季数度大雪，而如荒狼野等北川之地则冰消雪融，化入河流，又造就北三路洪灾。"楚殊珍叹了口气，"我听说皇上派人四处赈灾，然而无济于事，茂宛城周边勉强算是安宁，但那是因为此地圣气与妖气冲天，一则是因为你在，二则是因为陆孤光鬼扇中收纳的一众厉鬼。"

任怀苏眼帘微合："明白了。"

楚殊珍站了起来："我在楚江春中下了一点药，她约莫会睡三个时辰。"

他嘴角微动，似是淡淡一笑："我知道。"

她耸了耸肩，在这人眼皮子底下，一切小动作都仿佛是透明的，但她也开始渐渐习惯，转身打算离去。

"那助她成鬼的药物,可会让人痛苦?"他问。

"不会。"她淡淡地答。

他未再作声,于是她便离开了。

陆孤光的确是醉了,在醉梦中,她并不觉得痛苦,因为心中温暖,始终感觉到有人陪着自己,自己是有同伴的。

不像从前那样,是冷是热,是春是秋,总是一个人。

一个人的时候无所谓欢喜悲伤,两个人的时候便不同,又因为他看起来总是那么平静,自己便仿佛是有了依靠一般。

虽然也会拼命、拼命地提醒自己,他的平静,他的悲悯,他的温暖与亲近,有时候,肯定其实不是那样的……

耳边有两个人在平静地交谈,她听不清楚,只觉得恍恍惚惚,全身都懒洋洋的。她从未喝醉过,一个人过的时候,总是独酌一杯清酒,因为身边没有人,所以连一杯清酒都喝不完。

总听人说酒有多么好,她现在终于体会到,酒的确是个好物,至少它让人不需拥抱或信任,便能全身温暖。

身体突然悬空了,她想要睁开眼睛,却怎么也睁不开。任怀苏的气息吹拂在耳边,他将她抱了起来,放到了床上,接着他也轻轻地上了床,侧身躺在她身边。不知为何,她的心突然放松了,着了地,她只想到就连应该洞房花烛的那夜,他都没有和她同床……接着她便安心地沉沉睡去了。

任怀苏躺在床的边缘,并没有睡,他睁着一双眼睛,静静地看着空荡荡的小屋。

与沈荫檀那本《凶藏》放在一起的中空金针在他身上,陆孤光彻底熟睡之后,他转过身来,手指轻弹,将一枚金针夹在指间，就待刺入她颈上的血管。

金针堪堪要触及她的肌肤，他顿了一顿，过了好一会儿，他轻轻摸了摸她的头，又将金针收了回去。

半夜时分，四下寂静，房门突然咿呀一声，任怀苏微微一怔，闭上了眼睛。

有人持着油灯慢慢走了进来，动作缓慢地收拾了桌上的残局，将酒杯和碗筷抱了出去，手脚很轻。过了好一会儿，她又走了进来。

她慢慢走到床边，看着任怀苏。

任怀苏仍是不动，进来打扫的当然是此地的主人，卖包子的如婆婆。他并不认得她，更不知道她为什么停留在此。

"初见之时，若我已老，他可还愿意为我挥军向北，破敌逾万？"她嗓音含糊不清，似乎是说了这么一句，随即低沉地叹了一声，"可惜……你不是他。"

她转头便走，摇摇晃晃地走到门口时，叮的一声，一物从她耳边滑落，轻轻落在了地上。

她年纪大了，有些耳背，并没有听见，仍旧走了出去。

任怀苏闭着眼睛，身上乍然卷起一层浓重的黑气，黑气化为黑影，如茧般缠住他全身，接着他双眼一睁，突然坐了起来。

他是腿一屈一放间便坐了起来，动作迅捷洒脱，和温吞的任怀苏全然不同，接着他下了地，拾起了如婆婆遗落的那样东西。

那是一枚极细小的珍珠耳环，环体为黄金，做成含苞之状，不过米粒大小，其下用极细的金丝悬挂着一枚绿豆大小的珍珠。耳环做工十分精细考究，虽然黄金质软，历经岁月磋磨已有些变形，却仍可见当初的秀美可爱。

这东西不知是如何在老人的耳上戴了六十几年，一直戴到老朽的耳洞再也支撑不住，让它掉了下来。

他拾起了耳环，直起腰身的同时一挥衣袖，身影瞬间从屋内消失，失去了踪迹。

02

第二天清晨，陆孤光缓缓睁开眼睛，转过头伸手去摸，身边是一片冰凉，昨夜温暖的记忆似乎只是一种幻觉，身侧的被褥叠得十分整齐，并没有人睡过的痕迹。

也是，他是一个尸魅，根本不需要睡觉。她自嘲地勾了勾唇角，慢慢坐了起来。任怀苏不知去了哪里，她洗漱后去每个房间都转了转，却没有看到人。

陆孤光没有看到任怀苏，倒是瞧见了如婆婆，她并没有如往常一样坐在包子笼后面，而是坐在她房里。她房里的床前和桌上都堆满了盒子，个个都是锦缎纹花的质地，十分华丽，却不知里面装的是什么东西。如婆婆坐在那一大堆华丽的盒子前，看起来却并不怎么高兴。陆孤光依稀记得这些盒子她原先是没有的，也不知是怎么一夜之间冒了出来。

不过她也不太关心别人家的盒子，只一心寻找任怀苏。

任怀苏不在包子铺里，连楚殊珍也不在。

这时外面有一人穿着一身光芒闪烁的衣裳走了进来，进来前他似乎敲了几下门，奈何如婆婆在发呆，陆孤光在睡觉，谁也没理会他。

这人身材挺拔，晨光映照在他的衣裳上，熠熠生辉，似有千点万点的细碎彩光，不是姬珥是谁？

"陆姑娘。"他缓步走了进来。陆孤光冷冷地看着他："什么事？"

"呃……"姬珥稍微考虑了一会儿，"姑娘知道昨日楚殊珍在城里购买了大量五真草和帝阙凤凰散吗？"

"那是什么东西？"她冷着一张脸问，"和我有什么关系？"

"五真草和帝阙凤凰散都是药草，药性阴寒，能去热、弥补阴气。"姬珥绕着她缓缓踱步，走了半圈，"任怀苏呢？"

她越发僵硬地道："我不知道。"

"嗯……"姬珥踱完了他的下半圈，"他和楚殊珍一同出去，你却不知道，可见必定是有些不能让你知道的阴谋在计划中。"

她勃然大怒："闭嘴！"

"我只是实话实说。"姬珥耸了耸肩，"说实话，我最近发现了一件事，我怀疑我也许做错了另外一件事，所以——"他还没说完，陆孤光已经极不耐烦地打断他，冷冰冰地道："想说什么就说，别拐弯抹角！"

"呃……冷淡暴力的女人一点也不可爱。"姬珥叹了口气，"陆孤光，我知道你从我那拿走了一份任怀苏生平小记，不过那不是全部。"

她眼睛也不眨一下："我知道，那份小记是你故意留给我看的。"

"聪明。"姬珥绕着她又踱了半圈，"那份小记只写了任怀苏一人，但其实在你夫君变成尸魅这件事上，尚有另外一个重要人物。"

"沈旖檀？"她反问，不出意料地在姬珥脸上看到了惊讶之色，她心里有几分得意，脸上却越发冷冰冰的，"昨日我们刚从沈旖檀的抚心院回来，你没事可以走了。"

"且慢！"姬珥皱眉，"你们昨日去了沈旖檀的抚心院？那便是已经知道了无水宫之事是沈旖檀在幕后主使？"

她扬起下颌，脸上颇有傲色："不错。"

姬珥微微一笑："我已对沈旖檀此人详加调查，此人在被先皇赐死之前，或者说在动手残害黑旗军千余残部之前，史书记载虽然不多，却都称其人是清风朗月之姿，妙悟佛法之才，他的异变出人意料。但斯人自幼生长于佛堂，只怕一生之中并没有多少显露本性的机会，佛家讲究无欲、苦行、不嗔，又讲究多知、多学、多思，所以沈旖檀实际上是个什么样的人，只怕他在生之时无人知晓。"

"恶棍。"她简单地道，"不过是个恶棍。"

姬珥深有同感地点头："斯人自灭世天兆之事起，借着与任怀苏分担圣气之说，设下无水宫之局，处处针对任怀苏，终将人逼成尸魅。从种种事迹可以看出，沈旖檀绝非如传言和记载那般，是个如珠如玉的出家人，他出手便是偌大手笔，必有野心。"

陆孤光歪着头看了姬珥好一阵子，考虑再三，终于还是把她在地牢里的所见说了出来："我们在抚心院的地牢里找到了一本书，是沈旃檀的藏书，叫作《凶藏》，好像是一本教人怎么修炼法术……修炼妖法的书。"

姬珥微微一惊："《凶藏》？书呢？"

"他带走了。"她道，"我没看呢。"

姬珥长眉扬动："我认为沈旃檀当年的野心是将天地所降的灵气归于己有，并能运用自如，坐拥赦生赐死之能。他若能成功收纳天降之圣气，非但可以长生不死，还能获得修道或修佛之人几世都修不得的强大力量。他不想成为灭世天兆中被献祭的法器，却又不甘把力量赠送他人，所以选择了一种迂回之法——他必定用了某种方法一度逼退了当年的鬼女。他选择任怀苏作为暂时分担灵气的人选，因为任怀苏武功高强，修为深厚，当万圣之灵的体质一分为二，灭世之危解除后，沈旃檀布下法阵，牺牲无水宫千余人命，为任怀苏造就杀孽，以破坏他受灵的资格。然后他又使用了某些手段，刻意将征战无数的覆面将军自人炼成妖，只要任怀苏罪孽满身，天降圣气便会倒回到沈旃檀身上，而任怀苏只要一日不死，那圣气就不会全部降临沈旃檀之身，如此，人间既不会沦灭，沈旃檀又能获得古往今来无人拥有过的强大力量，这就是沈旃檀不杀任怀苏，而非要将他炼成妖物的用心。他自己想要长生不死，伴他而生的自然不能是人，只能是同样不死的妖了。"

"可是最终他死了，疯和尚却没死。"陆孤光哼了一声，"机关算尽，天下哪有那么好的事，害死那么多人命还能逍遥自在。"

"他的死也很蹊跷,"姬珥转过身去,院中恰好有一株桃树,潦草残破地开着花,他看得兴致盎然,"显然他所算计的圣气最终并没有回归到他身上,也许他千算万算却没有想到,一个以千人之命为筹码的阴险小人,岂能得上天青睐?也许在他动念要独霸圣气之时,便已自绝了承受的资格。"

"这人真是蛇蝎心肠,罪大恶极。"她瞟了姬珥一眼,"但姬楼主亲身到此,就是为了讲关于这恶魔的故事?"

姬珥伸出手指,拈住一朵瘦小的桃花:"故事我说完了,只是不知听故事的人听见了该听的没有?"

陆孤光皱眉:"什么意思?"

他转过身来:"陆姑娘,你相信任怀苏吗?"

"相信。"她有些不耐烦地看着他,"你不相信他吗?"

姬珥笑笑:"我认得他许多年,有时候了解是比相信更进一层的关系。"

她瞬时阴沉了脸:"你究竟想说什么?"

"我想说的,在故事里已经说过了。"他转身负手,"陆姑娘,爱一个人不难,相信一个人不易,了解一个人更不易,人是复杂多变的怪物,无端信赖是一种缺点⋯⋯"

陆孤光目光凉凉地看着他:"你不但啰嗦,还很多疑,像你这样的人,一辈子也爱不上任何人。"

姬珥瞬间打了个寒噤,咳嗽一声:"承蒙吉言,多谢多谢。"他握着被他拈下来的那朵桃花,自大门口溜之大吉。

她凝视着他溜走的背影,这人是来提点她的,她自然知道。

但要用沈旃檀的故事告诉她天下间谁也不可信任，无论亲厚生疏，为求自保就都不可信任，那样的一生会是如何萧条寂寞？何况他意指任怀苏，这让她感到一种被背叛的愤怒。他是疯和尚所依赖的好友，以疯和尚那样的性情，要依赖一人是多么难，而这个好友却鬼鬼祟祟地来提醒她疯和尚不可信任，这让她无法接受。

沈旃檀是个人面兽心的魔，但疯和尚不是。

疯和尚是个有了信念便不受干扰，绝不放弃的傻瓜。

03

姬珥离开不久，任怀苏和楚殊珍一同进了门，陆孤光神色自若地看向任怀苏，毫无生分之态。"你到哪里去了？"她问任怀苏，却不理会楚殊珍。

"我和任公子到药房拿些东西。"楚殊珍微微一笑，抢先回答。陆孤光这才看见她手里提着个布包，里面装了许多瓶瓶罐罐，也不知有多少药物。

"我已寻得方法，可缓灭世之危。"任怀苏平淡地道，"原来分担圣气之法十分简单，只需两人互渡鲜血，血气相融，加以辅助之法阵，便能让天地灵气分降两人之身。"

"血气相融，世上哪有人能和你血气相融。"陆孤光脱口道，随即会意，指着自己的鼻子，"你是说——我？"

任怀苏抬目望她，眼神平和温柔，似是十分赞许，随后冲她微微一笑。

他甚少笑，平素都是一副无心无情的模样，就算眼里有时似含温柔，那也十有八九是她的错觉，但此时他却是真笑了。

疯和尚微笑的时候，真是好看。她多看了两眼，话到嘴边，终是没有说出来。

她本想说她是半鬼之身，尸魅之血对她来说是灵丹妙药，但如果接受了过多的尸魅之血，能力暴增恐怕并非好事。何况……何况疯和尚身上的血已不多，他的血能被她所接受，她的血却不能被他接受，失去太多血液会让尸魅凶性暴涨。

但他如此笃定和期待，他觉得如此完满，以至于她所顾虑的一切仿佛都不重要了，她接受太多尸魅之血会变成什么样子她不在乎，而疯和尚有如此坚毅的心性，纵然失去了再多的血，都绝不可能发狂或行凶的吧？

所以她顿了一顿之后，只是反问了一句："你要找我分担圣气？"

"天命所归，无可取代。"他回答。

不知为何她竟有些高兴，歪了歪头，她笑了笑："你再说一遍，我是什么？"

"天命所归，无可取代。"他平静地道。

她抿着嘴笑，瞟了楚殊珍一眼："来吧，十二金针，你知道从哪儿扎起吗？"

楚殊珍文雅地报以一笑："筠书阁的弟子，怎能连十二金针都不会使？何况沈公子这本书中——"她举起了手中的《凶藏》，"将过血和布阵之法记载得很详细。"

陆孤光见她手里握着那本书，方才的好心情一下子淡了，她冷冷地看了任怀苏一眼："喂，为什么要给她？"那是本很重要的东西，虽然她没兴趣瞧，但不代表她不介意它落到别人手上。

"那是救世之物。"任怀苏上前一步，握住她的手，"过血之事越早越好，我们即刻开始吧。"

救世之物？她嘀咕了一声，她只知道那是她和他冒险得来的宝物，那里面记载了许多古怪的法术，应当都是惊世骇俗的奇门异法，分明是本法宝。

"分担圣气需要布置巨大的法阵，如婆婆这里不能再住，我们需另寻隐秘之所。"楚殊珍道，"早起时我已经给了如婆婆银两，收拾好东西后我们就离开吧。"

"银两？"陆孤光皱起眉头，"她房里那些盒子不是你给她的吗？"

"盒子？"楚殊珍讶然道，"什么盒子？"

陆孤光颇觉诧异，随后摇了摇头："走吧。"她身无长物，除了血流霞和鬼扇，什么对她来说都是可有可无的。任怀苏很自然地打开油伞，握着她的手站在她身边。楚殊珍将住过的房间检查了一遍后，三人向如婆婆道别，一起离开。

如婆婆还在屋里，三人向她道别，她仿佛没有听见一样。

她还在看桌上的一堆盒子。

过了很久，她终于伸出颤巍巍的手，打开了第一个盒子。

檀木雕刻的盒子里衬着柔软的黄缎，缎子上放着一只珠钗。珠钗以黄金为底，盘以蝴蝶之形，蝴蝶双翼之上缀满了细细的各色宝石，有红有绿，有蓝有紫，红者红珊瑚，绿者翡翠珠，蓝者绿松，紫者水晶，华贵灿烂，精细艳丽。

第二个盒子里是一把桃花梳，由乌木所制，质地细腻如玉，入手轻如蝉翼，上面镌刻着半朵妩媚的桃花。

滴答一声，一滴泪水滴落黄缎之上。

年华尚好之时，她等了这些东西多久？当时岂知，握在手中之时，已是白发鸡皮。

这些是当年将军府中为将军夫人所备的聘礼，将军你……身在何处？

难道你真的未死？那怎么可能？难道你真的……是他？

你若真的活着，你说过娶我，你怎能忍心让我在这里等你六十五年？

我还活着，可我老了，你若活着，此时相遇，不如不遇。

茂宛城西。

楚殊珍早上已花重金在城西租用了一处宅院，院子里花木已被移走了不少，清出一片空地，就待布下法阵。陆孤光诧异得很，她的行动竟如此快。任怀苏并不急切，楚殊珍对着那本《凶藏》在院子里画法阵，他便静静地站在一边，过了一会儿，他慢慢地走到院子一角。

陆孤光一直看着他，所以也没发现这院子的一角居然有个琴台。那琴台上放着一具朴素的瑶琴，任怀苏坐下后，缓缓伸出手指，轻轻在琴弦上拨动了一下，琴声霎时如泉动水涌，掠过整个庭院，煞是好听。

他会弹琴？陆孤光怔了一怔，任怀苏竟是会弹琴的？但以他的气质，会弹琴也不奇怪。她走过去站在他身后，看着他轻拨七弦，那姿势很是好看，她开口问："你会弹什么？"

"我不知道。"他温言道，"你想听什么？"

"我想听……《凤求凰》《雁落平沙》。"她对琴一窍不通，知道的也就那么几曲，信口说说。

"《凤求凰》？"他拨动了几个音，当真弹了起来。陆孤光笑了起来，她没听过几次《凤求凰》，自然也听不出他弹得对不对或好不好，但在这微风和煦的早晨，听他弹着《凤求凰》，瞧着他衣袂翩然，姿态若仙的样子，心里便觉得暖洋洋的。

她从来没有过这样的感觉，就像……像有了一个"巢"，有了一个归宿。

楚殊珍画好了法阵，任怀苏从怀中取出沈旃檀那十二金针，陆孤光和他一起坐在法阵当中，楚殊珍燃起符火，呼的一声，火焰沿法阵燃烧，十二金针分别刺入任怀苏和陆孤光身上六处穴道。随着法阵光芒亮起，两人的鲜血自中空的金针中如雾般散出，在空中融汇一体，缓缓通过金针再逆回身体之中。

晴空中刹那间电闪雷鸣，霹雳频频，击打在庭院四周，法阵中火焰腾空而起，仿佛正在抵抗雷霆之怒。过血完成之时，两道霹雳重重击落在法阵两侧，轰然巨响之中，熄灭了火焰的法阵即刻崩塌，土地四分五裂，化为块块焦炭。

04

温热的血液在她体内奔涌沸腾,素来阴凉的身体突然间变得温热,奇异的力量在血脉中汹涌澎湃地冲刷着,有什么东西在身体中节节寸断。奇异的力量焚毁了一些什么顽固的存在,让她的身子变得异常地轻,几乎要飘飞起来,一瞬间她在想,那飞天而去的嫦娥在偷服灵药的时候莫非就是这种感觉?与她的充盈欲飞相反,任怀苏的脸色白中透青,显然陆孤光的血倒传回去对他没有任何益处。就在两道霹雳轰然落地,法阵崩塌之际,天空微暗,乌云翻卷,雷声隐隐,仿佛即将下一场倾盆大雨。就在天色极坏的时候,却见两道似月非月的微光凭空而降,徐徐落在任怀苏和陆孤光身上。

分担圣气……成功了。

陆孤光吃惊地感受着自天而降的灵气,那是一种与自任怀苏身上获得的妖魔之气全然不同的力量,澄澈的圣光仿佛能洗净一切污秽,充盈一切干涸。圣气一降,她的身体立刻就稳重了起来,不再有几乎要凌空而去的感觉。

"任怀苏。"她伸手去抓任怀苏,"成功了?"

圣气降临,任怀苏脸上的青白之色渐渐淡去,变得和他平时一样素白。陆孤光一把抓住他的手后,他的手立刻变了颜色:"你……"

任怀苏的手变得有如冰窟一般,不再温暖,而是散发着一股自内而外浓郁的阴寒之气。

这才是他的本质,尸魅,是世上最阴冷恐怖的恶鬼。

她身上充满属于他的温暖,她不知道为什么他会有这样温暖的血,她心里蓦地感到一阵酸涩:"你……你冷吗?"

他举起手指,感受着指间的寒意,仿佛有些惊奇,像个第一次玩雪的孩子。随后他展颜微笑:"不冷。"

你当然不冷,你根本不知道什么叫热、什么叫冷!她在心里叹息,牢牢握住他冰冷的手:"分担圣气成功了,你放心了吧?"

他点了点头,随后又摇了摇头。楚殊珍微笑道:"只要筠书阁收到消息,各地天灾均已消停,不再有妖物出没,就能确认灭世之危已经解除,之后我们就都能放心了。"

陆孤光"哼"了一声,转过头去:"这么容易的事,你们想了这么久。"

楚殊珍看了任怀苏一眼,又是微微一笑:"才疏学浅,让陆姑娘见笑了。"

"我们的事做完了,可以走了吧!"陆孤光回过头来瞪着楚殊珍,"我不想见到你。"

她真直率,楚殊珍在心中微微一叹。若换了是自己,再如何不喜欢,也定然不能开口说出这句话来,陆孤光却说得理所当然。敢直言的人,其实也颇令人羡慕。楚殊珍点了点头:"此件事了,我也要回筠书阁禀报经过,之后……之后的事……"她看向任怀苏,"就拜托给任公子了。"

任怀苏只看着陆孤光,"嗯"了一声。

楚殊珍又是淡淡地笑了笑:"这处庭院我预付了半年的银钱,你们若是喜欢,就在这里住下,若是不喜欢,也可留着。"

"你快走！"陆孤光板着张脸，冷冷地道，"谁要住在你的房子里？"

楚殊珍叹了一声，从怀里取出《凶藏》那本书，递给陆孤光："我这就离开，此书包罗甚广，内含邪法万象，你要收好了。"

陆孤光一把把那本书从她手里夺了回去，塞入自己衣袋，背过身去不再看她。

楚殊珍对任怀苏行了行礼，转身而去。

陆孤光对雕梁画栋的庭院本就毫无兴趣，更不要说这地方是楚殊珍租来的，楚殊珍前脚出门，她后脚就想走。突然她注意到石桌上那一布袋瓶瓶罐罐楚殊珍并没有带走："喂，那是什么？"她打开布包，布包里果然是七八瓶药物，她回过头来，"这是给你吃的吗？"

任怀苏从中拿起一个长颈的蓝色瓷瓶，倒出一粒药丸："这是为你准备的苦药。"

"这是什么东西？"她疑惑地道，"我无伤无病，为什么要吃药？"

"这是驱除阳气，凝固阴气的药物。"他道，"我所修的武功是佛门禅功，又走的是纯阳一脉，我之血为尸魅之血，极阴极寒，我之气为纯阳佛气，至刚至烈，两相交汇会引起血气暴乱。你是女子，本为阴体，所以要驱除过剩的佛气，方对你有利无害。"

她听着，有几分高兴，看着那几瓶药："真的？我若吸收了你一半的力量，说不定能力就能强过你，我已经感觉到有很多不同以往的地方了。"她对着庭院一角一棵大树屈指一点，"你看。"

她不过遥遥一点，那棵大树竟无风自燃，吞噬生灵的黑色鬼火很快将大树烧成了生机尽绝的干枯枝干，但它还保留着它原来的样子。"噬魂之力，我原本没有的。"那鬼火所吞噬的生机仿佛都涌入了她体内，让她食髓知味，兴奋不已。

任怀苏眉头一皱。"孤光，"他握住方才她施展"噬魂"的手，"万物有灵，方才那棵树亦是生灵之一，纵然你我拥有异端之能亦不能随意损毁。克制渴望，遵守天地规则，方是归处。"

"归处？"她冷笑，"我要归处做什么？"她看着他握她的那只手，突然张嘴在那上面不轻不重地咬了一口，"我只想和你在一起，去哪里都好，是归处还是来处，都是一样。"

他轻轻抚摸着她的头，柔声道："我教你我的武功和术法，如何？"

她眼中微微一亮："我要学剑气！"她要学任怀苏挥手便将妖物切成十块八块的那种凌厉剑气。

"可以，不过在练武之前，先把药丸吃了。"他从蓝色瓷瓶里倒出一颗同是淡蓝色的药丸。"药丸是苦的。"他极认真地提醒。

她一口吞了那药丸，连是苦是甜都没尝出来："我还要学玄华禅指。"

他也不反对，顺从地颔首。

听说佛门最高等的封印，就是用玄华禅指在人身上画出来的。禅指指力深入人体，合并入气血运行，若非施法之人亲手来解，定是终身被封。而她想学这种禅功，目的不过是想加强任怀苏身上的佛门封印罢了。

他身上恐怕已经快没血了，唯一还能维持他人性的，就是身上的佛门封印。

她不想疯和尚一转眼就变成那个满怀愤恨，只会烧杀屠夺的妖物，如果他能一直像现在这样温柔地、低眉顺眼地哄着她、陪着她，听她的话，就这样千年万年，岂不是很好？

05

因为陆孤光讨厌那庭院，而任怀苏素来随她之意，所以两人将被毁的法阵清除之后，一刻也没有停留，便离开宅院，继续西行。

茂宛城西有一片池塘，池塘上生有荷花，景色清雅怡人。荷花池边是一座矮山，山丘虽然不高，林木却很茂盛，树林深处有个岩洞。陆孤光讨厌亭台楼阁，阴暗的洞穴是她喜欢的地方，看到岩洞便有些高兴。

任怀苏打量了那岩洞几眼，随后转身出去。陆孤光心安理得地站在洞里等着，果然没过多时，任怀苏从外面抱进来一块扁平的石头，在洞口地上挖了个坑，堆了柴火开始烤石头。她勾着嘴角站在一边，等他烤得差不多了才撇了撇嘴："喂，天又不冷，你弄这个做什么？又不是每次住山洞都要睡这个。"

他极认真地抬起头来，仿佛有些茫然，而她看着他烤热的石头，伸手去抚摸："喂，你还记得什么过去的事，都告诉我好不好？"

任怀苏的手是冰凉的，他伸手按在温热的石头上："记不清了。"

"我饿了。"她本来满心想要打探出当年是谁教他弄的这种稀奇古怪的石头炕，但这人却毫无知觉地用一句话堵住她所有的问题，她瞬间感觉很是扫兴。"身受圣气之后，居然还会饿，看来这圣气也不是无所不能嘛！"

任怀苏从衣袋里取出一块肉脯，耐心地用小刀切成一片一片，放在她面前。她拈起一片，每一片都是一样的厚薄，刚好一口吃下，她的心情又好了起来："喂，以后还有很长很长的时间，我们要去哪里？"她坐到他身边，仰着头看天，"我们买一艘大船出海吧，听说海上有仙山，鬼我不稀罕，尸魅我也见过了，只是没有见过神仙……"她转头看他，"我们去寻仙吧。"

寻仙？他眼帘微微一动："也许……世上从没有仙。"

"既然有鬼，当然就会有仙。"她叹息道，"可是为什么要灭世的时候，出来救人的却不是仙，而是像你这样的鬼呢？"

他沉默不语，而她看着他整齐的鞋子："以后还有千年万年的时间，除了寻仙之外，我们还要做什么呢？你有什么想做的？"

他凝视着岩洞外的阳光："唯愿一心安宁。"

她大为不满："一心安宁？那我呢？"

他微笑着，言语分外温柔："那便唯愿两心安宁了。"

她揉着他的手,她的手温热了,他的手却冷得像冰:"是唯愿两心如一,始终安宁。"

他搂住她的腰,又道:"你该吃药了。"

陆孤光耸了耸肩,她全身舒适,懒洋洋的,根本没觉得有什么阴阳爆冲的感觉:"我没觉得有什么不好,这又是什么药?"她看他换了个白色的瓷瓶,瓶子里倒出的也是一颗浅色的药丸,和上次的药丸并不一样。

"这是五心丸。"任怀苏一一点过布袋里的药瓶,"这是凝清露,这是归真散,这是三合粉……"他点到最后一瓶药物,微微一顿,"这是……无爱之魂。"

她有些吃惊,她收了无爱之魂之后,也不知随手丢到何处去了,却仍被他收着,带在身边。但……但她身上的无爱之魂有两颗,任怀苏既然将无爱之魂收在这瓶子里,他肯定知道有两颗,难道他竟不觉得古怪?

任怀苏神色如常,将浅色药丸放在她手里:"此药应当饭后服食。"

她只得把药丸当花生嚼了,这药丸真的很苦,充满冰寒之意:"你呢?你不用吃一些什么温热……什么补充佛气的药吗?"她抱住他的身体,"你变得这么冰凉,你现在知道什么是冷吗?你要喝姜汤吗?"

他摇了摇头:"我不冷。"

她从怀里取出那个黑色绣袋,将极日之珠塞在他怀里:"这个你留着。"

他微微蹙了蹙眉,极日之珠能避热驱寒,佩戴在身上便不惧寒暑,虽然冷对他来说不算什么,但这东西一上身,还是让他全身都暖了。

他不在意什么是冷、什么是热,但当冷过之后,便会知道温暖其实是好的。

如此这般,两人在岩洞里住了一月之久,每日无所事事。陆孤光缠着任怀苏学武功术法,学完无事便到周围农户家,有时偷几块猪肉,有时偷几块生姜,她并不是没钱,但在任怀苏面前却偏偏喜欢偷。洗衣做饭她自然不会,但每日给任怀苏熬些姜汤,在他念叨着让她吃药的时候逼着他喝下去,对她来说也是一大乐事。

频繁的天灾似乎真的消停了,池塘中的荷花开始绽放,干旱许久的地方接连下了暴雨,山洪地震也不再多发,她虽不在乎这人世如何如何,却也隐隐约约有些高兴。

这一夜,是无月之夜。

任怀苏已经不在洞里烧石头了,他极认真地从茂宛城里买了张床铺回来,夜里陆孤光睡在床上,他便端坐床角打坐。一开始的时候她哭笑不得,根本睡不着,后来时间久了,发现他夜夜都是如此坚持"同床不共枕",她也无可奈何,只得睡她自己的。

今夜无月,夜色分外地黑。

岩洞中一入夜便弥漫着凉意,洞外有风呼啸,呜咽隐隐,似鬼哭一般。

一层朦胧的黑影在洞外盘旋,扭曲着形状,更远处又有相同的黑影不断聚集,乌云似的往岩洞聚集。一个时辰之后,岩洞外的黑影依稀已经笼罩住了整片山林，铺天盖地的，竟看不出究竟弥漫了多远。

任怀苏端坐床角，听着洞外隐隐的异响，感觉到洞内越来越冷，渐渐地有如冰窟。他眼帘一睁，目光落在睡得很安稳的陆孤光脸上。

她身上飘浮着一层浓重的阴气，由任怀苏的血传递而来的少许佛气已荡然无存，在她睡着的时候，她黑发中的犄角在慢慢生长，有时又如受惊一般缩回发里，每一根黑发都如有意识一般缠绕着床榻上的每一样东西……

这一个月的每一个夜里，他都这样静静地看着沉睡的陆孤光。

看着她逐渐变化，肌肤一点点染上惨白，长发一点点化为鬼发，头上属于厉鬼的犄角悄悄地生长，虽然会在她醒来的时候缩回，但每一夜都生长得更为狰狞。

到今天，时机到了。

天地中弥散的鬼气感应到了鬼女的气息，正准备着与她融为一体。

只要……

完成最后一步。

岩洞中发出一声极轻的响动，像一张极薄的纸抖了一下。

呼的一声，岩洞中光芒骤亮，陆孤光从睡梦中惊醒，只觉四周明亮至极，她全身剧痛，睁开眼睛，触目皆是熊熊火焰。她一声尖叫，蜷曲起来，惊慌失措地四处寻找任怀苏："火，起火了！"她抬起头来，透过那灼透她全身的符火，惊骇地看见任怀苏手执极日之珠，静静地站在一地烈火之中。

他就这样看着她，一动不动。

刹那间，她全身似乎都冻结了，那烧灼着整个岩洞，将要蚀透她全身的火焰仿佛全然不存在——没有哪一种火能这样伤害她，没有哪一种火能烧碎她的骨头、烧毁她的一切，除非是符咒之火！

有谁能在夜里对她施法？

有谁能看着她落入火海却无动于衷？

任怀苏！

这一瞬间，她真想不通自己为什么还会相信他。她为什么会相信这个一次又一次对着她举剑的人？他剜了她的心，她忘了，她竟然忘了！

她想笑，她竟然忘了。

她好了伤疤忘了痛，她以为他道歉了，以为他纵然不是真的后悔，也绝对不会再伤害她。结果……结果呢？她带着一身烈焰，匍匐在地，在极痛中扭曲着："为……为什么？"她用一种似笑的声音呻吟，"为什么？你……你发过誓……你说你不会再伤害我……"

手执极日之珠，足踏炽烈之火的人举起手来，指了指岩洞口。

她万分辛苦地抬起头来，岩洞口……岩洞口停着一只夜枭，正歪着头看着洞内的烈火，它的双目通红，却不飞走。她恍然大悟——他……他驱使了这只夜枭，指使夜枭将火符贴在她身上。所以他当初所说的"我不会再伤害你"就是这样的意思——只是如此而已！

他只是在说——

我不会再亲手杀你。

只是这样而已……

只是这样而已吧？

她在烈火中呻吟，痛苦挣扎着，她好痛，可是她却想笑……

她以为她找到了归处——她以为她找到了一个与他所说的不同，但却是她想要的"归处"——却原来他们天差地别，纵然融了血、共了患难，也从来不曾真正地站在一起。

唯愿一心安宁？

一心安宁？

他的众生里没有她，他的将来里没有她，他的"唯愿"里也没有她。

是她枉自多情，自己添了一句"两心如一"，而他从来不要。

可你……可你怎忍心害我……你怎下得了手……我始终不懂……

呼的一声巨响，在陆孤光的意识消散殆尽的时候，洞外满山遍野的鬼气狂潮一般涌入，她的身体被符火焚烧得支离破碎，几乎化为飞灰，然而鬼气在她即将消散的一刻冲入后，她的躯体即刻恢复，黑发四散扬起，头顶生出犄角。狂风卷入洞内，那号称不灭的符火竟被阴寒鬼气压制得暗淡无光，陆孤光的身躯飘起，双目紧闭，而洞外乌云散去，星辉熠熠。就在星辉照入洞中的一刻,啪的一声轰然巨响,星辉蓦地变暗,一双巨大的黑色羽翼从陆孤光背后破体而出,鬼翼卷起狂风,洞外林木摧折,沙石横飞,岩洞崩裂,风啸如潮。

那一双羽翼如墨般乌黑,包裹着它的主人,而陆孤光闭着眼睛,尚未醒来。任怀苏手中握着一柄淡金色的法剑,诛邪符咒一画,法剑便往陆孤光的双翼上斩了下去。

06

剑光如明霞炽焰,辅以金色法阵之力,横扫陆孤光的黑色双翼,只听嚓的一声,那双巨大的羽翼被剑光斩断,天地所聚的阴寒鬼气化为片片黑羽,消失在诛邪阵中。陆孤光刚刚聚集起来的躯体渐渐散去,她尚未睁开眼睛,却又将化为虚无。

一剑斩落,双翼俱断,她没有丝毫反抗,就将消逝而去。

持剑的任怀苏凝视着岩洞中渐渐消失的黑羽,坚定的目光中隐隐泛起一丝茫然之色,陆孤光渐渐消失,鬼气尽散,从此世上将不再有鬼女。突然间……突然间有些离奇古怪的记忆冲入脑中,在什么时候……在什么时候也曾见过这一幕?见过……谁……在自己面前黑羽散尽,魂魄消散,永不存在……

那时候……那时候他在做什么呢?他一手持剑,全身冷汗如浆,他记得他斩断那双羽翼的感觉。当时他是什么感觉?是了……他欣喜若狂……他欣喜若狂……因为他将从此不惧鬼女与灭世,他破了灭世之兆,他获得了独占天降圣气的资格！他将永存于世，他将随心所欲，恣意万能！

他……

一时间，各种奇怪的思绪纷至沓来，他想起了许多千奇百怪的片段，眼前陆孤光的黑羽仍然在消散，她……她快要不见了。他一手持着法剑，一手扶额，只见最后一缕鬼气袅袅消散，他蓦地一挥手，一样东西凌空而起，现出一丝莹润之色，岩洞中将要消失殆尽的鬼气突然受到强力吸引，纷纷被那样东西收纳。未过多时，岩洞已清净如旧，不见丝毫鬼气，而任怀苏手中的那样东西却冒出了淡淡的黑气。

是那块容玉。

"哈哈哈……"空中突然有人低沉而笑，"一出神机妙算的好戏！妙在步步算计的人不是我，而是你自己。"

任怀苏倏然抬起头来，只见眼前缓缓出现了一个人影，一身素衣，面庞如玉，生得和自己一模一样，只是气度更为恢弘，他似笑非笑，即使只是魂魄之体，目光也似能洞穿一切。

"沈旃檀。"那魂体低沉而笑，笑声中并没有太多笑意，更多的是回音般的空旷，"还记得我是谁吗？"

他定定地看着眼前与自己一模一样的魂体，脑中记忆翻江倒海，渐渐地他已明白他犯了怎样的一个错误。

"六十五年前，你提出与我分担圣气的时候，就已埋下今日之局。"那魂体森然道，"你杀死上任鬼女，又骗我分担圣气，你以为鬼女一死，你又将我炼成妖孽，只要我不死，你就不会成为万圣之灵，而那天地圣气又源源归入你身，便能成就你的'万能''长生'之愿。奈何天命不归你，你将我炼成尸魅之后，圣气依然归入我体，却不回往你身。皇上查明你害我之事，赐你一死，不料你临死之时却为自己留下了最后一局。"那魂体露齿一笑，"你凭借与我相融之血，施法将你的魂魄转嫁我尸魅之身，意图霸占我的躯体，又生怕你罪恶满身，天地圣气不肯降诸这尸魅之身，又对自己施展洗魂之法，消除自己的记忆，恰好我那时刚刚成为尸魅，记忆尚未消失便被你逐出躯体，反倒保全了我的记忆。"

被魂体称呼为"沈旖檀"的人容色冷静，眼帘微合，静静地听他说。

"你施展洗魂之术，为自己留下一线生机，结果……哈哈哈……"那魂体仰天大笑，"结果却是你忘记了沈旖檀，变成了任怀苏！你以为是你蒙受冤狱，你以为是你受尽痛苦，你还以佛门大无畏的毅力和修为宽容了这一切……结果好玩吗？"他冷笑，"你宽容了什么呢？你超脱了什么呢？你真的度化了你自己么？你以为你是任怀苏，你以为你务必赎去烧死无水宫千名部下的罪，所以你无论面对怎样的难关也要救世。你以为你爱世人，你可以牺牲一切，所以你牺牲了她。也许你一度还以为你爱她——她一无所知地爱你，她唯你马首是瞻，她努力做到温柔体贴，她把你当成唯一，可你却觉得但凡你可以牺牲的，她也务必牺牲，所以你不容许别人动她，只有你可以亲手杀她……哈哈哈……"那魂体在空中坐了下来，宛若活人，身影却似洪荒深处的一截枯骨，荒芜而肃杀，"你爱过她？真是笑话！你看破屈辱、看破仇恨？你悟了禅、得了道、放下了一切？更是笑话！这出笑话唯一的结果，便是你仍是你，心机深沉、不择手段,所谓的爱世人、爱众生都是借口。你杀了她,你如六十五年前一样杀了鬼女,你内心深处仍然渴求着至高无上的力量,甚至不需记忆。"

沈旆檀勾起嘴角,无声地笑了笑。

"但……"飘浮在空中的真正的任怀苏转过身来,"你忘了一件事,沈旆檀……"他突然大笑起来,"你忘了休妻!"

沈旆檀脸色骤然一变!

任怀苏声声低笑,越笑越是欢愉:"你杀了鬼女,你以为你造就一个与你分担圣气的鬼女再杀了她,就能取得从前得不到的能力吗?这一个月你与她卿卿我我,日子过得很悠闲啊!悠闲得你忘了休妻。而现在你杀了她,你犯了杀妻之罪,天地圣气永不会再降临你身,你将和六十五年前一样被天地所弃,被世人遗忘!你侵占我的身体,很好啊!我这尸魅之身是你造就,现在就由你享受了。天地圣气一消失,你就会变成只想杀人、只会杀人的恶鬼!哈哈哈……哈哈哈……"他眯眼看着沈旆檀,"我可不曾动手,这所有的一切,都是你亲自布局,亲自算计,看你步步走来,结果真是美妙无比。"

沈旆檀不愧是当年枭雄,脸色一变之后,很快谈笑自若:"你提醒楚殊珍去寻找当年害你之人,难道不是催促她找到我所留的线索,促成鬼女之计?要说害人,陆孤光之死,难道没有你的一份?"

"哈哈哈……"任怀苏笑着,"是啊,有我一份,那又如何?剜她心的人不是我,砍断她双翼的人不是我,"他轻飘飘吐出一句,"让她误以为会对她好一辈子的人,也不是我。你要为她复仇吗？多可笑的一个问题。"

"非也，我只是提醒你莫高兴得太早，我的身体尚在，这具躯体既然即将疯狂，我也就不要了。"沈旆檀淡淡地道，"至于这具躯体所系的恩怨情仇，自然由躯体的主人收下，与我何干？"

任怀苏并不惊奇，居然也不生气，他饶有兴致地看着面色如玉的沈旆檀："既然如此，把你右手的容玉给我，她既已死，带着她的鬼气，有何意义？"

沈旆檀握着容玉，略略笑了笑，笑中全是讥讽之意："区区一缕孤魂，焉能对我索要什么？三天之后，旻山万古峡内，来收回你的躯体。"他松开手，金色法剑坠地，随即他一挥衣袖，一种奇门符咒凭空显现，瞬间便逼退任怀苏的魂体，让他消失无踪。

沈旆檀即使没有天降之圣气，却也是绝非原先的"任怀苏"所能比拟的强者，他看了看手中的容玉，将它收入怀中，右手食指画开法阵，身影随法阵之光消失于岩洞之中。

他是沈旆檀，不再是虚幻而天真的"任怀苏"。

他是人中之龙，是注定要屹立巅峰的男人，即使足下千般枯骨、万种冤魂，那又如何呢？

那有心殉道，诚心向佛的"任怀苏"不过是个错误，幸好，他无心无情。

第十四章

空山长寥寥

01

茂宛城外，旻山万古峡。

万古峡是旻山下一处深不见底的峡谷，旻山山高百丈，传闻山上有阴魂作祟，加之半山到山顶云雾缭绕，从不放晴，山上草木不生，岩石滑不留手，因而人迹罕至。万古峡绵延十数里路，峡谷将旻山山脉一分为二，峡谷两侧生满青苔和短草，不见树木，峡谷中亦是层层浓雾，谁也不知底下是什么，连左近的猎户也只知但凡有鹿、羊等物进入峡谷，必是有去无回。

此时旻山山腰一处绝壁之上，法阵的光芒闪烁，点点金光亮起，随即消散，一人出现在悬崖之旁，衣袂当风，俯瞰着深不可测的万古峡。

这人面貌温润，带三分出家人的静穆之气，正是仍然使用着任怀苏躯体的沈旃檀。

随着他的法阵光芒散去，悬崖边缓缓浮现四道蓝光，四个模样古怪，似人非人的妖物出现在他四周。这些妖物指甲细长，眼瞳青白，却还保有人形，全身上下正散发着蓝光。沈旖檀右手边的妖物发出一声尖啸，含糊地道："魑厌等候王许久了……"

旻山上的这四个妖物名为"魑厌"，是善于施放云雾，吸食生灵精魄的山妖。六十七年前，沈旖檀第一次游旻山的时候，四个魑厌被他施法封在旻山之上，它们徘徊了六十七年，终于等到了解封的一天。

沈旖檀站在崖边，足下云雾翻涌，山风猎猎，他开口："我的身体在谷底何处？"

四个魑厌面面相觑，其中一个朝前站了站，仍是用那种似人非人、含糊不清的声音道："王的身体在……洞底那只蜘蛛那里……已经过了这么久，不知道还在不在？"

"哦？"沈旖檀平静地道，"去把我的身体夺回来。"

"王，我们不是那个蛛妖的对手。"一个魑厌道，"蛛妖善布迷阵，它的毒可使万物结冰，就算是我们也不能例外。"

"哦？"沈旖檀笑了一笑，笑声中却毫无笑意，"依你们所见，要用什么方法才能取回我的身体？"

四个魑厌再度面面相觑，有一个道："换……换东西。"

"换东西？"沈旖檀微微蹙眉。

"那个蛛妖喜欢收藏世上罕有的东西，只要王用它喜欢的宝物交换，区区一具尸首它必然是会交还的。"

"宝物？"沈旖檀嘴角微微一翘，说不上是讥讽还是笑，"它的洞穴在何处？"

魑厌指着迷雾重重的峡谷："在谷底东南方，有一条大河，河岸上有一个入口，里面弯弯曲曲……"它尚未说完，只见移形的法阵再度闪烁金光，沈旃檀已经失去了踪迹。

他是个自修术法的奇才，许多简单的咒语在他手中能发挥人莫能测的强大力量，比如这移形的法阵，寻常人来用，移动距离最多不过两丈，他却可以移动数十里地。

天纵英才，若埋没于青山古刹，难免寂寞。

不过片刻，沈旃檀已经到了万古峡谷底，这底下和旻山略有不同，四处都生着一种青色小草和青苔，那小草极细极柔嫩，开着一种淡黄色的小花，还有许多野山羊，正在草丛中低头吃草，景象和外人所想的大不相同。

空气中果然弥漫着一股沉闷的气味，这底下聚集了许多妖物，难怪皆说旻山是有去无回之地。沈旃檀举目略看了看四周，便往东南行去，走了几步，看见一条浑浊的河流，河流两侧岩壁坑坑洼洼，说不上有几千几百个洞穴，他脚步丝毫不停，径直走入其中一个洞穴中去了。

洞穴七折八拐，果然是擅布迷阵的妖物所居之处。沈旃檀穿过重重幻象，到达洞穴最深处，此处四壁被玄冰封就，光芒闪烁，透明而散发出幽蓝之光的玄冰中隐隐约约冰封着许多东西，或远或近，或大或小，洞内光线不强，看不清是些什么。

而冰壁之外，并没有什么硕大的蜘蛛，只有一位红衣黑发的男子，坐在玄冰雕凿的椅子上，若有所思地看着沈旃檀："能保持神志的尸魅，数千年来倒是从未见过，果然是稀罕之物。"

"你就是此地的蛛妖？"沈旃檀伸手按在身边冰壁上，并不见他有什么动作，然而冰壁龟裂而开，他从龟裂的冰壁上抓下一块尖锐如剑形的玄冰，淡淡地道："听说我的身体在你这玄冰洞中？"

红衣黑发的蛛妖摸了摸下巴："你尸身里的精气早就被我当作粮食吃了个精光，不过失了精气的空壳倒还留着，但……"他又摸了摸光滑的下巴，"那是我心爱的玩物，绝不可能轻易交给你。"

沈旃檀的目光闪了闪："条件开来。"

蛛妖指了指他手中抓着的容玉："我要那个。"

沈旃檀"呵"了一声，对蛛妖这一句"我要那个"不置可否，倒是玄冰短剑一寸一寸抬了起来，正对蛛妖眉心。蛛妖早知不是沈旃檀的对手，也无意和他动手，只是坐在冰雕的椅子上悠闲地道："那块容玉中蕴含了强大的日月精华之气，本就是各路妖鬼势在必得的宝贝，虽然现在那容玉沾染了点鬼气，但也无妨，我虽是妖，对鬼也不是很难容忍的。"

沈旃檀冰剑在手，剑指蛛妖眉心，他倒也并未立即出手，只是笑了笑："这块玉不能换。"

蛛妖感兴趣地看着他："不换？为什么？因为它蕴含了强大的力量？或是单纯只为了这个女子？或是——二者兼有？"

02

"你看得出容玉之中有一个女子？"沈旃檀微微挑了挑眉。容玉并不透明，乃青白之色，他虽握在手中，却并没有看出吸纳了鬼气的容玉有什么特别之处。

蛛妖指了指自己的眼睛："看得出。"

"哦？"沈旆檀声音微微一扬，蛛妖乍然觉得右眼一阵剧痛，定睛再看的时候，那颗琥珀色、如水晶一般的眼珠已到了沈旆檀手心里。温热的血液披面而下，蛛妖捂住伤口，那人究竟什么时候出的手，他竟丝毫没有看见。幸好蜘蛛眼珠甚多，未过片刻他又重新生长出一只眼睛，忍痛道："你……你竟是吞妖的……"

"噬妖者。"沈旆檀神色淡淡的，"我天生便能吞噬妖气，你修炼数千年，正好做我复生以来的第一道点心。"

噬妖者！蛛妖惊骇不已，眼前这"人"不但是一个存有理智的尸魅，生前竟然还是噬妖者。要知道妖物吃人天经地义，而在千万年的岁月中，人族偶然也会出现以妖为食的婴孩，不过一般这等妖邪古怪的婴孩往往未到成年就会被遗弃，但这人却活了下来。

不但活了下来，还吞噬了不知多少妖气，集聚了如此可怕的力量，竟能驾驭尸魅之躯……蛛妖已知今日自己绝无讨价还价的余地，立刻化作一只巨大的红色蜘蛛，钻入玄冰冰壁，很快从冰壁深处背出了一具尸体。

沈旆檀看着阔别已久的身体，这尸体经人抛入深谷，伤痕累累，虽然被蛛妖存入蛛毒玄冰之中，未曾腐烂，却也已是十分不堪。然而任怀苏的尸魅之身失了圣气，虽然佛门封印未崩，那嗜血嗜杀的凶气却已在浮动，大概真是不能用了。他略带遗憾地轻轻叹了口气，举起右手中那蛛妖的眼珠，对着容玉照了过去。

容玉之中,依稀飘浮着一个人形,不过形状若聚若散,并不稳定,而定住这缕鬼气的是人形背后交错的金色佛门封印。蜘蛛眼里看到的东西果然和人不大一样,沈荼檀收起那眼珠,看了一眼伏在地上,十分精乖的红色蜘蛛,他右手一握,正打算将这难得的数千年妖气吞入腹中,用以弥补他尸身上的损耗,突听那蛛妖十分讨好地道:"大人将此鬼养在容玉之内,是打算养成后用以……用以滋补身体,摆脱凡胎,成为妖尊吗?若是如此,我倒有一个养鬼的妙法。"

沈荼檀正要往他心脏插落的手指微微一顿,颇有兴趣地勾了勾嘴角:"养鬼?"

"大人的容玉之中有一个非常好的鬼胚……极品的纯阴鬼女之胚,料想大人得来也不容易,所以是万万浪费不得的。她现在只余一点鬼气,连灵识都没有,正是最易育成之时,在……在这种时候大人只要将她放在……"红色蜘蛛奉出一个玄冰凝结的小盒子,"放在我这寒盒之中,每日以妖气投饲,不出三月这鬼胚就会长成极其美味的补品,大人将其吞食……吞食以后必定能超脱凡体,荣登妖尊宝座!"

沈荼檀笑了,略略移动了下鞋尖,踩住蜘蛛一足,直接将那一足踩碎了:"就是说我若杀了你,这寒盒就会消失,我这容玉中的鬼就养不成了?"

蛛妖忍痛笑道:"怎会,大人无所不能,纵然是没了我这寒盒,也不过多花费一两年的工夫。"

沈荼檀放开蛛妖的脚,接过蛛妖妖气所聚的那寒盒,那是个十分精巧的小盒子,居然还配了锁,他饶有兴趣地拨弄了两下那冰锁:"这锁要如何打开?"

"我这寒盒以血为钥,第一个滴血入内的人方能打开,其他人都打不开。"蛛妖忙道,"只要我不死,无论大人身在何处,这寒盒内温度始终如一,绝不融化。"

沈旑檀收起寒盒,拎起自己气息全无的"尸体":"下次见我的时候,称我为王。"

蛛妖诚惶诚恐地应道:"是。"

沈旑檀身体周围的法阵光芒散开,消失在蛛妖洞中。

他走后,红色蜘蛛倏地化为人形,脸颊上的血迹还未干,新生的眼眸炯炯地看着沈旑檀消失的地方,带着说不出的阴郁之色。

那个寒盒名为"玉一斟",其实并不是蛛妖自行修炼的法器,而是他辛苦找来专门用以养鬼的器具。此物阴寒至极,如它这般以寒毒为本的蛛妖带在身边自然无妨,但若是人带在身上,则免不了被寒毒沁体。

蛛妖的眼神十分阴沉,在洞中静默了良久,才缓缓抬起手来,擦去脸上的血。

沈旑檀已经带着他的"尸体"上了旻山山巅。

旻山常年云雾缭绕,妖鬼出没,并没有人知道在旻山山巅,穿透云雾之处,有一块不生草木的巨大岩石,岩石之下有个洞穴,洞穴中生满水晶,每当阳光射入幽暗的洞穴,洞中就会光芒闪烁,华美灿烂。

啪的一声,沈旑檀将他的"尸体"重重扔在了地上,那身体翻了个身，露出了脸颊。

那是一张十分干净的脸，谈不上俊朗潇洒或是气宇轩昂，脸型是瓜子脸，五官都透着一股柔和细腻，和任怀苏那温淡俊雅的感觉不同，这份柔和让他看起来十分无害，仿佛极容易亲近。

沈旃檀伸出手指，在洞穴的沙石地上画法阵。这身体本不是他的，又是个尸魅，他使用起来自然毫不顾忌，手指在粗粝的地面划出血淋淋的痕迹，阵势很快画成，他慢慢走入阵中，坐下不动。

山巅白日极热，夜间极冷，沈旃檀在那阵中坐了一天一夜，他的"尸体"就随意躺倒在一边。一天一夜之后，端坐在阵中的沈旃檀未动，地上的尸体却徐徐睁开了眼睛。

活过来的刹那，他双眉之间便多了一点朱红，脸颊泛出血色，这张脸竟然也隐隐泛出任怀苏那等俯仰千秋、胸纳江海的气度，敢情这份气度是他与生俱来的，和任怀苏无关。

当年任怀苏征战天下之际以黑巾覆面，便是因为生了一张与他脾性全然不符的温吞面孔，而沈旃檀心机深沉、藏而不露，却生了一张端若观音的面孔。

沈旃檀的身体早已死了，若非他天生是个噬妖者，生前吞噬过大量妖气，连魂魄都半化为妖，否则是绝不可能返身回魂的。

但他毕竟回魂成功，让自己生机尽绝的躯体慢慢恢复了人气。他的身体遍体鳞伤，一时无法完全复原，沈旃檀靠着山石坐着，把蛛妖送他的寒盒拿了出来。

滴落一滴血珠后,那寒盒随即打开,冒出缕缕白烟。沈旃檀将那块容玉丢了进去,想了想,顺手在自己手腕上割了道口子,往寒盒中放满了血。

那血在寒盒中并不凝结,容玉静静地浸在血中,那层鬼气却强了些。沈旃檀举起蛛妖之目,看了看容玉中的人形,只见那小小的人形清晰了些,抱成一团蜷缩在容玉中心,仿佛正在休息。沈旃檀勾了勾嘴角,似乎觉得甚是有趣,关上寒盒,顺手塞进了衣袖中。

03

不久之后,沈旃檀倚着石壁渐渐睡去,那换魂的法阵仍然闪烁着光芒,任怀苏的躯体在法阵中一动不动。

旻山之上,夜晚漆黑得惊人,星月出现的时间都很短,仿佛大部分时候日月星辰都被什么不明的事物遮蔽住了。在这死一般的黑暗之中,换魂法阵的光芒尤为明显。

突然间,法阵光芒一变,那原本应该已无魂魄的任怀苏站了起来,回过头阴冷地看着沈旃檀。

他用这等阴沉而毫无感情的目光看着沈旃檀,就宛若一具刚自地狱爬回的阴森可怖的骷髅正盯着人看一般,任怀苏那温和斯文的长相一瞬间变得十分陌生,仿若化作了冰冷的石像。

沈旃檀正闭着眼睛,仿佛睡得很沉,然而任怀苏只是回过头来,并未多动,沈旃檀便睁开了眼睛,笑了一笑:"一击之下,竟不能破你魂魄三日,看来这六十五年来,你也颇有长进。"

任怀苏转过身来，法阵应势碎裂，他一迈步，瞬息之间便到了沈旖檀面前。"长进？"他淡淡地冷笑，笑声发自胸底，显得那声音低沉浑厚，动人心弦，"你活着的时候，我活着的时候……你可曾真刀真枪和我动过手？我是进是退凭你……又岂能知道？"

沈旖檀又笑了一笑。"不满意了？怪我害你？"他掸了掸破旧的衣裳，站了起来，"我做了什么？我只是分了天地圣气给你，亲手烧死你千余将士的不是我，是你自己；在你身上滥施酷刑，让你痛不欲生的，也不是我，是被你烧死的那些将士家中的老弱妇孺。你怪我？与我何干？你不感激我分你圣气使你顺利化为尸魅活到如今，却来怪我？"

"你最擅长的就是道貌岸然。"沈旖檀那番话，任怀苏一个字也不曾听入耳内，"我先杀你，再屠天下。"他伸手就向沈旖檀颈项抓去，现在他已经取回了身体，锐利剑气所向披靡，瞬间在沈旖檀颈边划出五道血痕。

"杀我？"沈旖檀挥袖以妖力震开他这一抓，"你为何不先屠那把你当作杀人之刀，却从不信你的朝廷？当年皇上听我之言，与我同谋害你，他岂能不知你并未吃人，他岂能不知你无辜？他害你是因为你功高权重。他利用我设计害你，成功之后又借此除我，阴险恶毒、罪大恶极的人，对不起你也对不起我的人是他，是他们，不是我。"他柔声道，"我不过贪图天下无敌的力量，罪不至死，对吧？"

任怀苏折断洞穴中的一支水晶，握在手中，遥指沈旖檀，阴沉一笑，一字一字地道："我先杀你，再屠天下。"

沈旆檀深吸一口气，他身上并无圣气，身体刚刚复活，仍然运转不灵，魂魄所带的残余妖气与任怀苏鲜活的尸魅之威无法匹敌，何况任怀苏身上仍有圣气残余，夹杂尸魅暴戾之势，让他有些难以抵挡。任怀苏以手中水晶为剑，瞬间光影闪烁，无形剑气与水晶剑势乍然爆发。沈旆檀一声尖啸，随即四团蓝影出现，替他挡下了任怀苏那一剑，只见蓝色光芒冲天而起，随即四散零落，那四个魊厌居然被任怀苏一剑全灭。而沈旆檀笑了笑，身上法阵光芒闪动，已借着四个魊厌那一挡飘然退去。

任怀苏一剑斩落，四个妖物化为飞灰，沈旆檀也不见了踪影，他回过头来，一步踏上山洞外的巨石，就着绝壁巅峰往下望去。

足下云雾浓密，山峦河川，帝王家国，全不可见。

任怀苏凝望许久，阴沉地低笑了一声，下山而去。

沈旆檀下了旻山，即刻去城中绸缎铺劫掠了身衣裳，又在银铺抢劫了不少银两。他虽是人身，也不擅武功，却精通各种异术妖法，要劫掠什么东西轻而易举。六十余年前，沈旆檀在抚心院居住的时候曾开门义诊，依仗圣气救治了不少身患绝症的百姓，然而这并不表示他心慈手软，在火烧无水宫之前无人知晓他是不是亲自动手杀过人。不过这一次，绸缎铺和银铺的主人都并未丧命。

劫得衣裳和银两之后，他衣冠楚楚地入住了翡翠朝珠楼。姬珥虽和"任怀苏"相熟，但他并不认得沈旆檀的原貌，而且沈荫檀入住的时候，姬珥恰好也不在，故而沈荫檀极其顺利地住进了翡翠朝珠楼。

翡翠朝珠楼的客房里十分安静，沈荫檀躺在床榻上休息了几个时辰，身上的累累伤痕渐渐愈合，样貌也变得越发白皙端正，接着他便拿出了寒盒。

寒盒里那块容玉仍与昨日一模一样，寒盒里的血却已消失不见，就像被什么东西消耗殆尽了似的，整个盒内光洁异常，不沾一滴血迹。沈荫檀又将容玉拿出来，用蛛目看了半天，容玉中那人形清晰可见，一个让他颇觉熟悉的小影子正蜷曲着身子在睡觉。

他将容玉摇了摇，仿佛当它是个装水的瓶子，容玉里尚存着他当年一部分的圣气，他也未曾取出。又过了一会，沈荫檀轻轻从怀里取出一物，握在手里，却是血流霞。

这东西在陆孤光消失那天落在地上，被他悄悄地收了起来，否则此物落在任怀苏手中，就是对付他的一样利器。

当然，落在他手里，同样是对付任怀苏的利器。

他是噬妖者，任怀苏是尸魅，而血流霞对任何妖物而言，都是凶器。

容玉突然动了一下，沈荫檀收起血流霞，将容玉举了起来，它正微微地摇晃着，摇晃虽然轻微，他却能感觉到它在呼唤着什么。

是饿了吗？他再次往寒盒里注满血液，容玉很快安静了下来。沈荫檀嘴角刚掠过一抹笑意，却又很快冷了下去——若是只用他自己的血，日日这样放血，只怕过不了十日他便要受不了,看来要养这个"鬼",非要用别人的血不可。

选几个健壮婴孩来?他记起那女子冰冷而又透着期待的面容,在那失去记忆又自以为是的"任怀苏"眼里,陆孤光是不一样的存在,他视她为他殉道的一种方法,视她和他为一体。那满怀悲悯、温柔平静的人不是他,但他依然记着那一路对她的关怀照顾,记着为她打伞、为她驱寒的感受,所以有些不情愿在这容玉上滴落别人的血液。

生是他的人,那死……也该是他的鬼吧?他笑了笑,右手食指临空画了一道符咒,几道淡青色的光芒从他指尖出现,慢慢融入容玉之中,容玉又动了动,仿佛很是舒适,自行沉入了血液之中。沈旃檀无声一笑,这小玉石让他心情颇好,骤然五指一抓,他从房间的角落里抓出一个虚无的阴影,那屋里的地缚灵被他吸入体内,弥补了妖气的损失。

窗外缓缓浮现出少许鬼气,有些形影模糊的东西在屋外移动,这些和方才显形的地缚灵一样,都是低级的虚鬼,一般不会对活人造成实质的影响。沈旃檀收起寒盒,倚在床上静静地等,四周的鬼气慢慢浓郁,渐渐地也掺杂了妖气,又过了大半个时辰,两个白色的影子飘入屋内,沈旃檀微微一笑:"雪萤。"

潜入屋内的两个白影并非人形,而是蝴蝶之形,乃一种虫豸类的妖物,以树木为食。这种妖物并无真正的灵识,能被噬妖者轻易操纵。沈旃檀挥手让两只雪萤出去,将旻山的山林夷为平地,雪萤应声而去。过了不久,远处传来一声沉闷的巨响,而屋内沈旃檀嘴唇翕动,极快地细述着什么,不知是在和什么东西对话,或是在念诵什么咒语,那沉闷的声响又一次传来，继而一声一声远去。窗外疾风旋动，草木萧萧，一片肃然，有种令人战栗的不安氛围。沈旂檀唇角微微掠过一点笑意，蓦地窗外刮来一阵狂风，随即传来"轰隆"一声惊天巨响，人声骤然喧哗，翡翠朝珠楼内外脚步声响，似有许多人奔波来去，都道旻山崩塌了。

即使在黑夜之中，茂宛城的人也可以看到旻山崩塌后那直冲上天的灰黄色烟尘，枯枝败叶在狂风中纷纷扬扬，下雨一般散入城内。

这一夜，若有人能临空而停，便能看见瞬息之间，一座巍峨高山崩塌，旻山以西数百里山峦被夷为平地，林木枯死碎裂，徒留一望无际的土地。

沈旂檀听着屋外惊呼、议论的声音，额心的红点越发鲜艳，一团明艳的红色光芒自额心红点散出，随后化为一缕纤草般的额纹，凝聚在眉心。

屋外群魔乱舞，各种形状的鬼影飘忽来去，沈旂檀看了一眼血流霞，能这么快聚集这么多的鬼魅妖物，血流霞功不可没。他随手撕下一角床幔，继而慢慢撕成细细的布条，有条不紊地将碎布条扎成一个形状古怪的团子，又取了羊毫笔在那团不知道是什么的东西上画了一些更加古怪的线条，最后滴了两滴他自己的血。

那个古怪的布团子突然焕发出一种奇异的紫光，紫光越涌越强，缓缓扩散，布团子四周凝聚起浓郁的黑气，很快把那团东西淹没了，接着这焕发着紫光的一团黑气飘了起来，穿窗而出。沈旂檀似笑非笑，只听窗外一阵有高有低的呼啸，盘踞在他窗外的各类鬼魅被黑气吸引，慢慢往远处移动，过了不久便消失不见。

又过了一个时辰，东方微亮，晨曦将起，他推开窗户，往旻山倾塌的方向望去，只见大地辽阔，天光映射之处，一座金碧辉煌的塔楼屹立着，虽隔百里而清晰可见，已可猜想到它是有多么高了。

当然，那座塔楼能让人隔百里可见，除了它高，还因为自此望去，平原百里，茂宛城与那塔楼之间除了百里平沙，再无一物相隔。

沈旆檀伸指轻抚唇角，面露微笑，此时旭日东升，映照得塔楼光华熠熠。那当然不是真景，那是一种似虚还实的幻术，他以千百低等鬼魅之气凝聚成楼，缔造了这百里长生塔的瑰丽奇景。在道行高深的人眼中，那是千百鬼魅的残肢断骨叠就的森森牢笼，可在寻常人眼中，那就是美轮美奂、恢弘伟丽的高塔。

长生塔。

这就是他君临天下的开端。

04

一夜之间，旻山崩塌，万古峡被填平，形成百里荒原，荒原上竟然出现一座高耸的塔楼，楼上高悬"长生塔"三字，塔身为八角之形，每一层飞檐都悬挂奇异金铃，微风吹来，满楼诡异的铃声响动，令人浑身战栗，目眩神迷。

茂宛城的百姓无一人敢走近那长生塔，而朝廷派来查探的兵马一走近那百里荒原就失了神志，茫然走入塔楼之中，再也没有音信。数日之后，长生妖塔之名传遍天下，不少人自负高明前来除妖，却和朝廷那两千兵马一样，进入长生塔后，再也不见出来。

然而它也非寂静的死物，不会只停留在原地，等待猎物自行送上门来。一个月后，朝中收到密信一封，有人请当今圣上前往长生塔，否则将推倒茂宛城东面另一座高山倾炉。倾炉山一倒，势必压垮皇宫，将宫内一切埋没在泥土之中。这话在一个多月前自然无人相信，倾炉山高耸入云，绝无可能被人力推倒，但曼山不久前才离奇崩塌，收到此信后，朝中宫内诸人皆惶惶不可终日，谁也不知惹了什么妖物。

而江湖之中，同样有人收到密信，收信的都是德高望重的玄门高人。寄信人并未多说，只道长生塔内一见，此为绝命之行。寄信人直言是要杀人，各路玄门高人却不敢不去，长生塔能不见尸、不见血地吞噬活人，不知究竟是有多大的能耐，若是不去，它必然有更暴戾的手段。

长生塔、长生塔，塔名长生，却是杀人绝命之地。

这塔中的主人，有这等惊世骇俗的手段，如此势不可挡的能耐，做下如此匪夷所思之事，究竟是为了什么？

但无论如何，十五日后，三更时分，便是到长生塔赴约之时。

长生塔内，重帘垂幔，幻景千重，仿佛红尘千丈、万般奢华都入了帘内。

但在沈旆檀眼中，枯骨还是枯骨，妖物还是妖物，即使被揉碎化作了屋梁地砖，那些狰狞的躯干和扭曲的手爪依然在挣扎，那些堆叠的头颅依然在呻吟。

枯骨残肢之中，只有那个寒盒是好的，真实的。

他用自己的血养了那小鬼一个月，远远超出了他原先的预想。他曾想过，到了供不起她的时候，便提前吞了她，结果却是安安稳稳地养了她一个月。放了一个月的血，他却没有感到任何不适。

就像他的血，天生就是她的一样。

容玉中的影子已长得很大，有时候会脱离容玉飘出来，沉沉地躺在寒盒上睡觉，仿佛一个三四岁的孩子。只是她从不曾清醒过。沈旆檀一直觉得这东西很是有趣，有时候把她当猫一样提在手里，捏捏她的手脚，那影子摸起来像真人一样，他能感觉到她温软的肤质，便是那张原本模糊不清的脸，也越长越像陆孤光了。

他觉得很有意思，一个亲手被自己消灭的人，居然能这样一点一滴地从自己的血中长出来。他自是不介意陆孤光长回来的，从容玉中养大的血鬼和寻常鬼魅不同，血鬼天生便是用来吃的，是没有灵识的，就像一种成形的食物。从他身上流走的血液和妖气迟早要回到他自己的身体里，所以沈旆檀根本不在乎往寒盒里注血。

但看着她越长越像陆孤光，他便会禁不住想：再养大一点，她会睁开眼睛吗？她是会像从前那样自以为是，那么好骗，还是恨他，拔剑砍他？

又或者她只是一个徒具外表的空壳，里面什么也没有？

沈旃檀望着那寒盒，寒盒里的影子又浮了出来，他习惯性地捏住她的后颈，抓猫似的将她提了起来。"陆孤光。"他道。

那影子闭着眼睛，一动不动。

"陆孤光。"他又道。

那影子还是不动。

他将她放回寒盒上，眼珠微微一动，身侧突然多了两名身材婀娜的盛装女子。

"王。"其中一名盛装女子柔声道，"这东西我们来照看，王还是人身，早些休息吧。"

沈旃檀颔首，穿过重重幻景，进入那充斥着头颅和枯骨的卧房内。

两名女子捧起寒盒，放回高处。她们是沈旃檀招纳来的蝶精。

再过半个月，便是玄门高手到长生塔赴约之时，同时他要向当朝皇室复仇，在这之前，他要将血鬼养好，将她吞下，然后摆脱人身成为妖尊，如此便能立于不败之地。

那寒盒被放在高处，四壁凝聚着浓郁的阴寒之气。沈旃檀不在房内，蝶精也退了出去，但柜子里有个东西在闪光。

闪着红色的光。

长生塔是以鬼魅妖物的尸骸堆叠而成的，充满了鬼气和妖气。

在柜子里闪光的东西是血流霞。

四周弥漫的鬼气慢慢侵入血流霞，血流霞的光芒越发耀目，接着那熠熠的红光骤然一闪，光芒映在冰冷的寒盒上，那寒盒一角的冰雪竟瞬间融化，屋内浓郁的鬼气便顺着缺口源源不断灌入盒内。

那形如陆孤光的影子贪婪地吸食着鬼气，急速地成长着。片刻后，她缓缓睁开了眼睛。

看起来不过四五岁的她有着一双沈旃檀很熟悉的眼睛，只是眉眼间的神态疲倦而厌烦，充满了冰冷与杀意。

第一次，他剜了她的心，她没有死。

第二次，他骗她过血，骗她吃药，将她炼成鬼女，斩了她的双翼，她还是没有死。

第三次，他将她养在盒子里，是为了用尽她最后一点利用价值，要将她炼成血鬼，当作补药。

再离奇的幻想也会破灭，再温暖的记忆也会冷却，再怎么期待和喜欢都会化作憎恨与厌恶……没有谁能容忍一次又一次被害，再温柔善良的人也不能，何况她睚眦必报，从来不是什么好人。

沈旃檀，我与你之间没有任何情分，只有三次被害之仇。

她心里的那个人已经不在了，不知道在什么时候……在这个人逐渐苏醒的时候，那个人已经一点一滴地消失不见了。

05

长生塔之约名传天下，没有收到邀约的人庆幸不已，而收到邀约的大都面如死灰。但其中也有几人行若无事，比如说丹霞，也有几人满不在乎，比如说姬珥。

姬珥现在就在丹霞的丹房之中，他俊秀的脸蛋上仍是那副平静内敛的表情，一旁的丹霞还在炼丹，若不是长生塔的信件就放在桌上，姬珥简直要以为自己就是来纯喝茶的。

两封一模一样的信件叠在一起，就放在丹房的桌上。

"你可知道一件事？"姬珥悠闲地坐在离丹炉最远的那把椅子上，拿着不知谁留下来的一柄羽扇，努力对着自己扇风。其实丹霞这丹房很大，并不算太热，但某人养尊处优惯了，一向觉得这地方令人难以忍受，若非有好茶，他简直坐也坐不下去。

"你指的是哪一件？"丹霞站在丹炉前，凝视着炉中的丹药，他后颈的肌肤皑如白雪，居然没有半点汗渍，"是旻山崩塌成百里荒原，长生妖塔以鲸吞之势挑衅天下，还是……"

"自然是那件知情人不多的'还是'了。"姬珥懒懒地道，"昨夜京师黑旗军震雷营遇袭，驻守官兵五百余人惨遭屠戮，听说遍地尸骸，血流成河，无一生还。"

"震雷营是京师守军中的精兵。"丹霞的眼睫微微一动，"皇上昨夜本要亲临震雷营检阅兵马，似有意派遣震雷营处理长生塔之事，结果另有他事未能成行。"

"震雷营之事，既是有人对皇上的敌意外泄，也是对长生塔的一种挑衅。"姬珥道，"凡是长生塔的敌人，便是你我之盟友，你不觉得该寻觅笼络这位能夜杀数百人的帮手，好让你我的长生塔之行多几分安稳吗？"他说得顺理成章，坦坦荡荡。

丹霞沉默片刻，摇了摇头："是尸魅。"

姬珥微微蹙眉："什么？"

"是尸魅。"丹霞道，"能夜戮数百人的，除了尸魅，只有疫神。"

"尸魅？"姬珥当然知晓，"疫神"是传播疾病的瘟疫之神，那种东西只存在于传说中，而"尸魅"，显而易见，便是那位他们共同的好友任怀苏了。"你认为是他？"

"是他。"丹霞双目一闭，语气淡然。

"以他之为人，又怎会肆意屠戮，又怎会想要对当朝不利呢？"姬珥叹了口气，"他和长生塔不知是什么关系。"

"人心本已难测，化作鬼心之后，又岂是你我可测？"丹霞道。

"神棍，有兴趣夜探吗？"姬珥饶有兴致地看着他，"无趣的任怀苏太过无味，杀戮成性的尸魅太过可怕，你不觉得想了解其中的玄机，就应当明了他和长生塔之间的关系吗？毕竟长生塔一现世，他就开始放手杀人了。"

"夜探长生塔？"丹霞的长眉微微一皱。

"你不要说你不敢。"姬珥摇着他手中的卷轴，"号称天下第一的炼师，袖子里法器神器、灵丹妙药无数，岂会真正怕了区区长生塔？"

"世上如你这般唯恐天下不乱之人，倒也不多。"丹霞淡淡地笑，沉静的眼眸仍温柔地凝视他那一炉丹药。

当夜子时。

两个人影步入了长生塔四周的百里荒原。

遥遥看去，长生塔高耸入云，其上飘浮着点点红光。

丹霞凝目一望，忽然一笑，衣袖拂起，点点银光洒向高塔，那银光宛若一群蝴蝶，悄然飞舞，笼罩住了高塔。就在银光笼罩之处，姬珥一眼看出，那红光乃被断首的妖兽之眼，整座高塔便是由成千上万的鬼魅及妖兽的尸骸堆叠而成，他不禁哈哈一笑："有意思。"

自两人踏入百里荒原，长生塔中的沈旃檀就已转过身来，他从窗棂望去，那两人一人紫衫飘飘，一人身上熠熠生辉，十分醒目。他凝视许久，手指一翻，一支长弓出现在指间，但见那长弓一头篆刻一张佛陀的笑脸，一头篆刻一张鬼女的哭脸。他扬手开弓，弓上并不见箭，却有一股不知什么力量径直向两人袭去。

百里荒原上的两人侧身闪过这无声无息的暗袭，沈旃檀见两人闪避得轻松，眉间不知不觉露出一点微笑，那笑意刚刚上了唇角，却蓦地变成了寒意——只见丹霞从袖里取出一张轻飘飘的道符，就要贴在长生塔上！

那是天离真火符！

天离真火符触及妖物可即刻引发天火。长生塔是妖物所聚，此符乃长生塔的天敌！他长弓一扬，第二箭再发，丹霞道袍拂动，第二箭再度失利。沈旃檀身影飘幻，已出了长生塔，站到了丹霞和姬珥面前。

姬珥眯着眼睛，眼前所见，是一位面目端正，眉心处有一朵花的男子，不知何故有些熟悉，但这人出手凌厉，一现身就扬弓向丹霞头颅缠去。他那长弓弓弦强劲，一旦缠上了丹霞的颈项，这当朝第一的炼师不免会变成无头人，故而姬珥卷轴一挥，冲上前去救人。

丹霞术法虽精，拳脚功夫却是一般；姬珥招式奇幻，身法飘忽，却是不懂术法。两人从未并肩作战过，毫无默契，被沈旆檀一柄长弓逼得手忙脚乱，连连后退。

沈旆檀手里的长弓名为"悲欢弓"，他本身不会武功，和丹霞一样只精通于术法。但这悲欢弓中藏着百年前一位武将的精魄，凡是手持此弓之人，便能发挥出惊人的力量和招式，唯一的缺点是此弓内藏魂魄，杀人之时不受控制，一旦此弓发了杀性，持弓之人也克制不住。

嗡的一声微响，悲欢弓弓弦再发，姬珥猛地往丹霞身前闪去，但沈旆檀已经开过几次弓，以他的悟性，这一箭射得刁钻又强劲，姬珥身子一转，那支箭已经掠身而过！他心里一惊一凉，不好！回过头来，却见丹霞好端端地站在地上，那支箭竟是穿袖而过，只在他衣袖上穿了个洞，却没伤到他分毫。

就在此时，沈旆檀蓦然回首——他尚未看清，便觉一阵惊人的热气扑面而来，整座长生塔已经燃起了熊熊大火，整座塔竟如一支巨大明烛，照亮了百里荒原。天离真火！丹霞竟不知什么时候使用银色蝴蝶将符咒贴到了塔上！

姬珥一怔，只见沈旆檀面现怒色，瞪了丹霞一眼，身体周围的法阵光芒闪耀，他的身影已隐入长生塔内。

丹霞低头看了看衣袖，他不知道，这一箭落空，是沈旆檀箭法不精，还是他无意伤人？

若是此人无意伤人，却建此惊天妖塔，岂非一件很奇怪的事?

长生塔内烈焰翻卷,那些奢华之相都在天离真火中扭曲,露出了本来面目。热浪袭来,恶臭翻滚,衣着华丽的蝶精在大火中尖叫奔逃,沈旃檀闯回卧房,四处寻觅了一圈,却并未拿走什么东西,最终他抬眼看了一眼放在高处的寒盒,将它塞入衣袖,转身往长生塔底而去。那寒盒冰凉彻骨,抵御了四周吃人的火焰,沈旃檀低头疾奔,很快闯入塔底一处淡蓝色的大门,进入地底。

大门之后,是一个巨大且冰冷的洞穴,地上横七竖八躺着冰冷的人体,一具具都凝着一层薄薄的白霜,他们都还未死,但身体中的魂魄却已被抽离了。洞穴中有一团明亮的七彩光晕在飘浮着,似无形体,却璀璨耀目。地上堆叠的人体便是在长生塔中失踪的众人,他们的魂魄被抽聚了起来,形成了空中这一个力量强大的魂珠。沈旃檀一把抓住那魂珠,将它吞入腹中,随即洞穴中的寒气又重了几分。若是从塔外看来,便是那原本熊熊燃烧的高塔突然间熄灭了火焰,散发出一股惊人的寒意,一层冰凌结在了高塔的表面,将那一半仍旧富丽堂皇、一半却被烧得原形毕露的妖塔封在了冰凌之下。

"完魂珠……"丹霞看着天离真火竟然失效,那白皙秀气的脸上终于露出了少许动容之色,"此人竟动用活人魂魄镇压天离真火!活人魂魄离体若久,本体就会毙命,这等术法伤天害理,极难练成,世上竟真有人能动用完魂珠。"

"活人魂魄?难道是此前误入长生塔的那些人?糟糕了。"姬珥叹了口气,"在这里消失的共有两千九百三十三人,若这数千人的魂魄都被他炼成了什么完魂珠，那力量之大，岂非除天地圣气之外无可匹敌？"

丹霞点了点头："他若不放回这些魂魄，这两千余人定要丧命。"

"大手笔！"姬珥苦笑，"从来只闻杀人放火，那等作恶最多也不过十数人而已，且要抵命。这动辄数千人的性命，只怕不是你我单枪匹马便能解决的。"他上下看了看这被封在冰凌之中、众多鬼魅残肢张牙舞爪的恐怖塔骸，"帮手是一定要找的。"

塔外两人拂袖离去。而塔里的沈旖檀踏在数千活死人堆里，对着漆黑的洞顶笑了一笑。完魂珠之力几可毁天灭地，就算地上这些人死了，生魂化为死魂，也不过是力量上略打折扣，施展的方法稍有不同而已。

只要杀了任怀苏，他就是天下第一，就是这世人的神祇和主宰。

杀伐行止，将由他一言而定。

几个华丽的蝶妖在他身边悄然出现，随即几个形状古怪的尸妖也出现了，继而是不见形体的推沙之魔，又有不见形体只留有一双大眼睛的目怪。各种各样的妖物安静地出现，静候着它们的王者。

沈旖檀抬起手来，随意指了一个方向："由此而去，有一座道观。"他露出个略带妖异的微笑，"明日日落之前，我要他道观起火，药丹失落，一切都化为乌有。对了，这道士非同寻常，动手之前要小心。"

几个奇形怪状的妖物领命而去，他越发肆意地享受着颐指气使的滋味，所谓王者，所谓君临天下，不就是这样的滋味吗？这就是让世人趋之若鹜的地位，若不好好享受，岂非白来这世间一趟？

洞穴中的妖物越聚越多，沈荫檀吞食了完魂珠，妖力大为增长，虽然还是人身，尚未脱胎换骨，但认他为主的妖已经越来越多了。沈荫檀被众妖抬到一个宝座上，那宝座也不知是哪个妖从哪个皇帝那里偷来的，沈荫檀往那华丽的黄金大椅中一坐，只觉四周坚硬无比，并不舒服。

在万妖簇拥之中，他衣袖的一角散发着淡淡红光，只是洞中妖物太多，沈荫檀无暇顾及。那红光中却渐渐散发出淡淡的黑气，那是鬼气，无声无息地侵入了地上的活死人体内。

啪的一声，沈荫檀足下的活死人堆中居然有人蓦地伸出手来，抓住了他的脚踝。沈荫檀吃了一惊，失了魂魄的躯体如何能够行动？地上那大汉摇摇晃晃地站起来，沈荫檀一望便知，这人并不是诈尸，而是被他人的鬼气侵入了灵识。

这一念兴起，有些事便渐渐清晰起来。沈荫檀被抓住，他不会武功，悲欢弓又只是他一时所用，并没带在身边，这活死人用吃奶的力气一抓，他竟是怎样也挣不开。就在他微微一惊的同时，地上"死了"的人突然纷纷活了过来，一个个扑上去对沈荫檀大打出手。

沈荫檀不会武功，而地上这些人魂魄离体，无知无感，不怕死不怕痛，施展术法攻击似乎也难以奏效，片刻之后他便被众人牢牢缚住，扔在了地上。而就在沈荫檀被制住的刹那，地上的活死人又纷纷跌倒，仿佛方才起身行走只是一场梦，缕缕黑色鬼气从他们身上飘了出来，进入血流霞之中。

06

他平躺在地，十分平和且有耐心地看着面前的女子。

这女子是在沈旃檀被缚住的那一刻方才现身的。

她直接从寒盒里飘了出来。

女子眉目依然，仿佛什么也不曾改变，那双冷冷的眼睛里充满了赤裸的鄙夷之色。她移动一只脚的位置，比划着动作，"踩"着沈旃檀的手背："沈公子，你怎么也着了别人的道儿，突然躺倒在我面前了？"她恶意地微笑，笑得很愉快，"看到沈公子躺在这里，我心情真是好极了。"

四周的鬼魅妖物蠢蠢欲动，一物从沈旃檀的衣袖中脱出，飞向女子心口，那东西灼灼闪着红光，正是血流霞。血流霞为万鬼克星，故而沈旃檀被活死人袭击，四周鬼魅虽然飘浮徘徊，却不敢轻举妄动。

空中女子的影像起初似幻非幻，血流霞融入她心口之后，那影子蓦然清晰起来，宛若实体。她伸出手指在沈旃檀手背上划开一道伤口，取了一滴血，滴落在寒盒上。盒盖随即打开，盒中的容玉莹润异常。她一招手，那容玉上的莹莹之色突然化为一缕轻烟，慢慢融入她的体内。

沈旃檀眼睛眨也不眨地看着，那是天地圣气，是当年他存在容玉之中的圣气。

在血流霞与圣气的双重作用之下,那熟悉的女子出现在他眼前,仿佛从未经历过断翼与火焚,她不够美貌,唇色却分外地红。他凝视着她的红唇,那是因为有他的血吗?

"你的完魂珠已经全部用在封锁这座妖塔上了。"她凝为实体,笑得越发妖异动人,"你要是打算拿它来对付我,长生塔就会崩塌成一堆腐肉尸骸,甚至那些未死的妖魔鬼怪还会找你算账,你敢吗?"她挑起沈旃檀的下巴,"像你这样自私恶毒,不怕伤天害理只怕亏待自己的人,应该舍不得放弃长生塔吧?它是你君临天下的筹码,没有它,你就什么都没有了。你会赌我杀不了你,对不对?"

沈旃檀笑了笑,柔声道:"孤光。"

她凝视着他的胸口,打量着角度和方向,漫不经心地"嗯"了一声。

"孤光,虽然曾与你相伴的并非这具躯体,但你我毕竟有过白头之约、同行之缘。"他柔声道,"我为你遮挡烈日,为你取得无爱之魂,与你同榻而眠,虽然……虽然我举剑伤你,但那是为了救世的无奈之举,在我心里——"

"在你心里,从来不觉得你举剑砍下来,我会痛。"她淡淡地打断他,"一次是这样,两次也是这样,你不必解释,我都明白。"

他微微一顿,叹了口气,静默了下来。

"你说我是该从哪里挖出你的心,才会和你当初那一剑一模一样呢?"她抬头四顾,四周的鬼魅见她的目光扫来,纷纷闪避。陆孤光微微一笑,凝视其中一个小鬼,轻声道,

"剑来。"

那小鬼顿时凝为一把鬼剑，向她手中飘来。

她手持鬼剑，对准沈荫檀的胸口："我都记得呢，婚姻之约，同行之缘，我记得有人心怀坦荡，认真地对我好，但可惜……"她也叹了口气，"他对我好不是为了我，是为了救世。"她摇了摇头，"我不怪他。"

沈荫檀微微蹙了蹙眉，只听她一字一字地道："但我恨你。"

"他——"他突然开口说了一个字，却立即被她打断了，"若不是有你，他……他不会这么……"她眨了眨眼睛，凝视着他，缓缓地道，"你就是他心中最无情的部分，若非有你，他不会这样对我。任何……任何一个正常人都不会。"

他柔声道："他就是我，我就是他。"

"他是个好人。"她轻轻叹了口气，"却没有心，而你——你虽然记得他所记的，却不会想他所想。"她淡淡地道，"他说'你我无情，非人间无情。众生有爱，父善母慈，鹿鸣虎啸，皆为生存，花开花落，月缺月圆，皆是万物美好之处，岂能过目不视，以为虚无？'而你……而你呢？"她一剑插入沈荫檀胸口，"你害死了他。"

那鬼剑插入沈荫檀胸口，却奇异地并未见鲜血四溅，沈荫檀甚至也未露痛苦之色，他甚至还笑了笑："他是慈悲菩萨，我是妖魔鬼怪？可是他做了什么呢？他无情，他没有心，他杀了你一次又一次，而我呢？"他柔声道，"我可曾伤你？我将你的魂魄收在容玉之中，日日供血助你复活，我放弃容玉之中天地圣气,我任你动手将剑刺入我胸口,我做错过什么呢?你凭什么将我定为妖魔鬼怪?"

"你推倒旻山,竖立长生塔,吞噬数千人的魂魄,罪行已经令人发指。"她淡淡地道,"更何况你又发出信函广邀高人前来长生塔,想吞噬更多修道之人的魂魄,助你君临天下。"

"你可曾想过,旻山为厉鬼妖魔占据,人不能近,我推倒旻山,摧灭妖地,使之成为百里沃土,可供人安居乐业,这有何不好?"他越发柔声道,"地上这些人意图对我不利,自己闯入塔中,我乃自保,又有何不对?完魂珠一直存放在此地,若方才那两人不来袭击,我又岂会将它吞入腹中?我也是为了自保……"

"够了!"她冷冷地道,"不必说了。"她手中鬼剑渐渐消失在沈旃檀胸口,那剑竟非刺入,而像是融了进去。沈旃檀神色自若,又过了片刻,红光乍然一闪,他胸口衣裳碎裂,一片如花的纹路蔓延而生,密密覆盖住她落剑之处。

陆孤光乍然一惊——她在鬼剑上施了血流霞之力,专克沈旃檀身上妖气,不料沈旃檀吞噬完魂珠之后委实高深莫测,竟能抵挡住她一剑,并将剑上鬼气和圣气一并化于无形!她飘身急退:"你——"

沈旃檀翻身坐起,那如花草一般的红色纹路不仅仅覆盖住他的胸口,甚至沿着鬼剑急速向陆孤光手上长去。陆孤光脱手掷剑,那红色纹路生长极快,刹那吞噬鬼剑,宛若在空中开出一片纤细而瑰丽的花来。

"我如何?"他笑道,四周沉寂的鬼魅受他脱身的鼓舞,慢慢地将陆孤光围了起来,他负手看着众多鬼影将她困住,"你是我辛苦喂养的血鬼,又私吞了我的天地圣气,不将你吃了,我怎能甘心?"他十分遗憾地看着陆孤光,那眼神居然透着极认真的不解,"你说一个失去记忆的我,只不过安分守己地念了几十年佛经而已,怎么可能当真脱胎换骨,变成什么悲天悯人的圣人?我还是我,连我自己都不相信在忘却自我的那些年里,我是真的无私无为,一心救世向佛,你却相信?"

"我相信。"她手指默默拈动着驱鬼之术,"他……他是个单纯的人。"

"单纯?"他笑了,"我这一生,从未单纯过。"

"他单纯。"她淡淡地道,"他单纯,所以轻易为人利用,所以杀人的时候从来没有想过别人会伤心、会痛,他以为他只得了个结果。"

"好好好,算我曾经单纯过,那又如何?"他笑得一派春风拂面,眉目风流,"你是我养的鬼,我要吃你,这就是你我现在最单纯的关系。"

"吃我?"她不屑地扬了扬眉头,手中的驱鬼咒骤然发出,四周鬼魅齐声呼啸,妖力较弱的竟被她血流霞之力控制,调过头来攻击其他妖物,洞中一阵大乱。沈旃檀搭起悲欢弓,一箭向她射去,却见长箭自她胸口穿过,不染丝毫血迹,他不禁一怔,原来陆孤光的躯体由血流霞与圣气一并凝成,终究不是实体,所以不受箭伤。她受他一箭后,背后乍然张开一双巨大的羽翼,她回过头来冷冷一笑,沈旃檀只觉眼前蓦地一黑,身体悬了空。他被她提在手中,径直往洞穴深处飞去。

她的翼竟然还在,却已非黑色鬼翼,而是流动着一种奇异的红色,宛若血脉在其中流转,但却有火焰一般的光芒。

这洞穴本是旻山塌陷后形成的地下空洞,十分深长。沈旃檀被陆孤光一把抓走后,某些效忠他的妖物也朝着同一方向急急向他们追去,奈何难及双羽之力,很快陆孤光便带着沈旃檀一起没入了洞中更黑暗之处。

就在她的身影消失之时,洞穴深处传来了一声巨大的声响,宛若有什么东西震裂岩石土地,生生从不可能之处出现了一般。

第十五章

白头不可依

01

陆孤光提着沈旖檀飞到洞穴尽头时,看到的便是一堆刚刚崩塌的巨石。一人足踏荒岩,萧然而坐,身体周围沙石兀自飞扬,他却如在那里生生坐了千年万年一般。

看着那熟悉的面容、熟悉的身体,陆孤光怔了一怔,手下下意识地一紧,仿佛手中抓住的只是那害她身伤心碎的宿敌,而温暖的故人还在对面等她一般。

可惜只是一瞬,那人转过头来,那双宛若深情的眼里只余一片荒芜。沈旖檀眼里或许还有尸骸残血,他的眼里却只有一片荒漠,沙砾满地,了无生机。

他,也不是他。

但那人笑了,虽然眼中并无丝毫笑意:"你幻灭了吗?"

他声音低沉地问。

她终于开口:"你……你……"她咬牙道,"你在很早很早以前就知道,不,你一直都知道……"

那人低笑:"你要我将他还你,我便将他还你,但你最后得到他了吗?陆孤光,欢喜依赖不过一场幻影,'他'从不存在,你相信的从不存在,只有留给你的伤是真的。"他手抚长枪,语声深沉,"我再问你一次,随我征伐天下,屠灭人间,让过往的一切灰飞烟灭,可好?"

她放下沈旃檀,凝视着眼前熟悉的人:"不好。"

"为何?"他握枪徐徐站起,身姿挺拔。

"人是假的,但他说过的话,记挂的事,我还记着。"她淡淡地道,"我记着了,便忘不了。"

任怀苏长枪指地,道:"可惜了。"

他在惋惜,屠戮天下之路,终无人相伴并肩,但也仅此而已。

那无关男女之情,只是异种对异种的相惜,即使放开了手,也无关伤心失落。

她点了点头。一旁的沈旃檀刚刚被她抓着肩膀,悬在半空飞了一会儿,此刻肩头剧痛,站在一边面带微笑,沉默不语,努力等待肩伤恢复。

任怀苏上下打量着他,脸上慢慢露出戏谑之色:"你竟被她所擒!"

沈旃檀只是笑笑,左手按住右肩伤处,并不说话。

陆孤光看了看沈旃檀,又看了看任怀苏,突然道:"这人才不是被我所擒,这人狡猾善变,让我抓来,不过是想找机会吃了我而已。"

"你是他养的血鬼?"任怀苏目光在沈旃檀身上一顿,"无怪那日你既已被杀，却还能重生，原来是他以他的血供你魂魄不灭。"他似笑非笑地看着沈旆檀，"只是养出具有灵识的血鬼，和逼出具有灵识的尸魅一样不幸。沈旆檀，或许是你的血太过心机深沉，凡是沾染了你血液的妖物都无法单纯，让你失望了。"

"承蒙夸奖。"沈旆檀终于放下了左手，温和一笑，"不敢当。"

任怀苏长枪一抬，指在沈旆檀胸前："就此杀了你，虽然无味，却是必要。"

"你看出了我右肩受伤，无法画出法阵？"沈旆檀淡淡地道。

"无论你画不画法阵，我都能在你动手之前，一枪洞穿你胸口，枪尖透体三寸三分，血流三尺三寸。"任怀苏展眉一笑，当年决胜千里的豪迈重又显现，"放心，血流霞在此，左近再无妖物能为你挡枪。"

沈旆檀依旧神色淡淡地看着他："你的枪够快，她的手也很快，不过很可惜……"他站着一动不动，地上却骤然寒气弥散，蓝色玄冰从他站立之处开始凝结，随即蛛网一般向四面八方蔓延。

陆孤光一怔："完魂珠？"

任怀苏长枪一挥，往他胸口插去，却只见沈旆檀胸口红线一闪，有一物拖住枪尖，随即冰凌结起，沿着长枪向上蔓延。陆孤光急急喝道："快放手！他操纵长生塔吞噬了整个地下洞穴！现在这地方是长生塔操纵的活穴！是活的！"

不错，就在陆孤光抓走沈旖檀的瞬间，他已催动完魂珠，将妖塔之力融入地下，吞噬整个地脉。此时塔下有地脉走向之处都已被妖力操纵，化为活物，而这个地穴便是地脉最强之处，也正是沈旖檀用那万妖残尸合并堆砌而成的长生塔妖力最强之处！

任怀苏闻言手腕一抖，长枪节节碎裂，那诡异的蓝色玄冰随之节节碎裂，却蓦地化为点点鬼火扑面而来。长生塔融万妖之躯，坐拥万妖之能，千变万化，几乎无所不能。沈旖檀只是站在那里，并未动手，任怀苏已面临从四面八方袭来的各种诡秘攻击，接连不断。

陆孤光眼见形势不妙，任怀苏一旦败落，沈旖檀非当场吃了她不可，这人狼子野心，心地狠绝，既已在她手里莫名地吃了点亏，便绝不可能就此算了。她身上已经融合了血流霞之力，不惧长生塔万妖之能，当下合掌大喝一声，念出"任怀苏"当年教她的佛门诛邪法咒。

任怀苏正将第十六个出现的妖物撕裂，蓦地听到陆孤光口诵真言，而沈旖檀骤然变了脸色，只见四面蠢蠢欲动的洞穴倏地停止摇晃，咯啦几声，蓝色冰封碎裂，残冰纷纷掉落在地，头顶的岩石黄土也掉落下来，露出了一片光亮。

三人纷纷闪避落石，随即一起抬头望去，这地方本来已经被任怀苏打穿了个大洞，但现在头顶露出的光与原先洞口之光截然不同。

从头顶射入的是一道阳光，夹杂着隐约的潺潺流水之声。

长生塔外百里荒原，草木不生，妖气浓郁，故而阴云压顶,从来不见阳光,更不可能有什么流水。陆孤光诧异之极,任怀苏"嘿"了一声,两人一起看向沈旆檀。

沈旆檀脸色微微发白,但依然镇定自若:"术法被破,错乱了空间和幻境,外面是什么地方、是真是假,连我也不知。"

阳光……

陆孤光抬起头来,深吸了一口气,她活着的时候从未如此真切地感受过阳光。她又向前迈了一步,让自己完全处在阳光的包裹中。真正沐浴在阳光中的时候,她忽然起了一念,也许死而重生也并非那般不堪。

任怀苏已率先出了洞穴。

沈旆檀抬头望了望洞顶,他右肩受伤,画不出移形法阵,只得顺着巨大的落石慢慢往上爬。

在他快要爬出来的时候,陆孤光终是拉了他一把。

洞外不出所料,阳光明媚,蓝天白云,地上绿草如茵,竟宛若仙境一般。

有流水自林间而来,跃过数层山石,形成白色小瀑,几丛淡色小花开在林间,迎着水花之白,愈显颜色清雅。

这是什么地方?

沈旆檀半身尚在洞里,望着这流瀑与仙草,一时之间,竟是痴了。

就在这瞬息之间,仙境一般的山林之中横扫过一道淡金色的光芒,光芒过处,任怀苏"啊"的一声低呼,全身颤抖,突然跪坐在地。而沈旆檀双手一软,笔直向下跌落,陆孤光"咦"了一声,一把把他捞了起来,心下奇怪地抬头去看。

那道淡金色的光芒沐浴着整座山林，一群白色飞鸟扬翅而起，向远处飞去。这地方安详而美丽，天空中其实并没有太阳，只有一道如泉水般倾泻的淡金色光芒横越整个天空。

这里若非幻境，便是异境，总而言之，并非人间。

她将沈旃檀扔在地上，快步过去看任怀苏，却见丝丝黑色鬼气从他身上散出，鬼气弥散半空，被淡金色光芒化去，归于无形。黑色鬼气散出得越多，任怀苏手背便越苍白，凶煞之气越减，越像个死人。

陆孤光吃了一惊，尸魅之身……尸魅的凶气和鬼气竟然能被这金光化去。只是任怀苏早已死了，若这金光将鬼气化得一干二净，他便会回复死人之身，到时候只剩下……只剩下一具尸体。她怎能忍心看着"他"的身体就此死去？一瞬的手足无措过去后，她张开双翼，将任怀苏往方才出来的洞口拖去，慢慢将他放回洞内。

然而沈旃檀的术法被破，那洞穴之内已断绝长生塔之力，里面石崩地陷，是一条死路。她也不敢随意挖掘，谁知在这似幻非幻的古怪地方还会挖出什么越发古怪的东西来？放下任怀苏后，她拍了拍他的脸："喂，任大将军！"

任怀苏抬起头来，他并未昏迷，只是突然失去了行动之力，勾起嘴角，他无声地笑了一笑："将……沈旃檀拖来……让我吃了……"他失去了大量鬼气，若无补充，很难恢复如初，而此时此地，唯一能用以补充鬼气的，只有浑身妖气的沈旃檀了。他本只想将这人一枪钉死在地，碎尸万段以祭当年，此时想到尚可以将他活生生吃下肚去，笑意之中不免带上三分狂态。

　　吃下去？陆孤光皱眉："你要怎样将他吃下去？"她一时没有想通，沈旃檀并非灵体所化，有血有肉的一个人要怎么吃下去？

　　任怀苏做了一个轻轻撕开的动作，低沉地笑道："一口一口地……吃下去。"

　　"你……"她顿了一顿，叹了口气，眼前这人已不是"他"，这人是个尸魅，尸魅吃人本就是血淋淋地吃，鬼王吃人难道还要先作法开丹炉，将人炼成十全大补丸再吃吗？

　　"外面那道金光有异，似乎充满驱邪之力，沈旃檀以噬妖为生，一定也动弹不得。"任怀苏森然道，"你快去将他带来，否则他的妖力消失殆尽后，我就算吃了他也恢复不了。"

　　她皱了皱眉，尚未打定主意是否听话。任怀苏看了她一眼，笑了一笑："你仍在幻想什么？幻想他什么时候又失忆，再变成和尚来爱你吗？"

　　"不，我明白，沈旃檀谁也不爱，只爱他自己。"她淡淡地道，"因为他只爱他自己，所以就算他失忆了，也不会爱上我的。失忆的时候他专心于救世，说不定也是他有意染指天下至尊之位的表现之一，只是那时候他自己也不明白罢了。"

　　"哈，"任怀苏一声低笑，"你倒是想得透彻。"

　　"稍等。"她张开血色双翼，向上飞去，去寻找沈旃檀。虽然任怀苏要吃人让她一时难以接受，却不等于她当真对沈旃檀心慈手软。

　　不就是吃人吗？她见得多了。她方才一瞬间的迟疑，不是因为她仍幻想着沈旆檀什么时候再失忆、再爱她，不过是她不想看见任怀苏那副躯体做下"吃人"这样可怖的事。

她想她真的不懂得什么是爱吧？

她觉得她对那熟悉的躯体的眷恋比对沈旆檀那个灵魂要多得多，那灵魂剧变得太陌生，唯有那具躯体是真实的，还触手可及。

但任怀苏就要用它吃人了，而"他"是只可能割自己的肉下来给别人吃，却万万不可能动念去吃人的。

那专心致志的傻和尚，真的已经不在了，无论是身躯或是魂魄，都已面目全非。向上飞去的时候，她眼角微微有点热，她甚至怀念举剑专心致志要杀人的他，那样诚挚的信念，坚定不移的步伐，一次、两次……他心无杂念地相信只要杀了她一切就会变好。她轻轻地叹了口气，他断了她的鬼翼，烧了她的躯体，为什么结果却是他自己消失，再也回不来了呢？傻和尚！

02

洞外山林依旧，奇花异草散发着柔和的香气，水汽氤氲，四处充满圣洁之气。她是血流霞与天地圣气所聚的形体，在金色光芒之下只觉得全身充满了力气，然而举目望去，本来应该还在地上的沈旆檀却不见了。

她皱起眉头，沈旆檀身上的妖气虽没有任怀苏那么重，却也绝非寻常。突然被化去如此之多的妖力，他怎么还能行动？

想了一想，她恍然明白——沈旆檀毕竟是活人之身，就算妖气散尽，要离开总不是难事。

草地上，方才她将沈旆檀扔下之处有一片被压倒的青草，而柔嫩的草丛之中隐约可见有脚印向山林方向而去。陆孤光冷笑一声，沈旆檀的脑子果然转得快，知道任怀苏受此重创，要拿他作食物，竟是早早逃了。

她收起羽翼，慢悠悠地沿着脚印追去，进入林中。

沈旆檀刚刚走到一处水塘边，这里的水塘清澈见底，水中既无毒蛇，也无鱼类，他却不敢蹚水而过，举袖擦了擦额头的汗渍，他辨认了一下方向，向东而去。

他当然知道在这古怪地方，鬼气和妖气都没了用武之地，陆孤光倒成了主宰一切的人；他也知道陆孤光对他恨之入骨，任怀苏更是与他有不共戴天之仇，那两人是绝不可能放过他的。是以一缓过气来，能走之后，他便匆匆躲入了山林之中。

脚下在逃命，他脑中却仍在仔细地打着陆孤光的主意。她是他的血鬼，且拥有天地圣气，若是能吃了她，必定对他大有裨益，说不定还能摆脱这里古怪金芒的驱邪之能。只要他的妖力还在，就凭他的术法，这地方无论有什么古怪，他都不惧。

"逃得真快。"身后不远处突然有人淡淡地道，"我可快要追上了，你要跑得再快一点儿。"

沈旆檀回头一望，只见陆孤光正落足在一棵大树上，满脸讽刺地看着他。

"孤光——"

"闭嘴！"她冷笑道，"逃够了吗？若是够了，就跟我回去。"

沈旃檀默然半晌，微微一笑："回去？回哪里去？我没有家。"他回过头来，从容沉静地道，"是任将军要你将我带回去给他当补品吗？"

陆孤光飘然而下，落在他面前："你知道就好。"

"孤光，"他柔声道，"我知道当年之事，你必定同情任将军，恨我下手毒辣，杀人无数，但我为何要做这些？那理由这么多年来我从未对人说过，你可想知道？""说吧。"她神色淡淡的，看不出有多大兴致。

"当年之事，你已知道多少？"他平静地问。

"从你斩我双翼，收我于容玉之中，我听到你与他的谈话开始，"她仍是淡淡的，"我便已全部知道。"

"你竟然听得到。"他很惊讶。散魂之身的她，竟然仍能听到对话，异族的血脉果然与众不同。微微一顿，沈旃檀道，"我天生便与常人不同，未满周岁父母便将我弃之郊外，幸而被家中老仆抱回，送到蓼云寺寄养。自我记事至今，父母亲族从未进过蓼云寺一步，也未曾和我说过话。"

她神色漠然，也不知听见了没有。他却越发温柔地道："我天分很好，无论研习经文或是修习术法都遥遥领先其他院僧，师父却不愿收我为徒。"他的目光从她脸上缓缓移开，望向身边的池塘，"我一个人自修琴谱，一个人下棋，一个人读书……即使是抚琴作画，也从没有人听、从没有人看，一切都是因为我是——"

正说到关键之时，只听咻的一声，他踉跄三步，后背撞上了大树。他惊愕地看着自己胸口喷出的鲜血，随即抬头，只见陆孤光面无表情地看着他，几支异化的手指刚刚收了回来。方才就在他说得动情之时，她手指化为利爪，一下插入他的胸口，随后血淋淋地拔了出来。

"你……"他手捂胸口，唇角微微抽搐，最后却是笑了出来，"你竟……"

她抬手从身边大树上摘下几片树叶，擦去手上的血迹，淡淡地道："满心期待别人的回应，等来的却是剜心一剑，差不多也就是这种滋味了。"她看着他慢慢委顿于地，居高临下冷冷地问，"滋味如何？"

"你不关心我为何定要走上这一条路吗？"他胸口伤势很重，陆孤光出手无情，当真差一点把他的心挖了出来。

"关心？"她面露诧异之色，"我为何要关心？"她淡淡地看着他，"难道你竟以为我会关心吗？拿这种借口拖延时间，真可笑。"

他闭上眼睛，轻叹了一口气，不再说话。陆孤光反而奇怪了，踢了他一脚："你怎么不说话了？"

他睁开眼睛，没有生气，仍很温和地问："要说什么？"

她慢慢地道："你难道不该找个新借口继续博人同情，看我什么时候被你所骗，饶你一命吗？"她稀奇地看着他，"难道你心中不是这么想的？"

"我倒是尚有千万个借口。"他笑了起来，"只可惜无论我说什么，你都不会再信我。"他轻声道，"你只会盘算着在我说得最真的时候，如何在我心口再刺一刀，那才会让你高兴。"

她理所当然地点了点头:"你确实聪明。"随即她又有点遗憾和诧异,"不过,以你之为人,岂会坐以待毙?"

他抬起头来凝视着她:"我不能死。"

她扔掉了手中的树叶,随时可以异变为利爪的手指在灵活地屈伸着,她"哦"了一声。

"因为我不甘心。"他语调平静,也没有长篇大论。

"不甘心被人遗弃,不甘心旁人对你不好、看不起你?"她冷笑一声,"所以就要横扫一切,君临天下来证明你自己?依照你这番理论,我岂非早该杀尽天下,去争做那女王了?我爹娘同样嫌弃我是异种,他们曾将我赶出家门,还曾想作法将我降服,收作侍鬼,他们根本不把我当人看。但一个人是好是坏,非要从别人那里才能得到评判,岂非太可悲可怜?我是好是坏我自己知道就好,为何要稀罕旁人怎么想?"她轻蔑地看了他一眼,"谁像你这么稀罕?"

他怔了一怔,有些记忆突然漫上心头,他突然想起戴在任怀苏手腕上的那只玉镯,那是她母亲所赠,即使她受母亲驱逐,却依然珍藏。她赠予他的时候神情既期待又温柔,绝不是此时这样的鄙视和讥消。那玉镯戴在任怀苏的手腕上,那人却永远也不会明白那是怎样的东西,而眼前这人的温柔也如那玉镯一般,永远离他而去,不可追、不可忆。

"稀罕旁人的认同喜爱,并不是什么罪。"他轻声道,"我只是个俗人,不同于姑娘的大智大勇,我稀罕旁人的认同赞美,求而不可得,故作惊梦之想,行吞王之事,立不世之威,有何可笑之处?"

他突然不口称"孤光",突然称起"姑娘"来了,突然说出这一番话,倒让陆孤光有些不习惯。这人心思百变,狡猾多智,必是一计不成再生一计,变着花样博人同情。她想也不想,一伸手,啪的一声给了他一记耳光,冷笑道:"懦夫便是懦夫,即便说得再冠冕堂皇,你也不过是个杀人如麻、罪恶滔天的混账!"

他有些不可置信地看着她,仿佛从未想过她会重重甩过来一巴掌。陆孤光不想再和他废话,一把将他抓了起来,往来路奔去。

他轻轻吐出一口气,似是笑了笑,眼里却全无笑意。

他记着太多事,而旁人都已不愿记忆,也许这一生他便是因为记性太好,记着太多事,故而便生出许多不甘心来,真是……

真是罪恶滔天。

03

陆孤光抓着沈旃檀回到地下洞穴,只待在他的血流尽之前把他喂了任怀苏,再等任怀苏恢复力气打穿塌落的巨岩,她便要和这段日子告别,继续流浪。沈旃檀是死是活,长生塔之祸如何,任怀苏是不是将屠戮天下,她半点也不关心。她又不是傻和尚,她只管她自己,管不着旁人要生要死。

她既不关心天下,也不关心人间,唯一在意的事不过是那"唯愿两心如一,始终安宁",而如今人尚未死,那"两心"

却早已不知何处去了。她已经死过一次,魂聚之身也不可能再死一次,算得上是不生不死,而且还得了一重能看见阳光的意外之喜,但她却并不比从前开心。

人生也好,鬼途也罢,不过是一场索然之梦。

当初孤身流浪,对某些东西尚有期盼,算得上仍有滋味。

如今不生不死,孤身一人重游天下,悲欢喜乐都是别人的,这样的旅途便是想起来也满身寒意。

但人尚未死,若不继续前行,又能做什么呢?

她叹了口气,沈旆檀被她扔在地上,胸口的血尚在流,他奄奄一息,却仍轻声细语地道:"姑娘……"

她想得出神,甚是不耐地道:"闭嘴!"

沈旆檀却并不闭嘴,只是将声音放得更轻:"任将军不在这里。"

陆孤光回过神来,往四周一望,皱起眉头,任怀苏当真不在这里,方才她出去之时,任怀苏还躺在洞中,可现在洞里不见人影,只余一地半干涸的血迹。

"既然任将军不在这里,姑娘是不是该让我疗伤,以免你找到将军,我却死了。"沈旆檀声音很轻地道。

她笑了笑:"你倒是永远不会亏待自己。"她挥了挥手,不耐烦地道:"疗伤吧,万一你死了,他说不定还要陪葬。"

沈旆檀勾起嘴角,露出一个浅浅的、讳莫如深的微笑。他抬起手在自己胸口画了一个小小的符咒,随后那如花草一般的红色纹路又生长了出来,密密地盖住伤口,只是现在这红色纹路生长得纤细柔弱,已不见了当初凌厉的气势。

沈旃檀缓了一口气，从地上坐了起来，见她对着洞穴东张西望，便开口道："姑娘很担心任将军？"他摇了摇头，"他不会有事的。"

"哦？"她扬起了眉，"你怎么知道？"

"他是什么样的人，当年在三十八种苦刑之下都没有死。"他声音轻轻地道，"便是水淹火烧，针刺刀剐，或是灌入水银，或是剥去皮肤，或是用——"

"够了。"她打断。

沈旃檀顿了一顿，接下去道："他都忍耐得住。现在只是被外面的圣光化去一层鬼气，他不会爬不起来的。"他眼里掠过一层奇光，"所以……"

"所以……"她扬起眉头，有一种不好的预感。

"所以……"沈旃檀浅浅一笑，"所以所谓要吃我补充鬼气，或许只是支开你的一个借口。"

"沈旃檀！"她听得怒从心起，"你不要以为人人都像你一样厚颜无耻，人人都和你一样句句都是谎言，句句都有目的。"

"孤光。"他突然又叫起她的名字来了，声音柔得像是能滴出水来，"你看地上岩石的痕迹。"

陆孤光回头看去，只见地上仍旧是堆满了崩塌的巨岩，和原来也没有什么差别。"干什么？"

"你总是这样从不疑人吗？"沈旃檀柔声道，"刚才我术法被破，巨石崩塌的时候，那些岩石是从我头顶崩塌，滚落四周的，其中一部分堵住了通道。现在你看，这洞穴中的巨石非但堆在了一处，而且看起来比刚才崩塌得更多——这必定是有人故意为之。"

"你是说任……任将军趁我不在的时候自己爬起来，把通路打开，然后将洞穴里的巨石搬来堵住通道，甚至再次震塌通道，要把你我堵在这里？"她怔了一怔，"他为何要这样做？"

沈旆檀闭了闭眼睛："我不知道。"

"他不会这样。"她道，"这里必定又发生了一些什么事，让他打开通道逃了出去，但一定不是你说的那样。"

沈旆檀听着她理所当然的语气，叹了口气："你莫要以为他长着我当初那张脸，就很值得信任。"

啪的一声，第二记耳光重重落在他脸上。沈旆檀捂脸怔住，只听陆孤光淡淡地道："你可真自作多情。"他惨白的脸颊蓦地涨得通红，随即又变得苍白，又听她不耐烦地道："我要入通道去找人，你留在这里，不许走开。"

他尚未回答，便见陆孤光向那堆巨岩走去，片刻后她忽然回头，冷冷地道："你若敢逃走，我便把你剁成一块一块的肉，拿去乱葬岗喂野狗。"

"别去，"他勉强站了起来，"那洞里有危险。没错，任怀苏绝不会私自逃走，将你一个人扔在这里。他既然说了你是同类，是他唯一认同的同类，他就绝对不会突然离开。除非是遇上了变故，他一个人将那东西引入通道。"

陆孤光听得怒极而笑："你既然猜得到，方才为何要出言诋毁？"这人的品行真是恶劣至极，令人发指。

他笑了一笑："我害他害了几十年，也不差这时再害上一害。"

这理由听起来古怪之极，她掉头就走，当真恨得一句话都不想再说，和这畜生说任何一句话都是错的。

"孤光，听我说完。"沈旆檀往前追了一步，踉跄着差点跌倒，"我猜他遇上了危险至极的东西并不是信口胡言。他为何要震塌通道？他既然要吃我，就绝没有理由用这一堆巨石把我堵在这里。他既然铁了心要将这人间烧成一把灰，我想必定是他遇上了什么危险之物，他突然兴起，引着那东西往长生塔和百里荒原去了……"他急急喘了口气，"那东西穿过通道就能抵达百里荒原，若是绝世妖物，那……那任怀苏很可能利用它去毁灭人世。"

陆孤光脸上露出了诧异之色——这人说到"毁灭人世"的时候脸上情不自禁地露出了关切之色。这让她有些想笑："你怕他毁灭人世？那长生塔难道不是绝世妖物？真是可笑！"

他怔了一怔，幽幽地道："我想君临天下，若只剩一地焦土，又有何乐趣？王者，有子民方为王；君者，有社稷方为君。若盈野的只是尸骸而非谷物，又何来社稷？"

"哦，连自欺欺人的理由都能如此冠冕堂皇。"她没半点兴趣，指了指巨岩，"任将军是我的朋友，我要进去找人，你就待在这里，等我回来。"

"我同你——"

"你闭嘴！"她板着脸，面罩寒霜，"我没兴趣带着个随时会给我一刀一剑的东西在身边。"她指着他站的地方，指尖一道金光闪过，那是佛门封印之法，她将他封在了方圆五尺之内。"坐下！"

沈旆檀静了下来，一动不动地站在当地。

她走到巨岩堆前，闭了闭眼，张开双臂，意念沉至内心深处，与血流霞呼应交流。只见她的身体渐渐淡去，地上只留下一块鲜红的血流霞，而陆孤光的影子却穿过巨石，进入了通道。

沈旆檀垂下眼眸，看着地上那块闪烁着红光的血流霞，过了好一会儿，长长地呼出了一口气。

04

陆孤光化影进入塌陷的通道，穿过重重巨石，有些惊讶这些巨石崩塌之多。方才任怀苏究竟引动了怎样的巨力才会震塌这许多巨石？他受那古怪地方的气息影响，鬼气大为削弱，为什么仍爆发了这么强大的力量？他遇上了什么？

堆叠的巨石之间慢慢露出空隙，她感觉自己已接近了这段崩塌之路的尽头，果然未过多时，通道重新露了出来。

眼前所见让她大吃一惊，只见原先聚集在洞穴内的鬼怪已消失得干干净净，洞壁上附着一层黑色的粉末，她虽是幻影之身，无法触摸，却看得出那是一层烧灼过后的痕迹。是谁能在冰封的长生塔控制之下引火，将此地烧成这样？

再往前去，那封闭洞穴的蓝色大门早已不见，洞口被完全摧毁，成了一个硕大的圆形破口，仿佛曾被什么浑圆的东西穿过一般。而最惊人的是，在这大门之上便是长生塔，长生塔由万鬼堆成，妖气纵横，一度引动乌云蔽日，可现在她一仰头便看见了蓝天，竟是整座长生塔自塔底至塔尖被穿了一个大洞，似乎是被什么巨大无比的东西彻底摧毁了，成了一座空塔。

那些蠢蠢欲动的尸骸变成了真正的尸骸，枯骨和头颅现在都安静异常地留在塔内，蒙着一层烈焰过后的焦黑，死寂地一动不动。

这会是……什么东西？陆孤光骇然看着化为死物的长生塔，原本长生塔已被丹霞的咒符烧了一半，但有沈旃檀的完魂珠守护，受损之处会慢慢复原。虽然说沈旃檀术法被她所破，岔入了异空间，导致完魂珠与长生塔联系中断，但万妖之塔本是活物，若非遭遇了绝对悬殊之力，面临了灭顶之灾，绝不可能变成这样。

任怀苏在那洞中遭遇了什么？他引着什么东西从那边过来了？

几道异样的光芒映入眼帘，是熟悉的淡金色，与那边山林中的圣光一模一样。她飘了起来，往支离破碎的塔心而去，在约莫七层的废墟之上，找到了一片半透明的碟子一般的东西，质地坚硬，重量却出奇地轻。她抬起头来，更高之处还有几片，都落在长生塔破损之处。她一时没有想通那是什么东西，飘上去再看，另几片淡金色的东西更大更薄，就如阳光凝成了实质，瑰丽非常。

她终于明白，这是一些鳞片。

穿过通道而来、撞塌洞门、撞穿长生塔，让长生塔瞬间毁灭的，莫非是那天地之间战魂所化，无可匹敌的——龙？

难道那片充满异光的山林竟是龙穴？她越想越觉得惊骇，

任怀苏竟然引了一条巨龙闯入人间！如果她推断无误的话，这应该是一条金鳞巨龙，与那紫气所化的祥龙不同，这是一条活生生的、有血有肉的无敌异兽！

这东西本非人间所有，乃天界之兽，它穿云而入人间，瞬息便走，每临人间便带来崩山摧海之威，倾雨造湖之势。龙有龙行之道和龙憩之处，而任怀苏居然想操控一条战龙，他将战龙引入人间，改变了战龙龙游的规律，这会造成怎样的后果，实在难以想象。

任怀苏……

那拥有着温和眉目，全心全意相信这三千世界自有道理，一切皆有美好之处的人，那躯体，竟也能横枪立马，驱龙战天下。

天下，在他眼中，宛如死物。

她能不能追上去说："你能不能缓一缓、停一停、看一看？也许这天下让你灰心，也许人心让你失望，也许除了愤恨你再不必拥有什么，因为一切早已被摧毁殆尽。但那……但那一切都是沈旃檀的错、沈旃檀的罪，你又何必……何必再搭上你最后的所有，去毁灭他想掌控的东西呢？"

要将一切烧成灰，灰飞烟灭，同归于尽……

可是……可是……那是"他"的身体，岂能就这样任他去？

她飘了起来，往那空中残余圣气之处追去，什么东西要烧成灰都无所谓，但只有唯一仅剩的残念，她不想眼看着它灰飞烟灭。

沈旆檀站在陆孤光所画的封印内。

这封印是他失去记忆之时教给陆孤光的，要破解自是容易。

他缓缓探出手，伸向不远处巨石之前的血流霞。

血流霞内闪烁着艳丽的红光，陆孤光的魂魄曾吸取了沈旆檀的大量血气，因此化影的时候，血气残留在了血流霞内。沈旆檀凌空摄物，血流霞归入他手，一缕鲜艳的红线自血流霞上细细升起，灌入他胸口伤处，伤处极快地好转了起来。血流霞内含鬼气，也弥补了他妖力被化的损失。

沈旆檀手握血流霞，过了好一会儿，他略略用力，似乎很想就此握碎此物，将其力据为己有。然而略一犹豫后，他慢慢松开手指，将血流霞放在了掌心。血流霞失了大半鬼气，颜色顿时黯淡，红色光芒却是不减，可见沈旆檀妖力已恢复。

他看了一会儿，突然从怀里摸出一物，往自己胸口伤口深处一探。那是一枚细若发丝的金针，自伤口拔出之后，金针染血，他托住血流霞，将金针缓缓插入血流霞之中，随即轻轻一拗。

他用劲甚巧，柔韧的金针被他一拗而断，留了一截染血的针尖在血流霞中。接着他划破手指，又将鲜血滴落在血流霞上，血流霞重新充盈妖力，红光闪烁，掩去了极细的针眼。

随即他将它放回原处，一眼看过去，似乎和原来一模一样。

做这些事时，从头到尾，他都没出封印一步。

05

　　陆孤光已离开了有一会儿，任怀苏也并未出现。沈旒檀若有所思地抬头望着顶上那古怪的洞口，淡金色的光芒仍在洞口外闪动，仿佛活物一般。

　　活物？

　　他眨了眨眼，突然明白过来——外面闪烁的金光其实并不是什么圣气，而是龙气。

　　那里是个龙穴。

　　被任怀苏引入世间的，是一条龙！

　　便在这时，血流霞一阵闪光，陆孤光人影乍现，奔了回来，见他居然真的没有踏出封印，她冷笑一声："惺惺作态！"无暇多加讽刺，她急急道："喂！你不是要称王称霸吗？任——姓任的引了一条龙，毁了你的长生塔，众鬼已散，你打算怎么办？"

　　沈旒檀勾起嘴角，微微一笑："你想我怎么做？"

　　她沉默半晌，居然也笑了一笑："你说他引龙的结果，会是怎样？"

　　沈旒檀眉心的印纹微微发亮："倾覆河山，身葬龙口。"

　　陆孤光安静半晌："你阻止他，那条龙归你，任怀苏归我。"

　　沈旒檀嘴角的微笑愈发深："那条龙归我、你归我、任怀苏归你，如此我就同意。"

　　她扬起眉头，上下打量着他，就如见了天大的笑话："凭你？你若做得到，我便答应。"

沈旃檀无兵无卒，又不会武功，就凭他赤手空拳的一个人，要如何抵御得了那条龙，又如何阻拦得住即将发狂的任怀苏？不过，要保全任怀苏那具躯体，世上除了沈旃檀，又有何人能出手，又有何人能当真动手？

"哈，"他低低地笑了一声，笑中似乎带着淡淡凉意，"你既不信我能，为何还要求我？"

她沉下一张脸，过了一会儿，淡淡地道："也许只有你葬身龙口，灰飞烟灭，我才能安心吧。"

"你求我阻止任怀苏，却希望我葬身龙口，我葬身龙口以后，你就能抱着他的躯体怀念一辈子吗？"他似笑非笑，"万一我成功了，或者我成功了一半，救了他的性命，你当真会随我而去？不会是我还未葬身龙口，却葬身你手吧？"

她并不否认，仍是淡淡地道："你知道就好。"

他笑得越发开心："世上也只有你，利用别人利用得如此草率，借口寻得如此潦草，又言而无信得如此理所当然。"

"反正你会答应就好。"她沉着脸，"我现在不杀你，留着你一条命让你拯救你的天下，你还真敢和我讨价还价，索取什么报酬？"

"不敢不敢。"他柔声道，"我答应，我尽力。"

她"哼"了一声，眼见他胸口伤势渐好，突地怒从心起，再度在他胸口处狠狠抓出一道伤痕来："我只准你不死，谁准你的伤好了？"

他晃了一晃，微微一笑，也不反抗："是我错了，不该让伤好。"

他如此安顺听话，温柔小心地摆低姿态，她怔了一怔，不知为何就突然想起"任怀苏"当初那句无悲无喜，沉静安然的"姑娘说得有理"，也突然想起了当初傻和尚那一路的纵容——纵容她诸多任性和喜怒无常，无论她怎样折腾，他都一一承受，那温柔情态就仿佛和此时一样。

心念一动，随即陡然升起一阵警醒，她恨不得将沈旆檀一剑刺死，忍了又忍，终于冷哼一声，指了指通道口的巨石："假惺惺的话就不必说了，快去把石头搬开，回去救人。"

外面充盈的龙气扫不到洞底深处，沈旆檀胸口的伤痕在陆孤光移开目光之后就开始痊愈。此处召集不到人界妖物，他眼帘微合，伸手按在巨石上，几条纤细的红色丝状物从他手指蔓出，很快覆盖住大片岩石，那花草一般的红线越攀爬越盛大，很快就如开了一墙的红色碎花。就在这红线蔓延之时，红线之下的巨石无声无息地化为沙砾，慢慢落了一地。

这是什么样的法术？陆孤光忍不住眯起了眼睛。能将巨石瞬间化为沙砾，真是闻所未闻，见所未见。他曾用这法术攻击过任怀苏的长枪，运用它之时似乎也并不一定非要施法念咒，难道是他与生俱来的一项异能？

噬妖者的异能？

在她思考之时，若干块巨石已经化为沙砾。她突然道："你说这里是不是只有一条龙？"

"不止。"沈旆檀微笑着回答。

"打开通道之后，把它封起来。"她皱眉，"我可不想看到有几条龙一起出现在人间。"

"这个……"他略有踌躇,过了一阵他答道,"好。"

他越听话,陆孤光心里杀机就越旺盛。她本以为这人如此听话是因为受龙气侵袭,妖力大损,不敌于她,所以才俯首帖耳。但现在看他躲在洞底,出手碎石的样子,哪里像受了重创?既然并非力不能敌,那他这么听话是为了什么?眼见他手下红线覆盖了大片巨石,他正专心致志化巨石为沙砾,她手中蓦地化出一柄红色长剑,剑光隐隐,乃血流霞所化,长剑骤然往沈旃檀后心插去。

沈旃檀不会武功,且身在龙穴,妖力受到极大压制,一直随身的召唤之妖又已经散去,陆孤光剑刃及身他才惊觉。他猛地回过身来,红色长剑透腹而入,鲜血喷了出来,溅落在陆孤光衣上,瞬间化为无形。她看着他惊愕的眼睛,似乎倒是有些兴趣,多看了两眼,淡淡地道:"你这表情,倒是讨人喜欢。"

他咳嗽两声,陆孤光拔剑而出,那柄剑随即消散而去,不见踪影。沈旃檀伤处再度被红线覆盖,然而无论是巨石上还是他伤处的红线都显得有气无力,细弱非常。"你做什么?"他低弱地问。

"没做什么,看到你好手好脚,我不放心而已。"她上下打量着他,"你的伤是怎么好的?"

他笑了笑,却不回答。

她凝视着他,眼神深处仿佛凝结着冰雪:"既然你的伤已经好了,我要杀你也非易事,何况你手段这么了得,可以化巨石为沙砾。你大可以自己离去,何必这么听话?"

他背靠巨石，那巨石上蜿蜒着一墙的红花，映得他如玉的眉心上那一片额纹纤细婉丽。他按着腹部伤口，柔声道："你要听真话，还是假话？"

"都说来听听。"她留意着他全身上下每一个细节，这人姿态虽低，性情却凶逾猛虎。

"假话就是任怀苏引龙灭世，我不赞同，即使没有你拔剑相逼，我也会设法阻拦。"他柔声道，"龙之力纵天腾海，无坚不摧，甚至在天地圣气之上，如有可能，我会收为己用。"

她皱着眉头："那真话呢？"

"真话就是除了阻拦任怀苏引龙灭世之外，我想……"他越发柔声道，"你虽然是我的血鬼，但就这么吃了你，实在太可惜了。"他慢慢直起腰身，右手搭落在纤细柔软的花状红线上，手指莹润如玉，煞是好看，"既然你已复生，既然你还记得当初，既然你如此眷念任怀苏的躯体，那你为什么不能像从前那样追求我呢？"陆孤光脸色一变，怒色乍现。沈旆檀一把抓住她的手腕，一字一字道："我这一生，未曾想过与人拜堂成亲，既然与你拜了，既然你曾经一心一意对待过我，既然你还记得、我也还记得，岂能就此算了？"他微笑道："你看，我岂不比任怀苏形貌更好？岂不比他温柔体贴？与你订过终身的人是我，你岂可追他而去？"

陆孤光听得火冒三丈，厉声道："鬼话连篇！颠倒是非黑白！"她气得一时间想不出什么话来反驳，明明他当初娶她是为了杀她，甚至都已杀过两次，他却口口声声说"岂能就此算了？"

"真话就是——我从来都比他好，"他用力扣住陆孤光的手，目中骤然暴闪出炙热狂烈之色，"你与我过过鲜血，你是我养的血鬼，你身上还流着我的血，你与我拜过堂，你是我的东西……既然你是我的东西，任怀苏算什么？我岂可让他染指你？哈哈哈……"他纵声长笑起来，笑声中全是戾气寒意，"你迟早是我的东西，迟早会化归为我的一部分，我总会想到办法让你抛弃任怀苏那躯体，总会让你跪下来求我，求我吃了你！"

陆孤光的回答是血流霞再度化剑而出，第二剑刺落，沈旃檀却不再示弱，用力将她推开，微笑道："假相温柔美好，而真话总是让人失望愤怒，可惜世人总是喜欢追寻真相，不懂得欣赏假相之美。"眼见陆孤光气得脸色惨白，挥剑砍来，他眸色如水，温和地道，"你杀了我，还有谁能帮你阻止任怀苏葬身龙口呢？"

陆孤光长剑霎时顿住，紧紧咬牙。

"放下刀剑，恩怨情仇现在都不重要，重要的是我们现在要出去，找到那条龙，然后收服它。"他微笑着，脸色端然，秀如观音。

第十六章

枭龙啸九天

01

茂宛城上,艳阳高照,乌云滚滚。明明太阳应与白云相伴,但此刻天空中滚动的却全是阴暗稠密的乌云,乌云之中有物若隐若现,躯体庞大,隐约可见犄角。而天色也并不清明,而是泛着一层略带紫光的宝蓝色,煞是古怪。城下百姓仰头观望着,议论纷纷。善男信女们心惊胆战,纷纷涌入蓼云寺磕头烧香,一时间蓼云寺内香烟缭绕,念诵之声不绝。

任怀苏足下踏着一只生着双翼的彩色怪鸟,正立于空中。此鸟名为"蚀雉",是一种吃人的怪物,然而飞行极快。在他闯回长生塔下空洞的时候,妖鬼受龙气所惊,四散而逃,任怀苏顺势跃身于一只蚀雉之上,接着腾空而起。尸魅虽然也能凌空而行,然而远不如蚀雉速度快。就在他足踏蚀雉穿空而去的时候,背后金龙轰然穿透长生塔,追了上来。

任怀苏身上浓郁的鬼气引得金龙狂追欲噬,蚀雉受到惊吓,在空中四处乱窜,而金龙盘旋在天,稳稳地跟随着蚀雉。众人在地上看去，便见乌云之中似龙之物盘旋不已，十分可怖。

随着天空中响起一声似鸡非鸡、似狼非狼的尖啸，蓦地一团色彩斑斓的东西破云而出，其上似乎还有一个隐约的人影，那东西直冲蓼云寺而去。随后众人眼睁睁看着一条庞然巨龙自云中穿来，紧跟着那团色彩斑斓的东西，向蓼云寺追去。

蓼云寺外有方丈所立的结界，然而结界不知已被什么力量化去，巨龙追逐着那团异物径直冲向蓼云寺。只听轰然一声巨响，沙石漫天，数栋佛堂被撞成废墟。金龙喷出烈火，千年古刹瞬间燃起一片大火，烈焰滚滚，蓼云寺整座山头都陷入了火海。寺庙内烧香磕头的人惨死大半，剩下的狂呼惨叫，纷纷奔逃，受伤倒地的人万分惊恐地看着天空中仍旧盘旋的龙，吓得肝胆俱裂。

龙？

龙是祥兽、瑞兽，怎会屠戮人间？

蓼云寺巨变发生不过片刻，皇宫深处也传来了深沉的巨响，火焰冲天而起，瞬间浓烟滚滚。继而四面八方接连传来巨响，山石崩塌，尘烟充斥，谁也看不清远处究竟发生了何事，人们只能在家中紧紧拥抱，惊骇异常。

皇宫之中，大半殿宇崩塌，皇上云巢却并未受伤，他被黑旗军护卫着匆匆避入地下，震怒非常。三王爷云笱急急赶来，变色道："皇上，天空之中有巨龙盘旋，正在毁天灭地！"

云巢紧紧抓着座椅的扶手，怒道："是何人引龙而来？"

"龙非寻常之物，常人绝无可能引龙而来。"云笱深吸一口气,"方才我亲眼所见,巨龙之前尚有一人,似乎是他。"

"他?"云巢咆哮起来,"任怀苏?朕早就说留他不得!即使朕对他恩同再造,这妖物一旦记起往事,必定饶不了云家!都是你们口口声声要留他,你看如今……如今要如何是好?"他咬牙切齿地喊:"云筲!"

云筲苦笑:"臣弟在。"

"快去找……去找能收服那妖怪和龙的高人,朕要他死!马上就死!"

"是。"

大地震动,烈焰冲天。姬珥的朝珠楼频频摇晃,不少东西叮叮当当响个不停,不过还算完好无损。丹霞正坐在姬珥房内闭目冥想,姬珥仍然坐在他的摇椅上,反正大地摇晃,他的摇椅也摇晃,无甚差别。

"这条巨龙真出人意料。"丹霞冥想了半日,忽然开口,缓缓地道。

"世上可有除龙之法?"姬珥将袖子盖在脸上,叹了口气。

"有。"丹霞凝望远处,"《周易》有言,'龙战于野,其血玄黄',除龙之法,便是以龙战龙。"他转过头来,神色肃穆,"但世上何来第二条龙呢?"

姬珥哑然,叹了口气:"那我们便只好洗洗等死了。"

丹霞摇了摇头:"然而天兆所示,却有生机,此事并未到绝望的地步。"他凝望着远方那烟尘四起、遮天蔽日之处,"但不知挽救之人,现在身在何方。"

当陆孤光和沈旃檀化开巨石走出通道的时候,只见四处黄尘涌动，天上乌云密布，电闪雷鸣，却不下雨，天色怪异至极。大地不断震动，血气与焦灼之气扑面而来，沈旃檀叹了一声："他动手了。"

陆孤光冷笑一声："你不是要收服它吗？还不快去？"她指指脚下的土地，"你既然妄想君临天下，若再晚点，天下自茂宛开始寸寸崩裂，君临天下还有何趣味？"

沈旃檀仰起头来，自口中吐出一物，是完魂珠，但见那珠子向四面点点消逝，却是他散去完魂珠，将生灵归还给了众人。陆孤光怔了一怔，不知他要搞什么鬼，失了完魂珠之力，他要如何收服金色巨龙？

却见完魂珠散去后，沈旃檀聚起一团暗绿色的诡异光芒，一种熟悉又奇异的腥气飘散开，四周窸窸窣窣的声音响起，先是一些小蛇蜿蜒而来，随即一些粗如树干的大蛇也缓缓而来。

蛇？

陆孤光退开几步，传闻蛇修炼数千年而一变，经数变而化龙，虽然不知现在天上的这条龙是否也是由蛇一步步所化，但或许最接近龙的也就是地上这些蛇？

沈旃檀静静等候着，千百条蛇慢慢聚起，逐渐地也有形状古怪的蛇妖出现，甚至也有身形巨大，目如鸽卵，已在化龙路上的巨蛇出现。

众蛇随着沈旃檀指尖的暗绿色光芒起舞，突然间绞缠在了一起。沈旃檀指上绿光沉入众蛇之中，绿色光芒随即笼盖众蛇之身，一条万千长蛇所化的巨龙缓缓成形。

以蛇化龙？

陆孤光眨了眨眼睛，他倒是会盘算，但这条"龙"体型虽然巨大，却不会飞，要如何和天空中的巨龙相斗？

　　又见沈旆檀手指上那诡异的红线蜿蜒长出，覆盖住众蛇所化的龙身，将大小长蛇紧紧缠住，她看着那些红线旺盛地长出，到最后完全脱离沈旆檀的身体，密密盘结在蛇龙身上，朵朵细碎红花，宛若龙鳞一般。

　　再接着沈旆檀身体一晃，一道淡淡的影子穿出身体，进入蛇龙之中，那躯体仰后软倒，陆孤光本能地一伸手将他扶住。只见那条非红非绿，颜色斑斓驳杂的怪龙竟腾空而起，向金色巨龙迎去。

　　他……

　　那是魂魄之身吧？

　　陆孤光扶着沈旆檀双目紧闭的身体，望着半空的怪龙，那条怪龙对她看了一眼，不知为何她竟能看得出它笑了一笑，随即它掉头而去。

　　他那具有怪力的红线已全部爬在了怪龙身上，而他承载妖力的魂魄脱出身体，操纵怪龙而去，以身化龙。

　　只为一句君临天下……你既不爱世人，世人亦不爱你，但你却能做到这一步。

　　她莫名有些悲戚，他舍弃一切，孤注一掷，与其说是为了王权尊位，更像是无论如何也不愿守着一片焦土而独活。

　　即使天下倾覆，你我仍能独活，但我明白孤独地活着，尤其是永远孤独地活着，无可悲，无可喜，不可追，不可忆，甚至无所谓善恶，无人怨恨……

通天彻地也好，毁天灭地也罢，又能如何呢？

不过一场虚空。

大幻而已。

她怕到不敢想那条可以预知的路，而沈旆檀莫非……也怕？

她缓缓低下头看了一眼怀里的躯体，身上的伤口因为失去红线之力而显现出来，胸口的已经几近痊愈，腹上的却仍在流血，面上肌肤惨白，浑然不见方才的神采飞扬。

这具躯体仍是人身，他不是怪物。

她轻轻地叹了口气，隐约觉得沈旆檀种种所作所为也并非如刚开始那样不可捉摸、难以明了了。

02

天色变得愈发暗沉，电闪雷鸣，黄尘滚滚，龙鸣响彻天际，那两条腾飞半空的龙终于绞缠在一起，交战了起来。

狂风疾走，飞沙漫天，整个茂宛城的百姓都在仰首观看天空中的双龙之战，但见浓云被龙身搅得片片碎裂，天空古怪地闪着紫光，早该日落，而那轮怪异的红日就是不落，星辰始终不露面。

朝珠楼内，姬珥和丹霞一起凝望着空中的巨龙，表情都有些异样。

姬珥收起了慵懒之态，只是面上的表情也谈不上多庄严肃穆："那是什么？"他下巴微抬，示意丹霞去看那条古怪的斑驳巨龙。

丹霞表情端正,缓缓答道:"那并非龙,而是蛇。"

"蛇为什么会飞?"姬珥叹了口气。

"那些蛇充斥了蚀稚的妖气。"丹霞缓缓说道,"蚀稚是一种疾飞的妖兽,蚀稚的妖气善飞、能噬人、易造幻象。"

"有人聚蛇成龙,以蚀稚之妖气促使它飞行?"姬珥又叹了口气,"真是聪明绝顶,但有用吗?金龙之气最善洗涤妖邪,那条大蛇怎么会有胜算?"

"胜算?"丹霞缓缓眨了眨眼,"天下皆知,龙颈下有一处逆鳞,'人有婴之,则必杀人',触之则发怒,那就是龙身上要害之处,如果这条大蛇能……"他微微一顿,仿佛也觉得自己所说的颇为荒谬,却仍说了下去,"能重创那处逆鳞,也许……"

天空中龙身纠缠,云雾滚滚,地上黄沙狂舞,蔽人耳目。即便是姬珥这等眼力也看不出大蛇究竟在攻击金龙身上何处,他摇了摇手里的卷轴:"也许能赢?但那怎么可能呢!"

"不错,并无可能。"丹霞从不妄言,他说不可能,那就是根本不可能了。

但天空中双龙仍在纠缠,那条以蛇聚成的怪龙虽然并没有赢,却也并没有输。

陆孤光默默站在沈旃檀化龙之处,手中的躯体在一寸一寸地变凉。魂魄离体,躯体就是个半死之物,而这躯体本就已经死去太久了。天空中双龙仍在盘旋,她手中的躯体一点一点地变化着,肌肤变得干涩,慢慢长出了皱纹,仿佛突然间寻回了属于自己的时间，在一点一滴地变成他原本该有的样子。她默然看着，突然想到这怪人原来已经独自抗争了近百年，是旁人一世的光阴。他原本有端丽的模样，出众的才华，却都在渴求出人头地、权倾天下的阴谋算计中耗尽了……

到头来……

她仰头望着天空，到头来，就算战胜了一切，推翻了过去，权倾了天下，自己只余一具枯骨，又有何意义？

你不觉得可悲吗？

我却觉得悲从中来。

龙啸震天，天色骤然一暗，她蓦地感觉有些什么东西从空中下雨似的坠了下来，回头一看，却是条条长蛇，它们自高空坠地，全跌得血肉模糊，不成形状。

她悚然一惊，莫非……莫非连沈旃檀也敌不过这巨龙？她全身绷紧了，若是连沈旃檀都阻止不了金龙灭世，阻止不了任怀苏被金龙吞噬，还有谁能？

我是不是该助你一臂之力？

她将沈旃檀已渐老朽的身躯放在地上，血流霞化剑而出，她身影微微一淡，血流霞之形化为长剑，便不能维系她的人身，但这也正好让她更容易腾身飘起。随着一剑之势，她飞身而起，向金龙冲去。

半空之中，任怀苏坐在一只蚀稚背上，十分闲适地观看着双龙之战。

沈旃檀所化的怪龙已经遍体鳞伤，受金龙龙气侵蚀，众蛇之中凡是具有妖气的都已妖气散尽，濒临死亡，仍然活跃的反而是那些不受龙气干扰的寻常长蛇。怪龙仍能活动,甚至仍能不断冲击金龙颈下逆鳞,全是因为怪龙身外覆盖的那一层红线一般的东西,那东西蜿蜒生长着,其中蕴含巨力,甚至能试探着吸取龙气化为己用。

任怀苏冷眼旁观,那些红线便是噬妖者天生的异能,其实是噬妖者体内有吞噬之能的血脉所化。沈旃檀将一身血脉尽数抽出,覆盖在怪龙身上,确实是孤注一掷,别无退路了。

沈旃檀此人,从来藐视人命,眼里除了自己,再无他物。

在此人眼中,他所受的轻视、侮辱、怠慢,件件重若千钧,如不一一还回,如不登临天下,如不光芒绽放,他的人生便没有意义。在此路途之上,旁人所受的伤害、掠夺、痛苦,件件轻若鸿毛。

这样自私、卑劣、狠毒的人,竟然也有为了什么东西拼命的一天。

哈!真是难得一见。

任怀苏看着怪龙身上的红线丝丝断裂,条条长蛇从空中坠下,那双眼似乎既看到了表象,又看穿了内在的一切,一切的尽头,只是洪荒大漠,流沙白骨。

突然一道红光穿云而来,他略略挑起眉头,只见一柄长剑剑芒迸射,竟是佛门般若剑。那剑光萧然,其中凝聚了天地圣气之力,一剑飞来,云雾顿开,他座下蚀雉惊叫一声,往旁疾飞。在这瞬息之间,金龙掉头张口,剑气当的一声撞在金龙颈侧,偏离颈下逆鳞不过五寸。这一剑凌厉无比,即便金龙鳞甲甚厚,却也被划出一道极深的伤痕,金色龙血滴落,金龙仰天怒吼，五爪扬动，向陆孤光头顶抓去。

陆孤光第一剑得手，颇为诧异，没想到威风凛凛的金龙在她剑下也会受伤。她吸纳了沈旆檀那块容玉中的天地圣气，它的力量居然如此强大？那些圣气存在容玉里那么久，他为何不据为己有？既然第一剑得手，第二剑她便不容情，般若剑去势凌厉，在金龙身上留下道道血痕。

然而庞然巨龙根本不在乎身上区区几道划痕，它陡然一个掉头，龙口中喷出灿然火焰，直往一处山头烧去。陆孤光遥遥看见任怀苏足踏一只异鸟，衣袂当风，就站在那处山头，那不言不动的神韵气度和傻和尚一模一样。她心里一急，喝道："给我回来！"话音未落，她的身影突然完全淡去，只剩下那柄熠熠耀眼的红色长剑。第一道烈焰烧过，任怀苏驱使蚀雉避开，然而龙焰瞬间点燃整座山头，火海再现，生灵尽绝。回过头来，金龙已对他喷出第二口、第三口龙焰，那金龙之火所向披靡，难以熄灭，四面八方都熊熊燃烧，甚至连天边的乌云都已烧起。就在此时，任怀苏突然放任足下蚀雉飞走，临空而立，平静地看着那龙焰。

那焚天的烈火蔓延过来的时候，他感觉到的，是许久未曾感觉到的平静。

在很久以前，他没有遭遇背叛，没有为忠义后悔，他曾毫不怀疑，他曾看得到未来。

那时候纵然投身兵戎，心情也很平静。正因为平静，所以才能忍耐，所以才能所向披靡，攻无不克。

然而从什么时候开始，他已经不再是他？

他摧毁了皇宫,却并不觉得快慰。他也摧毁了山峦楼宇,害死了成千上万无辜的百姓……如果他愿意,不费吹灰之力便能将他熟悉的一切化为飞灰。

不费吹灰之力。

然而将一切化为飞灰,并不能抹灭过去。

天下皆兵,人如蝼蚁,三尺之外,举目荒芜。

即使将人间化为乌有,亦不过身处荒芜之中。

永无止境。

他的一切早在六十五年前就已被摧毁殆尽,他早已一无所有。如果能寻到一个可以停止的终点,有何不好?可以不再算计、不再怨恨、不再记得、不再后悔。

那就是平静了。

03

龙焰扑来,任怀苏平静以对,姿态不变,毫无逃离之意。

啪的一声,一物比龙焰更快扑到了他身上,他被扑得踉跄一晃,随即炽热的龙焰淹没了他,而身前的东西却散发出一种月光似的奇异的光晕,阻拦住了火焰。随即有人伸手探入他怀里,从衣袋里摸出一个黑色绣袋,打开绣袋,里面一物荧光闪闪,他顿感身周热气大减。皱眉看着扑来的人,她已化作人形,正是陆孤光,他问:"做什么?"

"极日之珠,可抗烈火。"她答非所问。

"我是问你,你扑来做什么?"

"因为你是他的身体。"她的声音听起来没什么情绪,有点理所当然,"我想留一点回忆。"

"回忆?"他笑了一声,笑声在烈焰浓云中回荡,"追寻回忆能让你快乐吗?"

"不能。"她淡淡地答。

"你和我一样,一无所有,并且是永生永世地一无所有。"他用那张温润如玉的面孔微笑,"'他'骗你、害你、杀你,你不觉得难过吗?你没有感觉到后悔吗?回忆他?为什么要回忆他?'他'让你错掷了感情,让你失去爱第二次的勇气和热情,记着他,你往后漫长的岁月都会不平静。"

"我喜欢他,高兴记着他。"她的语气越发冷淡,那言下之意就是你管不着。

他不置可否,看起来也不生气,只是似乎叹了口气:"与其追求孤独的记忆,为什么不寻求一个终结呢?你珍惜的东西早已支离破碎,永远不可能回来,记着、想着、等着,又能如何?不如与我一起,到此为止,岂不甚好?"

她不说话,他双手缓缓扣在她腰间,往前一步,轻轻地向龙焰走去。

四周烈焰滚滚,极日之珠在急剧消耗,很快就会消耗殆尽。

又一声龙鸣响起,就在金龙集中精力喷火,意图烧死任怀苏和陆孤光的时候,沈旇檀控制的那条怪龙一声长鸣,龙头上的犄角终于撞到了金龙颈下,插入了逆鳞之中。金龙狂呼一声,昂首盘旋而起,风云瞬间变色,红日消失,天空灰暗,仿若夜晚将临。

陆孤光眨了眨眼,突然间只见任怀苏眉心那旋转的黑洞慢慢扩大,骤然间在他身上自上而下撕开了一个巨大的裂缝,裂缝长达半丈,打开如邪天之目,其内万鬼齐呼,骷髅呻吟,鬼气如烟般飘散而出,绘成道道鬼爪。

鬼门!

她大吃一惊,任怀苏居然以身为介,在金龙面前打开了鬼门!

果然鬼门一开,那冲天的鬼气立刻吸引了金龙,它几乎毫不犹豫地对着鬼门喷出龙焰,随后拖着重伤之躯,长啸一声,冲入了鬼门之中!

天空刚才半阴半阳,一半天空充斥了阴森鬼气,满是骷髅黑影;一半天空则充斥着金龙身上的紫金之气,似紫非紫,似蓝非蓝。而骤然撞击之后,金光尽敛,龙气消失,鬼门也瞬间消失,空中宛若什么也不曾出现过。

连任怀苏的影子都不复存在。

陆孤光振翼对着鬼门的方向飞去,天色逐渐恢复正常,星光点点亮起,夜风清凉,带着余烬的淡淡焦味,自鼻端掠过,不见方才异象的丝毫痕迹。

往下望去,茂宛城内处处浓烟滚滚,房屋不知倾塌了多少,不计其数的山头起火,远近皆是。虽然金龙已然进了鬼门,但龙焰余威仍在,半空之中虽然不闻悲号之声,却可想而知地上民众的悲苦。她举目四顾,却怎么也找不见任怀苏的身影,她知道尸魅能开鬼门,可开了鬼门之后呢?

他还会在吗？

他还会回来吗？

或许是会的。真可笑，尸魅永远不会死，就算毁坏了它的躯体，只要有残肢存在，它就能复生，除非像龙焰那样，将他烧得灰飞烟灭，否则他永远不会死。

为什么要考虑他会不会死呢？她想即使他回来了，即使他仍是原来那副样子，可如果那具躯体只是周而复始的一个形状，那个形状甚至无法回忆与她相拥的温度，也无法解释为何能以那样温柔的眼神看着她，无法回答为何能够下得了手杀她……

这样的任怀苏，她可愿意亲近？

她还会拼了命去守住他那个形状吗？

思来只有无尽的寒意。

傻和尚终是永远不在了，没有人能和她一起回忆，她曾恨过他、怨过他，不明白他怎么能下得了手，怎么能骗她两次、杀她两次。后来她想明白了，因为要杀她的那个人总是信念坚定，总是以为杀了她就能挽救一切，总是因为想要守护一切而动手。

他真笨，也真傻，他总是相信他忍耐了、牺牲了、犯罪了、杀人了，就能拯救一切。

其实谁需要谁拯救呢？就算你不在了，也总还是有别人能做一些你想象不到的事。

她默默地自天空落下。你若知道你的出现和消亡从来只是沈旆檀精心筹划的阴谋，只是他保全自己、吞食天下的筹码和铺垫，你定然会设法自尽吧？

世无一人可全功，而一人却可乱世。

沈旃檀毫无疑问就是那堪比灭世天兆的乱世枭雄。

陆孤光落到地上，目光掠过地上那些血肉模糊的长蛇，也不知被她斩为两段的碧蛇落在哪里。她略略偏移了目光，注视着地上已经化为佝偻老者的沈旃檀。

她留意到，他的胸膛尚在起伏。

难道竟是回魂了？

她往前走了几步，眯起眼站在他身边。

沈旃檀满脸皱纹，满头白发，枯瘦的五指颤巍巍地向她伸了过来，喉头蠕动，仿佛想向她说句什么。他的妖力在与金龙战斗中消耗殆尽，又被她从高空打落，勉强回魂之后已是强弩之末，这具身躯又已老朽至极，现在便是一个路人也能一棍将他打死，更不必说什么君临天下。

她淡淡地看着他："你还没死？"

他的目中透出极强的光芒，身躯和魂魄虽已苍老无力，心却仍然不死，仍透露着断然不甘的亮光。

"你说你要阻止他，结果却没能做到。"她淡淡地道，"最终阻止他的是他自己，不是你。"

他咽喉发出咯咯之声，目中是极强烈的不甘和愤恨。

"别说那条龙是你伤的，就算你伤了那条龙，它照样可以吞了你、吞了我、吞了任怀苏，照样能毁灭它所过之处。"她看着他的眼睛，冷冷地道，"所以你一点功劳也没有。"

他的目光越发刺眼起来，五指向她张开，仿佛急欲抓住一点什么，全身都在颤抖。

"哈，你心比天高，做尽了阴毒之事，泯灭了良知，一步一步算来和得来的东西也不过如此。"她缓缓弯下腰盯着他的眼睛，足尖去踩他的左手，一足踏下，慢慢用力，"你恨任怀苏，因为他曾拥有你所梦想的一切，名声、威望、地位、权力。你总是忍不住要害他，舍不得一刀杀他，你总要他生不如死，可惜到最后无论为妖为鬼，你仍然比不过他。你连那条龙都收拾不了，何谈君临天下？你如何面对你飞帖请来的天下英豪？"

"呃……呃……"

沈旃檀的咽喉发出了断断续续的声音，却不成话语。

她微微一笑，继续道："记得吗？你说你无所不能，你说你形貌姣好，你说你温柔体贴，你说你与我有白头之约，问我为什么不追随你，却要随任怀苏而去？你说除了你世上还有谁能阻拦金龙之威；你说总有一天你能让我跪下来求你吃了我，而现在呢？"她冷冷地看着他，眸光如冰似箭，"我站在这里，就在你的面前，距离你半步之遥，"她的声音微微一飘，"我可以跪下来，可以求你吃我。可惜的是，就算我跪下来求你，你也没有力气吃了我。你说，这可不可笑？"

沈旃檀全身剧震，目中怨毒历历可见。

她衣袖一拂，化出一面镜子，慢慢举到他面前："你看你，你那令你自负的形貌在哪里？可俊美得过任怀苏？我为何要随你而去？沈旃檀，你一世都在害人，可曾想过你也有今日？"她挥袖散去那面镜子，淡淡地道："我知道今日你是真的拼尽全力、孤注一掷地挽救世人、阻拦金龙,我也想慰劳你辛苦,想赞美你几句救世英雄,但可惜我说不出口。""我想你也不爱听我赞你是英雄是侠士,你瞧不起英雄侠士,我平时也不大瞧得起,但你委实不值得旁人赞你一句英雄。"她凝视着他,"你就是个机关算尽的小人。"尚未等沈旃檀缓过气来,她又加了一句:"看到你这样的下场,我很高兴。你害他消失,害我只得一场空梦,我不杀你……"她眨了眨眼睛,淡淡地道,"你已生不如死。"

言罢陆孤光站起身来,抖了抖衣袖,掉头而去,果然不再看沈旃檀第二眼。

枯瘦干涸的沈旃檀死鱼一般躺倒在百里荒原,四下不见半点活物,徒有众蛇残尸,冷风黄沙,见证着他不住地颤抖。

04

几日之后,受邀约而来的奇门高人抵达百里荒原,但见妖塔倾颓,生机尽绝,满地荒凉的黄沙,寒风凛冽,不见半个人影。

众人面面相觑,正愕然之时,一位须发皆白的老者被人用轮椅推了出来,却是江北洪家的洪羌。这人本已病危,但在他儿子洪世方相思病好了以后,他也突然间大好起来,如今只是行走略微吃力,性命已是无忧,因此人人都道是他洪家福厚。洪羌素来嫉恶如仇,长生塔虽然并未给他下请帖,他却依然来了。

"莫非前日双龙之战，竟是摧毁了这妖塔？"洪羌声若洪钟，"果然善恶昭彰，天理循环，容不得恶贼作怪！"

而他身旁一人向正在细看长生塔的几位高人拱手："还请行云方丈一试术法，试探这妖塔可是假死，其中妖人是否尚在？"

行云方丈年方四旬，虽是蓼云寺住持，对沈旆檀之事却是知之不详，自然不知这惊天妖塔就出自他后山故人之手。蓼云寺被金龙龙焰所毁，行云方丈侥幸无事，正满腹嗔念，当下念动术法，金色佛光闪动，随即笼罩长生塔。

焦黑死寂的长生塔徐徐散发出淡蓝荧光，点点如蝶飞舞，行云方丈讶然停手："有幸存之人？"

众人目光古怪地仰视妖塔，有数千人在这里失踪，难道他们并没有死？

金色佛光慢慢在长生塔底凝聚成形，众人看见了金龙穿出的巨大洞穴，快步闯入洞穴后，众人惊愕地瞧见塔底横躺着不计其数的人体，人人身躯冰冷，宛若僵死。丹霞随众人缓缓走入，摸了摸其中一人的脉门："尚有气息。"

这些人竟然没死。

姬珥也走在众人之后，双龙之战他和丹霞看得很清楚，沈旆檀既然聚蛇为龙，就无法再聚完魂珠，也幸好他放弃生魂之力，转而以妖力聚蛇，散去完魂珠，这些人的生灵才得以回归。

"尚有气息，仍可挽救。"丹霞缓缓地道，"只是长期不进食水，对身体危害甚大，若非众人曾被施以摄魂之术和冰冻之法，进入假死之态，只怕早已丧命。如今只需服用些许药物，回家静养即可。"他从袖中取出一瓶药丸，"其余药丸，可到我观中领用。"

地上假死的人众多，众人纷纷开始动手将人搬出洞穴，喂食丹霞炼制的药丸。就在忙碌之时，突然有人"咦"了一声："那边还有个活人。"

众人凝目望去，只见在长生塔狰狞扭曲的残骸之中，有个枯瘦干瘪的老者躲在其中，他衣衫褴褛，头发花白，脸上的皱纹多得几乎盖住眼睛，身体颤颤巍巍的，仿佛连站都站不起来。

洪羌命人将轮椅推了过去："这位老丈怎会误入此地？可也是受妖人所害？"

那老者口齿翕动，却说不出话，只能发出些断断续续的气音，接着便咳嗽起来，上气不接下气，仿佛多喘两口气他便要死了一般。

洪羌皱起眉头："你可也是受妖人所害？"

老者迟疑半晌，缓缓点了点头，指了指自己的嘴巴。

"来人，给这位老人家送点食水。"洪羌知晓这百里荒原无任何东西可供食用，这老者若是误入此地，就算长生塔已经僵死，他必定也多日未曾进食了。看他这副模样，也不可能自己走出荒原。"准备一副担架，将老人家和洞穴里的人一起抬出此地。"

洪家虽然中落，却仍颇有威望，手下奴仆也多，当下很快有人给了老者一个水囊，一袋干粮。

老者如获至宝，打开水囊便立刻喝了起来，不过片刻就把水喝得点滴不剩，一双手紧紧抓着干粮袋子，丝毫不敢松开。洪羌瞧了他两眼，这人年纪虽老，一副行将就木的样子，却是如此怕死，不由得叹了口气。

老者喝够了水，小心翼翼打开干粮袋子，慢慢取出一块，细细地嚼食。身边人来人往，忙着救人抬人，他神色木然，只当作没看见，仿佛天地间只剩了他一人。

有人缓缓走到他身边，老者抬起头来，看到了丹霞飘然的紫衣。

他很快低下头，缩起脖子，做出一副瑟瑟发抖、衰弱痴呆的模样。

丹霞在他身边站定，顿了一顿，又转身走开了。

老者埋着头嚼食手中坚硬的干粮，那东西对于他来说太硬，也太难吞咽了，但他仍在拼命地吃。

"喂。"

身后有人拍了拍他的背。

他顿了一顿，他妖力尽失，天生的噬妖者血脉又已失去，他已无法感应身前身后是否有人接近。他回过头来，身后之人一身华服，细碎的水晶在阴云密布的百里荒原里仍旧显得光华熠熠，来人面含微笑，风姿秀美。

是姬珥。

老者戒备地看着他，紧紧蜷缩着身体，一动不动。

姬珥弯腰递给他一个包子，包子热气腾腾，也不知他是如何带来的，随风送来一阵鲜甜的笋香。

他很快拿过那个包子，姬珥拍了拍他的背，转身走了。

他用力咬着那包子，包子里是熟悉的素菜馅，仿佛是在很久很久以前吃惯的那种滋味。

那时候他并不知道什么是饿，什么是好吃。

老者很快吃完了包子，趁着洪羌没注意，他摇摇晃晃地站起来，拄着根拐杖，跟跟跄跄往西行去。

最西之处，有山名曰素华。

素华山巅传闻有异兽名为"韶华"，食"韶华"之心，可返老还童，青春永驻。但这"韶华"异兽究竟生得什么模样，世上无人知晓，自这传闻出现至今，只怕从没有人当真吃过这种异兽的心，更没有人当真返老还童，青春不老。

05

素华山下。

有一人正在山下的小树林里瑟瑟发抖，这人枯瘦异常，满脸皱纹，看起来已经极老，却是孤身一人，坐在溪边的石头上抱着自己发抖。他身上几件衣服乱七八糟地套在一起，有的宽、有的长，都是破烂不堪，显然不知是从何处偷来的。虽然穿着几件衣服，他却仍是发抖，一副害冷的样子。

虽是害冷，他却仍坐在溪边，他其实已经坐了很久，此刻终于鼓起勇气，朝溪水里看了一眼。

平静的溪面上映出一张衰老丑陋的面容，眼睛被皱纹遮挡得几乎看不见了，眉心的红色额纹已经全部消失，只余浅淡的一点红。

这人是谁？

这丑陋至极的怪物是谁？

是谁……是谁害得他如此？

他的手在发抖，抓起一块溪边的石子，狠狠地向水面砸去，水花四溅，水中的轮廓扭曲变形，宛如狞笑。

啪啦一声，又有石子落在水中，他抬起头来，看到两个穿着粗布衣裳的娃娃从小溪对面钻了出来，招呼道："老爷爷，你也在玩水吗？"

老爷爷？他怔了一怔，目中杀机顿起，抓起石子就往娃娃的头上砸去。

小娃娃欢呼一声，扑了过来，从溪水里捞起卵石也砸了过来，他们只当老爷爷在和他们玩呢。

老者身上被两个娃娃砸中许多下，他感受着身体的衰败，终于忍不住咳嗽了起来。两个娃娃吓了一跳，把他扶了起来："老爷爷你怎么了？"

想不到，竟有一日他连两个小娃娃都斗不过。老者剧烈地咳嗽，喘不过气来。两个娃娃一个推一个拖，把他从水边拽了起来："老爷爷玩到生病啦，到我们家去吧，我叫娘亲给你看病。"

看病？

老者微微一顿，在很久很久以前，他也曾为人看病，不过那是因为……哈哈哈……世上竟有不问缘由，无缘无故对你好的人吗？

呸！都是别有用心！都是别有用心！无论是多么纯真、多么相信你的人……到最后都会变成害你的利器！

他思索得很慢，两个娃娃的家却住得很近，不过二三十步的功夫，他已被拖到了一处草屋之外。

一位温婉的女子正坐在门口晾晒采来的草药，眼见两个孩子拖了个垂死的老人过来，大吃一惊，站了起来："你们做什么？快把老人家放开！"

"老爷爷和我们玩水，然后生病了。"

"让我看看。"女子无暇责骂孩子怎能和这么年迈的人玩水，先把老者扶了起来，看了一番后道，"这位老人家风寒在身，口不能言，怎么能和你们玩水？真是胡闹！"

"娘亲，你把老爷爷治好好不好？"

女子思索片刻："这位老人家的病症十分复杂，娘这里缺了几样药材，娘这就写张药方，你们去镇上跑一趟。"她取了笔墨出来书写，刚写下一字，毛笔突然被老者抢了过去。她吓了一跳，只见那老者颤颤巍巍地在纸上写下"此山可有'韶华'？"

女子微惊，这老者虽然衰老病重，字迹却依然端正俊逸。她微笑道："山上的确有'韶华'异兽，不过只有一只，'韶华'有数百岁，百年才得一子，行动如飞，极难捕捉。但现在山上那只'韶华'已经被人捉去了，为民除了一大害……"

她还没说完，那老者急急抓住她的手，匆匆写道："被谁捉去了？"

女子奇怪地看着他："'韶华'是一种喜爱啃食药材的异

兽，专吃山上的珍贵药材，是我们药农的大害，就在前日，一位姓陆的姑娘来到山上，当即就把那头害兽抓走了。"

"陆孤光？"老者继续写道。

女子点了点头，奇道："老人家认识陆姑娘？"

老者紧紧握住毛笔，像要把毛笔握碎，又像要生吞了眼前这张纸："她现在何处？"

"陆姑娘居无定所，昨日已向凝碧山去了。"

第十七章

云外飞白鹤

01

凝碧山,山峦绵延百里之遥,山势并不陡峭,十分徐缓,然而林木茂密,人迹罕至。

素华山盛产奇药,而与它毗邻的凝碧山却少有药材,也不知是地气有失,还是藤蔓矮树过于茂密,常人难以深入,故而不得其中珍宝。

自素华山下来的佝偻老者慢慢走到凝碧山前的一条小路路口,望着眼前的密林,谁也不知他在想些什么。想了许久,他终于还是拄着木杖,摇摇晃晃地走入了山径。

凝碧山的林木都属于矮树,叶子细小,枝干甚多,之间缠绕着许多藤蔓,如无前人开路,根本走不进去。这条山径也是许久之前旁人走过留下的,又已长满了杂草与藤萝。

"咳咳咳……"老者捂着胸口咳嗽。他已经受过素华山上药娘的诊治,又吃了几日热饭,身体有所好转,但药娘直言他年纪老迈,血脉有所缺失,又身中寒毒,导致肢体行动困难,口不能言，只怕难以再得长寿。她的意思是请老人家寻一处地方静养，就此安度晚年，反正他年纪也大，虽然寒毒难解，却也不算短命了。

但他还是走了。

沿着山径慢慢走了一里路，四面八方已全是密林。他知道路途遥远，所以起得很早，此时仍是清晨，鸟鸣声清脆，两侧树木鲜嫩的细叶上悬有蛛网，蛛网上挂着点点露水，晶莹澄澈。他极慢地走着，偶尔一个踉跄，扶住身侧的一棵小树，枝叶一阵摇晃，露水洒落一身。

一阵沁凉。

入手如冰，却是清冽彻骨。

他抖了抖衣裳，慢慢地往前走。

慢慢走着，渐渐就挺直了背，再过一会，又因为疲乏而佝偻。

前面不远处有嘤嘤的叫声，不知是什么东西，他木然地走过去，那声音嘤嘤地哭着，仿佛幼小又惶恐。老者走出去很远了，突然回过头来，看了看左侧的树丛。

那是个很小的毛团，身上有一圈圈的花纹，伏在杂草丛里咿咿呀呀地哭。

他木然看了一眼，又往前走。

小兽的哭声一点点飘远。

他往前走了很久，走到黄昏时分，才知道这条路的尽头并不是山中深处，而是一个颇大的池塘。

前面再也没有路了，他在池塘边默默坐了一会儿，洗了把脸,喝了口水,又拄着木杖默默地走了回来。

天色渐渐沉了,周围的一切慢慢变得模糊,山中无灯火,一切都是黑暗。

他哆嗦着扎了火把,点燃了举在手里。

他沉默地走着,慢慢走过早晨那头嘤嘤哀号的小兽所在的树丛,举起火把,对着那处草丛照了过去。

那个毛团还在,只是不叫了。

他捂口咳嗽了几声,毛团并没有动静,他谨慎地看了一阵,终于慢慢地拨开草丛,走了过去。

毛团已经不动了。

草地上有少许的血迹,毛团腹侧有伤,但不是致命的伤。

然而它已经死了。

不知道这一日的光阴,它和什么东西搏斗过,也许它并没有全输,却还是死了。

那是一只幼小的虎皮山猫,并没有长大到足以和什么东西搏斗的程度,浑身都是绒毛,也许它早晨的哀鸣是因为冷、因为饿,或者因为伤。

可惜并没有谁救它。

老者目不转睛地看着毛团的尸体,过了好一会儿,他在毛团的尸体旁坐了下来,拨开杂草,清理了一小块空地,生了一堆火。

然后伸出手去,轻轻摸了摸毛团的头。

它的头很小,毛很柔软,可惜是冷的。

老者只轻轻摸了它的头,便很快收回了手,沉默地坐在篝火旁。深夜密林的雾气渐渐聚拢，有形无形的东西皆在林间游荡，其中有妖有鬼，可惜他噬妖者的血脉已经失去，无法再吞噬妖力，从前不屑一顾的小妖小鬼，如今对他来说就是致命的妖魂恶鬼。

他已是个能力全失的废物。

是他最憎恶的废物。

若非他拥有一缕沾染了妖气和怨气的魂魄，若非他如此顽强地求生，这老朽之躯只怕早已僵伏。

往后的千秋万载里，将没有人知道他的宏图大业，没有人知道他的惊天异能，没有人知道他曾惊才绝艳，无论做什么都能为群伦之冠。

甚至没有人知道长生塔那惊世骇俗的异变是他一手谋划。

该死的陆孤光！

他紧紧地抓住残破的衣裳，任怀苏这出尔反尔的小人！他算准了任怀苏一意玉石俱焚，算准了任怀苏毁城纵火之后便要举身赴龙口，只消任怀苏化为灰烬神形俱灭，他就可以放出噬妖血线吞噬金龙之能，在此之前他已经尝试过，金龙龙气并非不可吞噬，只是尚需借金龙之力助他先杀任怀苏！龙战之时他一意示弱，步步战败，甚至散去噬妖红线佯败，也是为了降低任怀苏的戒心，催促其早点自尽，却不想人算不如天算，他一见任怀苏停止脚步不再向龙焰而去就知事情生变，再听任怀苏说出那句"为何不能"，就知任怀苏要开鬼门！

开鬼门，引龙入鬼域而杀之，这是他隐而未说的灭龙之法。故意不说，是因为这方法只有尸魅能用，他只想让陆孤光有求于他，彰显自己威能。何况他起意借龙杀人除去心头大患，又怎么会提醒开鬼门之法？他料想任怀苏一意毁天灭地，只想玉石俱焚，金龙是任怀苏亲手引来，又怎会开鬼门杀之？

所以任怀苏一开鬼门，便注定他算计成空，甚至来不及收回噬妖红线，他才会怒极攻心，以碧蛇之形去咬任怀苏一口——那真是一时糊涂，若曾想到这一口会引来陆孤光斩蛇一剑，他无论如何也不敢咬。

那女人……那女人把任怀苏那身体当作宝，却不想当初究竟是谁陪她数百里路途，是谁为她遮风蔽雨，是谁对她温柔体贴，最终又是谁将她复活，对她处处容忍？是，当时"他"曾伤她两剑，"他"剜了她的心，"他"将她炼成了鬼女，"他"斩了她的翼，"他"放火烧死了她……但那都不是他，那是他失去记忆、神志不清的时候做的，那都不是他的本意，想他沈荥檀一世自负聪明，又怎会做下如此蠢笨之事？

有怎样刻骨铭心的恨，能恨得让她做下那样的事，说出那样的话？

他闭了闭眼睛，他还记得初见时她的样子，清冷、孤僻，却并不深沉。

她是个简单的人，高兴的时候冷冷的，有点笑意，不高兴的时候也冷冷的，变着法子折磨他。那时候不论他说什么她都相信他，会为他高兴、为他生气，有时候还会靠在他身上睡着，像个第一次找到玩伴的孩子。

那时候，她没有心机，不会想出利用他去屠龙，去救任怀苏，而后要他死的事。

她已学会骗他、害他，恶狠狠地嘲笑他，而他却还总把她当作那个从没想过骗人，也从不怀疑他的陆孤光。

　　而他究竟是怎么会答应她的？怎么会答应？他怎么会看不穿、想不透她的想法？其实这想法简单得可笑，而他却自信过了头，自以为算无遗策。真是可笑。

　　沈旃檀百年枭雄，君临之举、吞龙之事，竟然败在陆孤光一人之手。

　　她为保任怀苏一只手，就不顾金龙尚在，一剑将他斩落。

　　她甚至等不到他和那条龙两败俱伤，不顾灭世天灾，她信了任怀苏那句"为何不能"，明知他散了噬妖红线，明知他躯体老化无处可归，就用血流霞一剑重创他的生魂。

　　一剑之后，噬妖红线再不能聚，他从万丈高空坠落，永不能回。

　　他从此成了卑弱老者，丑陋不堪，穷困潦倒，若非路遇之人见他又老又病，相助于他，只怕他早已死了。

　　陆孤光！

　　当初未曾将你生吞，反而将容玉中的天地圣气送你，真是沈旃檀一生最悔之事！

　　"咳……咳咳……"他这老朽的身躯不知在什么时候中了寒毒，他也懒于追想究竟是何时中了算计，目前唯一紧要的，是向陆孤光追回"韶华"，吞食"韶华"之心，恢复自己年轻的躯体。

　　这又老又丑的身体，他真是一刻都忍受不了，恨不得将它撕成碎片，却偏偏还要忍耐习惯。

该死的女人，明知"韶华"是他救命之物，竟然先一步将它擒走，她果然恨他，恨到见不得他死，非要看他生不如死！

篝火微微飘动，夜里愈凉愈冷。

他越想越恨，越恨越是愤怒，不由得毫无倦意。

凄冷的黑夜，四周湿润的树丛，一点一滴坠落的夜露宛若雨水，清冷如冰，落在他的背和手指上。

沈旃檀长长吐出一口气，眨了眨眼睛，动了动僵硬的颈骨，眼神一扫，又看到了那个冰冷的毛团。

他伸出手指，小心翼翼地又摸了摸它。

指下小小的躯体仍旧是僵冷的，它真的死了，不会再活过来了。

02

第二日清晨，篝火熄灭，沈旃檀站了起来。

他一身粗布衣裳都被露水打湿，冰冷沉重地挂在身上，让他走得越发困难。他改走一条通向大山深处的更荒凉的小径，这连绵不绝的凝碧山，大小山头十余个，山谷溪涧无数，谁能知晓背生双翼的陆孤光会飞去哪里呢？

他却仍咬紧牙关徒步寻找。

不远处传来一声鹿鸣，他停了下来，向山坡望去，几只梅花鹿缓缓从上面走过，两只小鹿跟在母鹿身边，黝黑的眼睛平静地看着他，没有一点怯意。

母鹿在前方走着，步态优雅，有时会回过头看看小鹿是否跟上了。

他沉默地站着，等鹿群离开后，才继续往前走。

这条小径的确是上山之路，没走多久就已变得十分陡峭，他艰难地攀爬，两个时辰之后，终于攀上了山顶。但这座山却并不是凝碧山的主峰，沈旆檀攀上山顶后，唯有山风拂面吹来，四周不过生着寥寥几颗矮树，竟连杂草都没有多少。

他举目远眺，莫说陆孤光，连蛇鼠都不见一只，旭日柔光洒遍山川，徒见山岚袅袅，气态如兰。

不知怎的，他在那山头坐了很久、很久。

山谷里有箫声隐隐传来，不知何人在吹箫。沈旆檀侧耳倾听着，山风掠过衣襟，白发飘过眼前，他低下头来，一双蝴蝶自杂草间飞过，颜色淡淡的，并不怎么好看。

呜咽的箫声如泣如诉，他终于站了起来，慢慢下山，向箫声发出之处而去。

一个时辰之后，他见到了吹箫之人。

吹箫的是住在凝碧山周边的一位读书人，这日恰好到山边水潭钓鱼，见山中竟钻出个如此老朽的人，甚是惊讶。沈旆檀不能说话，只能蘸水在书生的木船上写字，问他箫声为何如此凄喑。

书生笑答，自幼家贫，但他在左近素有神童之名，爹娘含辛茹苦供他读私塾，他不负所望，不久前高中了会元，又娶了京城贾家的小姐为妻。奈何前日金龙乱世，烧了官府、宫廷，那高中的卷子名册都已失落，主考官更身死其中，今年会试作废。龙焰火烧城内，除他外出幸存，贾家上下无一活口，全都化为了焦炭。

功名利禄、如花美眷都已成云烟,他大彻大悟,回乡种田,打算陪伴爹娘终老,不再出山。

"悟了?"沈旂檀默默听完,写道,"当真悟了?"

书生大笑:"悟了,也可能是误了。莽莽浮生,瞬息变化,何事不能戏弄你,你又能戏弄何事?我不过区区众生,何必强求看破红尘?"他悠然喝了口米酒:"能求得心安,能说服自己,日子还能过下去,也就是了。"

"你的箫声如泣,似心有不甘。"

"笑得久了,说不定也就淡了。"书生道,"侥幸尚有双亲,侥幸我尚未死,难道怨天尤人就能让我更好过吗?经历大难,方更应珍惜所有。"他凝视着平静的水潭,"我打算一生在此终老,是真心实意。"

沈旂檀沉默着,过了好一会儿,他缓缓书写:"此地甚美。"

"这里是我的家乡,自然无一处不美。"书生道,"老丈远道而来,不知所为何事?"

"我来找一人。"

"不知是什么人,如果曾经见过,可为老丈引路。"

"一个……",沈旂檀微微一顿,书写道:"黑衣女子,孤身一人,或许携带一只异兽。"

"啊,黑衣女子,孤身一人的黑衣女子本就少见。"书生微笑,"那位姑娘来山里几日了,昨日还在村里买了些食水,听说她要在忘夕峰山顶居住,想来必定是身怀异能,否则那山顶又怎能住人呢？"他好奇地看着沈旆檀，"你要去寻她？"

他点了点头。

书生上下打量着他，思考了好一会儿："老丈，你可以在村里等她下山，忘夕峰太高，就算本地人也无法攀得上去啊。"

沈旆檀沉默了一会儿，写道："不必，多谢。"

书生又上下看了他几眼："老丈，天色已晚，今晚可到我家休息片刻，如要前往忘夕峰也要明日方能成行，我看老丈也已疲乏。"

沈旆檀点了点头，这一路行来，路人见他老朽残病，多有援手，他已渐渐习惯了。

未过多时，书生带着沈旆檀划船前往对岸，下船走了几里山路，便到了碧心村。这是个不大不小的村落，里面约莫有数百户人家，书生家住在村尾，回家要途经一片竹林。

此时天色已暗，竹林之中一片幽暗。明月初起，洒下一片柔和银辉，将那竹枝竹叶的条条黑影映得分外清晰。

竹林中仿佛有什么东西动了动，沈旆檀走到一半，抬起头来。

有什么东西在月光下微微一闪。

定睛望去，在距离小路边不远的竹林中有一块大石，大石上放了一盏酒杯，杯中盛满了清酒，正映着月光微闪。一只似兔非兔、似猫非猫，也像毛团儿一样的小怪物安静地蹲伏在那酒盏旁边，微微地动着。喝酒的人背对着他坐着，一身黑衣，背影纤细婀娜。

他看到酒杯之旁还放着一卷佛经，刚刚被翻过去了一页。

是谁在月下读经书？沈旃檀唇角微微泛起一丝冷笑，即便能将我折磨得生不如死，你还是忘不了他，仍是苦苦追寻"我"所能遗留的蛛丝马迹，哈哈哈……无论你将我如何，你永远找不到他，即使翻遍万卷经书，踏遍大江南北，你永远找不到他！沈旃檀心底泛起快慰，不免扬起下巴，对着她的背影多看了两眼。

她仍旧背对着他，伸出手来，草草地将经卷又翻了一页。他默默看着，只扫了一眼字句轮廓，便知她拿的是《杂阿含经》三十二卷。他自小在寺庙中长大，失去记忆的时候又潜心钻研佛法，经书内容早已烂熟于心，扫上一眼，便知她看的是哪一句。

她翻到的是"若无世间爱念者，则无忧苦尘劳患。一切忧苦消灭尽，犹如莲华不著水。"

"老丈？"书生出声招呼。

沈旃檀尚未回过头来，那边黑衣女子已闻声转头，与沈旃檀四目相对后，冷笑一声，伸手抱起大石上半猫半兔的毛团儿，对着他摇了一摇，转身而去。

她只顾抱那毛团儿，却遗落了大石上的经卷。

沈旃檀转过头来，跟着书生往前走，故作若无其事，走出去十几步，再回过头来，经卷依然在，她并没有回来取。

心有执念，何谈无忧无苦？"犹如莲华不著水"不过是空想空谈而已，世上有几人做得到？他嘲讽地笑了笑，心底却莫名有些高兴。

沈旃檀在书生家住了几日。他虽然不会武功，但毕竟精通奇门术法。无法吞噬妖力，他便摆坛祭法；日月精华不可再得，便退而求其次，吸纳林木清露之精、晨曦初起之岚。这等灵气虽然无法令他恢复，却也不无裨益。

而这几日间，他把碧心村走了几遍，却再没见过陆孤光和那只非猫非兔的毛团儿，倒是从隔壁的老翁那里知道了陆孤光只是下山来买些灵芝之类的药材，并未购买米面。沈旃檀听后只是笑笑，她已非人身，其身说穿了不过是一块灵石，哪里还需要什么米面，买的药材也是给"韶华"吃的吧？

她的身上，流着他的血。

她是他的血鬼，他若能将她生吞，必能恢复如初。

沈旃檀抬起头来，望着湛蓝的天空，面色平淡，不知心中究竟在想什么。

"老丈，"那书生又背了钓具要去钓鱼，"今日老丈看起来气色甚好，仿佛年轻了几岁。"

沈旃檀对书生笑笑，书生只见他眉心仿佛有一点朱红跳动了一下，心里不由自主地一寒，咳嗽了一声便匆匆离去，心忖这位老丈的面相好生凌厉。

还蛮煞人的。

沈旃檀和书生的对话全落在陆孤光眼里。

她散去形体，只留下影子，而妖力全失的沈旃檀看不见她的影子。此人受她折磨，他心思如此狠毒，必定对她恨之入骨，她本应取他性命，但仍想等任怀苏回来亲手杀他，这才留他一条命。不想这人为了一只韶华，竟敢孤身追来，仿佛浑然不惧她随时可以杀了他。

他还有君临天下之心吗？

受此挫折，他依然有勇气从泥坑里爬起来，一步一步从头再来吗？

还有可能吗？还有希望吗？

莫名其妙地，她想到一件事——这人这种专心致志、不择手段，只奔着一个目标而去的性格，和"任怀苏"还真有相似之处。

不远处沈旖檀从书生那里借了些绳索，带了一把斧头，颤颤悠悠地往忘夕峰方向而去。他居然当真打算爬山，还带了点干粮和水。

陆孤光冷眼看他，为了那只韶华，他果然是拼尽全力也在所不惜，其实人老了也就老了，人人都会老，他也实实在在应该老了，从前她并未看出他对自己的容貌如此在乎，现在他却是要为了一张脸去拼命。

真是奇怪，这人拥有的时候不珍惜，非要以为自己什么都缺，什么都非要去争，非要哪一日所拥有的突然没了，他才知道自己原来还是有点什么的。

然后他又要再拼命地把那点东西要回来，多半却又是要不回来的。

年轻的容颜对这人来说，当真那么重要？比天下更重要吗？她冷笑了一声，慢慢地跟着他。

韶华就在山顶，如果这人当真能爬上山巅，抓住韶华，她也不在乎那只毛团儿被他生吞入肚。

有时候宿命就是宿命，如果它到了该死的时候，即便是不死在沈旃檀手里，也会死在哪一位想要驻颜不老的人手中吧？苍天并不会给谁留下转圜的余地。她索然无味地望着青山碧草，这世上人人都有指望，连一只小兽都会渴求从一个又一个天敌手里逃生，继续活下去，找一头母兽，生出另一只小兽，只有她什么都没有。

永无指望。

她既不是人，也不是鬼。

她只是一块灵石的化形。

她不必进食，不知道饥饿寒苦，亦不可能生儿育女，除了身体中一点点微暖的人血让她温热，她与"人"相差何其远。

她根本不会老。

她永远不会死。

永远，也是一个冰冷的诅咒，这人世是如此寂寞，谁都忙忙碌碌，那些忙碌之中都没有她，她只能看着、怀念着，直到连记忆也消失了……

他们是众生，众生是如此令人羡慕。

03

沈旃檀背着绳索，走上几里路便休息一下，喝口水，吃两口干粮，有时候居然生起火来，烤一烤他摘来的蘑菇。一路走得倒也风平浪静，陆孤光没有从沈旃檀身上看出什么心急火燎、怨天尤人的心思，她觉得有些奇怪。

走了五六日之久，沈旃檀终于到了忘夕峰下。

她抱走韶华,心知终是会有人来寻,故而特意到这绝峰之巅居住。此山陡峭异常,有许多地方是自山头往地下倾斜,从下往上攀爬几乎是不可能的,除非如她这般能身化幻影、背生双翼,否则绝难到达山顶。

她倒是要看看沈旃檀如何爬山。

她见他仰头凝视了山巅很久,随后慢慢地用斧头砍了一些小树,再慢慢地将小树用藤蔓缚在一起,扎成一排。一开始她浑然没有看出他在做什么,过了好一会儿,见他将小树桩慢吞吞地插在地上,又慢慢地用撕开的树皮去捆绑,她蓦地一呆——他在搭房子。

他爬不上山,就在山下搭木屋,他是打算在这里长住,一直等到韶华出现的时刻?这未免太不符合沈旃檀那狠毒激进的性子了。

她不再去琢磨沈旃檀想要如何,而是专心端详着他搭的木屋——这木屋搭起来后,她觉得分外眼熟,仍是那样边边角角都收拾得整整齐齐,宛若他要在里面长住一般。

沈旃檀搭那木屋一搭就是三天,陆孤光在第二日就没耐心再看,回了山顶,韶华果然还在山上等她,见她回来,欢叫一声扑了上去,抱住她的腿。她摸了摸它毛茸茸的头,它哼唧一声,两只兔子模样的耳朵软软地垂在背上,灰色的绒毛柔软温暖得令人不想放手。这东西虽然是爱吃药材的害兽,却生得如此可爱。

听说它有数百岁之龄。

陆孤光默默地将它提了起来,拿到面前来看。

不如就暂且陪我先度过这数百年，也许数百年后，你已修成了精怪，而我仍然在这里，和现在一模一样。

她在山上等着沈旖檀含恨而来，甚至闲来无事顺手布下了几个陷阱，奈何等了两月有余也不见他上山来。她心想，莫非此山天险，竟然连擅用心机的沈旖檀都当真爬不上来？她终是好奇地下山去看。下山后她吓了一跳——沈旖檀的木屋搭建得很整齐，他甚至圈了个院子，在院里养了几只梅花鹿和山羊。

这是在做什么？

她观望了几天，沈旖檀日出而作，日落而息，清晨吸纳清露之精，晨岚之气，有闲暇就逗那几只梅花鹿和山羊，浑然一副出世归隐的模样。

这世上谁都有可能大彻大悟，偏是沈旖檀绝无可能。他恨她如此之深，对韶华渴求如此之切，一路追到忘夕峰下，绝无可能突然大彻大悟，在这里修仙归隐起来。

又观望了几天，只见沈旖檀日日在那坐息调气，她大惑不解，只得离去。

又过两月有余，一日，她从碧心村买了药材回来，忽然见一人站在忘夕峰顶山石之旁，衣袂当风，姿态翩然。

那人回过头来，容貌已是如旧，陆孤光惊怒交集，一是不知这人是怎么上来的，二是不知那头小兽韶华的死活，一时间竟然呆住。

只见那人眉心一点朱砂端然秀丽，对她微笑时宛若隔世。他知道她的疑惑，他这人一向能掐会算，阴谋布局最是专长。

只听他柔声道:"你道沈旆檀不会武功,爬不得山,但'任怀苏'却是会的。"他指了指自己的额头,"我这里记得他的一切,虽然我没有任怀苏旷世绝伦的内力,但临时练上一点,借助山鹿之力,上到峰顶倒也不难。"

她木然看着他,是她失算,她全然没有想过这人脑中记着"他"练过的所有武功,更没有想过他可以借梅花鹿和山羊攀援登山之力,跟着鹿群和羊群上山来,是她害死了韶华。

却见那人从怀里抓出那可怜的毛团儿,对她摇了一摇,微笑道:"这东西我先借走了,看清楚,我可没要了它的命。"他重新将毛发凌乱可怜兮兮的毛团儿塞入怀中,徐徐道,"姑娘,你我之仇不共戴天,沈旆檀锱铢必较,今日我杀你不得,来年此日,请姑娘候我。"

他居然没有咬牙切齿,也没有动手拼命,就这样客客气气地,施施然地走了。

带走了未死的韶华,那是为防她先动手杀人,所以带走了个小小的"人质"。

他也不再柔声呼唤"孤光、孤光"。

他开始一本正经地叫她"姑娘"。

夺功之仇,其深似海,从此对面不相识。

她先深感气愤,而后觉得可笑——我只杀你一次,你便恨我如此,那你呢?你杀了我两次!两次!

想到他说的"来年此日",她稍稍扬了扬眉,苍茫无色的人生突然有了些期待——不知明年此日,沈旆檀又能有怎样令人意外的杀招?

山巅上山风徐来，身旁的花木微微落了一地花瓣，如霜似雪。

她静立石桌之旁，举目远眺。

若是他那缠绵了百年的不甘和怨恨最终只系在她一人身上，若他不再求天下，而是全心全意地只恨她一人，那何尝不好？

从此，红尘静好，杀意缱人。

有何不好？

她等着他年复一年地前来复仇，花开花落，花落花开，有何不好？

04

"这只……这是只什么玩意儿？"

医馆之中，平苑乡远近闻名的张大夫面色古怪地看着平摊在自己面前的一只非猫非兔的小怪物："此兽胸前遭了重创，气息全无，已经死了。"

坐在他面前秀若观音的男子面带微笑："哦？"他分明听懂张大夫的意思是这东西已经死了，没得救治了，你可以走了。他却偏偏不走，依旧施施然地坐在他面前，仿佛还等着他继续看诊。

张大夫忍了又忍，终于又道："恕我无能为力。"

"它还没有死。"那男子柔声道，"我摸得到它的气息，它只是少了颗心，一时活不回来罢了。"

张大夫张口结舌,这东西已经没有心了,心都被人挖走了,还能活吗?下一秒,却只见眼前坐姿端正的男子从怀里慢慢摸了一把刀出来,放在他面前。张大夫骇然变色,站了起来:"你……你想怎样……你这……你这大胆匪徒……"

那男子微笑道:"我不想怎样,只是听闻张大夫家中藏有一棵真正的千年人参,功效惊人,有起死回生之能。我这宠儿性喜食药,不如你拿出来让它吃了,说不定千年人参真能让它活转回来。"

张大夫又惊又怒,那千年人参是他的家传珍宝,岂能轻易拱手送人?却见那男子又从怀里慢慢摸出另一把刀来,放在第一把刀之旁,斯斯文文地道:"当然,张大夫不愿我也不强求。不过我这宠儿我是非救不可,千年人参若是没有,那就挖你的心来抵吧。"

张大夫牙齿咬得咯咯作响,那男子轻轻拿起第一把刀,慢慢将木桌切了一角下来,刀势所向,那木桌就如豆腐一般被划开了。他又拿起第二把刀,一松手,那刀尖直插入桌面两寸有余,可见两把刀都锋锐异常,面前这人绝不是什么好惹的角儿。犹豫了好半晌,张大夫终于一咬牙:"好!你要千年人参,我就给你千年人参!算我倒霉撞上了你这匪徒!"

那男子微笑,姿态仪容都是极好的:"多谢了。"

张大夫从家里捧出了一个小小的盒子,盒子里装着一个极小的人参,干枯瘦瘪,一点也看不出"千年"的模样。然而盒子一开,一股药香扑面而来,韶华那无力的四肢突然微微一动。姿容秀丽的男子接过千年人参,也不多看那价值千金的人参几眼，一下子就塞进了韶华口中。

又过片刻，那只被挖了心的，披着两个兔子耳朵的毛团儿忽然开始喘气，就连张大夫都看出它胸口的伤处在剧烈变化，竟是很快自行补长了一颗心出来！就在这时，他突然认出了眼前这只小怪物是个什么东西。"韶华！"他惊呼，"韶华之心竟能重生，你得了这样的宝物，韶华之心岂非可以一而再再而三地……"

啪的一声脆响，张大夫还没说完，脸上便重重挨了一记耳光。在他错愕的目光中，来人抱着已经没有大碍的毛团儿，步态徐雅地离去了。

他离去之时道："桌上一双秋霜刀，予你以换人参。"

张大夫自然不知那一双刀也是名刀，他正愕然捂着脸，没搞清楚这人究竟是来抢劫人参的还是当真来看病的。他若是来抢人参，何必用刀相抵？可若不是来抢人参，那人参又分明被他抢去了。

张大夫想了半日，终究也只能归于这怪人对他养的那只韶华太好，发现了韶华之心可以重生，竟没有打算将它的心一颗颗挖出来卖钱，真是平白落一个聚宝盆在手里当澡盆子使啊。

这明抢的男子自然便是沈旃檀，他把韶华抱出来的时候，韶华的伤已经愈合，基本已无大碍。他轻轻摸着它身上那细腻柔软的毛发，这东西竟能自行疗伤，死而复生，也是一个怪物。

听说韶华能活数百岁。

他摸着那皮毛，百年……真是漫长。

第三日，沈旖檀带着韶华回到了碧心村。那书生自己不认得他，绝不会想到这位秀如观音的文弱书生就是前几日佝偻干瘪的老者，更何况沈旖檀还会说话。沈旖檀极客气地在那书生隔壁租了个院子，又过了几日，他和书生合着开了个私塾，竟在碧心村教起书来了。

沈旖檀相貌既好，学问又渊博，耐心也是上佳，没过多久，村里便将他奉若神明。孩子们喜欢他，更喜欢他院里那只猫不像猫、兔不像兔的毛团儿，又听他总是"我的宠儿、我的宠儿"这般叫唤，碧心村就开始叫那只毛团儿"先生的宠儿"，后来又叫成"先生的儿"，那只韶华俨然成了沈旖檀的儿子一般。

如此过了数月，沈旖檀白日在村里教书，夜里打坐，日子居然过得很轻松。

陆孤光从忘夕峰上下来了几次，暗中观察他，他教书教得极好，凡是他在堂内，孩子们都很专注，换了那书生在堂内，孩子们都在玩闹。他开私塾并不收钱，左邻右舍会送点礼物给他；他也不挑食，常常煮一锅稀粥就能吃上一整天，有白菜便吃白菜，连白菜都没有他便只吃粥。

日子一天一天过去，被他挖心的韶华眯着眼躺在他的床上，钻进他的被窝里，似乎并不记仇，有时候在他手里安然地一点一点啃着山药。沈旖檀很爱惜那毛团儿，闲来无事便整日摸着那毛团儿的头，偶尔他也出山一趟，去茂宛城中购些书籍回来。

她还没看出这人对碧心村的百姓怀有怎样的阴谋诡计，但此人一贯善于掩饰，一旦动起手来便是毁山灭城的手笔，所以万万不能对他掉以轻心，他是绝不可能就此安定的。

果然有一日夜里，她暗中瞧见这人在碧心村竹林中画了个巨大的法阵，那法阵繁复非常，他在阵中走来走去，一直到天亮，最终却又把法阵抹去了。

又有一日夜里，她见此人在村民时常钓鱼的湖边布下另一个法阵，那法阵她在沈旃檀那本《凶藏》中见过，是个收集暴毙的冤魂炼成"魂聚"那种妖物的方法。她不由得大吃一惊——沈旃檀居然打算在湖里施下勾魂术，然后害死村民修炼"魂聚"？她正想破除法阵杀了沈旃檀，却见他那法阵的最后几步始终没有完成，偌大一个复杂的法阵，就那么孤零零地留在湖边，没过几日，草长莺飞，等沈旃檀再到湖边来的时候，许多小动物的痕迹已将法阵关键之处毁坏得差不多了。陆孤光看着他皱眉的样子，觉得有些好笑，她偷偷到村里打听，原来是私塾里有个孩子病了，沈旃檀去给他把脉，医治了五六日，等那孩子病好，湖边的法阵也毁了。

此人的假仁假义倒也认真，他居然能有这样好的耐心？

但见沈旃檀那魂聚之术未成，他也没再重新画过。她日日看着他宛若好人一般过日子，看着他受旁人的喜爱尊敬，她委实不敢相信，他竟能这样过日子。

那些欢声笑语、善意和亲近，居然是属于沈旃檀的，而不是属于她的。

她只能在人群之外徘徊，看着沈旃檀生活在欢声笑语之中。这莫非就是他所说的复仇吗？

她等着他来杀她，心情居然有些急切起来。

这一日，凝碧山下了一场大雪，她才恍然知道已是冬季。沈旆檀一大早抱着韶华到山中去看雪，她见他登上忘夕峰，端坐在悬崖峭壁之上，凝望着下面山头的皑皑白雪，许多山峰半山以下还是苍绿，层峦叠嶂，雪后天空清朗，充满了净澈的气息。

他在想些什么？她化为影子，静静地站在他身后。

他是在想如何将这触目所及的山川化为乌有，然后将那力量收归已有，用来杀她吗？

她无声地笑了笑，如果他真能做到，那也并无不可。

抬起头来，她凝望天空，天空如此湛蓝，再也见不到金龙的半点痕迹，而任怀苏呢？

自开鬼门之后，她再没有听闻任怀苏的丝毫消息，仿佛他当真就这么消失了一般。

她等了这许久，仍等不到一个归来的消息。

忽听一声鸟鸣，一只鹭鸟自崖下冲天飞起，掠过两人面前。她见沈旆檀抬起手来，似乎想捉住那只鹭鸟，却终是放下手来。

她偷窥着他的眼眸，他在想些什么呢？

沈旆檀放下手来，盘膝端坐在悬崖上，手指微微一抚，姿态很是优雅。她醒悟他是想弹琴，但琴是奢侈之物，碧心村这等地方并无瑶琴可买，他凌空拨了几下琴弦，又放下手来，仰起头远望天空。

她想到抚心院里那琴台，她曾听过的琴曲……那是谁弹的呢？她悠悠叹了口气，也仰起头看着天空，阳光穿过树木洒落在她身上，她的影子斑驳得那样干净清冽。她知道，任怀苏是不会弹琴的。

傻和尚会弹琴吗？

她不知道。

沈旃檀是善琴的。

今年那日，你要如何杀我呢？她凝视着沈旃檀的背影，你这平静的生活，这端坐观雪的姿态，望得这么远的眼神，都是假的吗？全都是假的吗？

都是为了杀我吗？

05

过了两日，沈旃檀背了个青竹背篓，又去茂宛城购买书籍。

陆孤光化影跟了他一段路，自觉有些无趣，便回山上去了。

沈旃檀青衫素净，走在青山之间，远望去姿态如仙。他近来修炼内功颇有小成，翻山越岭已不是问题，不过一个多时辰就出了凝碧山峦，踏上了通向茂宛城的路。

尚未进城，已有一人拦住他的去路。

来人一袭华衣，衣上绣满水晶，阳光下璀璨耀目之极。

沈旃檀停下脚步，而来人似笑非笑道："好久不见，好友别来无恙？"

沈旃檀平静回视，目光中无喜无怒，就如看着一个陌生人。

来人自是姬珥，姬珥拍了拍手中的卷轴，绕着他慢慢走了一圈："怀苏、旃檀、好友，祸害世人、滥杀无辜的枭雄，拯救众生、牺牲自我的英雄，天下因你而蒙祸，众生因你而得苟延，而你究竟是怀苏，还是旃檀，抑或二者皆是，或者二者都不是？"

沈旃檀淡淡地道："与你何干？"

姬珥微笑："我不明白，你若是沈旃檀，为何从我朝珠书院里购走的书籍有一半以上是佛经？你若是沈旃檀，当朝圣上安然在座，你欲得天下，为何不动手？"

沈旃檀露出一丝淡淡的嘲讽之色："我所欲为何，与你何干？"他微微一顿，又笑了笑，补了一句："我欲为何，你能奈何？"

姬珥笑了："你购走了大量佛经，又购走了众多奇门异术的残卷，以我所见，你不像是要毁灭当朝、夺取皇权，倒像是一心一意与某人做对，一心一意研究灭灵之法。沈旃檀，你的心变了。"他笑吟吟地看着沈旃檀："如今对你来说，消灭某人之灵远比得天下重要，不是吗？"

沈旃檀挑眉："哦？"

"哦。"姬珥绕着他摇头晃脑地又踱了一圈，"如果你心心念念只是想杀死一个异灵，我这里倒有一个秘法。"

沈旃檀也笑了："拿来。"

姬珥赞道："不愧曾是我之好友，如此坦白，丝毫不惧我或许另有算计。"姬珥一边啰嗦，一边从衣袖中取出一张金色符咒："这是天下第一的那位道长亲手所画的灭灵咒，将此符咒烧成灰烬，洒落在那异灵身上，即可灭之。"他将那物小心翼翼地递给沈旂檀，不料沈旂檀五指抓过，一晃手用火折子点燃符咒，反手便洒在姬珥身上，姬珥一呆，沈旂檀已微笑问道："哦？此符咒如此好用，为何你却不死？"

姬珥轻咳一声，泰然自若地用衣袖拂去脸上的飞灰："呃……或许是那位天下第一画错了。"

沈旂檀脸上掠过一丝冷冷的笑意："那倒是遗憾了。"他掉头而去，姬珥站在原地看着他的影子，若有所思，过了一会儿，他噗嗤笑出声来："居然不上当，唉，不如当年可爱、不如当年可爱。"

又过了一会儿，姬珥回过身来，喃喃自语："他如此笃定我的符咒绝非灭灵之法，难道是他已从那些残卷之中得到了启发？但陆孤光之魂附着在血流霞之上，已成为石灵，血流霞又能形变，没有固定的姿态，他要如何灭得了血流霞，进而灭了陆孤光之灵？"他想了半天，不得要领，便慢悠悠地往茂宛城的方向走去。无论如何，沈旂檀精研灭灵之术也并非为了祸乱天下，根据他试探可知，此人虽非诚心诚意舍身救世之辈，但金龙之祸后，他欲得天下之心是淡了许多。

目前而言，杀陆孤光才是沈旂檀心中的第一要务。

姬珥微微一晒，恨，全心全意的恨，恨得心中再无他物，也是一种寄托。他抬起头来，悠然望着蓝天——有人能望着你，眼中再无他物，虽然是恨，却又如何不令人羡慕呢？

沈荋檀在朝珠书院又买了不少书籍经卷，放入身后的青竹背篓，付清了银钱。转过身来，他没有即刻回去，反倒往碧扉寺的方向走了去。

他走过那段青翠的山坡，远远望着那金碧辉煌的庙宇，看了好一会儿，才转身离去。

此后花开花落，又是数月过去，约定的那日，终于到来。

这日陆孤光很早就在等了，从昨夜山顶的白樱绽蕊的那刻开始，她就一直静静地坐在门前等候，山顶上去年挖掘的陷阱里已长了杂草，她并未清理，杂草长得高出了陷阱，开出了淡紫色的小花，她看在眼里，却觉得有几分愉快。

从日出到日落，天色从漆黑到明朗，再到漆黑一片，星光初起，她颇具耐心地等着，露水在草尖树梢凝聚，被日光照耀到消失，又在夜间重新凝聚。

一日一日，花开花落，生生灭灭，都是如此。

她一直都看着，一切原本永不改变，星辰起落，清露来去，她改变不了什么，而今日终会与昨日不同，因为沈荋檀要来了。

她知道他绝不会不来。

即使这一夜即将过去。

昨夜盛开的白樱，微微飘零下几片花瓣，黑夜中传来不同的风声。她淡淡一笑，抬起头来，便见沈荋檀青衫飘拂，站在她的面前。

这一次，他是自己上来的，并没有借助那些山羊和梅花鹿。

看来他轻功和内力都大有长进。她看着他，淡淡地道："我等了你很久了。"

沈旆檀凝视着她，他的影子在月夜之中如仙似幻，只听他柔声叫道："孤光。"

她冷冰冰地道："让你多活一年，又生出什么阴谋诡计？"孤光？他只有开口骗人的时候才会叫她名字，才会故作温柔，从前是这样，现在还是这样。

沈旆檀眼眸深处一片温柔："这一年我仔细思量，当年伤你两剑，是我考虑不周，伤你甚深。"他往前踏了一步，越发柔声道："孤光，我不恨你将我半空斩落，也不恨你毁去我全身妖力，但盼你能明白，当年伤你，是因为我神志糊涂，受人之欺、为人利用，若是现在，我万万不会——"

"若是现在，你一剑剜了我心的时候，便该记得一口吞了，以免我身上鬼气外泄，十分浪费。"她冷冷地打断他，"这等嘴脸就不必做了，我真是奇怪，过了一年，你竟还有如此脸面在我面前喊冤，你那杀人害人的气魄哪里去了？"她缓缓站起身来，血流霞化剑而出："多说无益，我不会信你，要动手的话，拔剑吧。"

沈旆檀柔声道："孤光。"

她听而不闻："拔剑。"

沈旆檀轻轻叹了口气："孤光，我欠你两剑，当日半空之中还你一剑，还差一剑。"他扯开自己胸膛处的衣裳，极认真地看着她，平静地道："一剑还一剑，自此我不恨你，你也莫再恨我，可好？"

她怔了一怔,真是奇了,这人过了一年,怎么突地变成这副样子?难道真的大彻大悟了?眼见沈旃檀胸膛肌肤光润细腻,绝没有暗藏什么护身软甲,这一剑下去,必定是血溅当场。她顿了一顿,没有想明白这是怎样的阴谋诡计,便把手中血流霞往前一送,直刺沈旃檀胸口。

莫非你是笃定我不敢赐你一剑?

你都已经敞开胸膛,我若不下手,岂非傻瓜?她冷冷地想着。只见一剑插落,血花散落半天,那剑确确实实是刺入了沈旃檀胸口,她倒是一怔。然而就在瞬息之间,只见山周金芒闪烁,竟有巨大法阵之气冲霄而起,沈旃檀捂胸急退,纵声大笑。他身上的血溅了陆孤光一身,法阵金芒点点洒落在她身上,融入血液之中,突然间,她感觉到身躯变得沉重,在月光下的影子竟变得厚实了!她震惊地看着沈旃檀,沈旃檀口角溢血,却笑得猖狂而得意,指着她笑道:"陆孤光!你不过仗着灵身所以不死,如今我把你变作活尸,看你还如何隐匿形迹、如何长生不死!我要你和我一样苦受折磨,要让你知道饿是什么滋味!让你知道血淋淋的伤口到底是怎么样痛的!哈哈哈哈……这血僵之阵如何?如何?"他恶狠狠地瞪着她:"你本就是我的血鬼!用我之血将你变作僵尸,天经地义,合情合理!"

血僵之阵?她愕然呆立在那里,原来沈旃檀白天不见踪影,竟是在山峰周围画那巨大的法阵。恼羞成怒之余,她冷笑道:"你怎么就笃定,我这一剑杀不了你?"若是她下手再重一点,当真挖了他的心出来,他岂能在此小人得志、耀武扬威？

　　沈旖檀把狂态略略一收，镇定了下来，似笑非笑："今日我先将你变作活尸，只要你已非灵体，等我伤愈，随时可以杀了你。"他捂着胸口，踉跄着要向山下走去。陆孤光怒极，扬剑欲追，却不想一念及沈旖檀，心口突然传来一阵刺痛，脸色不由得微微一白。

　　沈旖檀步步倒退而行，防着陆孤光暴起杀人，见她脸色惨白，他突地纵声狂笑："哈哈哈哈……哈哈哈哈……陆孤光！"他指着她，指着她的心口，阴森森地道，"感觉到痛了吗？哈哈哈哈……只有你是肉身之时，才能感觉到痛。我在血流霞中留下半截金针，你不是恨我么？只要你恨我，想到我，那金针就会戳入你心口，让你痛不欲生！"他轻飘飘地道："你我夫妻一场，你说你怎能只在想到任怀苏的时候才心痛？你总是望着他，伤心他不是我，而我站在这里，你却一眼也不瞧，所以我在你心里放下半截金针，现在公平了。"他拍了拍手掌，微笑道："现在你想到他会心痛，想到我也会心痛，你说我这主意是不是绝妙？"

　　她按着胸口，惊怒交集，纵然她设想过千万遍，也绝想不出沈旖檀是如此这般地前来复仇，看着他扬长而去，她站在那儿，一时真是想不出半句话来回应。

　　一瞬间，她几乎想说，她并没有时时想着任怀苏，没有时时因为他而心痛，虽然她确是伤心，但……但不是那样的。

　　"今日之事已毕，姑娘，请待来年，来年此日，我必再来。"
　　山崖下的人声清俊狂放，逐渐远去。

06

陆孤光有了肉身，沈旃檀说她是活尸，她却并不觉得自己和活人有多大不同。她在阳光下有了影子，和常人一样会饿、会冷，可以和正常人一起生活，也许唯一不同的是，她的血是凉的。

她没有什么温度，总是冷冰冰的。她不知道自己是不是会如常人一样生老病死，恍惚的时候她会想，即便她会死，死后会留下什么呢？她的身体之中，除了沈旃檀的血，几乎一无所有，她连一副白骨都留不下。

她并非红颜，也未变成枯骨，这一生颠沛流离，不知为何而生，不知为何而死，欢喜并不太多，亦不知如何悲愁，活过这一世，只是这一世，若有下一世，还是莫做人的好。

她开始到碧心村买吃的，她是活尸，依然只吃肉，但无论什么肉，吃入她口中都没有什么滋味。

沈旃檀依然留在碧心村教书，衣冠楚楚，文采风流，他竟不搬走。她知道在她伤他一剑之后，他光明正大地在屋里躺了一个多月，说是爬山摔了下来，那一个多月不仅碧心村的姑娘争相照看他，连邻村的、隔山的姑娘都争着来看望。她听着那些女人的私语，听着那些传闻，觉得有些好笑，是啊，他俊美、多才、风流倜傥，那又如何？这样便值得相许吗？

那不过是个妖物。

一个多月后，沈旃檀从病榻上爬了起来，重新进了私塾。她常来买肉，有时候两人在集市上擦肩而过，他竟能含笑向她打招呼，宛若挚友。她往往目不斜视，淡然而过，偶尔转身的时候，便能看见他停在那里，对她微笑。

　　阴谋诡计、欺骗伤害之事，对他来说已是入了他的骨，淹了他的心，所以他才能对她露出这样若无其事的笑吧？她一开始很诧异，不能理解他口口声声说恨，却能笑得这样轻淡，不能理解面对一个他千方百计除之而后快的仇人，他能这般有耐心。明年……他说明年此日……不到明年那日，他便能这样一直对她笑下去，笑到他精研出什么新鲜招数置她于死地为止。

　　妖物便是妖物。

　　她渐渐开始习惯。有一日在沈旃檀私塾门口偶遇，他背着两个孩子，她提着一只烤鸡，两人在门口几乎撞上，她突然对他粲然一笑，只见他怔了一怔，脸上那准备好的微笑几乎来不及用上。眼见这人掩饰不住那一闪而过的诧异之色，她心中有些得意，面带微笑一路走过，回了忘夕峰顶。

　　在那之后几日，她的心情一直很好。

　　又过了几日，忘夕峰下了一场大雪，峰顶积雪盈尺，素净清莹。她一时兴起，便写了一封帖子，请私塾的孩子递给沈旃檀，然后在峰顶掘了一个很大的陷阱。

　　她请他来看雪、喝酒。

　　她没设想过他会来或是不会来，只是这样做让她高兴，而她已经很久很久没有高兴过了。

　　念及沈旃檀的时候，心口微微刺痛，因为不是太恨，或是不够激动，所以并不太疼。

黄昏的时候，他来了。

他不但来了，还带来了一壶酒、一只鸡和一斤牛肉。

她带着笑看他，树上的残雪随风微飘，簌簌落在她黑衣之上，却不融化，点点如梅似画。

他一上来就掉入陷阱，只听啪啦一阵乱响，白雪枝叶纷飞，那些酒肉跟着他一起跌入陷阱，震动洞口旁的积雪，瞬间倾埋了洞口，飞扬起片片雪花。她拍案大笑，只见那人从堆满残雪枯枝的洞口爬了上来，一身青衫满是酒痕和油脂，衣发散乱，神态却还是从容的。

他施施然走了过来，坐在陆孤光对面的石凳上，笑道："没想到，没想到你居然会挖陷阱。"

她斜眼打量他片刻，拿起酒杯自斟自饮，却并不请他："我也没想到你当真会摔下去。"她喝了一杯酒，很遗憾地道："我该在陷阱中安下刀山油锅，让你不得好死才是，可惜、可惜。"

他眼波流转，仿若柔情脉脉："你是不曾想过我当真会来。"

她又喝一杯："是了，你为何要来？"她凝视着他："你我是敌，生死大敌，你不怕陷阱？"

他望着那草草挖掘的陷阱，唇角微勾："有人请我赏雪饮酒，岂能不来？"雪光之下，他容颜端正，额心的朱砂鲜艳欲滴，那眼色也仿若真实，"从少时至今，从未有人邀我赏雪饮酒，而赏雪饮酒、吟诗作对，而后鸣琴下棋，是我少年时的心愿。可惜……"他微微一顿，未曾说下去。

"可惜，你从未找到一个愿意邀你饮酒，愿意和你下棋的人。"她沉下脸，冷冷地道，"物以类聚，人以群分，像你这般自私、残忍、狡猾、恶毒的妖孽，本性残暴、卑劣，岂有人能当真以你为友，若是有人以你为友，那是他天大的不幸。"

他微微一笑，似不介怀，承认道："是，所以后来我放弃了，不再期待，也不再等候了。"微微一顿，他又道："如我这般自私、残忍、残暴、卑劣的妖孽，也只有你这般不人不鬼的活尸才会邀我饮酒，我岂能不来？"

她脸现怒色，这句话戳中她最厌恶之处，沈荍檀却说得很认真，他甚至叹了口气："同类！任怀苏问你愿不愿意随他屠戮天下，因为是同类，所以很重要，除了同类没有人会与他为伍。即使假扮普通人，也总有一天会被人拆穿。他很强大，却也无法强大到永远……"他强调了"永远"二字，然后轻轻地道，"永远一人独行。"沈荍檀微微摇头，"孤独，总是会令人发疯。"

她上下打量着他，很是警惕，思考了良久，她问："你为何要害他？"

沈荍檀挑起眉头，含笑问："你问的是哪一次？"

这人视害人如游戏一般，只怕他自己也数不清害了任怀苏多少次。她目中杀气渐浓，冷冷地道："第一次。"

他泰然自若地坐在那里，神色很平静："哦？"

"他和你无冤无仇，甚至从不相识。"她极仔细地观察着他，"你为何要害他？你害他一生，害得他生不如死，对你又有什么好处？"

"因为……"他柔声道,"我想做一个好人。"

她听得莫名其妙,站了起来,盯着沈旃檀。

只听他慢慢地道:"我和他无冤无仇,只是长年听闻任将军大名,威震天下,无人不服。那时候我在想怎么样救世。"他看了陆孤光一眼,颇为讽刺地笑了笑,"那时候我是真心实意地想力挽狂澜,破除天兆,拯救世人。"

她皱起眉头:"我不信。"

他笑了笑,看了一眼她手中的酒:"是,你不信,我日后想起,连我自己都不信了。"他慢慢地道:"我和任怀苏过了血,分担了圣气,破了天兆,世上谁也不知。他依旧纵马天下,战功赫赫,我渐渐开始想,其实任将军所做的一切,我都能做到。"他浅浅地笑,"上阵杀敌,有何难哉?便是令山河移位,落叶成林也是不难,我是噬妖者,杀人取命顷刻间事,任怀苏有何了不起?为何他独享大名?"他一字字地道:"便是杀了皇上,取而代之,也是不难。"

她淡淡地反问:"哦?那为何不是你杀了皇上,而是皇上把你扔进了谷底?"

他疑惑地看了她一眼,半晌道:"弑君之事,岂是我当时能轻易做下的决定,所以我便害了任怀苏。我想以任怀苏之忠义,若逼得他最终也能背弃忠义二字,那么我弑君夺位,甚至君临天下便也是顺理成章,不必枉费思量。"

他说得简单,她却听得怔了一怔,这是什么意思?是说如果连任怀苏这等忠义之士,有朝一日也会背叛皇帝,那他沈旃檀弑君夺权也就没有什么,这世上人人都会背叛,无须思考理由？若是任怀苏始终不负，他就信这世上真有忠义，他就不叛国、不弑君？这……这是什么歪理谬论？真是天真得可恨，愚昧得可笑！她手中剑蓦地现出，指向沈旍檀咽喉，她厉声道："你是说你让他生不如死，就是为了这种荒唐无知的理由，就是为了逼他反叛？"

他笑了笑："是啊！"他柔声道，"可惜任将军秉性强硬，宁死不屈，虽然被炼成了尸魅，虽恨不叛，我好生遗憾，以为世上真有忠义之事，便放了皇上一马。谁料到皇上竟会反将一军，趁我布阵之时将我擒住，投入万古峡底。后来……"他慢慢地道，"数十年后，等我从混沌中渐渐清醒，才知任怀苏不仅已叛了国，甚至叛了天下，叛了世人。我诸多设计逼他不得，却是六十年的孤独将'覆面将军'烧成了一把灰、一抔土，再不复当年模样。"他又笑了笑，看着陆孤光，"如今你明白他口口声声说'同类'，是多么渴求你陪他走吗？我估计他也不想疯、不想恨，却不得不恨。"他轻声道，"那种恨从心底烧起来，若不能毁灭什么、得到什么，便无法停止。"

她皱眉听着，似懂非懂："你究竟是希望他背叛一切，好让你心安理得，还是希望他终能守住，永远不变？"

他沉默了。

"沈旍檀，"她凝视着他，"他从未背叛忠义二字，他弃君而去，是因为他的君王不值得他以忠义之心对待；他也不忍舍弃世人，只是因为他太恨了。那是你的罪，而不是怀苏的罪。"她一字一字地道，"他终不忍焚灭全城，舍身以救，他背负的……一直是你的罪，他造的……一直是你的孽。"

沈旆檀蓦地拍案而起，怒道："便是他没有舍身，我也可以屠龙，他能做的难道我便不能？他……他总是好的，而我……我……"

陆孤光冷冰冰地看着他："你总是居心叵测，谁都知道。"

他的脸色变得铁青，慢慢坐了下去，最后居然笑了一笑："也是。"

他吸了一口长气，慢慢地吐了出来，"过往之事，多说无益。我想说的是……我想说的是……孤独之人若有一位同伴，或许便不易发疯。任怀苏邀你同行，你没有答应，若是我……"他定住了，看着她，过了一会儿他才接下去，"若是我不杀你，你可愿……"

她笑了一下："你不杀我？这是天大的恩赐？"她手中剑倏地刺向沈旆檀咽喉，"陪你？笑话！那山下的张姑娘、李姑娘哪个不愿陪你？你又何必前来邀我？有什么阴谋诡计快使出来，我懒得和你费脑筋！"她剑光如电，沈旆檀动身闪避，边闪边道："你又何尝不孤独、寂寞？"

"我宁愿和孤魂野鬼凑合，也不会陪你，只会杀你。"她唰、唰、唰三剑逼退沈旆檀三步。论武功沈旆檀自然比不过她，急退闪避，突然砰的一声，他瞬间失去行迹，地面微雪飘飞。陆孤光一怔，只见一人灰头土脸地从那陷阱中爬了上来，满头的泥和雪，她满腔怒火突然变作笑意，剑尖顶住他咽喉，却竟有些下不了手，她顿了一顿，撤剑回来："一年之约未到，到得那日，我再杀你。"

沈旆檀擦了擦脸上的雪泥，居然又露出那衣冠楚楚的微笑来:"你若是嫌一年太长,何妨换作下月?"

她坐回自己的石凳,喝了口酒:"下月便下月。"随即她吐出一口酒气,环顾四周雪景,四周积雪洁白,块块灰岩都凝了一层薄冰,晶亮清澈。

沈旂檀拍了拍衣袖,慢吞吞地从衣袖中取了一斤牛肉出来,他在那陷阱中跌了两次,居然还收得住牛肉。陆孤光眼神微微一亮,拿过来就吃,他微笑着看她吃,倒像是挚友一样。

微雪徐徐而下。

他只是安静微笑。

她一边喝酒一边问他私塾里到底有几个孩子,他抱过几个,又打算害死几个……他有问有答,一直说到她慢慢地喝醉了,伏在桌上渐渐睡去。

他等她睡得沉了,方才伸出手,按住她的颈项。

她的颈项如此纤细,只需略一用力,便能折断。

他的手指在她颈上流连了很久,终是微微一叹,收了回来。

牛肉里有令人沉醉的咒,他原本……

他原本只是说了些假话。

第十八章
春风渡路人

01

一月之期很快便到。

陆孤光在忘夕峰上拭剑，这柄剑是她用忘夕峰顶冰石磨砺而成，样式简单，然而剑锋锐利，是一柄杀人的利器。

她用了十八日将一块青色冰石打磨成形，再花了五日时光将石剑边缘开刃，剑刃被她磨得极薄极透。

她的血流霞本能化形成剑，但沈旗檀在她身上用了术法之后，她化为活尸，血流霞便无法化形，否则肉身瓦解，她顷刻便会化为一堆血肉。

拭剑之时，她听到身后的枝丫上有物落了下来，回袖一拂，却是一片白色残梅。不知何时，梅花已开，春日将至。

时光，仿若并没有想象中那么漫长，仿佛只是一瞬，一年便过尽，新的一年又要开始了。

这个时候，山下应都在欢天喜地地准备过节，她忽然停下了手，然而停顿不过片刻，她便又继续拭剑。要过年了，但与她何干……

她所能做的，不过杀沈旃檀而已。

与一切欢喜热闹都无关。

山风微微，吹得落梅缤纷。

这梅花何时绽开，又何时将落，她竟是全然不知。

梅若残雪满头霜，残雪若梅斑几行。既然入眼不过白茫茫一片，分得清是梅是雪，又能如何呢？

山下突然传来轻轻的敲击声，她悚然一惊，一句"什么人"冲到嘴边，却没有喝出声来，因为直觉——来人是他。

沈旃檀秉性阴狠毒辣，但这人素来说到做到，倒是个一言九鼎的人。

但见远处岩石微微一动，一人已腾身而上，她不得不承认最近沈旃檀的武功进展甚快，照此下去，不过三五年她便不再是他的对手，若要杀人，她必须抓住时机尽力而为。

只见远处红影一闪，那人几个起落便站到了她的面前，陆孤光怔了一怔，他今日居然穿了一身鲜艳的红衣。

但见沈旃檀一身艳丽红袍，衬得他眉心一点朱砂越发明艳，仪容端然如玉，姿态飘逸如仙。陆孤光皱眉上下看了他几眼，这又是何种阴谋诡计？唇齿微微一动，她哂了一哂："成亲了？"

沈旃檀笑而不语，他手中提着一个竹篮，陆孤光手握石剑，淡淡地道："里面的东西我不想看，这就动手吧！"她也不留给他发话的机会，一剑便刺了过去。

沈旃檀纵身急退，同时探手入竹篮，抓起一把东西，微笑着对她扬了过去。

她直觉是毒物，长剑急舞成一团光影，飘身急退。

只见半空之中纷纷扬扬，和落梅一起飘零的，却是片片大红的纸屑。

陆孤光呆了一呆，讶然看着沈旃檀。只见他又从篮子里抓出一把东西，微笑着对她摇了摇，她看着那一团红彤彤的东西："这是什么？"

沈旃檀将那竹篮放在地上，展开红色纸片，却是一串灯笼形状的红色剪纸，很是鲜艳可爱。陆孤光愕然指着那东西："剪纸？"

沈旃檀颔首，从竹篮里提出另一串红色剪纸，却是一串红色鲤鱼，除此之外，还有窗花、对联、福禄寿喜一应俱全，都是大红颜色，看着便觉喜气洋洋。

她定了定神，一阵恼怒："你把这些东西带来做什么？拔剑来！"

"孤光。"他又开始柔声说话，眼神温柔，里面似有无限深情一般，"我见山下家家户户张灯结彩，这张灯之乐，想必你和我一样都未曾有过，不如在动手之前，你我便和山下寻常人家一样，享一享过年之乐，如何？"他又从竹篮里提出一长串红辣椒、几样小菜、一壶酒，最后居然还有一串鞭炮。

陆孤光目瞪口呆，这些东西她自是见得多了，却真是从未亲手摸过，眼见沈旃檀眼神诚挚，十分认真地看着她，仿佛万分期待她应允，她心里越发恼怒，石剑一挥，笔直向那个竹篮砍去。沈旃檀也不阻拦，只听一声脆响，那竹篮被她一剑震碎,地上的剪纸碎了一大半,受剑气所激,漫天飞舞。

缤纷的点点红影随风而动,熟悉的雪地也似乎有了些生气。沈旆檀拈住一张未碎的福字,微笑道:"孤光,我将此字贴在你门上可好?"

她满面愠色,偏生这人负手徐立,含笑而言的样子让人一时砍不下去,她顿了一顿,冷冰冰地道:"要贴便贴,贴完了,你便把这套把戏收起来,认认真真过来受死。"

他当真走了过去,在她自建的木门上贴了个倒福,那干枯阴暗的木门贴上红字,倒是显出了几分人气来,陆孤光瞧了几眼,倒也并没有想象中那般厌恶。眼见沈旆檀面露微笑,似乎很是享受贴红字的时刻,他又在她窗上贴了个刻有生肖图案的窗花,再将那串幸免于难的红辣椒挂在了她墙角。

她耐着心思等他折腾,忍不住冷笑:"这般喜欢贴纸,怎地在山下不贴?"

沈旆檀倒退几步,欣赏自己方才贴的几张纸,柔声道:"山下左近,能贴的人家我都贴了。"

她脸色一沉,这句话让她更不高兴:"你是贴到无人家可贴,才到我这里来折腾的?"

沈旆檀怡然自若,仍是柔声道:"当然不是。"他回过身来,一双眼睛极认真诚挚地看着她,里面仿佛蕴含了万种柔情一般:"是为了在这里过年,方才到别人家去学的。"

她脸色稍霁,随即又冷了:"贴完了拔剑来!"

"且慢且慢。"沈旆檀很遗憾地看了一眼地上七零八落的鞭炮,随即慢慢从怀里取出一物,微笑着放在地上,"还有此物,万勿忘记。"

陆孤光的杀气受他一挫再挫,此刻皱眉看着地上的东西:"这是什么?"

"灵牌。"沈旆檀眼中笑意盎然,他指着地上那小小的灵牌,"我死之后,料想无人拜祭,此灵牌可否请你——请旁人代送入任何一家寺院,切莫提我姓名,望我死之后,还能如他人一样,每逢初一、十五受人祭拜,听得经文、望得人间。"

她诧异地看着那块灵牌,那真是个寻常至极的东西,上面连"沈旆檀"三字都没有,只写了四字"茂宛沈氏"。沉默半晌,她终是认真地盯了他一眼:"这是什么意思?"

沈旆檀站在她面前,双手缓缓扯开红袍衣襟,袒露胸膛,柔声道:"孤光,我对不起你在先,亦不是你的对手,你要杀我,我无可抵挡,唯死而已。"

她睁大眼睛,上次这个人拉开衣裳,诱她刺他一剑,是布下了血僵之阵,这一次这个人拉开衣裳,又是为了什么?她绝不会相信这个人嘴巴上柔声示弱的甜言蜜语,但是手中剑也不敢再贸然刺出去,顿了一顿,她收起长剑,淡淡地道:"既然不想死,何必撂下话说一年之约改为今日?饶是你千般算计、巧舌如簧,也不过是想从我剑下取得一生而已。这样吧,我只出一招,你若能挡,你我来年再约生死。"

沈旆檀红唇微勾:"我若能接你一招,除了来年再约之外,尚要你赔我七菜一酒。"他带了七个小菜和一壶酒上来,却被陆孤光一剑震碎了。

"可以。"陆孤光石剑一挺,向他咽喉刺去。

沈旆檀双手一松，衣襟合拢，他衣中突然蹿出一物，挡在咽喉之上，陆孤光一剑将至，蓦地认出那蹿到他咽喉上的毛团儿正是韶华，手中劲力急减，大喝一声，剑气往旁急发，震得沈旆檀两侧山石崩裂，他的咽喉却丝毫无损。

"你……"她目眦欲裂，而沈旆檀双手抱住韶华，从容地将那小怪物收入怀中，微笑道，"我赢了，酒菜呢？"

"就来！"陆孤光怒极而笑，一下将石剑掷下，嚓的一声入地三寸，此人上山以来一言一行，无不是为激她来年再战而发，可笑她分明知道这人最善作伪，却还是入了套。

沈旆檀右手轻轻抚摸怀中韶华的头，那柔软的绒毛在指间缠绵，山顶冷冰冰的木屋沾染了点红色，透出了几分温暖之意。他微眯起眼睛，望着陆孤光怒极而去的方向，悠悠叹了口气："杀我、杀我，世人除了杀沈旆檀，便再无想法，你，也是一样。若——"他的喃喃自语戛然而止，过了片刻，又是悠悠一叹。

若哪一日，我再不能年复一年地来赴约，你的剑下再无挚恨之人，那时候你可会寂寞？

姑娘，你坐拥无限的时光……

而我，不过是一介凡人。

若相遇之时，我不是"任怀苏"，也许你早已命丧我手。奈何一错百错，他视你特殊，而我，亦无法视你为……

02

嗖的一声,一个竹篮凌空飞来,沈旃檀微微一惊,随即一笑,伸手接住。

打开来,竹篮里果然是七菜一汤,也不知这短短时间里她是从何处寻来的,他展开欢颜,柔声道:"我们饮酒、赏雪吧。"

她冷着一张脸,在他对面的石椅上坐下。

他为她倒了一杯酒,随即自斟一杯,浅呷了一口,满足地浅浅吐出一口气:"好酒。"

她闭目一坐,并不看他,任凭他自斟自饮。

韶华从他衣兜里爬了出来,探出头来舔她那杯酒,酒杯里的酒液一圈一圈地晃荡,他轻轻抚摩着韶华柔软的皮毛,又浅浅地呷了口酒。

他在看雪。

素色的雪花纷纷扬扬地落下,和淡色的落梅混在一起,掩去了方才撕碎的一地残红。他摊开手掌去接雪花,看着它在掌心融化,随即又接了一片,却是梅花。

她忍着怒气闭目而坐,不断思索是不是要出手杀人,他却是心安理得地不断逗弄那些落雪。过了大半个时辰,她终于忍无可忍:"你莫不是一辈子都没见过雪?"

沈旃檀回答:"我在抚心院布下奇阵,四季如春,花木不败,岂会下雪?"

她怔了一怔,冷哼一声:"自作自受。"这人脑子里千思百转，莫名其妙，她听不懂也不想懂。

"年少之时，不忍见花木凋残，而且我生来怕冷，一直到二十二岁以后，方才好奇银华缟素，六出飞花，那会是什么样子。"他缓缓说话，心情仿佛很平静，"后来出了几次蓼云寺，都不曾遇上雪，再到后来，我已不怕冷了。"

她微微一震，那是因为后来，沈旃檀洗了自己的魂，变成了"任怀苏"。他记得变成"任怀苏"之时所有的一切，也就是说他记得……

"沈旃檀，"她抬起眼睛凝视着他，"回答我一个问题。"

"知无不言。"他柔声道。

"你记得'他'所有的一切，也就是说，你定能了解'他'心中的信念，甚至了解他救世的决心。"她缓缓说着，语气很平淡，"那为何你又能做出相违的事？立长生塔、发战帖、意图染指金龙之力……"

"我明白许多道理。诸如知足方能常乐、无为方能冲淡，或者舍身渡世、大爱慈悲、兵者凶器，甚至是此身无欲，虽荣华富贵而不得其趣……"他微笑道，"但明白了又如何？这其中每一条道理我都认真思虑，甚至亲身做到过，然而，既然我能明白这些，我又为何不能明白那些逐鹿中原、权掌天下的道理？我孑然一身，可生可死，而我之舍身，既不能为天下哀，亦不能为天下怜，那我为何要死？我说过，我是俗人，不是圣人。"他柔声道："孤光，'他'一身空白，佛祖要他无欲无求，他便作行尸走肉，自然不能明白一个活人，除了诵经持戒之外，尚需旁力方能活下去。我很软弱，我是俗人，我有所求，便绝不能死,如此而已。"

她紧紧皱眉,这人果然舌灿莲花,单听他一人之言,便好似全然无错,理所当然一般。她不想又被他绕了进去,反正此人句句是假,即使有半句是真,也是听之无益。"既然如此,你为何不走?"她看着酒壶,淡淡地道,"当真是恨我恨得胜过得天下了?"

"恨你,"他柔和地微笑,"自是恨你入骨。我说过,要你跪下求我将你生吞,补回我的妖力,我会让你一思及沈旆檀三字便心痛欲死,最终日日悔恨你曾如此待我。"

她越听越奇:"我如此待你?我如何待你了?"分明是他总意欲害人,不论是他失去记忆之时将她剜心斩翼、放火烧死,还是他恢复记忆之后将她养成血鬼,意欲将她变成他的食物,之后更是聚万妖之能立长生塔害人无数。如此种种都是他对她不起,何来怨恨之说?再说长生塔被人施术毁去,又不是她动手所为,他这怨毒不落在毁他妖塔之人身上,却来恨她——只是为了她最后斩他一剑毁了他的妖气?她略为思索,随即淡淡地道:"你恨我入骨,我无所谓,好过你染指红尘,害人无数。不过我如何待你,都是因为你如何待我、如何待他人。如你这般阴毒小人,我斩你一剑,有何奇怪?"她看了他一眼:"作恶多端,自是诸行有报,你不过身受一剑,便有这般滔天的怨恨,那是你自己心性偏激狭隘,与我何干?"

沈旆檀微微一笑,缓缓闭目,悠悠地道:"我若不是'他',若不是记得'他'的一切,你早已死了。"

"是吗?我怎么记得是你屡次挑衅,次次失败而去。"她冷冷地道,"次次挖空心思,花样百出,无所不用其极。"

沈旃檀端起酒杯,细细看着那粗劣酒盏上简单的花纹,过了好一会儿,他放下酒杯:"我一定会让你后悔如此待我。等你求我吃了你,我再得天下,哈哈哈……"他低笑起来,"我会带着'他'的心愿,你我一同君临天下,哈哈哈……"

她诧异地看着他,随即提起桌上的酒壶斟了一杯酒,垂眸凝视了酒盏好一会儿:"我听过你很多话,你总是情真意切,我总是半句不信,不过也许此时,你当真说了句心里话。"她抬起眼睛,凝视着沈旃檀,"但可惜我不是你的知音,也许这世上无人是你的知音,我听不懂。"

他沉默了,不知不觉端起酒杯,也凝视着酒盏中的倒影。

"不过我并不讨厌你恨我。"她缓缓地道,终是端起酒杯喝了一口。

他安静了好一会儿,落雪簌簌而下,他持杯的手纹丝不动,很快沾染了一袖微雪,雪意彻骨,隔胸犹寒。"终有一日,我会让你后悔你方才所说的每一句。"

她又说了什么忤逆了他,让他如此咬牙切齿?陆孤光大惑不解,皱起眉头,这人一颗心百转千回,千般思绪、万种道理,条条匪夷所思,只怕早已陷入疯癫之境,哪里是寻常人所能理解的?她一口喝下那杯酒,将酒杯一掷,淡淡地道:"今日我不杀你,你还不走?"

你……

若不是'他'一意当你是……我早已杀了你!

沈旃檀眼中骤然一道杀气掠过,触目如刀。他随即收敛,抿唇一笑，柔声道："明年此时，我当再来，在此之前，我可携琴而来，与你共饮吗？"

"共饮？"她上下看了他几眼，淡淡地道，"我明日有事，要离开此山。"

他蹙眉了："有事？"

她不答。

"你有事……"他心思电转，"你莫不是要去……找任怀苏？"

她皱眉看他一眼，淡淡地道："是又如何？"

他蓦地站起："终有一日，我要你后悔如此……如此待我！"他将手中杯一摔，拂袖而去。

陆孤光瞠目结舌，愕然看着他拂袖而去，这人真是怪极，满腔怨毒，怨得莫名其妙。她自认不过斩他一剑，还有就是她带走了韶华，但比之他的罪恶滔天，那不过是区区惩戒，何况他既未死，又得了韶华之心而容颜永驻，又修习了武功，何尝有什么值得他恨之又恨？难道这世上只准他害得别人痛不欲生，而他自己便不能受一点点苦吗？岂有此理？

真是奇人怪事。

她有些气极反笑，最后甚至笑出了声，看了看漫天飘雪，眼角余光扫到地上翻滚的红色碎纸，还有门上贴着的红字，到处是一派喜气洋洋的红色。她悠悠叹了口气，方才令她恼怒的扰乱人心的小算计，现在看来却有些可笑。

既恨她入骨，要她后悔，又要她认错，要她屈膝，却又要约她赏雪、弹琴饮酒……

她摇了摇头，不再思索沈旖檀。许久没有任怀苏的消息，她想，若是他回来，也许，会去见一个人。

03

这一场雪整整下了七日。

不只是凝碧山，连茂宛城都被飞雪笼罩，地上积雪厚达数尺，有些房屋被积雪压塌，多数百姓闭门不出。

在这雪城之中，有人踏雪而来，她打着淡绿的油伞，些微雪花飘在伞面上，像伞面上的画。积雪甚厚，她却只在雪上留下浅浅足迹，一路向商铺走去。

曾经热闹的街道因受当年龙焰影响，数处崩塌。茂宛城百姓已放弃此街，渐渐在城南又盖起了一处集子，这街上的商铺便慢慢迁走，此时落入她眼中的，已是一条萧条破败的残街。

她默默地望着这苍凉冰冷，半被残雪覆盖的街道，当年它人来人往、热闹非凡的样子自脑中掠过，不知住在此处的人们又是如何感慨？一只雀鸟停在烧焦的半边屋檐上，屋檐下堆着洁白的积雪，它安静地看着陆孤光，仿佛已许久不曾在此处看见过人了。

她走到街底，只见"天门包子铺"的招牌上挂满了冰凌，上面的字几乎已看不见。店铺和劫后犹存的其他人家一样大门紧闭，门前堆满了积雪。

她上去轻轻敲了敲门，门后无人应答，却依稀可见有袅袅轻烟升起，铺里应是有人。

"婆婆？如婆婆？"她唤了两声。

门内有人低笑一声："女人。"

"任怀苏？"她翻墙而入，只见小小的院内花木枯萎，只余一层苍白的积雪，一张陈旧的木桌放在院内积雪之中，一人坐在桌旁，桌上一壶清茶升起袅袅轻烟，给这死寂的院落平添了一分生气。

坐在桌边的人容颜依旧，肌肤皎若明霞，在茶烟之中仿佛沐浴了一层静色，入目之时她全身一颤，几乎以为见到了故人。

然而那人只是坐在积雪之上，背靠木桌，单手抱膝，抬头望着漫天飞飘的微雪。

她沉默地站在院门口，他果然回来了。

果然没有死在鬼门之中，尸魅果然是永远不会死的。

他回到了这里。

而这里却已不再有等了他六十多年的女子。

"如婆婆呢？"她有许多话想问，包括他如何从金龙爪下脱身、如何自鬼门回来、如何能毫发无伤……话到嘴边，却成了这一句。

他指了指院中一处积雪，那积雪略成丘状，露出了半块石牌。

"她死了。"他说。

她张了张嘴："她是被……"

"她被龙焰困在屋内，屋瓦倾塌，重伤而亡。"他低沉地道，"女人，你说的不错，一人所造之孽，便该其人承担，迁怒他人，不过是害人害己。"他双手空空，身侧只有一杯生烟的清茶，但她却可感到那力量排山倒海而来，仿佛比之从前更为强大，"我也算……付出了代价。"

她沉默不语，四周微雪依然，她是活尸，不该觉得冷，却突然觉得这院落四壁皆寒。"回来之后，你一直在这里？"

"我听说她在这里住了很久。"任怀苏道，"她是五藩之中帝南寨的公主，生得很美，我答应过她，如她劝父投降，我就会娶她为妻，让她做将军夫人。"他说得很平淡，也许因为他是尸魅，情感早已不如常人那般汹涌。

陆孤光望着他，而他望着乌云密布的天空，过了好一会儿，她道："她一直记着。"

他笑了笑："我不曾爱过她。"

她也笑了笑："你爱过谁？"

她用的是问句，却笑得有些讽刺，任怀苏发出两声低沉的笑："我不曾爱过谁，我尚不知爱，此生便已休。"

"幸好她死的时候，不知道天灾是你引来。"她淡淡地道，"或许会死得高兴点。"

他举起那杯茶，喝了一口，又将茶杯放了回去："也许。"

她抬起头来，有些不敢看院内的坟冢。她本是千娇万宠的苗家公主，带着一腔憧憬不远万里而来，十分颜色，百般柔情，万种相思，苦守茂宛城六十余年，等到最后……

不过是一间包子铺。

和一座孤坟。

等他的时候，她已老了；他来的时候，她已死了。

"她已死了，你为何不走？"她突然问。

他坐在那里，一动不动，过了一会儿，他道："生不能陪我左右，那便死后陪我，有何不可？"

她怔了一怔，几乎失笑起来："她已死了，你再陪她她也不会知道。莫非你寻到了她的死魂？"但人死之后，魂魄不过残缺之物，沈旂檀能借魂复生，是因为他离体的是生魂，如婆婆如果已死，即使任怀苏找到了她的死魂，那也不过是个没有神志的妖物而已。

任怀苏笑了一笑，打开右掌，一缕黑色魂魄在他掌心浮动，与其他死魂并无不同。她诧异道："你竟用鬼气与她相融！莫非你这么长时间不见踪影，就是找她的魂魄去了？"

他不回答她的疑问，抬手拿起茶杯，一口喝干茶水，将茶盏一掷入雪："此间事了，接下来便是——杀他。"

她的眼角微微一跳："沈旂檀？"

他的嘴角微微勾起一抹讽刺之色："女人。"

她眉头一皱，只听他道："忘夕峰景色不错，我为你留下它。十日之后，城郊百里荒原，我要杀沈旂檀。"

她大吃一惊，原来任怀苏并非没有回来找她，只是她与沈旂檀居然都不曾发觉，看来鬼门之内发生了大事，金龙已让任怀苏能力倍增，沈旂檀妖力已失，任怀苏要杀他应不费吹灰之力。

原来这段日子的平静只是假象，沈旂檀的诸多伎俩在任怀苏眼中不过跳梁小丑做戏一般，他不过是不愿毁去忘夕峰那山巅景色而已。

也就是说，如今的任怀苏，一出手便能令山崩地裂，摧山填海全然不在话下，世上已无人能挡。

沈旆檀就算把武功练得再好，也是绝无生机。

任怀苏归来，必杀沈旆檀，他们之间仇深似海，这并没有什么可惊奇的。可陆孤光却听得心惊魄动，心下万分紧张了起来。

满城风雪。

茂宛城的另一边。

一个人步履蹒跚地在半人高的积雪中走着，那背影清瘦，正是沈旆檀，只不过他不施轻功，就这么一步一步在雪中走着。

碧扉寺的门前同样堆满了积雪，金碧辉煌都已被掩在雪下，此时寺庙内只有忘归一人，四下无声，唯有雪落之声，声声入耳。

沈旆檀走到门前，慢慢地靠门坐了下去。

他没动，也没敲门，就坐在门前的积雪之中。

过了好一会儿，门内突然响起忘归的声音，那音调始终不变，无悲无喜："施主今日早了。"

门外沈旆檀道："今日风雪甚大。"

"这半月来皆是如此。"

"希望下半月天气会好些。"

门内忘归缓缓道："下半月施主便不用再来了。"

"为何？"沈旆檀坐在雪中，城外风雪很大，不过片刻已落了他一身雪花，将他埋在雪堆之中，不见眉目。

"施主天年已至，虽貌若年少，机体却早已老朽，更何况体内寒症未消，当初损伤的元气也至今未复，勉强续命，有违天理。"忘归道，"老衲为施主延命三次，已不可再。"

"也就是说，我早该死了。"沈旃檀背靠着碧扉寺的红门，只是笑笑，"做什么也没有用了？"

忘归平静地道："正是。"

沈旃檀低下头来，语气也很平静："忘归，为什么三次延命，你都不让我入寺一步？"

门内忘归淡淡道："施主非有缘之人。"

"你的意思是说，我若非要进去，只能硬闯了？"他勾唇笑着，唇色甚艳。

忘归不为所动："施主可以一试。"

沈旃檀又是笑笑："罢了，我打不过你。"他拍了拍身上的积雪，摇摇晃晃站了起来，"忘归，我还能活几日？"

"忘心绝情，持戒修身，尚有半年之寿。"忘归道，"世上能活百岁之人不多，施主年过八旬，已应知足了。"

"八旬……年过八旬……"沈旃檀喃喃地道，"哈哈哈哈……"他渐渐地仰天而笑，"哈哈哈哈……"

年过八旬，已应知足了。

当年千般算计，连环成谋，终不过是算计了自己。

他以为天下唾手可得，世人不过蝼蚁，世上唯一之敌只有任怀苏——原来翻来覆去那几年，不过是算计了自己六十余年的光阴罢了。

他什么都不曾得到，徒余满手血腥，罪恶滔天。

这就是报应吗？

又或者，他该感激苍天仁慈，即便是他这般罪恶满身之人，仍赐予他一个"天年已至，寿终正寝"？

哈哈哈……

哈哈哈哈……

他杀未竟、志未酬，一路征伐而来，不料一日稍停，不及回首，便是万事皆休。

雨雪霏霏，纷纷茫茫，不曾停歇。

04

陆孤光回忘夕峰顶已有三日，一直不见沈旃檀的身影。其实他们从未日日相见，但不知为何，这几日不见沈旃檀前来挑衅，她竟有些心神不宁。

心口开始微微地痛起来，她想着十日之后，任怀苏要杀沈旃檀，又想着沈旃檀诡计多端，必不会坐以待毙，定然是有计可施的，但却不知此时他知不知道任怀苏已经回来，已经决意杀人？沈旃檀纵然狡诈多智，可如果他不知道任怀苏的杀心，又如何躲过任怀苏的雷霆一击呢？

忘夕峰顶风吹雪落，四壁萧萧，纵是她心绪千般起伏，也没有一点声息。望了一会微雪，她又想沈旃檀早该死了，若是任怀苏杀他不死，她便去补上一剑，这人如此可恶，是早该死了。

心口的痛随着她思绪的转动渐渐变得清晰起来，她烦躁地按住胸口，想起这又是沈旃檀的一桩诡计，心下恨恨，不免心口更痛，又想及那人猖狂至极，口口声声说要让她生不如死，更是恨极，心口便痛得犹如刀剐一般。

该死的沈旃檀！她一拳砸落在雪地上，激起雪花狂舞，飘落满身。她在山上又转了转，终是沉不住气，往山下而去，想去瞧瞧沈旃檀在做什么。

山下。

沈旃檀的木屋外一片茫茫冰雪，不见有人出入的模样。她微微一怔，悄然绕着屋子转了两圈，确认了沈旃檀当真不在屋里。

至少已有数日不在屋里，否则屋外的雪不会如此松软。

他去了哪里？

她皱着眉头，这人古怪得很，当初她远避忘夕峰，他都能拖着残躯找来，而她要找他的时候他却不见踪影？冷笑一声，她大步向前，衣袖一震，沈旃檀木屋大门被她一震而开，一股寒风扑面，屋里一片幽暗，果然没有人。

她走了进去，四下打量，这屋子倒是收拾得干干净净、像模像样。屋里摆着用树枝去皮后钉起的较高的架子，木架子里整齐地放着书卷，有些书卷被翻得有些旧，她拿起来看了两眼，果然是些什么阴阳算数、奇阵异术之类的旁门左道，和《凶藏》异曲同工，这等魔物……她手指一晃，径直把那几本妖书碎作片片蝴蝶，又拿起一卷书籍，却是一卷佛经。

自那本佛经以下，数个书架之中，放的都是佛经，有些整洁如新，有些已被翻旧，显然此屋主人常有翻看，并不只是摆设而已。

屋里一桌一椅一床，质朴得出人意料，床上被褥倒是极厚，让她记起他说他天生怕冷。

空余的地上用木炭画着一幅棋盘，棋盘上一局已终，不能再下。她本能地四处张望何处还画有棋盘，却再也没有了。除了满屋书籍，简陋的几样家具，少许陈米，一缸结了冰的水，屋里再无他物。她在这里站了一会，感觉除了那厚软的被褥，再没有什么能让人觉得暖和。正在迷惑之时，却听远处一声琴响，细如虫鸣，随即流水一般呜咽起来。

沈旃檀？她往琴声处迈了一步，却又迟疑，碧心村读书人不少，又怎知弹琴之人一定是他？她站在屋内听着，仰起头来，闭上眼睛，只听那幽远的琴声一声声传来，曲如流水，却是渐沉渐远，仿若一片落叶随水逐流，纵然历经千花万锦，阅过万水千山，结局也不过是沉入深潭，化为乌有……

这样古怪的曲调，一定是沈旃檀！她一甩头，向着琴声来处飘然而去。

凝碧山层峦叠嶂，那琴声自上而下传来，不知在哪个山头。她张望了一下山势，盯准了群山之中一处山石横出悬崖的高山，那处山石距离山下并不太远，约莫二十来丈距离，此时残雪拥山，山崖下悬挂冰柱，尤显清冷肃净。

就在那里。

他诡计多端，却是羡慕风流已久，若要观雪，坐在那里最好吧？

她登上山崖，一个熟悉的背影映入眼中，沈旃檀果然在此。他怀中抱着一具新琴,漆色甚润,七弦铮然,令她意外的是,除了一具新琴,在沈旃檀身边还有一堆酒坛子,他素不是好酒之人,却居然坐在这里喝了这么多酒。

他显然已经喝多了,连陆孤光在身后出现也未发觉,但即使喝多了他也是矜持的——地上有一个荷叶形状的青色酒壶,他将酒坛里的酒倒进酒壶,再用荷叶酒壶的小嘴倒进两个酒杯,他端着其中一杯,慢慢地喝着。

而另一杯里的酒早已冰封。

他在这里喝了很久了吧?陆孤光眉头微蹙,这是怎么了?沈旃檀竟也会借酒消愁?必是故作姿态,另有所图吧?她持剑在手,全神戒备,一步一步向他走去。

咚的一声微响,他轻轻拨动了琴弦,隔了一会儿,再咚的一声,一声声不成曲调,他就这么漫不经心地、一声一声地拨着。

仿佛纯然只是为了那一点声音,可以让他醉酒的时候不太寂寞,他用醺然的目光看着满山的冰雪,然后慢慢提起那些喝光的酒坛,一坛一坛慢慢地往山崖下砸。

啪的一声……

啪的又一声……

碎裂声清脆而遥远。

她悄然站到了他身后几步处,他仍未发觉,慢慢把酒坛砸光了,他的手落在那具新琴上。

陆孤光心头一跳,他不会想把这具琴也砸了吧?一句话冲口而出:"沈旃檀!"

他充耳不闻,五指一握,七弦尽绝。随即他一扬手,轰然一声,掌力震碎瑶琴,木屑与雪花一同纷飞,满身满地飘零。

点点鲜血滴落雪地,是握断琴弦的时候他的手指受了伤,不过他仰后一躺,仿若胸怀略畅,就这样躺在雪地中沉沉睡去,姿态倒是洒脱。

陆孤光看着他躺倒在自己面前,闭目而眠,因为酒醉,唇色越发的红,脸色却是越发的白皙如玉,衬得眉心的一点朱砂分外鲜艳——此时只需一剑一掌,这人便不存于世了。

"沈旃檀!"她叫了一声。

他不答。

"沈旃檀!"她又叫了一声。

他自然不会回答。

又过片刻,见沈旃檀毫无反应,四下无人,陆孤光突然动了起来,她飞快地把醉倒在地的沈旃檀提了起来,身形快若闪电,像有什么洪水猛兽在身后追她一样,用最快的速度赶回忘夕峰,把沈旃檀扔在了她的床上。

忘夕峰顶寒风凛冽,雪花飞扬,陆孤光将那人带了回来,扔在床上。本只是极端诧异,想问个明白,但见那人躺在床上,气息灼热,连手指都泛着桃花之色,红砂朱唇,端丽之中透出一股活生生的艳来,她怔了一怔,只觉得这冰冷的屋里突然间多了火一样的暖意出来。

沈旃檀醉得并不太久,陆孤光把他往床上一扔,大概是因为震动,过了片刻,他就睁开了眼睛。

她站在他旁边,冷冰冰地看着他,问:"你在干什么?"

他安静了片刻，突然一笑，居然仿佛神志清醒地柔声道："想三日之内，如何君临天下。"

她嗤的一声冷笑："你果然是醉了。"

"醉也无妨，可惜便是心不死。"他不以为意，只是笑笑，"前几日茂宛城风雪甚大，酒不好买，若不喝得尽兴，岂不可惜？"

她皱着眉想这人定是醉得糊涂，满口不知所云，颠三倒四，突地一个激灵，失声道："茂宛城风雪甚大，你去了茂宛城？你去做什么？"

沈旆檀坐起身来，那端秀如观音的脸上透出一种湛然皎洁之色，犹若光霞在那如玉的肌肤下熠熠生辉，那一瞬间的神色竟极是眼熟。他平静地道："列阵。"

"你……"她拔剑出手，剑光如水，直至他胸口，"什么阵？"

"裂地封神阵。"他唇角微带一抹笑，眼神看过来竟是清澈干净的，仿佛坦荡磊落，"焚天裂地，使万物成灰。"

陆孤光脸色一阵苍白，她不是为茂宛城，是为这看似早已放手的人，她怎会以为这人恨她就会恨得忘记他那万顷江山？怎会以为他早已放弃？她三番五次手下留情，未尝不是觉得这人犹如丧家之犬，除了一意杀她之外，连那气吞天下的志向都丧尽了，有些可悲可怜……结果……结果便是这人不动声色地隐忍许久，学成了什么裂地封神阵——用以重创那经历金龙之乱后早已千疮百孔的山川大地！她的长剑探出，横在他颈上，如婆婆那凄凉的小院历历在目。她厉声喝问："沈旆檀！

你到底想要怎样？究竟要害死多少人，你才能心满意足？"

"你杀了我，皇城之外布下的法阵无人解除，便会在六个时辰之后运转。"他温柔地微笑，"届时，整个皇宫都将被地火吞噬，一瞬间便可化为飞灰。"陆孤光眉头扬动，尚未说话，沈旃檀又道："当然，此阵由我所创，只要我活着，我要它几时运转它便几时运转，我一年半载不让它运转，它便能纹丝不动。"他柔声道："此阵阵形横跨数里之地，除了皇宫之外，蓼云寺以及茂宛城内大部分民宅都在阵形之内，包括一万禁军、三千黑旗铁骑。"

"你到底想要怎样？"陆孤光怒极，"能从我剑下逃生，能得这苟延残喘尚不知惜福、狼子野心、执迷不悟，我真是……我真是后悔答应任怀苏留你一命！"

"答应任怀苏留我一命？"沈旃檀却是一怔，猛地抬头，怒动颜色，"什么意思？你是说这一年来你对我手下留情，是因为你答应过他留我一命？我生我死关你们什么事？难道……难道是你……"他猛地站了起来，"难道是你答应了他要让他亲手杀我，要让他找我复仇？你……你……"

她剑刃一转，笔直对准他胸口，冷冷地道："你不是自以为很聪明吗，这点关窍怎会到现在才明白？你欠他的债比欠我的多得多，这世上人人都可杀你，但任怀苏既在，便要让他第一个亲手杀你。"她冷冷地看着他，"多行不义必自毙，你读书众多，不会不知道这世上天理循环，总有报应吧？"

沈旃檀脸上那酒醉的红晕早已化为一片苍白，他仿佛仍旧想不通，神色有些恍惚。呆了一阵，他突然大笑起来："哈哈哈……哈哈哈……原来……原来如此……"他在屋里走了几步，无视陆孤光手中长剑寒光凛凛，又转了几个圈，"我以为……我本以为……"他用力摇了摇头，仰天长笑，"我怎会总是被'他'所累？我怎会以为是你……你是……"他猛地回过头来，陆孤光睁大眼睛，惊异地看着他眼中一滴泪掉了下来。她眨了眨眼，只当是她眼花，但眨过眼之后，那滴泪水的痕迹还在，只是这人却不笑了，也不再说那颠三倒四的话，一张脸骤然冷漠，"我要皇帝退位，让我为尊。陆孤光，你早已和任怀苏见过一面，莫以为我不知情。以任怀苏当日引龙乱世之威，宫中绝不能将他的话当作儿戏，你叫他去对云巢说，我要坐那个位置，叫他让位。"

陆孤光怒道："胡说八道！他恨你入骨，见面就会杀了你，怎么可能替你传话？你这疯子……"她手持长剑，却不知该拿这逆天的疯子如何是好，杀是杀不得，说更说不过，便是能将他揍上一顿，打成重伤，又能奈何呢？

"六个时辰。"沈旆檀冷冷地看着她，就如看着位素不相识的路人，那目光竟令她心中一寒，只听他道，"我只等你六个时辰，六个时辰之后，云巢不让位，我会玉石俱焚。"

他的唇角微微勾起，说到"玉石俱焚"的时候居然显得缓和了下来，十分平静。陆孤光想任怀苏那十日之约未到，这人竟抢先发难，毫无征兆地要夺天下了，她心下怒极，抬起手来，便往他脸上扫去。

沈旆檀伸手架住她一扫，目中寒芒爆闪，犀利冷冽。他扣住她的手腕，用强劲的佛门真力将她震开，随后一挥袖，负手在后，淡淡地道："去吧。"

他不笑的时候，面色寒若冰霜，看人一眼直如视草芥一般。陆孤光心头怒气被他冷淡至极的一眼压住，心头微微一痛，原来这人……这人竟还有一副如此冷淡的模样。

她竟从未见过。

六个时辰的约定不可不防，这人动起手来一向视人命如蝼蚁，她狠狠地瞪了他几眼，飘身出去，直掠茂宛城。

任怀苏，或许还在如婆婆的院子里。

忘夕峰上，沈旃檀转过头来，望着窗外的冰雪，脸色亦如冰雪。

他真是可笑。

他怎会被"他"所误，不知不觉地以为……不知不觉地就以为有人和自己如骨肉相生，以为不管怎样……不管怎样她……她总是会向着自己。

以为纵然人世沦灭，只要他愿视她为伴，便不会孤独。

她对他手下留情，她陪他赏雪饮酒，她留在忘夕峰上不走，她没有因为"韶华"的事恨他……所以他以为……他以为有些事便该如此……天荒地老，等他将人世都害尽，她也该在那里，等着他归来。

这一年多来，过得不可谓不恨不怨，可也比过去欢愉。

却原来不过如此。

与子成说，斯欢非欢。

与子同杯，斯暖非暖。

他目望冰雪，心中一片冰凉，半晌想起的竟是一句佛偈。

"若无世间爱念者,则无忧苦尘劳患。一切忧苦消灭尽,犹如莲华不著水。"

05

陆孤光前往如婆婆的小院去寻任怀苏,任怀苏竟还是坐在那里,她不知这几日他有没有离开过那个地方,但在她眼中看来,那姿态并未有多大变化。

见她越墙而来,任怀苏淡然举目,她看惯了的温和眉目中蓦然闪出戾气,竟是异样的令人胆寒:"沈旃檀呢?"

陆孤光缩了缩脖子,在任怀苏这样的目光下她情不自禁地有些退缩:"沈旃檀……"

"我不是说过,请你代约,约他十日内受死,你忘却了?"他森然问,一身白衣和雪几欲相融,衣袖无风自动,雪花扬落漫天。

陆孤光皱起眉头:"他说……"她在任怀苏的目光下挺起背脊。这人和"他"一点也不像,她突然想起沈旃檀那灿若明霞的脸色,那玉石俱焚的狠毒阴谋在他口里就如精研多年后豁然开朗的境界一般,若他说的不是杀人屠城的事,倒真是像当年"他"谈及佛法时的虔诚模样。

"他说什么?"任怀苏身周雪花激旋飞舞,震开了一个三尺方圆的空地,"说他不来吗?"

"他说他在茂宛城布下了裂地封神阵,六个时辰之内,如果你不能劝服当今皇上让位给他,他就要让皇宫内外玉石俱焚，连左近的百姓和蓼云寺都不放过。"陆孤光说，"即便你杀了他，阵势也会在六个时辰后运转，只有沈旃檀活着，才能解除阵势。"

"裂地封神阵？"任怀苏声音低沉地道，"从未听闻。"

"据说是他自创的法阵。"陆孤光看着任怀苏，"你是要现在杀了他，还是依他之言，等他解除了阵势，再杀了他？"

任怀苏神色不变，仿若波澜不惊："我先毁了他的阵，再杀了他。"

陆孤光沉默半晌，目光自如婆婆的院子缓缓掠过："要毁他的阵，你知道他的阵在哪里吗？"

任怀苏低沉一笑："只需知道他入城以后去了何处，便知道他的阵在何处。"

陆孤光再度沉默，任怀苏举手一挥，几点鬼气四散而去，半晌之后，阴森鬼气自四面八方归来，任怀苏缓缓立起，其势如山，淡然道："他去了碧扉寺左近。"

碧扉寺？她微微一震："他去碧扉寺……"

"他记得一切过往，碧扉寺亦是他的旧游之地。"任怀苏头也不回，"以他脾性，去碧扉寺布阵有何不可？"

不错，沈旃檀草菅人命，神魔共杀，的确从没什么顾忌。

她想着他那仿若蕴含了万种柔情的眼神，想着他冷然若冰霜的眼神，那人的心思谁也捉摸不到。要屠城杀人，要灭碧扉寺，他可以一点风声不露，这样的人早该死了一万次了，但任怀苏要毁他布的阵，要让他彻底大败，她想到沈旃檀毫无胜算，又想到他雪崖大醉的模样，心口却骤然一痛，说不上什么滋味。

她该去砍他一刀，刺他一剑……沈旃檀的命该是任怀苏的，但她总觉得自己若眼睁睁地看着他死在任怀苏手里，必定难以释怀，就好像有什么东西没有彻底斩断一般。

她定要去做点什么。

任怀苏往碧扉寺走去。

陆孤光跟在他身后。

近来风雪已停，厚厚的积雪上显露着脚印，任怀苏和陆孤光很容易就看见了环绕碧扉寺的脚印——那脚印蜿蜒而去，在城里绕了一圈，又在皇城外绕了一圈，有些地方还重复来往了好几次。

但是脚印虽然清晰可辨，法阵却是无形无迹。沈旃檀精通奇门异术，妖法凶阵层出不穷，陆孤光虽然见他鬼鬼祟祟画过几次法阵，但都是未成品，此时地上并无线条，也无任何布阵常用的羽毛、香灰、朱砂等物的痕迹，此阵要如何破，确实是个难题。

任怀苏在沈旃檀留下脚印的地方也来回走了几次，他对法阵略有了解，却也看不出丝毫痕迹。若是画符为阵，毁去符咒就能破阵，即使是奇门遁甲，五行八卦，踏入阵中的人只要找到阵眼生门，也能破阵，但沈旃檀此阵无形无迹，且时辰未到无法触动，要破阵便成了难题。

一个时辰、两个时辰、三个时辰……

时间渐渐过去，骤然大地颤抖，远处隐约有物庞然呼啸，声音却是耳熟。任怀苏骤然停步，陆孤光变了脸色，失声道：

"龙吟！"

不错，此时远处传来的呼啸，正是和当日金龙相似的龙吟之声。

"难道他竟能引出第二条龙？"陆孤光脸色惨白，"难道裂地封神阵能操控龙族？"

百里荒原地下连接龙穴，地点沈旃檀也知晓，当日任怀苏能引出一条金龙，沈旃檀为何不能？那地道只是被乱石堵住，打开龙穴，对沈旃檀而言一点不难。这点道理陆孤光心知肚明，任怀苏耳闻龙吟之声，脸色也微微一变，仰起头来，闭目无声。

"任怀苏……"陆孤光望向如婆婆小院的方向，"茂宛城受不得第二次灭顶之灾，你可愿她到最后，连区区坟冢都留不住。"

"沈旃檀残忍好杀，是非不分，岂可为帝？"

她默然不语，过了好一会儿，她淡淡地道："我却觉得称王称帝，位列至尊，不过是他一个心愿……一个心愿而已。"

"哈……"任怀苏低低地笑，"女人，你为什么帮他说话？"

陆孤光僵硬地抿着嘴，并不回答。

一个时辰之后，皇城之上乌云压顶，电闪雷鸣，百官惊骇，皇帝亲自向苍天祈福，求取安康。就在此时，任怀苏与一道直击祭祀之坛的闪电一同出现，在百官之前、上千禁卫眼下劫走了云巢。过了半个时辰，被劫走的云巢脸色惨白地重新出现，下了一道诏书，自封太上皇，将皇位传于外戚沈旃檀。

沈旃檀此人亦是皇族血脉，只是名不见经传，文武百官十有八九不知其是何人。诏令一下，百官震惊，但片刻之后，皇城上乌云散去，雷雨尽收，竟出现一派清风朗日的怡人景象。众人见状，知其中大有文章，必定牵涉了奇门异术，他们毕竟曾见识过金龙之威，于是人人噤若寒蝉，再不敢妄言半句。

沈旃檀就在这等奇异的气氛之中，在百官古怪的眼神之中，身着龙袍，登上了问天坛。

本朝凡是皇帝登基，都会在问天坛举行登基大典，但今日事发突然，全无准备，满朝文武只能给这离奇出现，和妖物邪法脱不了干系的"新皇"披了件新龙袍，便匆匆请上问天坛。

沈旃檀身着金色龙袍，足踏七彩龙靴，头戴金冠，一步一步，缓缓走上问天之路。

四周的宫女太监和文武百官各用惊恐不安的音调参差不齐地念着祝颂之辞，雅乐飞扬，丝竹齐响，猛然一听，仿佛也很恢弘热闹。

沈旃檀走到问天坛前，缓缓登上九级螭陛。按照礼仪，他当拜天祭祖，但这人却一动不动地站在那里，仰起头来，目不转睛地凝视着天色。

天色已大亮，距离他撂下狠话要玉石俱焚之时，已过去了一日一夜。

四下的文武百官、宫女乐师、太监侍卫无不心惊胆战、瑟瑟发抖，这不知是人是鬼的妖物要当皇帝，真不知会如何，但看他这等不敬天地、不知礼数的行径，便知这妖怪连假冒一下"人"的意思也没有，下一步不会是要吃人吧？

任怀苏和陆孤光在远处凝视,此时六个时辰已过,法阵并未发动,沈旃檀身登大宝,那法阵应是已经解开了。任怀苏手握长枪,面前虽是禁军千万,百官陈列,在他看来也如土木朽石一般。他脸色淡淡的,看着身着龙袍的沈旃檀,就如看着个死人一般。

陆孤光也在凝视沈旃檀。

他终于做了皇帝。

在谋划了这许多年后,他终于君临天下,无人胆敢不称颂他、无人胆敢不重视他,当此一刻,青史当记下他的名字。

那就是他毕生所求。

只是又如何呢?

做了皇帝,君临天下,那又如何呢?

又能如何呢?

沈旃檀望着逐渐明亮的天色,定然不动,不言不语。

谁也不知这位新皇想要如何,那称颂之篇本就是匆匆写就,此时已念了第二遍,他还站在那里,念诵的太监惊怕得念错多句,这位妖皇却似没有听见一般。

旭日东升,阳光照耀大地。

任怀苏握枪的手一紧,就在礼乐齐鸣,百官臣服的盛大场面之中,他挥舞长枪,如光似电,乍然直插沈旃檀心口!

啪的一声,血光乍现,喷洒问天坛御路螭陛,长枪穿透沈旃檀身体,自胸前而出。

任怀苏一动,陆孤光就紧跟着他飞身而起,眼见任怀苏不曾动用任何鬼气妖力,只是如此简单地一击而杀,她几乎不敢相信自己的眼睛!

沈荫檀居然没有防备,也没有反抗!

血染半身,妖艳的红血自任怀苏枪杆滑落,沈荫檀受那长枪支撑之力,并不摔倒,仍然笔直站着,一身龙袍金光灿然,与日光交辉闪烁。

"沈荫檀!"陆孤光失声叫道,双手接住了他的身体。

任怀苏手腕挫动,瞬间拔出长枪,沈荫檀往后跌落,落入陆孤光怀里。

此时伏在地上的百官才纷纷惊呼,有人当众刺杀"皇上",但这皇上分明是妖物,到底要不要招呼侍卫将刺客拿下?这刺客手段如此高强,只怕侍卫也不顶什么用,当下乱成一团。

"沈荫檀!"她抱着那染血的躯体,心口不知为何竟是疼痛难忍,他就这样死了吗?她尚未砍他一刀一剑,他欠她那么多,一样也没有还……

沈荫檀睁着眼睛,他一直睁着眼睛,任怀苏一枪杀他,他也并不惊讶,甚至唇边还带着一丝浅笑。

"君临天下……又能如何?"他极轻极轻地道,像是自语,"不过一梦一障。"

她怔了一下,却见怀中人抬起眼睫,用一种熟悉的认真之色道:"孤光,我要死了。"

"啊……"她有些慌乱,不知所措。

"有些话一定要告诉你。"他抬起手来,想去握她的手,只是一张五指,看见满手鲜血,他便又放了下去,语气放得柔软了,"'他'……'他'虽是个行尸走肉,但'他'……

'他'是真心实意把你当妻子的,'他'不识爱欲,只当如何对自己,就要如何对待你。'他'伤你、杀你、骗你,是因为他当你是……当你是……最亲的人。"他缓了口气,微笑起来,"亲得就像'他'的血肉一样……"

她不知道该说些什么,脸色苍白。

"'他'是爱你的。"沈旃檀道,"因为'他'爱你,所以我……不得不也……"他惨白的脸上居然浮起红晕,"不得不也爱。"他用他染满鲜血的手去握陆孤光的手,染得她也一手鲜红。只听他柔声道:"我爱你入骨,这世上只有你一人,让我愿与之赏雪饮酒;只有你一人,让我识遍百味,思念怨恨、嫉妒痛苦……而你……你可曾有……爱过我一丝一毫?"他柔声道:"不是爱任怀苏,是爱沈旃檀,有没有……一点点……我只要一点点……"

那诱哄的语气,因为重伤而虚弱,越发显得卑微讨好。陆孤光的脸色越发苍白,这人的所作所为一一自脑海掠过,谋害任怀苏、建立长生塔、创设裂地封神阵、登基为皇——这人简直万死难辞其罪,如此示弱示好,定是另有所图,是他新的脱身之法吧?想到此处,她脸色乍变,面罩寒霜:"你滥杀无辜、罪恶滔天,单凭你一生作为,还想受人所爱?苍天让你一生孤寂,那是苍天有眼!"

沈旃檀脸上的神采在这一瞬间消失殆尽,他怔怔地看着陆孤光,仿佛很迷惑。陆孤光狠起心来,将他掼在地上,一剑拔出,便对他当胸刺下。

哧的一声,溅起的血花却不多。

毕竟沈旃檀身上的血已不多了。

"我来，只是要在你身上多加一剑，以免你这妖物死而复生。"她淡淡地道。

沈旃檀看着她，在陆孤光几乎以为他已经死了的时候，他微弱地道："我在九泉之下等你……"

她手握剑柄，低声道："可惜我永远不会去。"

他眨了下眼睛，她看不出那眼中是否有凄苦，凄苦又有几重，总之那眼睛缓缓闭上，再也不睁开了。

陆孤光并非活人，而是活尸，沈旃檀亲手造就的活尸——活尸虽无尸魅之威，却也是不死之物。

所谓九泉之约，不过沈旃檀一厢情愿。

他死了。她呆呆地看着那具尸体，沈旃檀当真死了，是她刺的最后一剑，此时他再无气息，她却觉得如此不真实，仿若一场幻梦。

任怀苏定睛看了那尸身许久，提起长枪，转身离去。

大仇已报，他走得很是潇洒。

沈旃檀死了。

当真死了。

陆孤光低头看着那血染满身的尸体，不知自己该何去何从。

第十九章

闻君昔时事

01

陆孤光把沈旃檀的尸身带回了如婆婆的小院，而后在尸体旁等了一日一夜，然而那人并没有复活。她疑惑不解，又等了半日，没感到有任何阴谋诡计，天地不曾倾覆，茂宛城也不曾起火，她终于有几分相信——沈旃檀真的死了。

正值雪落时节，沈旃檀的尸体并未腐化，那秀如观音的脸依然如旧，连眉心一点朱砂都依旧鲜艳。她有几分相信沈旃檀已经死了，只是若要抛下他的尸体，就此回忘夕峰，似乎有所不妥，而若要将他埋了，她又觉得这人恶贯满盈，罪有应得，实在连块墓地都不该得。

就在她犹豫不决的时候，门外传来两声轻响，有人敲门。

她皱眉一挥手，木门随即打开，如婆婆已死，这里又已荒废，且被任怀苏霸占多日，还有谁会找上门来？抬眼一看，进门的人全身光华灿烂，映着雪色，几乎令人眼花缭乱，正是姬珥。

她缓和了神色，这怪人倒不是敌人。"什么事？"姬珥进门便看见沈旃檀的尸身躺在床上，胸口伤势狰狞，不由得叹了口气："事到最终，果然还是如此。"

　　陆孤光沉下脸："和你有什么关系？"

　　姬珥哈哈一笑，在屋里踱了两步，"和我有什么关系？他是我挚友，虽然之前不是这副皮囊，但世上知他之人莫过我，他死了我岂能不来？"他转过身来，朱唇微勾，"何况我不来，他岂非连一块墓碑都没有？"

　　陆孤光眼睛往床上一瞟，冷笑道："你是他知己？沈旃檀有朋友已是笑话，姬公子竟敢自称他之知己？但不知姬公子知他什么？知他一生害过多少人命，有过多大的野心吗？"

　　"陆姑娘，他一生有过多大野心，你想必比我更清楚。"姬珥背对着陆孤光，"但要说他害死多少人命，罪恶滔天、无可饶恕，也未必。"

　　"什么意思？"她还是第一次听见有人居然敢说沈旃檀"未必"罪恶滔天，简直是天大的笑话。

　　"陆姑娘，你还记得怀苏和尚吗？"姬珥缓缓地道，"你爱过、相许过的男人。"

　　陆孤光心头突然涌起一阵激动，这是许久以来，第一次有人主动向她提及"怀苏和尚"。"当然。"

　　"怀苏坚定、执着、大慈大悲，从来都有舍身饲虎的胸怀和魄力。"姬珥道，"他虽不太懂人情世故，不明男女之情，却是一个好人。"他微微一顿，柔声道："温柔的好人。"

　　陆孤光声音微颤："不用你来说他。"

"他"有多么好，何必用旁人来说，我岂能不知？

"你不明白吗？那人并不是任怀苏，那是沈荷檀当年的模样。"姬珥叹息，"在他火烧无水宫之前，在他曾决意牺牲自我，拯救众生于灭世天灾之时，他就是那副模样。"

她打了个寒噤，不可想象，一个冲淡温雅、悲天悯人的僧人，竟能变为后来沈荷檀那样的恶魔。"那又如何？事到如今，再言当年，又能如何？他已变了，不是吗？"

姬珥沉默了一会儿，片刻后，他又叹了口气："不错，他是变了，沈荷檀心性坚忍，一往无前永不后悔，他年少之时能如何耐得住寂寞，如何精修得那些异术，日后他便有多大的能耐能倒行逆施、滥杀无辜。一个忍得下二十年寂寞的人，这世上的赞誉辱骂、仇恨爱欲又怎能左右得了他？他变了，但也未变，只是从前坚定不移的佛性，变作了坚定不移的屠欲罢了。"

"旁人是放下屠刀，立地成佛；他是提起屠刀，杀神灭佛，这样的恶魔你居然还说他'未必'罪无可恕？姬公子，莫非你以为但凡为一己之私走火入魔、倒行逆施的人都有可悲可怜之处，如此就都不算凶徒恶贼，不该死吗？"她听不下去姬珥慢条斯理地解释沈荷檀是如何变的，他已经死了，再说当年他曾如何青涩、如何温柔，又能如何？抵不了他后来所犯之罪，不过徒增痛苦而已。

"非也。"姬珥道，"我只想说，无论是行善或是为恶，他的性子从来没变，凡是他要做的事，无论历经多少艰难险阻，无论结果是好是坏，他都非做到不可。"他道："他从不半途而废。"

这她倒是感同身受，沈旆檀的执念惊人，仿佛心里从没有"放弃"两个字。

"所以有些他做到底的事未必就如常人所想那般居心叵测，也许不过生无可恋、死不甘心，便由此入魔，生出了更多不甘心罢了。"

生无可恋、死不甘心……

陆孤光缓缓眨了眨眼睛，她记起沈旆檀的故事，他笑着说："我孑然一身，可生可死，而我之舍身，既不能为天下哀，亦不能为天下怜，那我为何要死？我说过，我是俗人，不是圣人。"

她记得他说的时候，她觉得他假意乞怜，卑鄙无耻。

原来不是。

"即便是生无可恋、死不甘心，这世上遭遇不幸后生无可恋、死不甘心的人多了，又岂能成入魔之借口？"她淡淡地道，"那被他所害之人的家人，人人都生无可恋，被他所害之人，人人都死不甘心。"

"不错。"姬珥哈哈一笑，"陆姑娘言之有理。"他却突然不继续往下说了。

陆孤光等了又等，始终不见姬珥继续高谈阔论，终于忍不住淡淡瞟了他一眼："姬公子自称是他知己，不知除了几句废话之外，可还有什么高论？"

姬珥笑了笑："陆姑娘对他成见很深。我突然想到一件事，也许说出来会让陆姑娘不快，故而闭口不言。"

"什么事?"她不耐烦地道,"说!"

"当真要说?"姬珥在她周围踱了几步,声音清朗,"我想说姑娘受任将军影响很深,任将军是沈旆檀毕生仇敌,你从任将军的故事里只能得出沈旆檀阴险恶毒、滥杀无辜、为达目的不择手段的结论——这也并非有误,只不过会让人忘记了另一部分事实而已。"

说到最后一句,他故意放慢了速度,一字一顿。陆孤光果然皱起眉头:"什么事实?"

"事实就是,罪大恶极、阴险歹毒的沈公子清醒之后,虽然那君临天下之事他非做到底不可,但到他身死,他不曾伤过半条人命,而无论是称敌称友的你们竟无一人发觉。"姬珥道,"你们可知世上并无什么'裂地封神阵',前日茂宛城电闪雷鸣,龙吟虎啸,大地震动,那不过是茂宛城第一炼师丹霞上人与你们开的小小玩笑?"

陆孤光听到前半段尚无什么反应,听到后半段却骤然一惊,失声道:"什么?"

姬珥凝视着她,红唇微启,一字一句地道:"世上并无什么'裂地封神阵',他骗了你而已。"

世上没有裂地封神阵?那些天地异象都是丹霞搞的鬼?那她和任怀苏一场忙碌岂非都是笑话?她变了脸色:"你们为什么要出手帮他?这是关系苍生的大事,你们居然助纣为虐!"

"我以为,放下屠刀立地成佛难,而有神佛之资,拿起屠刀杀神灭佛,复又放下,难上加难。"姬珥道,"享受过放纵的快乐，享受过鲜血的滋味，能再放下，重归苦道，我为何不成全？"

"放下屠刀？重归苦道？"她越听越糊涂，"什么……你在说什么……"

"他变了，却又没变。"姬珥终于平静地道，"六十年清修，既已深印心中，又怎能春风无痕？他入过魔，六十年后，当魔清醒之时，心已入佛。"他道："他仍是不甘心，他开长生塔，那塔底收纳数千活死人，却都不曾丧命。他只身阻拦任怀苏金龙之祸，救世救你，却受你一刀，几乎殒命。他号称逐鹿天下，千算万算，却不曾掀旗造反，临到最终……不过区区谎言，兵不血刃，求得众人一仰首而已。他有放下之意，这最后一步，我岂能不成全？"他凝视着她，"他难道当不起一句'也许并非罪恶滔天、罪无可恕'？"

"他曾设计放火烧死无水宫千余之众，他害得任怀苏变成尸魅，生不如死……"她张口结舌，"这样样都罪恶滔天！"

"当年之事，自有他今日之报，否则床上的死人是谁……"姬珥道，"但他若是全然罪恶滔天，那他就不必费尽心思将你从容玉中复活，将你养成血鬼，再设计让你变成活尸。这种种苦心，你是全然不知了？"

陆孤光蓦然一呆，只见窗口黄昏夕阳斜映，将她的影子映在地上，清晰可辨，如今这副躯体比之当年那副有何差别呢？当年她未必是人，而现在是具活尸，能在日光下行走，她却为何要心心念念记着沈旍檀伤她两剑、烧她羽翼？

她的躯体仍在，羽翼仍在，甚至比当年更好。

他千般设计，满口谎言，她从来没相信过他什么，却原来已经在不知不觉中拿回了最好的东西。

她却仍在恨他。

他有那般好的口才，千伶百俐，九转三叠，却从不曾为自己辩解过一句。

他只反反复复地说："他……他总是好的，而我……而我……"

而她总是说："你总是居心叵测。"

他说："的确。"

02

姬珥走了，临走时，他问她可会将沈旃檀下葬？

她没有回答。

于是姬珥带走了沈旃檀。

她也没有阻拦。

将沈旃檀下葬，用棺材盖封住他的脸，掩埋他的躯体，这样的事，她从来没有想过。

她曾千万次地想过如何一剑在那胸膛刺出血花来，如何将他碎尸万段，如何让他痛不欲生，让他痛得发誓再也不敢伤人害人，再也不敢满口谎言，却一次也没有想过一剑刺入他胸口以后，他死之后，她要如何。

如今她这一剑终于刺下，他终于如她愿死了。

再也不会害人骗人。

却有人说，他其实未必有那么坏。

她其实并不怎么相信那是真的,比起沈荼檀手下留情、心有佛根,她更愿意相信那都是姬珥信口开河,沈荼檀那么奸邪狠毒,六十年清修种下佛根云云,都是姬珥瞎编的。

她宁愿沈荼檀的确布下了裂地封神阵,宁愿他从不曾找姬珥和丹霞相助,那一日的天惊地动、龙吟震天都是真的,而非一场庞大的幻术。

在沈荼檀心中,究竟是爱她入骨还是恨她入骨,她从一开始便没有明白过。

即便是他临死之时亲口说了,她也不信。

何况他死了。

她发了很久的呆,冬日的阳光照在窗上,照着床榻上干涸的血迹,她记起自己也曾在这张床上躺过,也曾染过斑斑点点的血……莫名的,她有些想笑了。

天理循环,报应不爽。

她想他该有多可悲呢?不论他是个怎么样的人,不论活着死了,他说的话,无论好话坏话,情话傻话,都没有一个人信。

即使是姬珥,他也只是说,他做的那些坏事,说的那些话,有一些是假的。

你看,说谎说得太多,即便你没有那么坏,我也不信你。

所以佛说妄语是恶。妄语者,不净心,欲诳他,覆隐实,出异语,生口业。

口业,便是恶业的一种。

迟早是要报应在身上的。

她想着、笑着，眨了一眨眼。眼前的阳光那么亮、那么暖，亮得她以为仍有人坐在自己前面，知道她心怀嘲笑，又要开口辩驳一样。

沈旆檀奸邪狠毒，千言千罪，但坐在自己面前的时候，端着茶，执着酒的时候，微笑的时候，明亮得犹如这雪地日光一样。

他死了。

木兰溪畔，丹霞静立一旁，看着姬珥在地上掘了一个墓穴，将沈旆檀的尸体放入棺木，随后架起松木，点起了火。

烈火燃着松脂冲天而起，冒起了浓烟，仿佛这个人生前所聚的所有污浊都从那副骨头之中浓烈地发散了出去。

那日，下着大雪。

沈旆檀一身狼藉，浑身沾满了残雪泥土和冰渣，来到了山上。

那时候丹霞正在静坐，细数卦数之时心头突然微微一亮，抬起头来，便看见了沈旆檀。

他是来求助的，他有怀苏的记忆，仍然记得丹霞是"他"的好友。

他来求延命，说出"怀苏"的曲折往事，自言对过去为非作歹是如何后悔莫及，如今已得教训，绝不再犯，故作低伏哀怜的姿态，求昔日好友帮他续命。

丹霞对沈旆檀其人并无好感，斯人背后的故事他和姬珥已经隐约猜到，但此人毕竟曾是怀苏，虽然在他身上已找不到故人的影子，却也顾念旧情，更何况沈旆檀曾以一己之力对抗金龙，也并非十恶不赦，故而丹霞并未将他赶出门去，但按过脉息之后，直言不可能。

沈旃檀并不死心，他用了三种方法试探丹霞是不是有意隐瞒，是不是故意要他死。丹霞知他不信，泰然处之，任他试探。历经一日一夜，沈旃檀劫来了金银珠宝，承诺他冠绝天下的权势，甚至用姬珥的性命为要挟，丹霞的答复仍是一样。

天年已尽，无法再续。

沈旃檀折腾了一日一夜，第二日晨曦初起的时候，他终于累了。

他在丹霞门外纷飞的大雪中安静地站了很久，雪没过鞋面的时候，他终是叹了一声，抬起头来，凝视着丹霞。

他的眼神极淡，方才那些死皮赖脸、荒唐无耻的把戏仿佛都从他身上脱去了痕迹。见丹霞凝视，他报以一笑："你说人这一辈子，吵吵闹闹，纠缠不清，最终能得个什么呢？"

丹霞不答。

"什么都没有。"沈旃檀轻轻叹了口气，"真想知道那些什么都有的人，活着是什么滋味。"他对着他笑笑，"好友，能帮我做最后一件事吗？"

丹霞微微蹙眉，沈旃檀坦然微笑："我保证这最后一件事，绝不伤天害理。"

这是几日前的事，而今想起，恍如隔世。

那易笑易叹的人，已被姬珥点起一把火烧成了灰烬。

满山都是松木燃烧的黑烟灰烟，将山头染得一片晦色。丹霞衣袖一拂，几道清风掠过，烟色被涤荡一空，泥沙翻涌，地上的墓穴已被填满，堆成了坟冢。

山风飒飒，山草萧萧，一代乱世奇人沈旆檀就在这里，静静地化为了灰土。

"你为何要烧了他？"丹霞突然问。

"自首而足，寸化成灰，灰飞烟灭，不存于世。"姬珥道，"与其落得一座孤坟，他宁愿灰飞烟灭。当然，他不曾交代我什么，是我自己想的。"

丹霞脸色微微一沉，也就是说，这个人没经过任何人同意，擅自将他烧了。

"你怎知道，我不是猜中了他的心思呢？"姬珥笑笑。

03

忘夕峰顶雪残风寒，陆孤光回去的时候，屋外张贴的红字看起来依旧热闹，一只毛茸茸的小兽蹲在她屋外的石桌上，耷拉着长耳，没精打采地望着她。

她将韶华揽入怀里，在屋里翻了一会，没找到留存的药材，天色渐暗，她摸了摸这小家伙瑟瑟发抖的身体，想了想，还是下了山，去沈旆檀的屋里找。

第二次踏入那间被积雪覆盖的小屋，心情难以言喻。

他死了，日后不会再有人和她纠缠，她以为既然连他的尸身都不想看见，连他的坟冢都不想知道，他于她，至多不过是一段孽缘。

但这一次走进他的屋里，屋内四壁都在提醒着她，他死了，再也不会回来了。

而他走的时候，也许并没有想过他再也不会回来。

地上的棋局还没有擦去，有些东西摆放得还很随意，她看着那些被她翻过的书卷，那些书卷从被她翻过之后就没有人动过，有些边角上结了一层薄薄的冰霜。

屋里很冷，光线也十分幽暗，她在屋里找油灯，找了好一会儿没找着，不知是被偷走了，还是他这里从来没有油灯。最后她从极简单的灶台里抽了一根柴火出来，勉强点燃了照明，只见沈旖檀的床头有个架子，架子上放着个木刻小盒。

韶华嗖的一下蹿了过去，用小爪子开始拨弄那盒子，拨着拨着，也不知怎么的那盒子就被它拨开了，它钻进去抱着个东西就开始啃。

一块人参？

陆孤光走过去凝视那盒子，那盒子雕得很精致，一副崭新的样子，和这屋里的一切都不相同，那定是沈旖檀自己刻的了。

他对自己住的用的不花心思，却把心思用在装韶华食物的盒子上？这人果然万分古怪。她看着那盒子，盒子里放着几截人参，散发着淡淡药香，这人参还是上品，也不知是哪里来的，大约也是从茂宛城里买回来的吧？

她看着韶华，嘴角牵起了一丝笑，你说他要夺天下，有那妖法，为何不住在城里，住在皇宫，非要住在这山下？

这山下冷冰冰的，有什么好？

往窗外望去，最近的人家也在对面山坡上，并且因为年节才过去不久，家里依然张灯结彩，有两个穿得滚圆的孩童在雪地里嬉戏，一只小狗绕着孩童们欢快地蹦跳。

回过头来，便感觉屋内格外发寒。陆孤光叹了口气，这莫非就是他非要到山上给她贴窗纸的原因吗？但他若是喜欢过常人那般的生活，以他的容貌学问，娶一位美貌佳人，生几个孩子，就这么张灯结彩地过，有何不可？

但沈旖檀娶一个女子，生一群孩子……她失笑了，怎么可能呢？

是啊，怎么可能呢？那是沈旖檀啊。

就像她自己一样，她时常觉得寂寞，觉得可怕，觉得冷清，却在觉得的时候，才知道自己距离这人世，已经有那么远了。

韶华吃完那块人参后，她拿走了那个木盒，抱着韶华出门，跨过门槛时，她微微一顿，回头将手里的火把掷入了屋里。她本想将这屋子烧了，却见那火把在雪封冰寒的屋里渐渐熄灭，居然连烟和灰烬都没有多少。

引火不成，她掉头而去。

此后十年，她都未曾涉足这间小屋。

忘夕峰顶的岁月非常安宁，再没有第二个人跃上峰顶，自然更没有人携酒而来，对她施展种种诡计。任怀苏杳无音信，她一个人住着，春去夏来，秋走冬至，四季轮转中，她学着修仙练气，思索如何引落日月精华。她并不追求洗去尸气、修仙得道，只是无事可做，如不修行，那要做什么好呢？

碧心村里人生人死,渐渐地,许多人不再认识她。那些对沈公子突然离去而惋惜追忆不已的人们也渐渐将他遗忘,那些恋慕他的女子一一出嫁,生了许多孩子,孩子们照旧在山下嬉戏,一个一个都如小狗一般欢快。

她餐风食雪,有很漫长的时间用来追忆和思考。她将她的一生想了一遍又一遍,但始终不能明白沈旖檀究竟是如任怀苏所言那般,还是如姬珥所言那般。只是多想明白了几件事,譬如说自沈旖檀清醒之后,似乎当真不曾伤过人命,譬如他剜了她的心、斩了她的翼,口口声声要吃她的肉、喝她的血,却毕竟没有吃她,最终还给了她一具肉身。

在平静的追忆中,那些恩怨情仇慢慢地淡去了意义,她学会给自己烹茶,有时候会喝点酒,每一年的某日里,她会莫名地有所期待,会买些小菜慢慢地咀嚼,即使她早已不需进食。

但谁也没有来,并没有人来看故友,或者死而复生,也并没有死魂或怨灵造访。

她一年又一年地过着,每一年都有所期待,又在期待中慢慢地失望。

某一天,她出了一趟远门,去了一趟皇宫,闯入禁地,翻看了近年的记载。原来那一年并没有人记下有外姓登基为帝的文字,那一日问天坛上发生的一切仿若从不存在。陆孤光悄然离开,哑然失笑,怎会有人记下?那是云氏皇朝最荒诞狼狈的一日,但不过片刻之后,那让他们狼狈的人便死了。

他求君临天下,求人瞩目,求人宠溺,求人铭记,为此不惜一切。事到终了，也不过如此。

他的大事成与不成，似乎并无区别。

身后之事，在他生前，或许未曾想到。

但也许他不是不曾想过，只是别无可求罢了。人么，总是喜欢自欺欺人，相信在自己死了以后，旁人便会有些后悔，便会对他好些。

也许便会记着他。

她从皇宫回来，心情并不太好，途经沈旆檀当年的木屋，却突然看见屋内有烛光。

她心里微微一亮，突然有一股惊喜之感从头贯通到脚，她奔到木屋门前，心头怦怦直跳，本想板着一张脸，却无论如何都冷静不下来，她举起手来，用力敲门，失声叫道："沈旆檀？"

咿呀一声，屋里人应声开门，她的一身沸血瞬间凉了——开门的是一位猎户，穿着一身粗布衣裳，脸色茫然地看着她："姑娘，你找何人？"

她心头怒火上冲，这是谁？这是什么人？凭什么住在这里面？她沉下脸，厉声问道："你是什么人？"

那猎户一脸莫名地看着她："我是张阿华，打猎的。"

"这不是你家，你凭什么住在这里？"她目露凶光，"你在这里做什么？"

"这是个空屋，这不是我家难道是你家啊？这屋子空了很久了，空着也是空着，我从山上下来临时住一下，又不伤天害理，怎么不行了？这屋子是你的吗？"张阿华脾气本不暴躁，却被这突如其来的女子激得起了怒火,他在这里住了三个月了,这女子是哪里来的?

"出来!"她冷冷地道。

张阿华勃然大怒:"你个女疯子,老子愿意住这里,还就不出去了!"他就要关门进去,突然眼前一花,自己突然被一股大力扯动,仰天飞起,砰的一声摔在地上滚了七八个滚儿,一下子离那屋子已经有五六丈远了!张阿华傻了眼,只见那女子走入屋内,乒乓声响,他放在屋里的猎弓、斧头、水囊,甚至是夜壶都被她一一扔了出来。这女子居然当真知道哪些东西不是这屋里原来有的,张阿华摸了摸头,莫非这女人当真是屋主?

却见那凶狠的黑衣女子将东西扔出之后,冷冰冰地撂下一句话:"你再踏入此地一步,我就杀了你。"

他噤若寒蝉,收拾起地上的东西,悻悻然离开。

这是哪里来的女妖?

陆孤光怒气未消,沈旃檀不过死了几年,这些人都可霸占他的空屋了?他若未死……他若未死……还不知要如何整治你这莽人!

他若未死,谁敢占他这屋一寸?

她站在他的屋里,望着早已面目全非的四壁,只觉徒增凄凉。他真的死了,他当真不会死而复生……否则……否则……

就在此刻,她突然明白,这些年来她一直没有接受过他已经死了。

原来她一直在等着他死而复生。

第二十章

又闻君已迟

01

花落花开，云去云归，新雪成旧雪，旧雪化后，又成新溪。

流水潺潺之时，忘夕峰春花绽放，凝碧山脉林木浓绿，层峦起伏，望之令人心旷神怡。

皇朝已从云姓更替为韩姓，改国号为嫭，年号为祈和。

今年为祈和三年。距离沈旃檀问天坛上身死，已过一百零六年。

一个黑衣女子怀抱一只毛茸茸的小兽，撑着一把淡紫油伞，到碧心村药铺买药材。村里老一辈的人都见过她，她不老不死，如妖似仙，居住在忘夕峰上，幸好从不危害百姓，已不知在那山上住了有多久了。

她从不主动和人说话，但也不拒绝别人对她说话，如果谁有那耐心，对她好奇地问上十句二十句，也许她会答几句。这么多年来，村里人只知道她姓陆，似乎并非什么妖魔鬼怪，却也显然不是凡人,只是这高人从不降妖除魔、锄强扶弱,她只是一个人孤零零地住在山顶,一年下山几次。

谁也不知道她在山顶上干什么,也有好奇的人想爬上山顶看看山顶是不是仙宫,却从没有人成功爬上去过。

"仙姑,都给您准备好了。"药材铺里的老人都称呼她为"仙姑",倒是有些年轻人称她为"陆姑娘",她也从不介意。

微微点了点头,陆孤光留下银钱,拿走了药材,一如往常,转身就往山上走去。

"仙姑……"这日药材铺的老何心情不错,想找个人聊聊天,于是他突然大起胆子叫住陆孤光,"仙姑,你可是在山顶上修仙吗?"

陆孤光回过头来,神色淡淡的:"有事?"

老何也不生气,笑呵呵地道:"我听说京城里近来闹鬼呢,翡翠朝珠楼张贴了好大的告示,说能捉鬼的打赏千两白银,仙姑要是有那本事,在山上也是没事,何不去试试?"

她淡淡地应了声:"不必。"转回头去继续往山上走,刚走十来步,却听身后有人道:"老何啊,你消息不灵啊,京城那榜子早被人揭了,据说请的是白骨堂的有罪僧,道行厉害,千两银子早就发了善款了。"

"什么时候的事?快给我说说。"老何正是闲得发慌,乐得扯着路人聊天。

"也就前两天,我去了趟城里,正看到有罪僧在发善款,我也去领了两个钱。"路人笑嘻嘻的,"不过白骨堂的有罪僧真是古怪,不剃头发,眉心还有个红点,长得像女人一样。"

陆孤光猛然回头,老何眼前一花,她已一把抓住那路人,冷冷地问道:"那'有罪僧'在什么地方?"

"啊?"路人被她骇得魂飞魄散,呛了口气,"咳……咳咳……什么……你是谁……"

"那捉鬼的和尚,眉心有个红点的和尚,在什么地方?"她一字一字地问。

"白……白骨堂啊……"

"白骨堂在哪里?"

路人诧异地看着她,"白骨堂就是白骨堂……那是监禁所有犯戒佛僧的地方,有道行的高僧犯了戒,就会被拘禁到白骨堂思过和苦行,包括做一些降妖除魔的善举。"

"在哪里?"她眼波流转,仿佛霎时间便从那冷冰冰的雪人变作了活人。

"在戒山,在戒山……"路人被她掐得脸色发青,连忙道,"戒山,白骨堂。"

陆孤光松开手指,老何和那路人同时看见眼前的黑衣女子背后猛然张开一对羽翼,双翼一振,她凌空而起,往东飞去。

"仙……仙……仙姑……"老何目瞪口呆,"原来是个鸟精啊!"

陆孤光毫不在乎在人前露出双翼,她只想去瞧瞧那位眉心有一个红点的和尚究竟是什么样子。

沈旃檀一直没有回来,她捍卫了那没有人住的空屋二十年,终是一把火将它烧成了灰。她终是接受他已经死了,却不知不觉仍在等着,因为无事可做。她离这人世这么近又这么远,她无法对谁笑对谁哭,只能一遍遍地想着过去的恨。过去曾有人爱惜她,过去她也曾成过亲,也曾许过诺,也曾恨过人。

她等不到沈旃檀死而复生,他说他在九泉之下等她,所以就不肯死而复生了吗?她亲手杀了他,他问她有没有一点点……一点点爱他,但她亲手杀了他,所以他伤心了,不愿复活了?有时候她会这样想,有时候她又很困惑,为什么她总会以为沈旃檀能死而复生?分明人杀了便是杀了,她杀过那么多人,从没有一个人能死而复生。

但她总是会想到是他不肯……是他不肯死而复生的。

他是不是在这百年里一直等着她去死?

他等着在九泉之下、地狱中嘲笑她,等着她承认其实她也是有一点点爱他的,等着她承认他和"他"是一个人,"他"没有那么好,"他"看起来那么好是因为缺陷全在他这里了……

她不想承认。

不想承认在杀了他多年以后,她爱上了那寂寞成狂的人。

02

戒山。

戒山之上,只有遍地黄沙,百年前此地是旻山倾塌而形成的荒原,之后有妖塔自地下而出,八十二年前有高人曾在此地施展异术,摄飞来峰一座,镇在妖塔之上,那飞来峰高达数十丈，高峰上下只有沙砾，寸草不生。又过三十六年，有高僧在此地建"白骨堂"，收戒一切罪僧，至今已有数十年之久了。

白骨堂现有有罪僧一百六十八人，都是修为不浅，误入歧途而有悔改之心的高僧，多数年纪已大。

戒山土地十分贫瘠，无法栽种蔬果，因此白骨堂里生活十分清苦，众僧一日只得一餐，平日打坐修行的时间却是寻常寺院的三倍之多。白骨堂不设枷锁，不愿守戒可还俗离去，但自其建成至今，还俗离去的有罪僧不过三人之数。

这是佛门圣地，即使里面都是有罪僧，却也带着十分肃然之气。

一个黑点自远处飘然而来，在戒山山脚落下，陆孤光收起双翼，自山脚下的石梯缓缓上山。

眉心生有红点的和尚……她有些恍惚，身上有朱砂痣的人多了，她究竟是来做什么的呢？

沈旆檀不能死而复生。

他会转世吗？

会吗？

她不曾想过他会转世，寻常的死魂不会成妖成鬼，执念不深的死魂会转世，但沈旆檀的魂……他的魂怎能不成妖成鬼呢？

他怎么可能沦为一个普通的死魂，进而转世投胎，将他过往的一切全然抹去，重新过活？

但凡有一丝机会，他便要称尊称霸的。

他怎能甘心转世？

他说了要在九泉之下等她，他苦求有人爱他一点，他焉能不等？

她不知道自己来戒山寻觅的是什么，然而跃上山门，闯入佛堂后，她看见有人在佛前静坐，垂发三千，眉心若血，他举目一眼，她的百年便成了一瞬间。

沈旃檀！

那静坐在佛像之前的僧人生得和沈旃檀一模一样，只是神色端然，看着她骤然闯入也不惊不怒，十分平静。

院内有扫地僧，园中有习武僧，人人见她闯入，却也只作不见，从容一如平时。

白骨堂的众僧早已在晨钟暮鼓的修炼之中，成就了心如止水的空明之境。

"你……你……"她伸出手来，颤抖着去摸眼前人的脸，"沈旃檀？"

那人神色虽静，眼神却是温和，并不似沈旃檀那般妖异善变："贫僧苦渡。"

她的手指触到了他的脸颊，触感温热，这人并非鬼怪，也无妖气，只是个活人。她凝视着他，想从他身上看出一丝半点沈旃檀的痕迹，但却没有。

她从未好好看过沈旃檀，所以辨认不出这人到底是不是他，她不记得那许多细节，只草草记得他眉心的一点朱砂。

"施主，本堂共有一百六十八人，施主若要寻人，贫僧此处有名册，可供施主观看。"那生得和沈旃檀一模一样，却法号"苦渡"的和尚语气平和，静如止水，"施主可要观看？"

她悚然一惊："不，不必了。"定了定神，她放缓了语气，"擅闯白骨堂，是我唐突。苦渡……苦渡大师，可否问你俗家姓名？"

苦渡心平气和，脸上丝毫不见惊诧厌烦之色，缓缓道："贫僧自幼出家，俗家姓名早已忘却。"

"大师人在白骨堂，不知所犯何罪？"她又问，"大师犯戒之前，在何处寺院落脚？"

"杀戒。"苦渡平静回答，"阿弥陀佛，贫僧来自一千一百八十里外的逢梅寺。"

她怔怔地看着他，他生得和沈旆檀一模一样，颈骨均匀，有秀若观音的瓜子脸，眉心有朱砂般艳丽的一点，但他气质端正坦然，有一种熟悉的圣洁之气。

她骤然伸出手，去撕苦渡的僧衣，苦渡似是微微吃了一惊，举手相挡，但他怎及得上陆孤光活尸之身又加百年苦练的速度，胸口僧衣刺的一声被撕破，他也不生气，只把手放了下来。

陆孤光呆呆地看着他的胸口——他胸口上有一道鲜红的胎记，宛若剑痕。

此人——当真是沈旆檀的转世。

他转世为僧。

他枯守佛前。

他已把前世一切都洗尽，眼前此人，是全然新生的陌路人。

"我在九泉之下等你……"

她眼中有泪夺眶而出，全部都是骗人的！全部都是骗人的！他临死之时还在骗她！骗她为了他去死！

他根本没有在九泉之下等她。

他自顾自抛弃了一切，洗尽了一切，转世投胎，重生做人来了！

他根本没有等她，一点也没有！

枉费她……枉费她记了那么久……那么久……

她的眼泪顺腮而下，滴落在苦渡僧衣之上，只听苦渡温和地道："阿弥陀佛！痴，亦是大毒。施主，灵台若清，眼界便开，当知是苦非苦，不过妄念而已。"

她的眼前一片朦胧，她在想沈旇檀真狠啊！他又骗她，他又洗白了自己，他一点也不爱她，一点也不想和她举杯共饮，一点也不想和她度过这漫长的光阴，一点也没渴求过她的爱……他就是讨厌她，所以才会骗着她、哄着她，让她觉得自己爱上他了，却又一转身变成个和尚来取笑她，说那都是妄念，都是她自己信，自己笨，自己灵台不清、眼界不开，自己毒自己……

他一直都是那样心胸狭窄的小人啊，你砍了他一剑，让他吃了那么多苦，你还杀了他……他……他怎么能就那样死了呢？他一定要复仇的啊，死了也要复仇的啊……

陆孤光你怎么不明白呢？

她退开两步，泪水仍然不停，用看洪水猛兽的目光看了苦渡一眼，随即掉头而去。

苦渡静坐在蒲团之上，目光温和地注视着陆孤光的背影，他眼色清明，在他温和的一眼之中，望入的不仅是陆孤光，也包含白骨堂院内的一花一叶、一沙一砾，就仿佛陆孤光之于他，便与这一花一叶相同，不过是众生之一而已。

过了许久许久，庭院中的扫地僧走过，习武僧收势，人人都离开庭院的时候，他的目光才微微变化了一下。

一下即止。

"哒！"身后骤然有人大喝一声，"苦渡，何为大乘？"

苦渡纹丝不动，随即答曰："大乘如甘露。"

一位拄着拐杖的灰衣老僧缓缓自佛像背后踱了出来，右手持一木棍，走到苦渡面前，手起棍落，苦渡以额相抵，砰的一声，这一下打得甚重。只听那老僧语气平静无波地问："何为涅槃？"

苦渡微微一顿，过了一阵才答道："譬如灯灭。"

灰衣老僧脸色微变，厉声道："冥顽不灵！枉你在此修行多年，悟性竟是不进反退吗？"

苦渡眼帘微合，无话可答。

"净饿三日，不许出佛堂一步，就在此地参禅，直至你参悟为止！"

灰衣老僧拄着拐杖，慢慢走出佛堂。此时是正午，白骨堂一日一餐，钟声敲响，里外的有罪僧都去过堂，他也不例外。

佛殿内檀香幽幽，上有庄严宝相，苦渡静坐佛前，垂眉闭目。

他自入白骨堂，拜千刹禅师为师，已有三年。来时千刹禅师说他不过形如止水，非心如止水，周身被杀气浸透，非佛门中人，故而不予剃发。苦渡长跪门前，跪了两月之久，最终千刹答应了收他为徒，却要时时考验这位高徒的悟性修为，只不过时时当头棒喝，苦渡的回答终不能令他满意。三年苦行，在千刹心中，这位徒弟毫无长进，空有无上毅力，却始终不能入门，令他失望非常。

佛像安详寂静，油灯光亮柔和，木案红漆透着寂寥。

苦渡坐在那里，一动不动。

他想他在九泉之下等了近百年，什么也不曾等到，以后也不会等到，终有一日他明白，没有什么奇迹会发生，他这一生都是这样，有许许多多的可能，有通天彻地的能耐，却最终不会有什么奇迹发生。

他什么也没得到，即使他已尽了力。

这就叫业报。

妄语有业报，叫作不得信。

杀业有业报，叫作不可亲。

他造了许多孽，杀了许多人，伤了许多人，骗了许多人，这些都是会有报应的。

神佛不可能应允——让他罪恶滔天的时候还被人所爱。他终于醒悟，心死了，放弃了，所以选择转世。

但神佛并不会让他醒悟得如此轻易——他转世了，却还带着前世的记忆，清晰到过往的一衣一发，每一点鲜血。

他知道这一世，或者接下来的生生世世他都是为赎罪而来。罪业不赎，一切所求皆不得，所以他虔心向佛，静心行善，不思不妄，不再动任何心思。

沈荔檀已死，斯人大错特错，奢念妄求，倒行逆施，万死不足惜。

苦渡全身都微微起了一阵颤抖，卑微的蝼蚁，便该在旁人筑造的巢穴中安度一生，不知感恩戴德，奢求为人所爱，妄想被人记挂，却又没有能耐，只能欺诈作恶，杀人放火，害人无数……这是何等可悲可笑！

但更可笑的是他作的恶，做错的事，此世开始，由我赎过。我的佛祖啊，我这般卑微地赎罪，这般虔心地修行，诚心地悔罪，你却让她出现在我的面前，让她对着我喊"沈荔檀"……敢问我佛，弟子此生又是犯了何新罪，您要派遣那心魔引诱于我？

弟子卑微，冥顽不灵，心神震动，求我佛度化……

苦渡对着佛像，慢慢地磕下头去。

但何谓我佛，何谓度化？

千刹问："何为大乘？"

苦渡答曰："譬如甘露。"

佛心如甘露，或有服甘露，伤命而早夭；或复服甘露，寿命得长存。或有服毒生，有缘服毒死，无碍智甘露，所谓大乘典。如是大乘典，亦名杂毒药，如酥醍醐等，及以诸石蜜。服消则为药，不消则为毒。方等亦如是，智者为甘露，愚不知佛性，服之则成毒。

佛心如是，度化如是，这世上总有不能成佛的狂者愚人，一如当年的沈荔檀，非要将那甘露，生吞成了死毒。

苦渡拜了下去，过了一会，慢慢坐正，垂眉闭目，低声念诵经文。渐渐地，他灵台渐清，陆孤光那夺眶而出的眼泪慢慢淡出记忆。他背向庭院，终将纷繁的杂念磨尽，世上万物自他眼中看来，又是井然如一，毫无差别。

03

陆孤光下了戒山，张开双翼，往东直飞。

她不知道她要去哪里，她找到了沈旖檀，一切却和她想象的全然不同。那是一个陌路人，一个持戒念佛的和尚。和尚有和尚的人生，与沈旖檀已无关系。她刻骨铭心的记忆，分不清楚的爱恨，早已在她不知道的时候消失无踪。

不知不觉，她飞得很高，也不知飞向了何处，天空清朗，没有任何东西阻拦她的去路。

飞了许久，当她终于感觉到疲惫的时候，远处出现了一团黑影，四周飘散着剧烈的鬼气。

那是什么？

她已许久不曾见过如此浓烈的鬼气，那鬼气浓烈得甚至可以凝聚成形，道道黑气交织缠绕在一起，竟在天空之中盘结出一个黑色大茧。

那是什么东西？她飞过去绕着那东西转了一圈，那茧的大小几乎接近一座房屋，鬼气层层，妖力盈溢，全然看不出里面包裹的是什么东西。更何况此处离地面少说也有数千丈之遥，究竟是何种异类需要在此结茧？

陆孤光思考良久，尝试着驱动血流霞的力量，吸纳巨茧上的鬼气。她想将浓郁的鬼气抽离一些，看看里面究竟是什么东西。

鬼气飘荡，的确有一部分被血流霞吸纳，随后进入她体内，然而这巨茧实在太大，抽离部分鬼气动摇不了它的根本。她正感到气馁，突然微微一震——这吸入体内的鬼气和普通鬼气不同，这里面有龙气存在，并且这气息的感觉非常熟悉。

任怀苏！

她大吃一惊，这巨茧之外环绕的是尸魅的力量，巨茧里面的难道是任怀苏？

但任怀苏怎可能有如此庞大的体型？

这巨茧里面到底是什么？

她莫名地感觉到了一阵不祥，她与任怀苏已有百年未见，这些年她怎么样也寻觅不到他的下落，难道这百年以来，任怀苏就一直在这千丈之高的天空之中结茧？

她从未听说尸魅还会起这种变化，这团巨大的东西拥有极强的力量，极其危险。

突然，这巨茧蠕动了一下，整个茧的外形开始发生剧烈的变化，她清晰地辨认出此时被包裹在鬼气里的东西并非人形，而是一种近乎蛇形的巨大躯体，却生而有角。

那是什么东西？陆孤光骇然变色，莫非——是龙？

怎么可能？任怀苏的力量……结茧的龙形物……莫非百年之中，任怀苏就是在此地结茧化龙？而这条龙，又是什么龙？

充满了鬼气和邪力的龙，会是善物吗？龙在茧里，那任怀苏人呢？

她收起双翼，往下直坠，在落地之时乍然打开羽翼，平安落地。这件怪事，她必须找一个人，或者一些人商量要怎么应对。

也不知如今翡翠朝珠楼内是谁坐镇？

姬珥也许已不在人世，他身边那位紫衣的道长不知是否得道？她有些迷茫，抬头思索着，降妖除魔，莫非……只能去白骨堂？

"阿弥陀佛。"身后突然传来一声佛号，一个苍老的声音道，"施主修行有方，方才老衲竟未发觉施主并非人身，而是活尸。"

陆孤光回过头来，一个老朽的灰衣和尚竟不知何时站在了她的身后，她眉头一皱："老和尚，你跟踪我？"

这灰衣老僧正是千刹，在佛堂内与苦渡对答之后，他已感应到佛堂内留有残余的鬼气，他循着鬼气而来，正好看到陆孤光自天而降。

"施主误会了，老衲只想确认施主来历，只消施主不行害人之事，白骨堂自是管不得。"千刹语气沉稳，心里却极是诧异，这等活尸竟保有心智，一般而言，活尸是用活人以邪术炼成，听命于施术人之手，无知无感，只是杀人利器，如这女子一般保有心智的活尸他倒是头一次见。

"既然管不得，你还不走？"陆孤光冷冷地看着这老和尚，心里莫名有股无形杀气氤氲着。

"老衲还有一言。"千刹缓缓地道，"施主与苦渡似有旧缘，不过他既入得佛门，便与俗世再无关联。苦渡生来带有怪病，施主若为他好，日后最好不要再与他见面了。"

陆孤光皱起眉头："怪病？什么怪病？"莫非又是带有噬妖者的血脉，能吞噬妖气，练出那会开花长叶一般的红线吗？

千刹却道："苦渡生来心脉不全，背生怪翼，那怪翼斩去之后，一年便又复生，年复一年，年年如此。他心脉不全，年年斩翼本就凶险非常，施主乱他心神，碍他修行，岂非害他性命？"

陆孤光震惊至极地看着他，千刹这段话她只听进去一半："背生怪翼？年年斩翼？"

千刹颔首："苦渡心魔甚重，施主还是不要扰他修行为上，阿弥陀佛！"

陆孤光却没太听进去这老和尚最终说了些什么，只反复道："年年斩翼，他……他的翼，是你斩的？"

千刹合十："阿弥陀佛，是苦渡自行斩去。"

她迷茫地看着这老和尚："他自己斩的？"

千刹颔首："老衲言尽于此。"

"等一下！"陆孤光喝道，"老和尚，看在你人还不坏的分上，我带你去看一个东西。"她也不管千刹听懂没有，一把抓住这老和尚肩头老骨，双翼一展，冲天飞起，就向那巨茧飞去。

千刹吃了一惊，面上却是不动声色。不久之后，两人身在半空，千刹便看见了那鬼气缭绕的巨茧，随即脸色大变。

"老和尚，这是什么东西？"陆孤光双翼振动，这巨茧的鬼气比方才还要浓烈，里面的东西仿佛就要破茧而出了，"是一条龙吗？"

千刹沉声道："这是苍穹异变之物，若龙吞噬过多妖物，龙气受邪气侵蚀，便会化为蜮。"

"蜮？"陆孤光诧异，"蜮不过是一种害人的水中之物。"

"蜮者，鬼厌之气，一般只能栖息于水泽，在虫豸躯体内伤人，但此龙吞噬妖物过多，神志已失，此时此刻已经成了一头巨大的蜮，龙身早已化作鬼气的容器，一旦蜮苏醒，必定生灵涂炭！"千刹额头冷汗已下，"这是从未见过的妖物！"

此龙吞噬鬼气过多？陆孤光心念电转，莫非……莫非当年任怀苏引龙入鬼门之后，并未能吞噬掉金龙之气，而是由那头金龙吞噬了鬼门之内所有的鬼气？但那也不可能啊，任怀苏之后数度出现，带走了如婆婆的死魂，和自己见了几面，最后在问天坛击杀沈旃檀，丝毫看不出有什么异样……

或者是那头龙吞噬了任怀苏，然后强行化为人身？但如果是这样，现在这头巨大的蜮又是怎么回事？

任怀苏呢？

他曾有着横扫一切、屹立不摇的强韧，有着历尽惨痛仍能自持的心智，如果他曾经掌控过这条龙，又怎么会让它变成现在这个样子？

"这头蜮白骨堂能除吗？"她皱了皱眉头，不愿把任怀苏的事多说，只指了指那个巨茧。当年丹霞能一张道符烧了长生塔，她本能地想也许这个老和尚也能。

千刹合十："阿弥陀佛，如能寻得驱邪圣物，在此妖物未醒之时将其扼杀，或可将它除去。"

"驱邪圣物？"她又皱了皱眉头，"交给你们白骨堂了。"她突然收起双翼，千刹跟着她一起从半空直坠，惊出一身冷汗。

"施主！"千刹落地之后，抬起头来，却见方才将他提去看怪物的那"施主"已经不见了踪影。

04

白骨堂内。

苦渡仍在佛前静坐，心头一片宁静，仿佛无思无欲，若能在这佛前坐上千年，悲欢喜乐、嫉恨苦痛便仿佛都从不存在……

"喂！"安静的佛堂内突然刮起了一阵风，一人闯入后，用那熟悉的声音冷冰冰地问，"你背上真的会生怪翼吗？让我看看。"

苦渡仿佛有些惊讶，而陆孤光出手如电，一把便撕破了他背后的僧衣。那僧衣破后，露出道道狰狞的伤疤，重叠在肩胛骨后，那肩胛骨……莫非就是他生出双翼的地方？

她脸色古怪地看着苦渡，苦渡一件僧衣被她撕得不成形状，只得站起："阿弥陀佛，施主自便，贫僧……"

"痛吗？"她问。

苦渡微微一怔，过了一会儿，他摇头。

她冷冷地看着他，看了好长一段时间，苦渡纹丝不动。

"这怪翼什么时候会再长出来？"她的视线慢慢移向他背后，一个念头升起，让她觉得有趣。

"每年八月。"苦渡道。

她歪了歪头："以后每年八月，这对怪翼，让我来斩。"

苦渡目光平静："亦可。"

她倒是奇怪了："亦可？你不问我为什么要砍你的怪翼？凭什么砍你的怪翼？"

苦渡眼帘微合，念了一声佛号："阿弥陀佛！"

他居然不回答？陆孤光怒从心起，一把又向他胸口抓去，只是这次苦渡闪身躲避，飘出去甚远，又合十道："阿弥陀佛！背生此翼，必当受斩，是何人来斩又有何不同呢？"

陆孤光越发盛怒，冷冷地道："这世上只有我一人有资格斩你的怪翼，你听好了，这双翅膀是我的，你若让别人碰它一下，包括你自己，我便让你生不如死！每年八月，我定要来亲手砍你的怪翼！"

"随施主之意。"苦渡语气平静。陆孤光却蓦地忆起了当沈旖檀还是"任怀苏"的时候，时不时说出的那句"姑娘说得有理"。那时候，他虽然眼神温柔，举止体贴，其实内心也不过就如眼前这个人一样，是根本无动于衷的吧？一股恼恨涌上心头，她盘算着要如何折磨这人方能解恨。这人虽然不是沈旖檀，看起来却是一样的可恶可恨。沈旖檀骗了她一百多年，哪有这样投胎转世便算了的道理？

主意既定，她看苦渡的眼神就像看着个替死鬼。接着她左看右看，仿佛要在这佛堂里寻觅出些什么。

苦渡被她看得有些战栗。他前世一无所有，即使已拼尽全力去努力，到死也一无所有，他悟了、放弃了，今世立意赎罪，更是双手空空，孑然一身，心外无物，心内也空无一物。但她看着他的眼神就像看见了中意的猎物，仿佛他真是有价值的一般，这种感觉竟令他畏缩了。

既然不管怎样去努力都会失望，这一世他便不愿做那些妄想，也不愿有所期待，更不愿如前世那样万般自负、坏事做尽，直到无可挽回、走到最后一步才明白，那些他以为所拥有的，皆是虚幻，皆是妄念。

怀有妄念，相信自己万知万能，所愿终能实现，那样的自负实在可悲可笑。

绝不能再有。

啪的一声，陆孤光拍了下手，似乎终于想到了什么令她满意的主意。只见她抬起手来，一把将佛堂里垂挂的绣满经文的宝帐扯了下来，沉重的宝帐垂落在地上，发出声响。苦渡吃了一惊："施主住手，此乃佛门要物，不得轻毁。"

"你闭嘴！"陆孤光不耐烦地道。她徒手将厚实的宝帐撕成布条，苦渡阻拦不得，又见她很快将那些布条打成了一张大网，他越发茫然。突然间，陆孤光把大网往他头上一兜，就如网鱼一般，把他整个人兜在了网中，随即将大网扛上肩头，往外就走。

苦渡尚未明白，人已在半空中，他终是大吃一惊，在网中挣扎起来："施主，此举不妥，还请将苦渡放下。"

"闭嘴！"她听着他软弱的言辞，感觉十分厌烦。这人的面庞和声音她都熟悉至极,从他的嘴里说出如此无力的话,不免让她想起这人原先是如何可恶可恨,如何狠毒狡诈。她越想越生气,提起那张"网"后,双翼展开,往来处飞去。

苦渡见她展翼,拖着自己离地而起,已知她主意拿定,非要把自己带走。她素来横行霸道,为所欲为,这般活生生地掳走一个人也不算什么。他欲要流水无痕,无物无我,却又想着她的确就是这般任性,过了百年依然如此,没有人改变她,真是件好事。

他心绪一阵波动。然而就在他被她莫名其妙地兜在网中,升到半空之时,在陆孤光看不到的地方,连他自己都未曾察觉到,他竟唇角微勾,露出了一个微微的笑来,似乎并不当真惊讶着恼。

第二十一章

一抔春色曼

01

忘夕峰。

忘夕峰顶的石屋已然没有百年前那般坚固，缝隙里积满了尘土，而尘土中生出花草，细细碎碎地茂盛着。

陆孤光进屋后，将人扔在床上，又在瞬间布下法阵，将苦渡困在三尺方圆之内，一踏出这范围便会受她鬼气所震，被送回原位。

布下法阵之后，陆孤光转身便走，双翼展开，凌空飞去。

扔下苦渡一个人在屋里。

她断定这投胎转世后只会吃斋念佛的和尚无法离开她的法阵，这长得和沈旃檀一模一样的怪胎必定就是上天留给她复仇的。沈旃檀害她、骗她，让她这么多年都无法平静，让她想着他、恨着他、等着他，总是揣测着他对她到底是好是坏，而他投胎转世后就想这般算了吗？

绝不可能就这样算了，就算有一天她看开了、淡泊了、不计较了,她也要把他插在她心里的那根金针狠狠插回他身上去,让他尝尝一辈子既恨又痛的滋味。

陆孤光飞走后,苦渡站在屋里端详着她布下的法阵。这法阵他认识,区区四象阵罢了,只不过陆孤光如今法力远胜于他,她布下的法阵他自然是解不开的。他举目四顾,熟悉的桌椅,简陋的床榻,一切都和记忆中一样。他眼帘微合,想要念一声"阿弥陀佛",却终是说不出口。

可他必须记住,他是苦渡,不是沈旃檀。

一只毛茸茸的小怪物跳到了桌上,歪着头看着他。他露出温和平静的微笑,伸出手来,那只长着长耳朵的小怪物便往前一蹦,意图跳到他手上,不想却一头撞在了陆孤光的法阵上,发出一连串咿呀呀呀的小声音,逃出去远远地躲在墙角,把自己趴成了一小团。

苦渡轻叹了一声。

那一小团在墙角站了起来,睁着一双大眼睛看他,好像还认识他,可怜兮兮地等他过来一样。

陆孤光振翼直飞,她要去看看那个巨茧如何了。谁知才飞到半途,她还没看到茧的影子,就看到前面金光迸射,金灿灿的直耀人目,仿佛升起了一座宫殿一般。她"咦"了一声,等又飞近一些,才发现原来那如山如剑的金光不是宫殿,而是有二十多个人盘膝悬空而坐,正在合十念咒。道道金光从各人背后射出,而在这排山倒海一般的金光阵中心的,正是那个疑似龙形的巨茧。

老和尚果然有两下子。陆孤光已经认出,这就是白骨堂的那些和尚们,只是这些和尚不会飞,怎么能坐在半空中呢?目光一掠,她就在和尚旁边看见了一个人。

一个熟人。

那人紫衣白发,道袖飞扬,百年以来除了头发变白之外,竟似没有半点改变。他站在阵外,却操纵着一柄法剑,让它凌空盘旋,控制着金光的方向。万道金光自和尚背后射出,集中到法剑剑尖,一同射向浓黑的龙茧。

只可惜,这气势虽然排山倒海,那巨茧却依然是巨茧,鬼气也依然是鬼气,不见丝毫动静,也看不出它受创如何。

"丹霞?"陆孤光远远地唤他。

紫衣道人手里还拈着剑诀,微微侧身:"陆姑娘。"

"你怎么还没死?"她直接扔出这样的第二句,也不管旁人心里作何感想。

丹霞也不介意,仍是微微颔首:"我乃修仙之人。"

"这世上真的有仙吗?"她飞到他身边,"这些人能停在半空中,是因为你的法术?"

"悬空咒。"丹霞回答,"半个时辰之后,他们就会跌落,那时诸位大师法力已尽,又当换人。"

"车轮战?你们这样折腾,"她对着那龙茧扬了扬下巴,"对它有什么损害?"

"不过暂时压制住其中的变化,不让它孵化为蛟龙而已。"丹霞淡淡地道。

"只是这样?"她简直觉得不可思议,这么多人在这里念咒施法,只能暂时不让这个龙茧动弹,"但人力有穷尽,等到白骨堂那些和尚法力都用尽了，又要怎么办？按照这般速度，半个时辰轮换二十余人，很快便无人手了。"

"不错。"丹霞手拈法印，法剑飞旋，一丝不苟，但说话也是一样有条不紊，不受影响。

"那你们还在这里干什么？这只是无用之功，迟早它都是要孵化的。"她皱眉。

"不过尽力而已。"丹霞淡然道。

淡然，却坚定。

尽力而已。

她皱了皱眉："你不是有一种符，能让妖气化火，将一切烧尽？"

"离火之符可焚尽一切鬼气妖物，但符咒必须贴附在妖物身上，此茧为鬼气所聚，无形无体，无法运用离火之符。"

陆孤光一伸手："我来。"

丹霞面露惊讶之色："你？"

"我可以飞过去，闯进茧里，贴在里面的东西上。"她淡淡地道，"我不怕鬼气。"

丹霞淡然摇头："你是活尸之身，离火之符若落入你手，你自身就先灰飞烟灭了。"

陆孤光哑然，眼珠子转了两转："用弓箭射进去如何？"

"弓箭未及茧中之物，就会被缠绕的鬼气化为乌有。"丹霞并非没有试过，"除非有一人修为深厚，不惧鬼气，能暂时劈开缠绕在外的鬼气，接触到茧内之物。"

"我帮你冲进去，劈开鬼气，你把离火之符用箭射入茧内。"她很干脆,简单一句话撂下,便一展双翼,向巨茧飞去。

丹霞颇觉惊讶,陆孤光说做就做,既不犹豫,也不畏惧,倒比身边二十几位和尚都来得干脆利落。除却妖物是僧人应为之事,但既与妖物力量差距悬殊,又可能有性命之忧,白骨堂百来位高僧也只来了二十余位,这位姑娘却说上就上,论坦荡,那是比各位高僧要坦荡多了。

虽然她未必有牺牲自我的胸怀,她只是想尽早结束这件令她牵挂的事。

双翼飞展,陆孤光如一只巨鸟般扑向巨茧,然而气势虽足,瞧着却是渺小至极。在她临近飞旋缠绕的黑色鬼气的时候,只见空中白光纵天闪过,那丝带般的鬼气果然断开了一个口子。丹霞以气凝箭,夹带着一张符咒射出,只听破空之声嘹亮,可见这一箭奇快无比,在那断口的瞬间,射入了茧内。

一声沉闷的怪响在茧内响起,每个人都看到那巨茧瞬间发红,仿佛其中涌动着一团火。

成功了吗?

丹霞手催法剑,眸色沉重,却见那黑色鬼气受火气侵蚀,条条燃烧,丝丝断开。陆孤光双翼扬动,倒飞而回。

就在大家以为已经成功诛妖的瞬间,只听轰然一声巨响,火光倾斜,宛若熔岩流浆,自天空倾泻而下!一条浑身通红透亮,宛若火炭一般的巨龙冲天而起,所过之处点点火焰飘散,犹如云霞。

它盘空而起,空洞的双眼看着半空中的众人。

丹霞脸色微变,千刹已从自己的位置上站了起来,失声道:"火螈!"

在这条螈即将成形的关键时刻,丹霞射入了离火之符,可他却忘了这条龙本是金龙,天生有御火之能,离火不能焚灭它天生的能力,而经离火烈焰煅烧,反而增强了它的能力。

这不单单是一条螈龙。

这是一条离火螈龙,至炎之物!

离火螈龙盘空而起,火光飘荡,烈焰如霞,这个时候一个东西飞坠了下去,一转眼已跌落得无影无踪。

丹霞微微一震——那是陆孤光,她是活尸,经受不起离火之符,这一条浑身充斥着离火至炎之气的螈龙冲天而起,她的鬼气妖力经受不住,便跌下去了!

从千丈高空坠落,若是凡人,定是尸骨无存了。

02

忘夕峰上。

"观自在菩萨,行深般若波罗蜜多时,照见五蕴皆空,度一切苦厄。舍利子,色不异空,空不异色。色即是空,空即是色。受想行识,亦复如是。舍利子,是诸法空相,不生不灭,不垢不净,不增不减。是故空中无色,无受想行识,无眼耳鼻舌身意,无色声香味触法,无眼界,乃至无意识界。无无明,亦无无明尽,乃至无老死,亦无老死尽。无苦集灭道,无智亦无得……"

苦渡端坐在陆孤光的床榻上,默诵心经,淡色的嘴唇略显干裂,陆孤光将他困在这里已经两日两夜,而她,并没有回来。

沈旖檀让她吃了那么多苦,让她那般失望,那般怨恨,即使他身死也不能化解,莫非她的意愿,就是让他饿死、渴死在此处?

他已在此坐了两日两夜,那只毛茸茸的小怪物来看了他很多次,到今天下午,那小怪物也饿得蔫了,软软地趴在墙角,可怜兮兮地看着他。苦渡凝视了那只小怪物很久,突然发觉不对!

陆孤光即使恨他,要折磨他、饿死他,也不该连这只韶华一起折磨。

那就是说,她出了什么事,无法回来。

苦渡坐在床榻上,四周是四象阵,他静默了一会儿,又念诵道:"无苦集灭道,无智亦无得……"

陆孤光已是活尸,又经百年修炼,能遇得上什么事,竟让她无法回来?

"无苦集灭道,无智亦无得……"

他喃喃念了几遍,却忘了接下来的经文是什么。他把目光移向窗外,窗外草木青葱,竟有两只小黄蝶在细碎花草上飞舞。他盼着心中恢复清明,可不安却是一阵又一阵地涌上,过了好一会儿,他才知自己竟是发了好一阵呆,思绪纷乱,不知想了些什么。

她究竟怎么样了?为什么还不回来?她是活尸,她不会死的。

但她为何还不回来？

她那肉身是自己费尽心思造就的血肉之体，里面流淌着沈旃檀的噬妖之血，是不可能轻易出事的。他很了解那肉身的好处，除了不老不死，没有温度之外，一如常人，并没有寻常活尸的戾气，更不需食人。

因为造就那肉身的是沈旃檀的血，并不是哪一具死人的躯体。

沈旃檀的血，加上血流霞的鬼气，她怎么可能出事？

但窗外夕阳已现，柔和的黄光映入室内，满室生辉，韶华一动不动地趴在墙角，陆孤光却依然没有出现。

风声凛冽，这山巅出奇地寂静，除了那风动树摇竟没有一点人声。他情不自禁地打了个寒噤，如此冷……

他等了三日两夜，已坐尽了枯禅。

她却还没有回来。

苦渡眼帘微合，低声念经。他不是沈旃檀，他是苦渡，陆孤光身为活尸，本是妖孽，她毁坏佛堂将他掳来，肆意妄为，顽劣不堪，他为她所害，受困此处，不可为此妖孽乱了……

"故空中无色，无受想行识，无眼耳鼻舌身意，无色声香味触法，无眼界，乃至无意识界。无无明，亦无无明尽，乃至无老死，亦无老死尽。无苦集灭道，无智亦无得……"

他念经的声音止住了。

苦渡睁开了眼睛，目中有光熠熠生辉。

他抬头望向窗外，外面已是星月交辉。

她仍然没有回来！

她竟仍然没有回来！

他的目中有什么正在汹涌翻腾。该死的！她竟还没有回来！苦渡手握佛珠，一把把那珠子从颈上扯了下来，佛珠散落在地，叮咚有声。他面罩寒霜，目中冷芒闪烁，本以为沈旆檀之血和血流霞之力足以让她自保，却不料她竟也有受困的一日！是谁胆敢拦她去路？或者——是谁敢伤她毫发？

苍天啊苍天，自我初生，你便判我孤独之刑，上一世我本不服你，做尽毕生能为之事，罪恶满身，终无所得。生无所得，死又如何！我错了，我悔了！罪恶满身的这一世，我可以以身赎之，多少苦我能度！绝无虚言！但你……但你就该对她恩宠，因为我认了，我沈旆檀认罪了，愿意赎了——这是万年千载绝不可能的事！我争不过，我认了，我退了，而这竟换不回她一点平安，换不回她一点幸福吗？

这荒山野岭之处，这寂静萧条之处，这旷无人烟之处——这算什么好日子？这算什么？

这就是个死寂得永远不会变化的牢！

这是一个死牢！

他蓦地站了起来，僧袍一拂，四象阵立刻被破——她是我的人，我沈旆檀的人，苍天佛祖既然不能保她平安，就勿怪我心魔入体，再认自己姓沈，名旆檀了！

他大步走到忘夕峰绝崖之畔，俯瞰黝黑夜空，以及黑夜之中的茫茫云海，那足下的人世如此熟悉。他轻笑一声，做苦渡苦，做沈旆檀，却是如此容易。

身后一只软绵绵的小怪物悄悄地跟了过来，乌溜溜的眼睛看着他。沈荫檀将它提了起来，塞入衣襟，轻功身法一施，迅捷地下山而去。

他是苦渡，他曾是苦渡。他可以是苦渡，也可以是沈荫檀。

若这一生都没有与她重逢，他真的可以做苦渡一世。

甚至是生生世世。

奈何她找到了他，他知道她过得并不好。

罪可以不赎，这一世二十余年的人生可以不要，那些都无关紧要，重要的是，她在哪里？

03

陆孤光不知道她身在哪里。

她从数千丈的高空中直坠下来，浑身火焰，身在半空时就觉得全身剧痛，血流霞妖力受到促动，一圈血色光芒绕体而飞，将她身上沾染的离火之炎驱散。只是那血色光芒与火焰相触，虽然火焰被驱离出陆孤光的身体，但身体已被火焰灼烧，待到火焰完全消散，血流霞的红光也已黯然消失。

她看见了火龙冲天而起，心中尚不明白发生了什么，已经重重地摔入了一片密林之中。密林里藤蔓滋生，草木丰盛，她撞断了许多树枝和藤蔓，掉入了深深的泥地里。树枝断裂之时，她看到自己血液飞溅的样子，明白这副身躯已是严重地受损了。

刚刚跌落的时候，她只能意识到剧痛，眼前一片迷蒙，光彩缭绕，似乎有什么东西涣散了又聚拢，在不停地变幻。过了不知多久，她才能感觉到一切似乎恢复如常。

她轻微地动了一下，慢慢从草甸上坐了起来，低头看时，四处血迹斑斑，可见方才摔下的时候，她的确身受重伤。但过了不知多久以后，她便恢复如常，手臂光洁完整，虽然衣衫褴褛，全身却见不到伤痕，只有这满地的血迹，仍昭显着她刚才伤势之严重。

沈旃檀为她造就的这副身躯果然奇妙，受了如此重伤，竟然仍能恢复如初。她颤颤巍巍地想要站起来，随即腿一软，又跌坐在地，看来虽然重伤已经痊愈，她的身体状态却还是极差，不要说展翅飞回去，她连站起来的气力都没有，只能呆呆地席地而坐。

仰起头来，她没有求救的念头，心中一片空白。她孤独地活着，即使遍体鳞伤，又要向谁求助，向谁哭诉呢？

低头看着完整无缺的身躯，想起当年沈旃檀处心积虑设下的法阵，他曾说出口的、不曾说出口的都在她心中萦绕，那人是她亲手杀了的，如今想起来，却唯有一片茫然。

也许那时候，他对她并不坏。

可惜，那个姓沈的骗子约了她九泉相见，她竟真信了，甚至曾懊悔过自己为何不死，但他却负了约誓，忘了一切，转世重生。

这让她没了一点期待。甚至在从高空坠落的时候，她也并不期待自己就此死去。

生时，没有人等着相见。

死后，亦没有。

空中有法剑的光芒掠过，大约是丹霞正在施术找她。诛邪失败，她此刻无比颓废懒散，不想理他，只想呆呆地坐在这里，一直坐到火龙灭世，将她一起焚毁。

不知坐了多久，她从来耐得住寂寞，忘夕峰上百年的寂寞她都能挨过，何况这丛林里的区区数个时辰。

然而随着时间流逝，一种奇异的饥渴的感觉却慢慢地涌了上来，她觉得饿，她感到渴，她感觉咽喉在灼烧，急需吞入或者饮用一些什么。百年都不曾有过的饥饿感漫了上来，令她难以忍受。陆孤光伸出手臂，洁白的手臂在发黑发暗，泛出死气，她按住自己的喉咙，第一次感觉到惊恐——这是怎么了？看这满地的血……难道是因为身体失血太多而生出了喝血的念头吗？

她踉跄地站了起来，往有水源的地方蹒跚走去，她不要……不要沦落为生食血肉的活尸，与其变成那样，还不如死！

在挣扎着痛苦前进的时候，她流出眼泪，她这么饿、这么渴……这样的煎熬……她没有一刻像这个时候这样深刻地明白过，沈旃檀是温柔的，至少，他费尽心思所给她的，不是一个需要茹毛饮血的肉体，他知道那样的肉体她忍受不了，她会活不下去。

沈旃檀是温柔的……

至少，在那个时候他是温柔的。

她的眼泪止不住地流出来，可是她已经将他杀死那么久了,那么久了……

火龙腾空,万顷山林化为火海。沈旃檀拖着这一世残病的身躯出了凝碧山脉,远远地便看见了天边冲天的火光,那排山倒海的气势,但凡肉眼能见者,无不胆寒战栗。

火龙?沈旃檀颇为讶异,挥指画出移形法阵,他闪身入阵,消失于法阵之中。

火海深处,一道金色光芒闪过,沈旃檀出现在火海之中。只见四处兽鸟奔逃,哀嚎之声不绝于耳,他当即结了一个辟火阵,可惜只救得了寥寥几只鸟兽,更多的仍旧惨死在了烈焰之中。

好强的戾气,这是离火。它本能焚尽一切邪魔妖气,但如今它和邪魔妖气结合共生,却成了无坚不摧的,能灭万物的妖火。

龙这种生物,若想与之匹敌,定要有龙之力。沈旃檀如今微薄的法力当然不能和龙之离火抗衡,只得往西边退去。心念电转间,他便知陆孤光的失踪一定和这突然出现的火龙有关,但……但她会到哪里去呢?莫非……莫非她被这条火龙所伤?

她是活尸,如果被这离火所伤,必遭重创!他越想越是心惊,一时竟有些无措起来,惊慌了好一会儿,才定下神来,他想既然火龙是由东而来,她如果当真被火龙所伤,应当也在东边。沈旃檀本已退到火场边缘,此时突然改变方向,往大火深处寻去。

四周烈焰熊熊,浓烟弥漫,令人窒息。沈旃檀以这一世修炼所得的微薄法力勉强维持着护身的法阵，穿过密林，他身体周围的金色佛光闪烁不定，无法稳定维持，虽是有阵势护身，却依然烧着了衣发，步步行来，火星飞飘，丝丝明灭，倒是宛若火中妖物一般。

往东探寻了数里，已经穿过了火势最凶猛的地方，林中有溪水流过，他看见不少林中的猎户沿着溪流躲避大火，有些干脆直接跳入溪流，往下游游去。但就在这往河流下游奔逃的人群中，不知生了什么乱子，他们似乎在围追堵截什么东西。

沈旃檀心头微微一跳，跟随在猎户身后，往人群中一探。

只见几个身材高大强壮的猎人手持棍棒，正在追赶殴打一只怪物，那怪物浑身是伤，背后有翼，却已经折断，披头散发地在地上翻滚，也不知到底是个什么东西。溪流边有一处染满了鲜血，可见此物方才是到河边喝水，被人发现，这才有了这一场追打。

"这是什么东西？"围观的人议论纷纷，这东西似人非人，似兽非兽，背后有翼，生有獠牙，四肢有爪，匍匐而行，显然是一头怪物。但不知道是什么东西重伤了这只怪物，让它遍体鳞伤，只是众人看这怪物生有利齿爪子，便知道它不是什么善良之辈，心想还是先打死为上，说不定这林中的大火就是这怪物放出来的，等它伤势一好，还不知道要吃多少人呢！

那怪物倒也奇怪，被人打得东倒西歪，奄奄一息，血流满地，却只是挣扎，并不伤人。甚至有时候有些猎户不小心靠得太近，它也并不伤人，只是将人推开，仿佛它也不愿让人近身一样。

它似乎是哑的,不会发出声音,被追打得如此惨烈,竟是一声不吭。

沈旃檀眼见此怪,全身一震,右手紧紧抓住胸前衣裳,却是冲了出去,一下护住那浑身是伤的怪物,把靠近它的猎户猛地推了出去。

那猎户吃了一惊,退了几步,那怪物反倒比猎户还惊,竟一下蹿入了溪流里。沈旃檀见那溪水一下子便红了,也不知它流了多少血,他眼中都泛起了微微的血红,心中念头过了千万遍,勉强定住心神,合了合十:"阿弥陀佛,贫僧苦渡,各位施主还请住手,此物并非妖物,而是活人。"

"活人?"猎户们大笑,"这位大师莫非痴人说梦,活人有生得如此模样的?獠牙利齿,分明是吃人的猛兽,大师却说它是人。"

"这位……这位施主不过是生具异象,并非怪物。"沈旃檀念了佛号之后,那水里的妖怪似乎也定了神,倒没有再逃。沈旃檀下水将它扶了起来,慢慢撩开它披面的乱发,用衣袖轻轻拭去它脸上的血污,"它是活人,即使天生异象,那也是生负的苦楚,而非……而非应死之罪。"

被他扶住的怪物听闻此言,微微一震,抬头看了他一眼,口齿微动,却是说不出话来。

它的獠牙已经长出了嘴唇,要如何能说得出话来?但看它的相貌,柳眉凤目,却是一个女子!

这血淋淋的怪物居然是一个女人!猎户们都吃了一惊,倒是再下不了手去,虽然这女人长着长牙利爪,不人不鬼,但毕竟生着一张人脸，这位大师要救她，倒是不宜再动手把她打死了。

"这位大师，你确信此物不是纵火的妖怪？"

沈旆檀轻轻拉开那妖物残破的衣裳，低声道："你看它浑身火伤，怎可能是纵火之人？方才有火龙向西而去，纵火之物，应是那火龙。各位还是快些离开，林中火势若是蔓延开来，此地也不安全。"

他说得有理，猎户们便渐渐散去了。

沈旆檀牢牢扶着那怪物，那怪物木然站着，一动不动，任凭身上伤口不断流血，并且它仍在不断异化，越变越不像人。他脸色惨白，僵硬了好一会儿，才能平静地道："施主失血过多，兽性暴长，却能自持，方才有如此多人在旁，不食一人之血，实在难能可贵。"

那血流满身，模样异变的怪物便是失血过多的陆孤光了，她看着这和沈旆檀一模一样的人出现，她这样痛苦，可是这个人他不是沈旆檀啊，他不是她应该恨的人，也不是她应该等的人，可是她那么痛苦……自懂事之时，她就恐惧着自身的鬼血，日日恐惧自己会变化成什么自己不认识的东西，没想到多年之后，终是……终是变了。

变了……变成渴血渴肉的怪物，变得世人都不识，以乱棍相待。她想沈旆檀当年给她肉身，难道就是要她终有一日落到这样的下场吗？一定是，他那么坏、那么绝、那么狠毒，可是她又想，若是他知道她落到这样的下场，定是要心疼的，可惜他已经死了。

一滴泪水,自那非人的怪物眼中落下,滴落在沈旖檀手背上。

他微微一晃,她……她……哭了?

看她那狰狞可怖的模样,他那绝世无双的自信消散殆尽,她从来就恨他,甚至亲手杀了他,连一句温柔话都不给。他又害她变成如此模样,她定会以为是他故意把她炼成活尸,算计她,要让她受这样的苦——她想必会更恨他,恨他入骨。

他怎敢承认自己是沈旖檀?怎敢说自己记得一切?他素来狡舌善辩,陆孤光是受异形所困,无法说话,而他竟也是一句话都说不出来。

陆孤光在水里浸泡了一会儿,那血流失得更多,渐渐地已看不出什么人形来,沈旖檀却依然抱着她,毫不嫌弃,宛若捧着珍宝一般。

过了一会儿,全然化作尸兽的陆孤光昏迷在沈旖檀怀中,他小心翼翼地将她抱起,另一滴泪水,方才静静滴落在那尸兽的长毛利爪之间。

04

山林大火,那条火龙盘旋来去,无坚不摧的离火寸寸蔓延。沈旖檀抱着面目狰狞的尸兽,正要从火场退走,突然半空中光芒闪动,有人驱动法剑往东南方向疾射,那剑芒极快,刹那便撞上了云中火龙。但见空中炸起一团光亮,随即一串晶亮的事物飞起,往下疾坠。沈旖檀退后两步,那东西闪烁着璀璨光芒，啪啦一声打断几根树枝，跌落在他面前。

那是一串水晶，所串的剑穗已经烧焦，然而它却澄澈剔透，光芒依旧。这东西看起来很眼熟，沈游檀目光闪了闪，又抬起头去看，天空中纵横飞旋的正是丹霞的法剑，剑穗已断，但剑势不改，依旧沛然。法剑无法对火龙造成什么实质性的伤害，但却能逼着火龙慢慢改变方向，往起火的山峦那边退去。

显然丹霞自知不敌，所能做到的不过是将危害减小一些罢了。拖得时间越久，地上的人们越有希望逃生。不过这条只余骷髅的火龙恐怕没有灵识，所以才会轻易被法剑改了方向，若是它径直就往另一边而去，仍旧是生灵涂炭之局。

沈游檀拾起了地上的水晶剑穗，大部分水晶已受损，却仍是晶莹美丽，不知是坠落的时候损伤的，还是它本来就是如此。

这原是姬珥的水晶⋯⋯

却不知百年之后，物犹在此，人安在否？

他清晰地忆起那位懒散的好友，习惯躺在摇椅之中，以卷轴指点江山，容色出众，衣满流光⋯⋯

一种莫名的不安和惆怅慢慢地从心底泛起，他向来孤独，值得回忆的东西太少，但他想起，无论他是任怀苏还是沈游檀之时，姬珥都从未变过。

他是一名挚友。

百年之后，他方才明了，他的确是一名挚友。

沈游檀将那水晶剑穗收入怀中，望了一眼天空中交战的法剑和火龙，眼神变了几变，终是掉头而去。

陆孤光醒来的时候，眼前是一团火光。

她动了一下身体，惊恐地发现自己已经完全化作兽形，一层七零八落的短毛覆盖在身上，她伸出手来，却看不到五指，只有长长的爪子。

那爪子还不是五只，而是三只，苍白弯曲，宛若骨化的镰刀。她不敢想象自己已是什么模样，只蠕动了一下，就不再动了，呆呆地看着眼前的火光。

这是一个山洞，山洞里什么都没有，只有一堆篝火。

但她咽喉中已不再感觉到饥渴和灼烧，反而充满了一种满足的滋味。

她匍匐在地上，虽不想看、不想听，却依然能从地上的震动中，听到外面烈焰烧灼丛林的声音，听到野兽奔逃和惨叫的声音，也依稀听得到有剑刃破空的声音，甚至她还能分辨出有法阵启动和被破的震动声，这也或许该归功于兽化之后的双耳。

外面正在进行一场大战，她不知道是什么和什么在打，听那轰鸣和呼啸声，仿佛打得很是激烈，听了好一阵子，燃烧的声音慢慢地远去，剑刃破空之声也停了。

一个人从洞口走了进来，她没有动，也没有抬眼，所以只看到他的鞋子。

灰色的僧鞋。

那人盘膝坐了下来，一只手伸了过来，安静地抚摸着她的头。

她知道他是苦渡。

他是苦渡。

苦渡不是沈旃檀，他不会困守在忘夕峰，她只是用了一个熟悉的法阵……他能解也不能证实什么，他甚至没有在意她的恨，只是因为这里火龙乱世，这普度众生的和尚才会来的吧？她心里发苦，不知道自己在期待什么，却分外失望，十分茫然。

苦渡的手在她头顶轻轻地抚摸，她不想作为一只兽那样活着，不想用四肢在地上爬行。突然间，苦渡将她抱了起来，轻轻放在自己对面，她看见了他那熟悉的容貌和眼睛，火光之中，那熟悉的容貌和眼睛仿佛流转着不可解的光，依稀是那千秋寥廓的任怀苏，也依稀是九曲心肠的沈旃檀，但其实……

他只是苦渡。

沈旃檀看着地上一动不动的陆孤光，有种奇异的感觉，他仿佛知道她不敢动，是因为恐惧这具肉体。

獠牙利爪，毛发蓬乱的兽体，谁能不怕？何况它必须茹毛饮血而生，甚至……甚至食人肉久了，她会渐渐失去人性，沦落为纯粹的尸兽，变成一只只会吃人的怪物。

他紧紧地攥着拳头，想当初费尽心机给她肉体……

当初费尽心机给她肉体，何尝不是想让她拥有梦寐以求的躯体，体验如他一样挣扎而痛苦的滋味？想让她感受到他那样一寸一寸、一分一分的不甘，那样一寸一寸、一分一分的冷，想让她知道那不甘和失望自心口燃烧起来，是一种怎样的痛！

但绝不是希望她受这样的苦。他欠她一个前生，又欠了她一个今世。

孤光啊孤光，我真恨不得……恨不得当初把你从寒盒里养育出来，在你未曾有知觉的时候，便将你吃了，化作妖王。如此你我便不需再见，更不必等候，自也就不会如此不甘、不忍和失望。

他的手指一寸一寸陷入尸兽的皮毛，陆孤光感受到他指间的力量，惊疑地看着他。沈游檀捂住她的眼睛，指间加劲，有那么一瞬间，她以为他要杀死她，然而他牢牢压住她的眼睛、她的头，很快地把一样东西塞入她的咽喉，随即手上一用力，她便被迫把那东西吞了下去，却全然不知道那是什么。

沈游檀松开了手，目光温和，如含深情那般对着她微微一笑。

她怔了一怔，恍惚之间，在心里低低地唤了一声："傻和尚。"

"贫僧苦渡。"他低柔地道，"施主莫怕，贫僧定会尽全力，让施主恢复原有的模样，目前这般只是暂时，只是施主受伤太重，一旦伤势好转，兽态也就消失了。"

她想冷笑，这和尚端着一副慈悲样白日说笑，她伤得这么重，想要复原，除非食人血、吞人肉，哪有什么都不做就能好的？一念及此，她猛然想起任怀苏那以身饲虎的傻气来，她突然蹿了起来："你刚才给我吃了什么？"

沈游檀不防她突然跳了起来，而陆孤光惊怒交加，厉声喝问出口，才发现自己只是发出了一串凄厉古怪的叫声，她又发出一声惨叫，然后猛然发觉自己被人抱入了怀里。那蠢和尚将她抱入怀里，一遍又一遍地抚摸着她的头和背，她正惊骇之时,只听那投胎转世的蠢和尚一遍一遍轻声地道:"南无阿弥陀佛……"

她迷糊了一下,惊恐好像在慢慢地离去,缩在蠢和尚温暖的怀里,她突然觉得伤心,她等了那么久,困惑了那么久,也没有等到那口口声声叫她等他、说他爱她的人来对她好。这怀抱这么暖,这个和尚这么蠢,他却不是她等了那么久的人。

她为什么竟信了沈旃檀的话,为什么竟要等他,又为什么以为自己爱过他呢?她不明白,一点也不明白。

她定是被那死了的妖孽骗得糊涂了,被他骗惯了、骗傻了……

第二十二章
杯物如光满

01

沈旃檀怀里狰狞的尸兽服食了一粒药丸后，渐渐地睡去。她身上丑陋的乱毛慢慢褪去，长长的爪牙也在收回。沈旃檀逼她吞食的是一粒以人骨炼就的药丸，不但以一节人骨入药，又以数种粗浅炼制的法器与血混合，既有活人骨血，又能吸纳鬼气，果然陆孤光吞食之后渐有好转，不再向茹毛饮血的狂兽变化。

只是不知活人的人骨与血肉，她究竟要吞食多少才能恢复人形。沈旃檀伸出右掌，他的手掌白里透红，纤秀姣好，看了一阵自己的手掌，他笑了一笑。

洞外有脚步声，有人走近了。

沈旃檀放下陆孤光，抬起头来，洞外之人紫衣佩剑，衣发虽微乱，却不掩如仙之态，正是丹霞。

方才洞外的剧变，正是丹霞的法力、沈旃檀的法阵和火龙冲撞的结果，只可惜虽然能阻拦火龙的去路，却无法撼动其根本。

但沈旆檀也同陆孤光一样，从那火龙之威势中，感受到了属于任怀苏的鬼气。

那横刀万古，孤狂绝代的人，怎会被鬼气吞噬，变成了这种东西？陆孤光猜测是当日他引金龙入鬼门后，被金龙吞噬，而金龙又受任怀苏灵识操纵，化为人形，得返人间。沈旆檀比陆孤光更进一步，他感受得到，那条金龙之所以会妖化至此，并非任怀苏心智不坚，无法再控制金龙之体，而是由于任怀苏自我放逐，封闭了灵识所致。

不知道为什么，任怀苏封闭了自己的灵识，于是这条吞噬了过量邪灵的金龙便无法再控制体内的森然鬼气，化身为蜮。

现在这条失却意识的蜮又受火焚，炼成了离火蜮龙，唯一能阻止它毁灭万物的办法，只有唤醒任怀苏的灵识。

但是此蜮龙之火无坚不摧，要如何靠近？如何能探查任怀苏的灵识是否还在火龙体内，他又为何要自封灵识呢？

一条空荡荡的骷髅火龙，无心无情，要如何与之交流？

丹霞无法如沈旆檀和陆孤光一样，根据鬼气分辨那火龙体内掺杂了什么，但他刚才动手阻拦火龙前行之时，沈旆檀曾出手相助，所以大战一停，他便追了过来。

眼见洞中之人是沈旆檀，丹霞微微一怔，随即若无其事般地对他点了点头。

沈旆檀上下看了他两眼："他呢？"

丹霞知道他在问谁，眼睫一抬："百年已过，自然已入轮回。"

沈旖檀嘴角勾起："他不愿随你修仙？"

丹霞不答。

沈旖檀笑得越发好看："所以你就看着他老，看着他死，看着他入轮回？"

丹霞仍是不答。

沈旖檀道："他必定等过你。"

丹霞皱眉，淡淡地问："等过我什么？"

沈旖檀柔声道："等你说一声，希望他留下来。如他那般的人物，岂能真无长生之法？岂能得不到百年之寿？可惜你必定没说。"

丹霞目中凌厉之色暴涨，刹那间如冷光耀过一般，随即又归之淡然："生死有命，天理循环。"

"你若真心顺了天理循环，何必修仙？何必窥天道测天机？你掐指演算，难道不就是为了趋利避害，扭转乾坤么？"沈旖檀自袖中取出一物，向丹霞掷去，"莫说你不曾悔过，还你！"

丹霞接在手中，是一串水晶剑穗。他便顺手放入怀中，神色也不曾有太多变化。沈旖檀向来见不得人好，提及姬珥，便是存心试探，要人难过，见他无动于衷，心下大怒，万分地为姬珥不平——那人何等风流，一生何曾对几人好过，结果结交的两个人竟都是狼心狗肺、无情无义的角色，真是辜负了他那万般风流。

他纵然心思百变，脸上仍是一派笑意："我仍记得前世之事，你竟不吃惊？"

"记得前世之事的人又不止你一人，我何须吃惊？"丹霞淡淡地道,"沈旆檀,你曾是战龙之人,如何对付那火龙,你可有建议?"

"有。"沈旆檀道。

丹霞精神一振,双目炯炯地看着他。

"龙有逆鳞,火龙亦是。"沈旆檀道,"用极寒之物射入它的逆鳞,可阻它片刻。"

"阻它片刻,又有何用?"

"片刻便已足够了。"沈旆檀声音低柔地道。

02

丹霞淡然的目光自他面上扫过,反手拔剑,剑刃晶莹如水,一道流光自剑刃流下:"清凌剑剑刃极寒,乃阴山冰脉所制。"沈旆檀了然,他是为了与火龙对抗,故而选取此剑。

"夜色已沉,离火将熄,明日晨曦初起,火龙复现之时,逆鳞归你,龙身归我。"沈旆檀道,"我保证,离火炽炎,明日便可熄矣!"

丹霞目光流动,看了他几眼,似有试探之意。

沈旆檀目视清凌剑,一字一字地道:"这世上能伏龙的,不只一个任怀苏!"

丹霞眸光一动,微一作礼,算是应承了,随即飘然而去。

沈旆檀低下头来,看到陆孤光仍在沉睡,她此时模样丑陋,丹霞竟也未将她认出。他从袖中摸出一柄刀来,望了一眼远在洞内深处的药炉,伸出左手,只见修长的手指根根白皙如玉,然而尾指上竟是血淋淋的缺了一截。沈旆檀面无表情,一刀下落,尾指齐根而断,鲜血顺掌而下,血红掌白,煞是凄艳可怖。他将他那半截手指丢进药炉,又滴血入炉,炉下燃起了青白色的鬼火,幽幽地熬制着那药丸。

过了一会儿,药炉中燃起一阵黑烟,阴风四聚,鬼影重重,浓郁的鬼气和血腥气一起被慢慢收入那药丸之中。沈旆檀将沉睡的陆孤光抱了起来,又喂了她一颗药丸,把洞口的篝火拨得旺了些,静静地坐了下来。

他没有睡,撕开衣袍,将左手伤处绑好。

等候天明的时分,他自篝火里取了一根半截成炭的枯枝,慢慢在地上画了棋盘,失神了好一阵,才在棋盘上随手画了几个子。

洞外一片漆黑,他坐在篝火旁,慢慢地画着棋盘上的棋子,有一些迷幻变形的影像,依稀正在脑中慢慢显形。

许久、许久以前……密林深山,与此时的洞外仿若一模一样,浓密的丛林中浓烟弥漫,瘴气升腾,兵将如蚂蚁一般潜入树林,只是百里山林仿佛狰狞巨兽,再多的兵将深入其中,都似化于无形……

生骸死骨、血衣蚊蝇层层相叠,他一路追踪下去,只见具具尸骨,他依稀记得自己杀气腾腾,万分焦急,奈何林木如织,阴森晦暗,无处下手。

便在那杀气最盛之时,他登高望远,看见了密林深处有一位女子,正在采药。

那是个相貌姣好,肤白胜雪的少女,她尚在很远的地方,爬在一棵大树上。她是深山外族之人，衣着甚少，而就在她雪白的大腿上悬挂着一块牙白色石片，他欣喜若狂，那象牙片子，是苗疆五蕃中最强的一族的族标，此女身份高贵，不是常人。

他看准了目标，见那女子采药之处险要难入，无法带兵进去，他便解下铠甲，亲身前往。

那少女并未发现他，待到接近之时，他犹豫了一下，取下了覆面黑巾。

少女恰好回过头来，见他在林间出现，忽然间笑靥如花，向他走了过来。

而后他们在山谷里待了三天，耳鬓厮磨，细语温柔。山中毒雾弥漫，潮湿异常，时值秋末，夜里阴冷，少女用柴火烤热了一块巨石，在山洞中与他共枕而眠。

正是豆蔻年华，她如花似玉，一片真心。

但他心里清楚，他不爱这个女子，自始而终，心如铁石，从未动摇。

在那以后，便是西南五蕃归降，得胜还朝后，他寻了一个借口，将那苗疆女子逐出门去，再不相见。

此役之胜，是他心中奇耻大辱，若是日日相见，怎堪忍受？

再以后，便是一生。

沈旃檀望着棋盘，过了许久，方才想起，那是任怀苏的记忆。

那山谷里如花似玉的少女终是老了、死了。

千军万马、百战不殆乃至权倾朝野，千古留名又如何？

不过一生。

很短的一生。

他的影子被篝火映在洞壁上，他想着像那样的少女，竟然也会老，像任怀苏那样的人，竟然也会死。他笑了笑，想起他将任怀苏一步一步逼进死路，心中竟仍掠过一丝快意，随即他又沉下了目光，静静看着火焰。

强极则辱。

刚极易折。

任怀苏忍了那么多年的寂寞，失去他这个仇敌后，莫非是撑不住了吗？

03

第二天一早，人尚未出洞，已觉洞外温度升高，热风扑面而来。沈旂檀的目光落在仍旧沉睡的陆孤光身上，轻轻摸了摸她的头，柔声道："莫怕……"微微一顿，他道："我必救你……"再略略一顿，他道："这世上不只任怀苏一人能……"

他顿住了，未再说下去。

洞外天空之中，丹霞用了悬空咒，盘膝横剑，正等候着他。眼见沈旂檀出来，他并指将一物向他弹来，沈旂檀骤觉一股巨力将他拔起，瞬间已上了半空。

远处，火龙盘旋，正逐日而来。

昨夜熄灭的大火复又一处一处燃起，不到万物俱灭，化石成灰，便不消失。

"龙昙——开——"丹霞清凌剑起，遥遥向火龙射去，空中剑刃闪烁，宛若爆开千万冰刃，片片如昙盛开，虚虚实实，寒气弥散，竟在天空之中卷起一层微雪，纷纷扬扬吹向火龙。

火龙掉过头来，空洞的眼窝对着丹霞，它已经记住了这个人的气息。昨日此人与它纠缠不休，它虽然是个死物，却仍有微弱的感知，当下一口热焰就对着丹霞喷了过来。

冰刃与烈焰相撞，炸起漫天水雾，轰然一声如惊雷。丹霞气势凌厉，一剑未着，第二剑又至，只见空中烈火熊熊，雨雪纷飞，冰凌迸射，奇光纵横，一人一龙，竟有翻天覆地之势。

沈旃檀冷眼旁观，过了好一会儿，他指尖轻轻一弹，一轮光晕便悄悄向火龙笼去，只因轻柔，那忙于厮杀的火龙并未察觉，又过片刻，又一轮光晕笼了过去。如此反复十余次，那条龙骤然一顿，仿佛被什么东西绊住，行动为之一缓，丹霞眼神如刀，一声清啸，清凌剑流星逐月一般笔直射入火龙颈下逆鳞，骤然间离火螆龙仰天而吟，天地变色，火焰骤然熄灭，一道浓烈的火焰自清凌剑射入的伤口留下，艳亮若血。

沈旃檀站了起来，丹霞为他施术，刹那间他便到了火龙身前。清凌剑入龙身后，寒气为离火渐渐化去，不消片刻，火龙便会重新燃起火焰，而沈旃檀到了骷髅火龙身前，未有别的动作，先一把抓住龙身巨骨，自怀里拔出短刀，只听咯的一声，他竟将那龙骨斩了一截下来！

丹霞微微一怔——此龙为离火螆龙，若非离火已灭，又以佛门圣物去斩它龙骨，岂能斩断？但他要龙骨何用？

只见沈荥檀将那截龙骨往回掷去："帮我带给她。"

丹霞接到龙骨，只得施术将那截异物护住，至于沈荥檀所说的"她"，他自然知道是谁。

毕竟此人一生，除了"她"之外，再无旁人。

而就在掷回龙骨的时候，沈荥檀双手一用力，居然就从骷髅露出的空隙中，爬入了火龙体内。丹霞收起龙骨，一抬眼，恰好见他进入龙身，也就在他进入龙身的同时，呼的一声巨响，清凌剑化为灰烬，离火螈龙身上的烈焰重生，天上地下又复陷入了熊熊烈焰中。

沈荥檀……

丹霞眉头微蹙，飘身后退，看着那条火龙。

那条火龙身上虽起了烈焰，却并没有动。

它保持了剑入逆鳞的姿势，安静地伏着，一动不动。

发生了什么？

沈荥檀刚爬入龙身之内，呼的一声，烈焰重生，四周排山倒海般的炽热袭来，瞬间点燃他衣发，这一世残缺的心肺顿时窒闷得像要死去一般，身体周围虽然设了护身法阵，却阻拦不了多少火焰，烈焰蚀身，不过顷刻之间，他便要化作一抔飞灰，消散在空中。

但就在沈荥檀的护身法阵尚还支撑得住的片刻，他挣扎着向龙心位置爬去，双手瞬间皮开肉绽，幸而他选择的入口离龙心很近，几步就到了那地方。

到了龙心所在，他抬起头来："任怀苏……"

抬头的一瞬间，后面的话他就再也说不出口了，他终于明白为什么任怀苏意识消散，而那头金龙会在半空中花这百年来结这一个茧了。

这条火龙，没有心。

龙心所在的地方既没有任怀苏留下的任何痕迹，也没有金龙应有的龙心。

只有一个极淡极淡的婴孩的虚像在那里。

那婴孩的虚像上流转着一层焕发着光亮的黑气，那是任怀苏身上浓郁的鬼气，尸魅之气。

他把尸魅全部的力量都集结在此，而自己灵识消散，归于无形。

在这虚像上也有金龙应有的圣气，一道金光与黑气并行，流转全身。

在这婴孩的心口，一缕熟悉的鬼气静静地蜷曲着，被黑气与金光护卫。

在婴孩的周围，温度温和适宜，烈焰不存，沈荊檀爬了起来，慢慢地靠了过去，怔怔地看着那个婴孩。

那是一个女孩子。

他伸出手去，轻轻地碰了一下那虚像，那流动的光影便如水般颤抖了一下，像是娇嫩得不可触碰。

任怀苏……

沈荊檀怔怔地看着那东西，他博通古今，精研异术，但看着这个虚像，他感觉头脑都要糊涂了——任怀苏是怎么在龙身之内，弄出一个婴孩的魂魄来的？

并且这魂魄是被任怀苏硬生生造就的，虽然尸魅不老不死，但从未听说过尸魅将自己的死魂拿去炼婴的。

那样尸魅会不会死？

他不知道。

这世上除了任怀苏，只怕不会再有人能知道。

沈旂檀目光柔和地看着那婴儿魂魄，那魂魄有一大半是任怀苏的魂魄鬼气所炼，一小部分是金龙圣气所化，但最重要的一部分——魂魄之心，却是如婆婆的。

这是个女孩，这般炼法——魂魄成形之后，留下的只能是如婆婆，而任怀苏与金龙便不复存在。

并且即使炼成的是如婆婆，她醒来之时，也不会再记得所有的往事，也许她会在十六岁那年醒来，或是在七岁之时醒来，这一生被辜负的漫长时光，或许她可以有重新度过的机会。

但这般炼成的婴魂，若无躯体，仍旧不能复生。沈旂檀明白，这娇嫩的魂魄必须要能找到一个合适的身体，才有真正重生的机会，这是任怀苏放弃一切，为小如换得的机会。

他轻轻伸出手，将那柔嫩异常的魂魄收入怀中，魂魄离开龙心位置之时，火龙温度骤降，火焰熄灭，一块块骨骸渐渐显形。沈旂檀浑身是伤，自渐渐显露的白骨中，慢慢看见外面苍穹万里，峰峦如聚，不由得轻轻一叹。

任怀苏……

你这一世步步烽火，太过刚强，是否……是否忘了自己也有软弱的可能？

你真的不曾爱过她吗？

不曾爱过的人，也会希冀永不相见吗？

04

火焰最终熄灭，龙骨自天坠落，粉身碎骨。沈旖檀抱着那婴魂向丹霞走来，丹霞眼见此魂，十分诧异，看了好一会儿，突然伸手抱走了她。"这……"他迟疑了一下，"我有办法让她重生。"

沈旖檀点了点头，笑了笑："小心点。"

丹霞点头，过了一会儿，他也是微微一叹："但此魂生具异能，只怕重生之后，便会与众不同。"

哈！任怀苏与金龙的能力在她一身，自是与众不同。沈旖檀笑笑："圣魔共生，自然不同凡响。"

丹霞上下看了他几眼，淡淡一笑："或许，又是噬妖者之体呢。"

沈旖檀报以一笑，眼睫微抬，目光中似已包容山川大河，旭日长空，他语气柔和："即使是噬妖者之体，也未必不受人爱。"

丹霞颔首，探手取出沈旖檀斩下的那截龙骨，交还给他，转头而去。

看她多受人爱，既有人出手收养，又有一人付出一切造就她，他挚盼着她能幸福，能与他永不相见……

沈旖檀低下头来，或许我那父母——造就了我妖魂的父母,也曾深爱过我。

他慢慢下降,回到洞口,陆孤光还未醒来,但已显出人形,只是利爪与獠牙还有少许未退。沈旃檀将那截龙骨放入药炉,再斩左手无名指,滴血和骨,慢慢熬药。

又过了好半天,陆孤光终于醒了过来。

满山洞都是血腥气,她目光闪烁,一直看着沈旃檀。

沈旃檀伸出手腕,放到她口前,目光温和,万般温柔。

她张开口来,不知为何,便重重地咬了下去,心里模模糊糊地想,那是因为他的目光太温柔,太像别人,而我又太熟悉那种姿态了。

鲜血流入口中,她慢慢地清醒过来,却忍不住咽喉里急切的焦渴之感,仍是大口大口地喝着他的血,等到喝饱,抬起头来,才发觉那人将手轻轻搭在她背上,早已昏了过去。

陆孤光莫名有些心惊,她爬起来戳了戳他的脸:"喂!"一开口才发现,原来她已经能说话了,身上的伤口也已痊愈,只是全身冰凉,手上仍有利爪,而背后的血翼还不能打开。她手脚麻利地从沈旃檀身上剥下外衣,穿在自己身上,才又推了他一把:"喂!"

沈旃檀一动不动,左手被她推得一晃,她方才看见他左手血流如注,是伤得很重的模样,她不由得眼睛都直了,一把抓起他的手来,只见他左手尾指、无名指二指齐根而断,缠绕的碎布条浸透了鲜血。

这是怎么伤的?她有点怔忪,远处的药炉仍在慢慢地熬着血液,她猛然回头,往那洞中深处望去——药炉中似有异物,血迹宛然。

她摸了摸自己的身体，短短时间，已不见了什么獠牙和体毛，她变化时不知是怎样恐怖的模样，连她自己都不敢看，这人却把她抱在怀里。

他用了什么灵丹妙药？她记得自己并没有吃人，只是吞了两颗药丸。

那是什么药丸？

用他的手指入药做成的吗？

她的目光犀利了起来，这人……这人为何要对她这么好？他真是苦渡吗？

贫僧苦渡？

苦渡？

她在他身上翻找起来，有度牒？扔掉。银两？扔掉。法器？扔掉。还有一柄短刀？她拿起那短刀，皱了眉，那是一柄玉刀，看着玉质粗劣，宛若石头，却是醉皇玉所制，是除魔圣器。她看了半晌，仍是扔掉，这人身上的东西无一不证明他只是苦渡。正当她仍不死心的时候，她突然从沈旃檀身上嗅出了一丝若有若无的，属于任怀苏的鬼气。

他若只是苦渡，怎能沾上任怀苏的鬼气呢？

她紧紧皱着眉头，看着昏沉的沈旃檀，他开始发热，脸颊通红，肤色惨白，左手的伤口和右手的咬痕都在流血，一副奄奄一息的模样。她突然掐住他的人中，用力地掐下，摇晃着他的身体："喂！"

沈旃檀被晃得头晕，恍恍惚惚地睁开眼睛，见她无恙，已有了几分惊喜,只是自己全身无力,张了张口,却哑然不成声。

"你是谁?"陆孤光问。

"苦渡。"他半昏半醒,轻声道。

"我是谁?"她指着自己的鼻子。

"陆施主。"沈旃檀迷迷糊糊地道,神志似已涣散。

陆孤光一怔,将他轻轻放下,一瞬间几乎要仰头大笑——陆施主!

哈哈哈哈!陆施主!

他真不是苦渡!

打从与此人重见,她从未说过自己姓名,他怎能知道自己是"陆施主"?

沈旃檀,枉你一辈子花言巧语,骗人无数,却终有一次是你自己说漏了嘴!

她轻轻地伏过去听他的心跳。

他发着高热,心跳急促。

她听着听着,突然松了口气,看着他重伤的双手,一股甜蜜慢慢涌上心头。

他活着,并且没有对她太坏,只是不肯承认他是沈旃檀。

他害怕。

是害怕前世造的孽,做过的事,落下的恨,不被原谅?

还是怕她就此一剑杀了他?

她摸了摸他紧闭的眼睛,又摸了摸那脸颊,烫如火盆,他当真如此怕?怕到即使身受重伤,病到如此,也绝不承认自己是沈旆檀吗？

若是你承认了，我也不知该如何对你。

说不定真的会杀了你。

她坐在他身边，握住他残缺的左手，望着洞外的天空，但像现在这样，也许并没有什么不好。

你对我好。

我守着你。

05

数月之后。

忘夕峰上的石屋被修整一新，屋前清开了一片山石，陆孤光正往移走山石后露出的沙石地里浇水。她在这上面种了少许红景天，但有一大半已经被韶华偷偷地挖走了。这小怪物挖走了也吃不完，便在山顶上东刨一个洞，西刨一个洞，偷偷藏起来。谁说这家伙是偷药的害兽？这分明是个勤于种药的小混蛋。她又不善耕种，洒了两瓢水便不耐烦了，看着一地的窟窿，便将水瓢一摔："蠢和尚！"

沈旆檀在屋里刨木片，打算做个柜子，听她呼唤，只得放下木板走了出来。

"怎么了？"

陆孤光阴沉着一张脸，指着地上大大小小的坑洞："东一窟窿，西一窟窿，丑死了！是谁说山上种草药可以令窗外有景，春意盎然？你把我原来那块石头搬回来！"

"山石已落入崖下，无法找寻了。"沈旃檀柔声道，"待会儿我把草药种回来便是了。"

她板着一张脸："不行，你去把那块石头搬回来，我不种了。"

"日后你不需洒水，这块地方交与我，我保证此地日日鲜花盛开，绿草如茵，如何？"他眼神温柔，说得极是认真。

陆孤光"哼"了一声，上下看了他两眼，突然怀疑地道："你这是什么意思？你不会要把韶华给吃了吧？"她将那只毛茸茸的小怪物从怀里拎出来，抱在身上，抚摸着它柔软的细毛，"你要是敢把它吃了，我一剑杀了你。"

沈旃檀微微一笑，眸色如水："我怎会吃它？"

"你……"陆孤光为之语塞，她还没承认她已经知道这人就是沈旃檀，但不知为何，这人似乎隐隐约约已经知道了，她已很少见他合十打坐，做出那一本正经的和尚样儿，但也不似当年那般秀丽近妖，风情万种，只是眼里总是若有若无地含着一丝笑意，似极清透，也似极宠溺。

她被他笑得呆了一下，脸上微微一红："你……你不知道韶华的心，能令你青春永驻，容颜不老吗？"沈旃檀在火龙身内被离火所焚，身上脸上都留下了些疤痕，不若从前那般秀如观音。但他只是又微微一笑，伸手抓住陆孤光："有你之后，我不怕老。"微微一顿，他慢慢握住陆孤光的手，一字一字，低缓认真地道，"我这一世，定不长命。若有来世，未必能得人身，即便如此，你也愿意陪我吗？"

他看着她。

她永远不会死。

她反握住他的手,握住他手上的残缺,低声道:"我陪你。你死了我给你下葬,你做了畜生,我便养你。"

后记

这部小说大概是在我大学刚毕业的那年,和《吉祥纹莲花楼》《千劫眉》同时写的,距离现在已经很久很久了。

如果说《吉祥纹莲花楼》中李莲花的出现只是由于我个人的三观喜好,希望有这样一个朋友;如果说《千劫眉》是因为我希望有所突破,想写一个盛大的场景,一场华丽的烟火;那么,原名《佛罪》的《旃檀》这个故事,则诞生于我什么也没想的情况下。

我写言情故事,大概就是这样的风格吧,一个好看的美人,总要有一点瑕疵,白玉微瑕,才显得那莹白的部分格外值得珍爱。不过,在这个故事里,这个好看的美人身上几乎全是瑕疵,但在瑕疵里带有一点莹白的部分,格外惹人怜爱,大概就是这样。

我也不知道这能不能算一种突破,但总之它有一点不同,这就够了。

本文美人的三观和作者我的三观并不一致,我在《千劫眉》里就曾试图创作思维逻辑和我自己并不一样的人物角色,这并不容易,毕竟三观和价值取向是根深蒂固的,要站在人物的立场，运用他的思维逻辑去思考问题，相当难，也会有一种精神分裂的感觉，并且可能读者并不理解，效果也不一定好，但我认为这是能够刻画多种人物的基础。毕竟作者不能永远只写和自己一样的人物，世上人性千千万万，每个人的思维方式都不一样，如果能模拟其中的几种，笔下的世界就会更有生命力，深度和广度也会被拓展。

李莲花是我的审美和价值取向，唐俪辞不是，沈翩檀更不是，但这不妨碍我认真地分析和思考他们在面对问题时如何抉择、如何思辨，也不妨碍他们成为风情不同的人。毕竟无论再怎么锻炼我的剧情线，我也天生就是一个人物派，基本上我想写的都是那么一两个有灵魂的人物，最好还有一个配得上灵魂的故事。

我和我的人物，是隔着文档的朋友，有些是好朋友，有些是互相嫌弃的坏朋友，有些是知己，有些是熟悉的陌生人。我从千万点浮光中，捡到几个有趣的灵魂，经过认真的观察，把他们记录下来，大概，我就是这样写故事的。

沈翩檀，应该就是那种与我互相嫌弃的坏朋友、熟悉的陌生人，但他也有他的美。他的所作所为，站在不同的角度看，可能会有不同的评价和答案，不一定是好人或者坏人这样的标签，可能仅仅是去想想他做事究竟是胡作非为还是深谋远虑，也是挺有意思的。

藤萍

2024年1月23日